Anne Goldberg

Remember when Dreams were born

Weitere Titel der Autorin

Only One Song
Only One Letter
Only One Note

Titel auch als Hörbuch erhältlich

Über die Autorin

Anne Goldberg wurde 1986 in einer beschaulichen Kleinstadt geboren. Nach dem Abitur trieb es sie nach Berlin, wo sie seither unter dem Regime ihrer vierbeinigen Mitbewohner lebt und arbeitet. Schon im Vorschulalter dachte sie sich dramatische Geschichten von Marienkäfern aus, die große Hürden zu überwinden hatten, um auf Blumen zu klettern. Ihre kleinen Protagonisten kämpften mit Regen, Wind und neugierigen Hunden. Damals wurde ihre Großmutter zur wortgetreuen Mitschrift abkommandiert. Mittlerweile schreibt Anne ihre Geschichten selbst, und ihre Charaktere trotzen größeren Herausforderungen als dem Wetter. Neben dem Schreiben hat Anne eine große Vorliebe für Konzerte, die britischen Inseln und für Schnee.

Anne Goldberg

Remember when Dreams were born

lübbe

Dieser Titel ist auch als E-Book erschienen

Die Bastei Lübbe AG verfolgt eine nachhaltige Buchproduktion. Wir verwenden Papiere aus nachhaltiger Forstwirtschaft und verzichten darauf, Bücher einzeln in Folie zu verpacken. Wir stellen unsere Bücher in Deutschland und Europa (EU) her und arbeiten mit den Druckereien kontinuierlich an einer positiven Ökobilanz.

MIX
Papier aus verantwortungsvollen Quellen
FSC® C014496

Vollständige Taschenbuchausgabe
der bei Bastei Lübbe erschienenen E-Book-Ausgabe

Covergestaltung: Birgit Gitschier, Augsburg, unter Verwendung
von Motiven © shutterstock.com: Phatthanit | Alexander Sviridov |
PrasongTakham
Satz: 3w+p GmbH, Rimpar (www.3wplusp.de)
Gesetzt aus der Adobe Caslon Pro
Druck und Verarbeitung: GGP Media GmbH, Pößneck
Printed in Germany
ISBN 978-3- 404-18777-5

5 4 3 2 1

Sie finden uns im Internet unter luebbe.de [
Bitte beachten Sie auch: lesejury.de

Für Jenny.

Widmungen sind doof, ich weiß.
Leb damit.
Wer seit zehn Jahren mit mir an dieser Geschichte hängt, hat es nicht anders verdient.

Liebe Leserin, lieber Leser,

ich habe eine Weile überlegt, ob dieses Buch eine Triggerwarnung benötigt oder nicht. Es werden keine schwierigen Themen explizit beschrieben, dafür aber emotional aufgearbeitet.

Braucht das eine Warnung?

Nun, wenn mir das Schreiben dieser Geschichte (und da meine ich speziell einen gewissen Dr. Rivers) etwas beigebracht hat, dann ist es Folgendes: Ob du eine Vorwarnung brauchst, entscheidest du. Nicht ich.

Sollte es also Themen geben, die dich triggern könnten, dann schau am besten hinten im Buch nach. Dort gibt es eine kurze Liste von Themengebieten, welche die Geschichte tangiert.

Ich wünsche dir ein paar schöne, witzige, aber auch bewegende Stunden mit Maggie und dem vielleicht letzten Gentleman Englands.

Anne Goldberg

Ende

Es tat gar nicht weh.

Beim Aufprall war der Schmerz einfach zersprungen. Genauso wie die Regentropfen auf dem nassen Asphalt.

Genauso wie ich.

Das Licht der Straßenlaternen brach sich in den Tropfen. Es sah aus, als regnete es Funken.

Sterne.

Es war wunderschön.

War es immer so gewesen? So schön?

Oder passiert das erst, wenn man stirbt?

Die Sterne wurden blau, immer wieder blau im Signallicht des Krankenwagens. Schuhe aus Dunkelheit traten darauf. Doch da war kein Geräusch von Schritten. Keine Sirenen. Da war überhaupt nichts. Nicht das Prasseln des Regens. Nicht das Seufzen meiner Atemzüge. Nicht das Rauschen meines Blutes, das über den Asphalt kroch.

Schließlich verschwanden auch die Sterne.

Und dann ich.

Wie ein letztes Licht, das man ausmacht, ehe man geht.

Hallo

- Maggie -

Eine Minute und zwölf Sekunden.

Ich war eine Minute und zwölf Sekunden lang tot gewesen.

Das klingt ziemlich heftig. Aber pragmatisch betrachtet sind es nur 72 Sekunden. Mehr nicht. Ein vergleichsweise kurzer Moment. Doch er hat ausgereicht, um jeden in meiner Nähe in Angst und Schrecken zu versetzen.

Ein Beispiel: Als Achtjährige war ich von der Steinmauer hinter unserer Schule gesprungen. Mein großer Bruder hatte mich dazu angestiftet, weil er herausfinden wollte, wie lange so ein Sturz dauert. Das Resultat waren ein gebrochener Arm und die Erkenntnis, dass George ein Idiot war. Angesichts seiner todesmutigen Schwester hatte er vergessen, den Auslöser der Stoppuhr zu betätigen. Also wiederholten wir das Experiment ein paar Wochen später. Mit ähnlich unglücklichem Ausgang.

21 Jahre und besagte 72 Sekunden später war an solche Experimente nicht mehr zu denken. Ganz im Gegenteil: Derselbe große Bruder und ich betraten unseren liebsten Pub. Das erste Mal, seit *dieser Sache.* Die Steinstufen, die zu der großen Holztür führten, waren mir nie aufgefallen. Eine Unachtsamkeit, für die mich meine demolierte Hüfte umgehend bestrafte, indem sie sich mit einem heftigen Stechen gegen jeden Schritt wehrte.

Und George? Er hielt mich am Arm fest. Derselbe George, der mich von einer mannshohen Mauer hatte springen lassen, passte auf, dass ich sechs Stufen nach oben schaffte.

Kein Lachen, kein blödes Grinsen, kein dummer Spruch. Er hielt mich fest und ließ mich erst wieder los, als ich sicher oben angekommen war.

Das ist er wohl. Der Zauber von 72 verpassten Sekunden.

Magisch, nicht wahr?

»Alles klar?«, fragte er, was er immer fragte.

»Alles klar«, war immer meine Antwort. Was manchmal gelogen war. An diesem Abend allerdings nicht.

Es war acht Monate her, dass ich mit einem 3er BMW kollidiert war. Und diese acht Monate wollten wir feiern. Ein paar moderate Schmerzen und die Tatsache, dass ich nervös war, weil ich einen stinknormalen Pub betrat, waren daher nichts, was einem ehrlichen »Alles klar« im Weg stand.

George sah mich noch einmal prüfend an, dann nickte er und öffnete die schwere Holztür, die ins »Lifted Anchor« führte. Die Luft im Inneren war genauso stickig, wie ich sie in Erinnerung hatte. Sie trug den warmen Geruch von Bier, Holzpolitur und Vertrautheit. Um ehrlich zu sein hatte ich keine Ahnung, was diese dritte Komponente war, die im Eigengeruch des Pubs mitschwang. Vermutlich machte sie etwas völlig Unromantisches aus. Männerschweiß oder vergorene Getränkereste.

Fakt war: Ich betrat die Bar das erste Mal seit einer Ewigkeit, und augenblicklich erschlugen mich Erinnerungen. Georges 30. Geburtstag. Meine Abschiedsfeier, ehe ich vor fünf Jahren nach Edinburgh gezogen war. Damals hätte ich mir im Leben nicht träumen lassen, dass Unachtsamkeit und Pech mich einige Zeit später wieder zurück nach London katapultieren würden, damit mein großer Bruder auf mich achtgeben konnte.

»Mal sehen, ob wir irgendwo noch einen Platz finden«, rief George mir über die Musik und das Stimmengewirr der Gäste hinweg zu. Ehe ich in der Betrüblichkeit alter Erinnerungen versinken konnte, zog er mich weiter in die Bar hinein.

»Vielleicht ist ja unser alter Stammtisch ...« Er verstummte, als er dasselbe sah wie ich. Der Vierertisch in diesem kleinen, heimeligen Erker ganz hinten im Raum war belegt. Natürlich war er das, genauso wie jeder andere Tisch auch. Es war Mittwochabend und damit der perfekte Zeitpunkt für unzählige Londoner Anzugträger, um auf ihren Feierabend anzustoßen. Oder zu Dates zu gehen.

Das, was sich an unserem Tisch abspielte, war wohl eher das Zweite, und mindestens der Mann meinte es ziemlich ernst. Er trug nicht nur einen Businessanzug, sondern eine Weste. Sowohl meiner Meinung als auch meiner Erfahrung nach machte das seine Absichten offensichtlich. Wie er nervös seine Brille zurechtrückte, unterstrich meinen Eindruck nur.

»Keine Chance«, war das Resultat, mit dem Georg seinen Rundumblick abschloss. »Wir fragen einfach die beiden, ob wir uns mit dazusetzen können.«

»Auf keinen Fall!« Ich war drauf und dran zu dem Paar zu deuten, konnte mich aber knapp zurückhalten. »Der Typ da zieht gerade sämtliche Register, um sein Date rumzukriegen. Ich hab keinen Bock, in so was reinzuplatzen. Wir können auch einfach am Tresen sitzen.«

»Wenn sie ungestört bleiben wollen, sollten sie nicht zu zweit einen Vierertisch belegen.«

Offenbar hatte er mir nicht richtig zugehört. Mir war egal, ob denen Gesellschaft recht war. Ich allerdings hatte wirklich, wirklich keine Lust, unerwünscht zu sein. Ballast. Eine Störung. Ich war seit Monaten kaum etwas anderes als das.

Ich wollte meinen Abend Normalität, auf den ich mich gefreut hatte. Ein paar Stunden in einem Pub, in denen mein

Bruder sich für uns beide betrank und ich uns anschließend ein Taxi rief, damit wir heile nach Hause kamen. Nicht ganz wie früher, aber nah genug dran. Näher als Physiotherapie, Logopädie und Schmerzmittel allemal.

George zögerte keine Sekunde, ehe er mich mitten im Raum stehen ließ und sich zu dem Tisch vorkämpfte. Ich sah, wie er die junge Frau mit dem rot gefärbten Dutt ansprach. Dabei legte er ihr sogar die Hand auf die Schulter.

Scheiße, George, dachte ich. Lass den Quatsch. Willst du, dass ihr Typ dir einen Kinnhaken verpasst? Wenngleich besagter Typ wie ein englischer Snob aus dem Bilderbuch aussah, der meinem Bruder eher eins mit der Teekanne überziehen würde.

Ich beobachtete, wie die Rothaarige sich umwandte, als George auf mich deutete. Als großer Bruder wurde er einfach nie müde, mich in Situationen zu bringen, für die ich ihn hasste.

Da mir nun nichts anderes mehr übrig blieb, näherte ich mich dem Tisch. Während die Frau nickte, lächelte und ihre Handtasche vom Stuhl neben sich nahm, starrte der Snob mich nur ausdruckslos an. Wie einen Geist – oder wie eben diese Unannehmlichkeit, die ich nicht sein wollte. Oder … *Scheiße.* In diesem Moment fiel mir auf, dass mein Schal verrutscht war.

Diese verdammte Narbe … Natürlich starrte der Kerl mich an. Schnell wickelte ich den dünnen Stoff wieder fest um meinen Hals und gab mir redlich Mühe, wie ein normaler Mensch zu dem Tisch zu laufen und nicht zu deutlich zu humpeln.

»George«, seufzte ich, als ich mein Ziel erreichte. Es klang fürchterlich aufgesetzt, genauso wie meine übrigen Worte auch. »Wann wirst du je lernen, dass man keine fremden Leute belästigt?« Ich gab Unsinn von mir, der außerdem so klang, als hätte ich ihn auswendig gelernt.

»Niemand belästigt hier irgendwen.« Es war die junge Frau,

die das sagte. Sie klopfte sogar auf die Sitzfläche des freien Stuhls neben ihr. »Die Plätze sind ja schließlich frei.« Während sie das regelrecht euphorisch verkündete, machte ihr Begleiter den Anschein, als täte ihm meine bloße Anwesenheit weh. Deutlicher konnte er nicht machen, dass ich für ihn die verpasste Gelegenheit verkörperte, diese hübsche Rothaarige zu vögeln. Hervorragend.

Danke, George.

»Nicht wahr, Tom?« Ihr schien aufgefallen zu sein, dass ihr Freund noch immer seiner verpufften Chance nachhing. Sie beugte sich leicht über den Tisch und stieß ihm mit der Faust sachte gegen den Arm.

Er räusperte sich und blinzelte. »Entschuldigung.« Noch ein Räuspern. »Ich war in Gedanken. Setzt euch ruhig.«

Die Stimme, mit der er das sagte, war viel tiefer, als seine schmale Gestalt es erahnen ließ. Und sanft. Als würde er einen an die Hand nehmen und versprechen: »So, und jetzt wird alles wieder gut. Versprochen.« Für dieselbe Wirkung hätte er genauso gut sagen können: »Seid so nett und verpisst euch, damit ich den Abend so abschließen kann, wie geplant.« Da wäre kein Unterschied gewesen. Ich hätte genauso dümmlich gelächelt, genickt und mich gesetzt. Und mich gefragt, wo sein Problem war. George und ich konnten ihm die Tour nicht einmal vermasseln, wenn wir es darauf anlegten. Er würde seiner Freundin nachher nur zwei, drei liebliche Sätze ins Ohr raunen müssen, und einem vergnüglichen Abschluss des Abends stünde nichts mehr im Wege.

»Was willst du trinken?«

Dass George noch immer stand und selbst noch gar nicht Platz genommen hatte, bemerkte ich erst mit seiner Frage.

»Tonic.« Gin Tonic wäre meine übliche Wahl gewesen. Doch das Amitryptilin, das ich nahm, duldete keine anderen Wundermittel neben sich. Dafür hielt es meine Schmerzen weit genug in Schach, dass ich nur hin und wieder spüren musste, wie engagiert sie ans Werk gingen, wenn Medikamente sie nicht zähmten.

»Nur Tonic?« George wiederholte meine Bestellung mit ausgewachsener Skepsis. »Sie haben auch alkoholfreie Cocktails oder …«

Ich schüttelte den Kopf. »Nur Tonic.«

»Hm.« Dabei beließ er es und wandte sich von unserem Tisch ab, der nicht mehr so recht unserer sein wollte.

Ich sah ihm kurz nach, wie er sich zwischen anderen Gästen hindurchschlängelte. Dann wandte ich mich wieder den beiden Fremden zu. Zuerst schenkte ich der Frau, dann dem Snob ein vorsichtiges, vielleicht sogar etwas betretenes Lächeln. Und ab dann wusste ich auch schon nicht mehr weiter.

Was sagte man einem Paar oder zwei Menschen, die eines werden wollten, und deren Abend man gerade gesprengt hatte? Also starrte ich auf den leeren Stuhl mir gegenüber und warf einen weiteren Blick über meine Schulter. Dorthin, wohin George verschwunden war. Als ob jemals irgendwer in einem englischen Pub binnen fünfzehn Sekunden seine Bestellung bekommen hätte.

Ich glaube, es war mein resigniertes Seufzen, das die Frau neben mir dazu animierte, mir ihre Hand entgegenzustrecken. »Alex«, stellte sie sich vor und klang dabei, als wäre es ihr nicht zuwider, das zu tun.

Ich nahm ihre Hand und drückte sie leicht. »Maggie.« Ich lächelte ebenfalls, aber mehr fiel mir nicht ein. Herrgott noch mal. Margaret Forrester, die jeden aus dem Stand in ein stundenlanges Gespräch verwickeln konnte, kam über ihren eigenen Namen nicht hinaus. Das war nicht nur traurig, das war erbärmlich. Als hätte der Autounfall mir nicht nur Hüfte und Schädel zerschmettert, sondern mir auch die Zunge abgetrennt. Hervorragend.

»Seid ihr öfter hier? Du und dein Freund ...«

Alex war also genauso unbeholfen wie ich – nur dass sie nicht davor zurückschreckte, abgenutzte Fragen zu stellen.

»Nein«, antwortete ich in einem ersten Impuls. Dabei waren wir früher ziemlich häufig im »Lifted Anchor« gewesen. Beinahe jede Woche. Dann war ich für meinen Job nach Edinburgh gezogen und hatte festgestellt, dass die Pubs dort lauter waren. Genauso wie die Menschen. Und dass ich das mochte. So sehr, dass die ersten Flüche, die ich nach meinem Unfall von mir gegeben hatte, schottische gewesen waren. »Also, wir waren früher öfter hier, mein Bruder und ich. Aber ich bin erst seit Kurzem wieder in London.«

Alex lächelte, als hätte ich ihr eine sagenhaft interessante Geschichte erzählt. Mir kam in den Sinn, dass sie das vermutlich häufiger tat – mit Menschen reden und ihnen das Gefühl geben, interessant zu sein. Sie machte das ziemlich gut. »Das klingt ja spannend! Wohin hatte es dich denn verschlagen?«

»Nach Edinburgh.«

»Beruflich?«

Ich nickte und warf einen Seitenblick zu dem Snob uns gegenüber. Seine linke Augenbraue hatte sich etwas nach oben gezogen und schlug einen deutlichen Bogen über den dunklen Rahmen seiner Brille. Immerhin war nicht ich diejenige, die er mit diesem Blick bedachte, sondern seine Begleitung. Mit Sicherheit hatte er sich dieses Date nicht so ausgemalt, dass Alex lieber Small Talk mit einer beliebigen Fremden hielt, anstatt an seinen Lippen zu hängen – oder wahlweise an anderen Körperteilen.

Doch sie bemerkte seinen Blick nicht oder hatte entschieden, ihn zu ignorieren, um ihre Fragen noch etwas zu vertiefen. »Darf ich fragen, was du machst?«

Fast hätte ich geschnauft. Ihre Frage war genauso naheliegend, wie ich die Antwort darauf offensichtlich fand. In meinen Augen war sie nicht zu übersehen: Ich atmete wieder durch Mund und Nase, statt durch den Schlauch, der mir die hübsche Narbe am Hals hinterlassen hatte. Ich konnte wieder laufen, selbstständig essen, trinken und sprechen. Nebenbei hatte ich so viele Arzttermine wie eine herzkranke 80-Jährige. Das war, was ich machte. Das war mein gegenwärtiger Beitrag als Mitglied dieser Gesellschaft.

Doch das war nicht die Antwort, die ich Alex geben konnte. Oder wollte.

»Marketing«, sagte ich stattdessen und hoffte, dass das ausreichte. Die meisten Menschen glaubten, ein Verständnis für diesen Begriff zu haben, und fragten nicht weiter nach. Sie nickten, sagten Dinge wie »Ah« und »Das ist sicher sehr abwechslungsreich« und widmeten sich dann wieder den Themen, die sie brennender interessierten. Dem Wetter, zum Beispiel.

Alex gehörte nicht zu den meisten Menschen. »Oh, das ist aufregend. Ich meine, das ist ja ein ziemlich breites Feld. Was genau ist da dein Bereich? Werbekampagnen? Grafiken?«

Oh Himmel, nein. Dafür gab es Leute, die mehr kreatives Talent mitbrachten. Meine Stärke lag darin, Stimmungen zu analysieren und neue Richtungen zu definieren. Mir fielen die Worte meiner Kollegin, Flora, ein: »Logan ist der fünfjährige Visionär. Und du und ich passen auf, dass aus seinen Kontroversen kein Eklat wird.« Und dann dachte ich an Logans Anruf vor vier Wochen. An seine Frage, wie es mir ging und ob ich fit genug war, um wieder in seinem Team zu arbeiten. Daran, wie viel Angst mir der Gedanke gemacht hatte und wie ich ihm gesagt hatte, dass er das mit den Analysen und Ausrichtungen auch allein schaffte und viel dringender Flora brauchte. Jemanden, der sich durchsetzte …

Ich räusperte mich, als mir bewusst wurde, dass Alex noch immer eine Antwort erwartete. »PR«, sagte ich knapp. Meine

Stimme klang belegt, und ich räusperte mich, ehe ich weitersprach. »Ich war dafür verantwortlich, den Wasserstand zu messen. Jede Kampagne hat ja den Punkt, bei dem sie startet, und ein Ziel, aber trotzdem liegt die ... Dings nicht auf der Hand. Die ... die ...« *Fuck.* Ich hatte es vor Augen. Fast jedes Obst hatte dieses Scheißding, das für den Vergleich herhalten musste. Wieso fiel mir dieses verfluchte Wort nicht ein?

»Das klingt spannend.« Alex tat so, als hätte sie nicht einmal bemerkt, dass ich abgebrochen war. »Kennt man Unternehmen, für die du gearbeitet hast? Also, falls du das sagen darfst ...«

Ich hätte ihr einige aufzählen wollen, aber meine Gedanken hatten sich noch immer um das fehlende Wort herum verheddert, und ich schaffte es nicht, sie zu lösen. Mein Puls reagierte darauf, als wären es meine Arme und Beine, die in Fesseln lagen und nicht nur eine dumme Antwort auf eine neugierige Frage.

»Alex.« Die tiefe, ruhige Stimme des Snobs unterbrach sie, und sie wandte sich mit einem »Hm?« zu ihm um. »Wolltest du mir nicht noch von der neuen Küche erzählen? Du weißt schon ... Die Diskussion um den Herd und die Farbe der Fronten und der Arbeitsplatte ...«

Alex zog ihre Stirn kraus und sah ihren Begleiter skeptisch an. »Und jetzt auf einmal interessiert dich das?«

»Eigentlich nicht.« Seine Stimme lachte bei diesen Worten mehr, als sein Gesicht es tat. »Aber du hast ...« Er deutete auf mich, ohne mich auch nur anzusehen. »Du hast sie jetzt genug belästigt. Und ich hab es verstanden: Ich bin heute ein miserabler Zuhörer. Das möchte ich verbessern. Daher – für welchen Herd habt ihr euch jetzt entschieden?« Das war, was er sagte. Trotz seiner wohlklingenden Stimme klang es so angestrengt, dass es sich in meinen Ohren unmissverständlich nach etwas anhörte wie *»Hättest du jetzt bitte wieder die Güte, dich mit mir zu befassen statt mit einer Fremden?«*

Snob.

»Du bist sogar ein ziemlich beschissener Zuhörer«, korrigierte sie. Und da fiel es mir ein. Ohne jeden Grund. Es war einfach da. *Kernaussage.* »Und das trifft es nicht einmal annähernd. Hast du überhaupt irgendetwas von dem mitbekommen, was ich dir vorhin erzählt habe? Ich habe dir vor zwanzig Minuten schon gesagt, welcher Herd …«

»Hier.«

Dieses Wort und das Geräusch eines vollen Glases, das auf einen Holztisch gestellt wurde, rissen meine Aufmerksamkeit von diesem sonderbaren Dialog weg und hin zu … Orange. Rot … Gelb. Was ich in dem Glas vor mir sah, durchlief sämtliche dieser Farbtöne. Keine Ahnung, woraus der Inhalt dieses Getränks bestand, der so ambitioniert einen Sonnenuntergang nachahmte – doch ich wusste, dass Tonic anders aussah.

»Was ist das?«

»Ein Kiss on the Beach«, verkündete George und nippte an seiner Bierflasche. »Die jungfräuliche Variante von …«

»Aber … ich hatte Tonic.«

»Ich *wollte* Tonic«, korrigierte George mich, als wäre das hilfreich. »Ich dachte, ich mach dir eine Freude. Wir feiern schließlich. Das kann man nicht mit etwas, das aussieht wie Wasser.«

Ich reagierte nicht, sondern starrte auf das Glas mit dem Kiss on the Beach vor mir. Am liebsten hätte ich ihm den Inhalt ins Gesicht geschüttet. Oder das ganze Ding einfach vom Tisch gefegt. Geschrien. Getobt.

Geheult.

Mein Hals brannte. Nicht lange, und meine Augen würden es ihm gleichtun.

»Hey«, hörte ich George sagen. Wie George das eben tat,

wenn er etwas Dummes sagte oder machte und dann klarstellen wollte, dass er es nicht böse meinte.

Ich wusste, dass er es nicht böse meinte. Ich wusste, dass er mir eine Freude machen wollte. Nur war alles, was ich sehen konnte, dass in meinem Glas kein Tonic war.

»Maggie, komm schon.« George setzte noch einmal an. Er machte sogar Anstalten, seine Hand nach mir auszustrecken. Beinahe stieß ich das Glas um, als ich meine Hände zurückzog und die Arme vor der Brust verschränkte. Das hätte gerade noch gefehlt. Vermutlich hatten Alex und ihr Snob längst aufgehört, über Küchen zu reden, und sahen lieber dabei zu, wie ich auf diesen Saftmix vor mir starrte und mit den Tränen kämpfte.

»Du rastet jetzt nicht ernsthaft aus, nur weil …«

»Halt … halt einfach … Halt …« Halt den *Deckel*, flüsterte es in meinem Kopf. Mir war klar, dass das so nicht stimmte. Ich wusste auch, dass das richtige Wort ganz simpel war. Doch dass ich es nicht direkt griffbereit hatte, machte es mir schier unmöglich, es zu finden.

»Ich soll den Mund halten?«

Das war nicht das, wonach ich gesucht hatte. Trotzdem nickte ich und atmete tief durch. *Nicht so schlimm. George wollte dir nur eine Freude machen. Es spielt auch eigentlich gar keine Rolle. Es ist Unsinn, dich so sehr aufzuregen, dass du sogar Wörter verlierst.*

So in etwa klangen die rationalen, logischen Gedanken, die ich mir vorbetete. Es hatte mich Monate gekostet, bis ich zu solchen Gedanken wieder in der Lage gewesen war, und nun waren sie nutzlos. Meine Wut schlug wild schreiend auf jede Logik ein. Sie brüllte, kratzte von innen an meiner Kehle und brannte sich in meine Lungen. Meine Nasenflügel bebten unter ihrem Echo genauso wie meine Unterlippe.

Ich wusste, dass ich dringend aus dieser Situation herausmusste, wenn ich eine Chance haben wollte, mich wieder zusammenzureißen. Also rappelte ich mich von meinem Stuhl hoch und murmelte irgendetwas wie »Entschuldige mich« oder »Ich bin kurz auf der Toilette«. Keine Ahnung, was für Sätze wirklich aus mir herauskamen. George nickte, also war es wohl verständlich genug.

Er machte nicht den Fehler, mir zu folgen. Es hatte mehrere Anläufe gebraucht, bis er verstanden hatte, dass das keine gute Idee war. Beim letzten Mal hatte ich sogar einen Teller nach ihm geworfen. Erst dann hatte er eingesehen, dass ich mit mir allein sein musste, wenn ich eine realistische Chance haben wollte, meine Wut zu zügeln.

Zu den Toiletten musste ich zurück nach vorn, an der Theke vorbei und am Ende des langgezogenen Raumes durch eine alte Holztür hindurch. Hinter dieser verbarg sich eine schmale und steile Treppe, die ich genauso vergessen hatte wie die Stufen am Eingang.

Ich hielt mich am Handlauf fest und starrte nach unten. Die Stufen vor mir verschwammen hinter einem Tränenschleier, den ich nur mühsam wegblinzeln konnte.

Und das alles nur, weil mein großer Bruder mir eine Freude hatte machen wollen, anstatt mir Tonic zu bringen.

Wenn man davon hört, dass Menschen schwere Unfälle haben, denkt man zuerst an Schmerzen. Bei Verletzungen am Kopf fallen einem noch Gedächtnislücken ein oder Probleme mit der Motorik. Das wäre es jedenfalls gewesen, womit ich gerechnet hätte, hätte mir irgendjemand vor acht Monaten gesagt »Morgen kollidierst du mit der Motorhaube eines Autos.«

Niemand erzählt einem, dass Selbstbeherrschung genauso brechen kann wie Knochen. Und schließlich findet man sich auf einer Treppe in einem Pub wieder und hat große Mühe, nicht zu heulen wie ein bockiges Kind. Scheiße noch mal, ich traute mich ja nicht einmal, die Stufen allein hinunterzulaufen oder mich auf eine von ihnen zu setzen. Ich hatte einfach zu viel Angst, dass ich mein rechtes Bein zu weit anwinkeln und meine Hüfte mich dafür bestrafen würde. Und das half definitiv nicht dabei, mich zu beruhigen.

Zusammenfassend konnte man sagen, dass ich mit George ins »Lifted Anchor« gefahren war, um einen Abend voller Normalität zu haben, und das hatte ich bekommen – sehr viel Normalität und die Erkenntnis, dass ich aus ihr herausgefallen war. Wohin genau? Keine Ahnung. Aber ich war mir ziemlich sicher, dass ich hier nicht sein wollte.

»Eis, Gurke, Pfeffer ... Nur ohne den Gin.«

- Maggie -

Mit sechs oder sieben hatte ich dieses Kleid – moosgrün mit rosafarbenem Blütenmuster. Es wurde mit einer Reihe aus Holzknöpfen verschlossen, die über den ganzen Rücken verlief. Ich habe es geliebt, wirklich, wirklich geliebt – mit aller Inbrunst und Begeisterung, zu der eine Grundschülerin imstande ist.

Allerdings hatte ich bisher nur Blusen und eine Strickjacke angehabt, die mit solchen Knöpfen zu verschließen waren. Nach der Logik dieser Textilien war ich überzeugt gewesen, dass auch die Knöpfe meines Kleides vorn sein mussten, nicht hinten, wo sie keiner sah – erst recht nicht, da meine blonden Haare mir endlich fast bis zum Po reichten.

So kam es also, dass ich vier Unterrichtsstunden und eine Hofpause lang mein allerliebstes Lieblingskleid falsch herum trug – so lange, bis meine Mitschüler mich damit aufzogen. Kurz gesagt: Das Drama war groß, die Tränen zahlreich, und das Kleid wurde nie wieder getragen.

Ich dachte an das grüne Kleid mit dem rosa Blumenmuster, als ich im »Lifted Anchor« mitten auf einer Treppe stand und mir Mühe gab, nicht zu weinen. Ich dachte an das grüne Kleid und an das, was mein Therapeut mir gesagt hatte. »Sie haben sich in dem Kleid genau so wohlgefühlt, wie sie es anhatten. Bis jemand kam und meinte, es wäre falsch. Sie heilen, Ms Forrester. Nichts daran ist falsch, nur weil es für Außenstehende merkwürdig erscheint. Wenn das mit Knöpfen nach vorn leichter geht, dann tragen Sie Ihre Knöpfe vorn. Solange Sie sie zukriegen, ist es ein Erfolg.«

Ehrlich gesagt hatte ich keine Ahnung, wo ich die metaphorischen Knöpfe gerade trug, das wusste ich eher selten. Trotzdem half es, an dieses Kleid zu denken, daran, wie unfassbar toll ich es gefunden hatte, und wie es im Müll gelandet war, weil ich überreagiert hatte, und zwar maßlos.

Genauso wie ich es mit fast dreißig Jahren tat, weil George mir das falsche Getränk von der Bar geholt hatte. An die Geschichte mit dem Kleid zu denken, half mir, etwas klarer zu sehen: Dieser Abend hier war das grüne Kleid. Ich hatte mich wahnsinnig darauf gefreut. George hatte es mir nicht weggenommen, es nicht kaputtgemacht, mich nicht ausgelacht. Er hatte nur versucht, es anders zuzuknöpfen als ich. Es wäre bescheuert, deshalb das Kleid in den Müll zu werfen.

Ich atmete tief durch, lehnte meinen Kopf an die Wand hinter mir und schloss kurz die Augen. Als ich sie wieder öffnete, war da kein Tränenschleier mehr. Für den Rückweg fühlte ich mich gewappnet, als der vierte oder fünfte Gast an mir vorbei zu den Toiletten stolperte und mich irritiert ansah. Es war der erste, dessen Blick ich nicht verschämt auswich, sondern entschuldigend die Schultern hob und sagte: »Ich warte auf eine Freundin.« Wenn ich in der Lage war, wieder Ausreden von mir zu geben, ohne lange darüber nachgedacht zu haben, würde ich es wohl auch schaffen, Saft mit Sirup zu trinken, ohne auszurasten.

Die Tür zum Pub bekam ich kaum auf, da sich zu viele

Menschen davor drängten. Es brauchte mehrere Anläufe und eine Handvoll »Entschuldigung, könnte ich bitte ...«, um den Raum auch nur zu betreten.

Ich drängte mich zwischen Körpern hindurch, die mir aber kaum ausliefen. Ausgingen. Aus...irgendwas. Wie auch immer dieses dämliche Wort hieß, die Menschen blieben einfach, wo sie waren, und ich quetschte mich mühsam an ihnen vorbei. Dabei stieß ich mindestens gegen drei Tische und einen Stuhl. Immer wieder schob mich jemand beiseite, weil er oder sie nur eine Frau mit kinnlangen blonden Haaren wahrnahm, die sich bewegte wie eine Schnecke. Wahrscheinlich hielten ungeduldige Wartende mich für einen besoffenen Zombie. Aber es ging einfach nicht schneller. Das Stechen in meiner Hüfte wurde stärker. Was, wenn es sich noch weiter steigerte, ehe ich es zurück zu meinem Platz geschafft hatte? Ich konnte mich doch nicht einfach hier auf den Boden legen und ... Knöpfe, dachte ich. Scheiß drauf, auf welcher Seite, mach einfach diese dämlichen Knöpfe zu. Einer nach dem anderen, einer ...

Das Mantra in meinem Kopf stoppte, als ich plötzlich eine Hand an meinem Oberarm spürte. Sie hielt mich nicht allzu fest, aber die Berührung war deutlich genug, um sie nicht für ein Versehen zu halten. Ich fuhr herum und sah in ein Gesicht, das mir fremd war. Wobei – nicht ganz. Es war lediglich das erste Mal, dass ich Alex' Snob lächeln sah. Richtig lächeln – von einem entwaffnenden Grinsen auf seinen Lippen bis hin zu den zarten Fältchen, die sich um seine blauen Augen legten. »Gott sei Dank«, stieß er aus und klang sogar wirklich erleichtert. Hatten sie sich Sorgen gemacht und nach mir gesucht? Aber warum er und nicht mein Bruder? Oder schlug sich George ebenfalls gerade durch diese ganzen Menschen, um ... »Kannst du mir helfen? Die haben keine Tabletts mehr, und ich fürchte, irgendetwas wird zu Bruch gehen, wenn ich versuche, alles allein zum Tisch zu tragen.«

Also hatte George keine umfassenden Ermittlungen zum Verbleib seiner kleinen Schwester ausgerufen. Vermutlich vermisste er mich noch gar nicht, sondern nutzte die Gunst der Stunde, um sich an Alex ranzumachen – nun, da ihre Begleitung gehorsam neue Getränke besorgte. Ich nickte schon allein aus dem Grund, dass mir der Kerl ein bisschen leidtat, mit seiner Weste, die er bestimmt extra angezogen hatte, und seinem leicht melancholischen Blick – selbst, wenn er lächelte. »In Ordnung. Das bin ich dir vermutlich schuldig.«

»Schuldig? Wofür?«

»Dafür, dass wir euer Date gesprengt haben.« Ich deutete auf sein Outfit. »So viel Aufwand, und dann platzen wir in den Abend. Ich hab versucht, George woanders hinzulotsen, aber …«

»Unser … Oh nein, das ist kein Date. Das ist Alex. Sie …« Er unterbrach sich, atmete tief durch und deutete dorthin, wo unser Tisch lag. »Eigentlich habt ihr mich gerettet.«

Ich kam nicht umhin, meine Augenbrauen zu heben, um meinen überaus skeptischen Blick zu untermauern. Gerettet? Wovor denn? Einer Nacht mit dieser rothaarigen Schönheit? »Auf mich machte sie einen ganz umgänglichen Eindruck. Was habe ich übersehen? Hat sie dir was in den Drink gekippt? Oder mir? Hat sie vor, unsere Organe zu verkaufen? Ich bin nämlich nicht sicher, ob meine Nieren allzu viel taugen …« Dafür merkte ich sehr wohl, dass ich recht viel Unsinn von mir gab. Einfach, weil es Spaß machte. Und weil dieser Unsinn nicht eingeleitet worden war mit »Hast du Schmerzen?« oder »Und? Wie geht es dir?«, worauf ich antworten konnte, was ich wollte – es wurde mir ohnehin nie geglaubt.

»Nieren? Nein. Wäre mir neu, dass Alex ein Nebengewerbe betreibt. Und wenn, dann halte ich sie für klug genug, um mit etwas weniger Verderblichem zu handeln.«

Ich grinste unweigerlich. Weniger über die Worte des Snobs, sondern weil er dabei ganz trocken keine Miene verzog, nicht einmal schmunzelte. »Du meinst so was wie …« Ich überlegte. »Seelen?« Eigentlich hatte ich auf Serien oder Filme über Dämonen und Geister anspielen wollen. Aber als ich meine Worte laut hörte, klangen sie fürchterlich esoterisch.

Die Mundwinkel meines Gegenübers zuckten dennoch ein kleines bisschen. Er gab sich also redlich Mühe, ernst zu bleiben. »Ich dachte eher an Drogen. Aber jetzt, wo du es sagst, könnte die Beschaffung von Seelen etwas leichter zu bewerkstelligen sein. Immerhin sind wir hier in London und …« Er unterbrach sich selbst und schob sich in eine Lücke, die sich vor ihm aufgetan hatte. Kaum hatte er sich den neuen Platz gesichert, drehte er sich schon zu mir um, wie um zu sich zu vergewissern, dass ich nicht verloren gegangen war. Dabei schien ihm einzufallen, wie wir überhaupt auf dieses Thema gekommen waren. Was schade war. Ich hätte ihm zugetraut, ein Geschäftsmodell zum Seelenhandel auf die Beine gestellt zu haben, noch ehe er seine Drinks bekam. »Ich meinte eben, dass ihr mich gerettet habt, aber ich glaube, ich sollte eines richtigstellen: Alex ist großartig.«

»Das klingt ja furchtbar. Gut, dass George und ich aufgetaucht sind.«

Ein zartes Schmunzeln huschte über seinen linken Mundwinkel. Dann nickte er und verzog sein Gesicht zu einer stummen Entschuldigung. »Sie ist etwas aufgeregt. Wir haben uns seit drei Wochen nicht gesehen. Und nun versucht sie, alles an einem Abend aufzuholen. Ihre neue Küche, zu der sie unbedingt meinen fachmännischen Rat will. Einen Streit mit Rachel – ihrer Frau. Es gibt noch irgendeinen neuen Film, den sie unbedingt sehen möchte, und ihr Urlaub wurde schon wieder verschoben. Mein Tag war heute ziemlich lang. Zu lang, um drei Wochen voller Konflikte aufzufangen, nur weil sie es hasst zu telefonieren.«

Der letzte Punkt war einer, den ich absolut teilte. Ich hatte schon vor meinem Unfall nicht gern übers Telefon gesprochen, vor allem nicht privat. So etwas vertieft sich nur noch mehr, wenn Wörter nicht mehr die Freunde waren, die man kannte, sondern widerspenstige, hinterlistige Biester.

Allerdings hegte ich in diesem Moment nicht den Wunsch, das in aller Ausführlichkeit zu erklären. Stattdessen beschränkte ich mich auf ein uninspiriertes Schulterzucken. »George wird ihr sicher geduldig zuhören. Solange sie nicht fallen lässt, dass sie mit einer Frau zusammen ist. Ich fürchte, seine Geduld steht in direktem Zusammenhang mit seinen Chancen …« Ich überlegte noch einmal, doch ich fürchtete, dass ich meine Aussage nicht mehr würde retten können. »Das klingt, als wäre er ein Arschloch. Er ist eigentlich kein …«

»Pass auf!«

Noch ehe ich kapiert hatte, worauf ich aufpassen sollte, spürte ich eine Hand an meiner Taille, die mich beiseiteschob. Gerade rechtzeitig, ehe mich ein breitschultriger Riese niedergewalzt hätte. Irgendwie vollbrachte der das Kunststück, mehrere Pints so aneinanderzupressen, dass er sicher acht davon vor sich hertragen und gleichzeitig einen Triumphschrei in Richtung seiner Freunde ausstoßen konnte. Unwahrscheinlich, dass er sich auf seinem Weg von einer bedeutend kleineren Frau hätte aufhalten lassen. Sein Ellenbogen knallte gegen meinen Arm, und er bemerkte es nicht einmal.

Der Snob an meiner Seite schien über diese kleine Kollision umso empörter. Er sah dem Fremden noch immer nach, während ich beobachtete, wie sich die Lücke, die der Riese am Tresen hinterlassen hatte, schloss. »Scheiße! Unser Platz!«

Es ging einfach zu schnell, um darüber nachzudenken. Ganz automatisch hastete ich einen Schritt nach vorn – mit dem falschen Bein – und erkämpfte den Platz am Tresen allein schon deshalb, weil ich mich daran festhalten musste. Die Strafe für meine Unachtsamkeit war ein heftiges Proteststechen, das in meiner Hüfte begann und dazu ansetzte, ins ganze Bein auszustrahlen.

Komm schon, dachte ich. *Ein* Fehler. Du wirst mir *einen* Fehler zugestehen können. Verbissen starrte ich auf den Bierdeckel vor mir und versuchte herauszufinden, welche Art von Schmerz das hier war. Der Warnschmerz oder der konsequente. Der Warnschmerz war wie ein angestoßener Zeh. Er war übel, aber er ließ in absehbarer Zeit wieder nach und grummelte dann nur noch leise vor sich hin. Der Konsequente aber rückte an seinen Platz und verteidigte ihn, indem er immer lauter wurde und nur noch mit den richtig heftigen Zaubermitteln zu betäuben war.

Ich wollte keine Zaubermittel, ich wollte einen normalen Abend.

»Alles in Ordnung?«

Der Snob war an meine Seite gerückt. Eigentlich hatte ich allmählich mit dem Gedanken gespielt, ihn noch mal nach seinem Namen zu fragen. Er war mir zu sympathisch geworden, um ihn weiter nur als Snob zu betiteln. Mit dieser Frage aber machte er seinen Namen prompt wieder uninteressant.

Ich nickte heftig und presste ein »Alles okay« durch die Zähne, ohne zu wissen, ob das überhaupt stimmte. Der Schmerz hielt immer noch auf demselben Level Stellung und schien unentschlossen, ob er sich weiter ausbreiten oder wieder zurückziehen wollte. Aus dem Augenwinkel konnte ich sehen, dass der Snob mich weiter im Auge behielt. Herrgott, er sollte lieber um die Aufmerksamkeit des Barkeepers buhlen und mich in Ruhe vor mich hin leiden lassen. »Wirklich«, schob ich also nach. »Bin nur blöd aufgetreten.«

»Okay«, hörte ich ihn sagen. Mit dieser tiefen, ruhigen Stimme klang es, als wäre wirklich alles okay. Und falls nicht, wäre es das bald. Nur sah der Kerl mich immer noch an, was seiner Stimme direkt etwas ihrer beruhigenden Wirkung raubte.

»Ich komm klar«, versicherte ich. Diesmal etwas deutlicher. Tatsächlich bildete ich mir ein, dass das Stechen dumpfer wurde. Keine Ahnung, wie schnell der Schmerz vorhatte, abzuklingen, aber solange er nicht dazu ansetzte, schlimmer zu werden, konnte ich es aushalten, wie es gerade war. »Du solltest lieber deine Bestellung aufgeben. Sonst komm ich gar nicht mehr dazu, dir beim Tragen zu helfen.« Ich sah ihn dabei sogar an und hoffte, dass ich genug Entschlossenheit in meinen Blick legte, um ihm klarzumachen, dass ich wirklich, wirklich klarkam. Und falls nicht, dass es ihn nichts anging.

Zuerst musterte er mich noch. Eine tiefe Grüblerfalte schnitt sich waagerecht in seine Nasenwurzel und machte den Eindruck, als hätte sie schon viele, viele Grübeleien gemeinsam mit dem Snob gemeistert. Einen Moment lang behielt er diesen Blick bei, dann beschloss er wohl, mir zu glauben.

Wenigstens dachte ich das. Herrgott, manchmal war ich furchtbar naiv. Und alles, was es für diese Erkenntnis brauchte, war der Klassiker aller Fragen: »Willst du dich setzen?«

Ich spürte regelrecht, wie sich das »Ist das dein beschissener Ernst?« auf meiner Mimik breitmachte, noch ehe der Gedanke sich in meinem Kopf manifestiert hatte. Herrgott noch mal, der Snob war sogar einen halben Schritt zur Seite gewichen und deutete auf einen Barhocker neben sich.

»Nein, will ich nicht«, sagte ich nachdrücklich. »Ich will, dass du bestellst.« Ich klang zickig. Zickiger, als ich hatte klingen wollen. Aber ich war wütend, verdammt noch mal. Ich hatte doch gesagt, dass alles okay war. Wenn ich Hilfe wollte, dann fragte ich danach. Und wenn ich Hilfe ablehnte, obwohl ich sie brauchte, war das mein Problem. Allein meins.

»Aber …« Er deutete noch immer auf diesen Hocker, von dem ich demonstrativ ein Stück zurückwich.

»Nein, …« *Snob.* Scheiße, eine Ansage war prägnanter, wenn man Namen benutzte. Ich glaubte, dass sein Name sogar schon gefallen war, aber ich hatte ihn einfach wieder vergessen. »Nein, okay? Ich will lieber stehen. Ich kann stehen, weißt du? Und wenn ich sage, dass ich das kann, dann glaub mir das verdammt noch mal auch.«

Der Snob kniff kurz seine Lippen zusammen, als wäre ihm erst jetzt aufgefallen, dass er möglicherweise etwas zu weit gegangen war. Kurz sah er an mir vorbei und mir dann wieder in die Augen. Er wirkte dabei fast schon schüchtern, und prompt tat es mir leid, so direkt geworden zu sein.

Er räusperte sich. »Ich …« Noch ein Räuspern. »Das meinte ich eigentlich nicht. Ich hab nur befürchtet, dass du mich für einen sexistischen Idioten hältst, wenn ich dich bitte, dich an den Tresen zu setzen. Ich denke nämlich, dass du die Aufmerksamkeit des Bartenders eher auf dich ziehst als ich.« Während er das sagte, klang er, als würde er sich entschuldigen. Dafür, dass er mich nicht wie einen Krüppel behandelte, sondern wie einen Menschen. Einen Menschen mit Brüsten, die es zu seinem Vorteil einzusetzen galt. Aber wie einen Menschen.

Da ich nicht gleich wusste, was ich sagen sollte, formte ich mit den Lippen nur ein stummes O.

»Falls ich … Es tut mir leid, falls ich …«

Ich unterband seine holprigen Versuche mit einem Kopfschütteln. Dieses Spiel kannte ich und hatte wirklich keine Lust auf Entschuldigungen. Denen folgten in der Regel Beteuerungen meinerseits, dass alles in Ordnung war, dass ich überreagiert hatte, vielleicht noch eine flapsige Bemerkung und dann … Schweigen. Die ziemlich unangenehme Art.

Eine kleine Dosis Sexismus war mir da wesentlich lieber.

So elegant wie möglich hievte ich mich auf den Barhocker und lehnte mich ein Stück weit über den Tresen. »Wollen wir doch mal sehen, was ich da für dich tun kann.« Ich erspähte den Barkeeper – ein blonder Kerl mit Dreitagebart und etwas zu korrekt sitzender Frisur. Er ließ sich viel Zeit damit, die Spirituosen für einen Cocktail abzumessen, während er sich mit einer jungen Frau unterhielt. »Ich fürchte, das wird schwierig«, murmelte ich. »Die Konkurrenz ist stark.«

Die Augenbrauen des Snobs zogen sich zu einem ungläubigen, ja erschütterten Blick zusammen, ehe er sich neben mich schob und selbst nach dem Herrn des Tresens Ausschau hielt. »Er sieht ja nicht einmal her.« Er schnaufte richtig entrüstet ob dieser Feststellung – und deutete dabei sogar auf mich.

Ich lachte. Ich hatte gar keine andere Wahl. »Empörend«, bekräftigte ich und fuhr mir mit einer Hand durch meine Haare. Als Geste, aber auch, um meine gerade so kinnlangen, blonden Wellen so zu richten, dass sie die Narbe hinter meinem linken Ohr etwas besser kaschierten. »Er verpasst so viel. Erstklassige Ware.«

Kurz sah der Snob mich musternd an, dann entschied er, dass er es sich wohl erlauben konnte zu grinsen. So richtig breit zu grinsen. Wer hätte gedacht, dass sein Gesicht das hergab? Und dass es ihm so ausgezeichnet stand? Viel besser als die ernste Bürokratenmimik.

»Ich muss ja sagen …«, hob ich an und lehnte mich ein wenig in seine Richtung, als würde ich ein Geheimnis mit ihm teilen. Nur, dass ich nicht flüsterte. Dafür war es schlicht zu laut. »Ich dachte, du bist ein versnobter Spießer. Und jetzt stellt sich heraus, dass du großes Talent zum Zuhälter hättest. Ich glaube, das gefällt mir noch mehr.«

Das Grinsen blieb auf seinem Gesicht, aber er verzog es ein wenig. »Ich fürchte, deine erste Einschätzung trifft es etwas besser.«

»Unsinn«, winkte ich ab. »Du musst der Sache einfach eine Chance geben. Das Outfit hast du schon. Jetzt fehlt nur noch das geeignete Personal und …«

»Was kann ich euch bringen?« Die Frage unterbrach mich Gott sei Dank, ehe ich noch mehr fragwürdigen Schwachsinn von mir gegeben hätte. Gestellt wurde sie aber nicht von dem blonden, grinsenden Muskelpaket, sondern von einer jungen Frau mit kurzen, schwarzen Haaren. Sie stellte sie dem Snob, nicht mir.

Doch er sah mich an, nicht sie. »Tonic? Oder lieber etwas anderes?«

Das hatte er also mitbekommen. Und er hatte es sich gemerkt. Vermutlich hatte er recht, und er taugte wirklich mehr zum Snob als zum Zuhälter. Vielleicht sogar zum Gentleman.

»Tonic wäre fantastisch«, sagte ich und versuchte, mich auf ein Lächeln zu beschränken, das nicht zu viel meiner Begeisterung preisgab.

Er nickte nur. Mehr nicht. Ganz ohne irgendein »Aber das ist trostlos«. Da war kein »Maggie, ich weiß besser, was du willst«. Dafür war das Lächeln auf seinem Gesicht umso breiter. Es war eines von denen, die Menschen tragen, wenn sie sicher sind, dass sie gerade etwas ziemlich richtig gemacht haben. Mit diesem Lächeln wandte er sich an die Frau auf der anderen Seite des Tresens. »Ein Ale. Einen Sex on the Beach. Für mich eine Coke und für die Lady einen Hendricks Tonic.«

Ich wollte gerade dazu ansetzen, ihn zu korrigieren, als er mich ansah und dabei ergänzte: »Nur ohne den Gin.«

Meinen erstaunten Blick fing er kurz auf, dann sah er wieder zu der Barkeeperin.

»Also ein Tonic?«, hakte sie nach.

»Nein, das ganze Programm. Eis, Gurke, Pfeffer … Nur ohne den Gin. Geht das?«

Sie zuckte mit den Schultern, murmelte ein »Sicher« und machte sich an die Arbeit.

Ehe ich etwas sagen konnte, holte der Snob schon zu einer

Erklärung aus. »Dein Bruder hat recht. Tonic ohne Gin ist ein bisschen trostlos. Aber so sollte es gehen.«

Dass ich keinen Ton herausbekam, während die Kellnerin Gurkenscheiben in ein Glas fallen ließ, hatte ausnahmsweise nichts mit Aphasie zu tun. Ich war auf die stinknormale Art sprachlos, wie sie wohl jeder kennt.

Und die, über die sich das Gegenüber freut, anstatt unbeholfen mit Buchstaben, Silben oder ganzen Sätzen auszuhelfen. Es war unverkennbar, dass der Snob meine Sprachlosigkeit genoss. Er bemühte sich um ein unbeeindrucktes bis souveränes Gesicht. Und er war gut darin, ziemlich gut sogar. Aber in seinem Blick lag … Ich war nicht sicher. Es war mehr als ein bloßes Lächeln.

Er räusperte sich und nickte dann in Richtung Bar. »Ich sollte erwähnen, dass ich Hotelier bin.« Das sagte er, als wäre es das schmutzigste Geheimnis, das er je jemandem verraten hatte. »Außerdem bin ich, wie du schon richtig festgestellt hast, ein englischer Spießer. Einem Tonic, das sich nicht mit Gin vereinen darf, gebührt meiner Meinung nach so viel Respekt wie möglich. Der Stock in meinem Hintern verlangt das von mir.«

Lachend schüttelte ich den Kopf – amüsiert und gleichermaßen heilfroh, dass er mir etwas an die Hand gab, worauf ich besser reagieren konnte als auf nette Gesten. »Steht das so im Regelwerk?«

»Ausdrücklich«, bestätigte er. »Es gibt monatliche Zusammenkünfte. Ich werde hierüber Bericht erstatten müssen.«

»Für das hier hättest du verdient, zum Snob des Monats gekürt zu werden.« Und dann schaffte ich es endlich, das zu sagen, was ich eigentlich meinte: »Danke.«

Er nickte und rückte sich etwas verlegen seine Brille zurecht. »Gern geschehen.«

Ich wollte gerade dazu ansetzen, über meinen Schatten zu springen. *Okay, das ist mir jetzt wirklich unangenehm, aber ich fürchte, ich muss dir gestehen, dass ich deinen Namen vergessen habe. Das passiert mir manchmal. Und mittlerweile finde ich es etwas unpassend, dich in meinem Kopf nur Snob zu nennen …*

Ich kam bis »Okay, das …«, als Gläser neben mir auf den Tresen geknallt wurden. Vier Stück.

Und meins war das allerschönste. Das mag völlig übertrieben klingen, vermutlich war es das auch. Aber dieses bauchige Glas voller Eiswürfel, Gurken und Pfefferkörner war wie eine riesige Portion »Normal«, die mich heftiger traf als das Betreten des Pubs. Es fühlte sich an wie eine warme Dusche, nachdem man völlig durchgefroren nach Hause gekommen ist.

Auch übertrieben.

Mag sein.

Mir egal.

»Vorschlag: Du nimmst dein Glas und ich den Rest? Drei kriege ich hin, denke ich.« Diese Stimme, dicht neben mir, trug das Gefühl von »Normal« und »Warm nach Kalt« noch ein Stückchen weiter, ehe ich es mit einem Nicken verscheuchte. Nicht ganz und gar. Es war nicht weg, aber es überrollte mich nicht mehr mit aller Gewalt.

»Alles klar«, stimmte ich zu und griff nach dem schönsten Nur-Tonic, das ich je gesehen hatte, um es mit beiden Händen festzuhalten, während die wesentlich größeren Hände des Snobs die übrigen drei Gläser zusammenschoben und umfassten. »Erklärst du mir noch das mit der Coke? Ich meine … Weiß der Rat der englischen Snobs davon?«

»Nein«, sagte er ernst. »Und von diesem Laster werden sie auch nie erfahren. Das ist wohl eher meiner Identität als Zuhälter zuzuschreiben.« Ein halbes Lächeln schenkte er mir noch, dann schaute er kurz über seine Schulter. »Normalerweise würde ich dir den Vortritt lassen, aber ich will dir nicht zumuten, durch die ganzen Leute …«

Ich nickte. »Bin direkt hinter dir.« Damit folgte ich breiten

Schultern in Hemd und Weste durch unzählige andere Schultern in Shirts und Hemden.

»Ah, gut, du hast sie gefunden!« George klang nicht einmal annähernd überrascht, als er uns sah. Lediglich das Getränk, das ich in der Hand hielt, beäugte er skeptisch. »Ist das ein richtiger Drink?«

Wie kleine Schwestern es gewohnt sind, hielt ich das Glas lieber etwas näher vor meine Brust, damit George direkt wusste, dass er mit Gegenwehr zu rechnen hatte, sollte er es mir entreißen wollen. »Für mich ist das ein richtiger Drink«, stellte ich klar.

Und wie große Brüder es gewohnt sind, sah er erst mich misstrauisch an und dann den Snob. Ich erkannte aus dem Augenwinkel, wie Alex sich zu ihrem Begleiter beugte, doch George beanspruchte meine Aufmerksamkeit. »Ist da wirklich nichts drin?«

»Nur Tonic«, bekräftigte ich und setzte mich im selben Moment, in dem Alex aufsprang und ihre Handtasche von der Stuhllehne zog.

»Das sieht aber nicht aus wie nur Tonic«, hörte ich meinen Bruder sagen. Gleichzeitig verkündete die Frau neben mir: »Der Tisch gehört jetzt ganz und gar euch. George, darf ich dir feierlich meinen Drink überlassen?«

Mein Bruder sah auf den Cocktail, dann auf Alex, und er wirkte gar nicht mehr erpicht darauf, dass wir diesen Tisch für uns hatten. »Aber ihr habt doch gerade erst neue Drinks …«

»Ich muss zum Flughafen«, erklärte sie schnell. »Sie haben mich aus dem Standby geholt. Fuck, die holen mich sonst nie aus dem Standby. Ich habe doch extra gesagt, dass sie heute …« Die letzten zwei Sätze hatte sie ohnehin mehr zu sich gesprochen und brach den zweiten mit einem wütenden Grummeln ab. Dann atmete sie tief durch und schulterte ihre Handtasche. »Tom, können wir?«

Tom, also. Ich hatte gewusst, dass der Name ein simpler war. Einfacher sogar als »Snob«. Und trotzdem hatte er mir nicht einfallen wollen. Und nun, da ich ihn wusste, brauchte ich ihn vermutlich nicht mehr.

»Was bekommt ihr für ...« George deutete auf die Getränke vor sich. »Vor allem für das Bier, das du mir mitgebracht hast. Danke, Mann.«

Tom schüttelte nur den Kopf. »Lass gut sein.« Und dann an seine Freundin: »Welcher Flughafen?«

»Stansted«, antwortete sie, und ich konnte von Toms Gesicht deutlich den Fluch ablesen, den er für sich behielt. Kein Wunder. Wir waren mitten in Soho. Von hier würde es ewig dauern, aus der City rauszukommen. »Aber es reicht, wenn du mich zum Tottenham Hale bringst, dann nehme ich den Express.« Sie schob sich längst durch Tische und andere Gäste, während Tom noch bei George und mir stand und sichtlich zögerte.

Ich versuchte, ihm mit meinem Blick klarzumachen, dass ich schade fand, dass sie jetzt aufbrechen mussten. Aber dass es wohl so sein musste. Dass ich ihm meine Nummer geben würde, wenn er danach fragte, oder dass ich seine nicht wegwerfen würde, sollte er sie mir geben. Ich würde mich melden.

Aber ganz ehrlich – so viele Informationen passen schlicht und ergreifend nicht in eine Sekunde Blickkontakt. Und ich selbst traute mich nicht, etwas zu sagen wie »Warte kurz. Ich geb dir meine Nummer. Schreib mir einfach, wenn du jemanden brauchst, der mit dir die richtige Stammkreuzung für Seelenhandel sucht. Oder wahlweise für anderes Gewerbe.« Nichts konnte passieren, außer dass er verschwand, was er ja ohnehin im Begriff war zu tun.

Schlussendlich geschah nichts dergleichen, bis Alex seinen Namen rief. Sie hatte sich längst ein paar Meter weiter nach vorn gekämpft. »Tom, kommst du?«

Er atmete tief ein und schenkte mir ein deutlich zurückhaltenderes Lächeln als eben noch. »Erweist du mir die Ehre und übernimmst mein Getränk?«

Ich tat, was Mädchen in so einem Moment tun, sobald sie das Alter für solche Momente erreicht haben. Ich lächelte, um meine Enttäuschung nicht zu zeigen. Und ich nickte. »Mach ich. Und du passt bitte auf deine sexistische Zuhälterseele auf, okay?«

Dieses Lächeln von ihm war etwas offener, aber es schien ihm schwerzufallen. Wieso? Er müsste doch nur … Nun, das machen, was ich mich selbst nicht traute.

»In Ordnung.« Dann nickte er meinem Bruder zu und löste sich von dem Tisch, der nun wieder unserer war, um zwischen den anderen Leuten zu verschwinden.

Mir war wirklich danach, mich mit einem schweren Seufzen zurückzulehnen und mir für meine Feigheit an die Stirn zu greifen oder wahlweise meine Stirn auf die Tischplatte knallen zu lassen. Das zweite kam natürlich nicht infrage, da ich mittlerweile wusste, wie fragil so ein Schädelknochen sein konnte. Aber ich dachte darüber nach.

Dass George mich musterte, machte es nicht einfacher. »Was?«, maulte ich ihn an.

»Und das ist wirklich nur Tonic? Ich bin tot, wenn ich dich Alkohol trinken lasse.« Als wären wir wieder zwölf und sechzehn. Aber unterm Strich passte das wohl sehr gut zu meiner eben praktizierten Feigheit.

»Nur Tonic mit Deko«, versicherte ich unüberhörbar nüchtern. Dieses einnehmende Gefühl von Vertrautheit beim Anblick von etwas Gurke und Pfeffer hatte sich verschoben und dem Frust Platz gemacht. Das Risiko war immens, dass der sich wie ein Lauffeuer ausbreitete. Immerhin war Frust nichts anderes als Wut, nur eben auf sich selbst. Und wie gut ich derzeit mit Wut umgehen konnte …

Knöpfe, dachte ich … Dann bleiben eben ein oder zwei offen, was soll's. Macht nichts. Immerhin weißt du, dass sie noch da sind.

»Heißt das, du hast mir meinen Kiss-on-the-Beach-Ausrutscher vergeben?« Er grinste, wie George immer grinste, wenn er von einem Ja ausging.

Ich übersprang die Bestätigung einfach. »Trinken musst du das aber allein.«

Er lachte, was die gleichen Grübchen in seine Wangen malte, wie ich sie auch hatte. »Wir haben hier ein richtiges Büfett, ist dir das klar? Und du wolltest die Coke?«

Eigentlich wollte ich keine Coke. Ich hatte, was ich wollte, Gurken schwammen darin. Trotzdem nickte ich, und George lehnte sich zu Toms Platz, um mir das Glas rüberzureichen und …

»Ach du Scheiße …«

Er hielt in seiner Bewegung inne und sah mich an. »Hm?«

Mein Blick war seiner Hand gefolgt und dann an schwarzem Stoff hängen geblieben. Ich deutete darauf. »Das Sakko. Der Snob hat sein Sakko hier hängen lassen.«

Irgendetwas lief mit den Prioritäten meines Bruders enorm schief. Er nickte, gab mir aber dennoch zuerst die Cola. Das Ganze unterstrich er mit einem Schulterzucken. »Wenn es wichtig ist, wird er schon zurückkommen und es holen. Wir können es sonst nachher am Tresen abgeben.«

»Genau«, sagte ich und nippte an meinem Tonic, um meine Aufregung etwas zu kaschieren. »Drück es dem Barkeeper in die Hand, dem vom Stress schon Schweißperlen auf der Stirn stehen. Er legt es irgendwohin und weiß zum Feierabend vermutlich nicht einmal mehr, was das Ding da soll.« Zugegeben – ich war ein bisschen stolz auf mich. Ich hatte wirklich geklungen wie eine Schwester, die ihren Bruder für einen Idioten hielt. Nicht wie eine Frau, die zu dankbar für die Geste eines Mannes war, um dessen Klamotten einfach in einem Pub abzugeben, wo man am Ende noch die Biergläser damit polierte. »Schau wenigstens nach, ob etwas Wichtiges drin ist. Schlüssel oder so.«

Er verdrehte die Augen, griff dann aber doch nach dem Kleidungsstück. »Ist dir der Stock im Arsch des Kerls nicht aufgefallen? Der war riesig. Also nicht nur der Typ, der auch. Ich meine den Stock. So jemand lässt doch keine Schlüssel ... siehst du!« Er hielt das Sakko in der Hand und schüttelte es zwei Mal. Kein Klirren.

Ich nickte. Vermutlich war das Ding nur Teil seiner Hoteluniform. Hotelier, hatte er das nicht gesagt? Da trug man Uniformen. Ganz abgesehen davon, dass das erklärte, weshalb ein Mann um die dreißig an einem Mittwochabend in Anzughose und Weste in einem Pub saß, obwohl er kein Date hatte. Wieso sollte man so was tragen, wenn nicht, um einer Frau den Kopf zu verdrehen? Es sei denn, man hatte es ohnehin an ...

Während mein Kopf sich dieser Gedankenschleife ergab, tastete George grob an dem Sakko herum und schien schließlich doch etwas zu finden. Er griff in die Innentasche und holte einen schmalen Stapel Kärtchen heraus. In der Tasche an der linken Seite des Sakkos fand er eine Plastikkarte und ein Namensschild.

Die beiden Sachen legte er auf dem Tisch ab und nahm sich eine der Visitenkarten, die er inspizierte und dann anerkennend die Augenbrauen hob. Das war ein Blick, den man eher selten an ihm sah – es sei denn, man war einer seiner Schützlinge, fünf Jahre alt und präsentierte den ersten Wackelzahn.

»Er arbeitet in einem Hotel in Kensington. Nie gehört. Dandelion's Inn.« Woher das Staunen kam, erklärte er erst danach: »Das Ding gehört ihm.«

»Was?« Ich beugte mich über den Tisch. Das war kein guter Winkel für meine Hüfte, das teilte sie mir direkt mit. Allerdings merkte ich diesmal schnell, dass dieses Stechen nur einer von den Warnschüssen war, keine Kriegserklärung. Ich konnte es ganz gut ignorieren, während ich mich mit einer Visitenkarte in der Hand wieder zurücklehnte.

Ich sah das Logo des Hotels – die schlichte, schematische Darstellung einer Pusteblume, die in den schnörkellosen, aber eleganten Schriftzug des Hotelnamens überging.

Dandelion's Inn
23 Hyde Park Gate
Kensington
London
SW7 5BB

Auf der Rückseite waren die Informationen, über die George gestolpert war.

Thomas S. Walsh
Geschäftsführer und Inhaber

Darunter seine E-Mail-Adresse … und eine Telefonnummer.

Sehr geehrter Mr Walsh …

- Maggie -

Ich ließ Toms Sakko nicht in der Bar. Und obwohl das der einfachste Weg gewesen wäre, rief ich ihn genauso wenig an, um ihm zu sagen, dass ich es in meiner Gewalt hatte.

Natürlich rief ich nicht an – aus mehreren Gründen. Zum einen wegen meiner generellen Abneigung gegen das Telefonieren, klar. Darüber hinaus wusste ich nicht, ob die Telefonnummer seine direkte Durchwahl war oder die allgemeine Nummer des Hotels. Was hätte ich sagen sollen, falls eine Empfangskraft ans Telefon ging? »Entschuldigen Sie die Störung, aber Ihr Chef hat letztens sein Sakko vergessen. Können Sie mich durchstellen?« Und dann würde ich erklären müssen, wieso ich es nicht einfach ins Hotel schickte. Und irgendwo in diesen Erläuterungen würden mir die Worte ausgehen. Dann konnte es sein, dass ich entweder verstummte oder richtig wütend wurde.

Schlussendlich befand ich, dass es klüger war, eine E-Mail zu schreiben. Sie zu formulieren kostete mich den gesamten Vormittag. Es war zehn Minuten vor zwei, als ich die E-Mail, die mich seit Stunden beschäftigte, noch ein letztes Mal las. Ich saß im Wartezimmer. Der Termin mit meiner Physiotherapeutin nahte, und ich wollte die Mail gern vorher wegschicken. Das hatte keinen bestimmten Grund. Ich wollte einfach.

Es ist nur ein Sakko. Du bringst es ihm zurück, ihr plaudert kurz, du gehst wieder. Vielleicht möchte er auch, dass du es ihm schickst. Oder entsorgst. Er hätte es sicher nicht hängen lassen, wäre es ihm wichtig. Immerhin wirkte er nicht wie jemand, der Dinge, die ihm wichtig sind, einfach liegenlässt.

Ich dachte zu viel. Das wusste ich. Im Prinzip war das schon immer so gewesen. Es war nur schwieriger geworden, mit den Schultern zu zucken, »Egal« zu sagen und das Risiko einzugehen.

Neben mir lehnten meine Gehhilfen, die ich brauchte, um durch schlechtere Tage zu kommen. Manchmal zeigten sie mir, wie knapp alles gewesen war und dass ich gar keine Zeit für Zweifel hatte. Nun … dieser Donnerstag war eher eine der anderen Gelegenheiten. Solche, die Angst vor jedem dummen Fehler machten, weil es so wenig brauchte, um der letzte …

Fünf Minuten. In fünf Minuten würde Desna mich aufrufen, mir ihr herzliches Lächeln schenken und mich dann Höllenqualen aussetzen. Und es war doch nur eine verdammte Mail.

Mit einem Seufzen öffnete ich die App wieder und las meinen Text noch einmal. Was dumm war. Je öfter ich ihn las, umso alberner fand ich ihn.

An: t.walsh@dandelions-inn-hotel.co.uk
Von: forrester_margaret@gmail.com
Betreff: Fundstück

Sehr geehrter Mr Walsh,
ich möchte Ihnen hiermit meine aufrichtige Erschütterung darüber mitteilen, dass Sie ein so vergesslicher Mensch sind. Nachdem Ihre Erinnerung so bilderbuch-

haft mein Lieblingsgetränk abrufen konnte, verwundert es mich, mit welcher Nachlässigkeit Sie Ihre Kleidung behandeln.
Ich war so frei, Ihrem Sakko vorübergehende Obhut zu gewähren, bis ich es seinem rechtmäßigen Besitzer wieder anvertrauen kann. Gibt es hierfür einen von Ihnen priorisierten Ablauf? Ich kann eine persönliche Übergabe an einem neutralen Ort anbieten, ebenso die Delegation an einen Versanddienstleister Ihres Vertrauens.
Bitte setzen Sie mich über das von Ihnen gewünschte Prozedere in Kenntnis.
Mit besten Grüßen
M. Forrester

Ich tippte auf »Senden« und kam mir mit sofortiger Wirkung dämlich vor. Was war falsch an einem »Du hast da was liegen lassen, soll ich dir das Sakko vorbeibringen?«

Über die zweite Mail dachte ich nicht lange nach. Ich hatte einfach keine Zeit dafür.

An: t.walsh@dandelions-inn-hotel.co.uk
Von: forrester_margaret@gmail.com
Betreff: PS

Tom, ich bin nicht *sicher, ob*

»Maggie, wollen wir? Oh, kein guter Tag heute?«

Ich schreckte hoch und sah das freundliche Gesicht von Desna, die auf meine Gehhilfen deutete. Ich lächelte zurück. Man konnte gar nicht anders, wenn man in dieses Gesicht sah mit dem herzlichen Lächeln und diesen warmen Augen. Das gelbe Kopftuch, das sie heute trug, ließen sie noch mehr strahlen als sonst. Niemals würde man dieser Frau zutrauen, dass sie ihre Patienten zum Weinen brachte. Ich jedenfalls hatte bei den ersten Anwendungen geweint. Steife Gelenke waren starrsinnig. Und Desna war es auch. Zum Leidwesen ihrer Patienten.

»Zwei Minuten«, sagte ich ihr.

Sie sah zur Uhr. »Maggie du weißt, die Termine sind …«

»Wirklich nur zwei Minuten«, versicherte ich.

»Mh«, machte sie und lief zu mir. Mit den Händen in die Hüften gestemmt sah sie zu meinem Handy. Unmöglich, dass sie etwas lesen konnte, aber es reichte, um das Gerät mit mahnenden Blicken zu strafen. Dann griff sie an mir vorbei und nahm sich die Krücken. »Wenn du die zwei Minuten Therapie nicht nötig hast, dann brauchst du die hier auch nicht. Ich warte drinnen. Komm, wenn du so weit bist. Und falls du umfällst, will ich wissen, was wichtiger ist als deine Übungen.«

Mit ihrem Blick sah sie mich fragend an. Sie fragte damit nicht nach meiner Meinung, sondern ob ich kapiert hatte.

Ich nickte und sah ihr nach, als sie mit meinen Gehhilfen verschwand. Fünf Meter, schätzte ich. Die würde ich schaffen.

Dann wandte ich mich wieder meiner Mail zu. Es war wichtig, dass Tom sie gleich erhielt, ehe er glaubte, dass ich den Verstand verloren hatte.

An: t.walsh@dandelions-inn-hotel.co.uk
Von: forrester_margaret@gmail.com
Betreff: PS

Tom, ich bin nicht sicher, ob die hochwürdige Gesellschaft englischer Snobs deine Mails abfängt, daher habe ich mich lieber angepasst. Nicht, dass noch jemand ahnt, dass du eine zweite Identität als Zuhälter pflegst.
Was soll ich mit dem Sakko machen?
Gruß, Maggie

Laute Menschen

- Tom -

... Ich war so frei, Ihrem Sakko vorübergehende Obhut zu gewähren, bis ich es seinem rechtmäßigen Besitzer wieder ...

Es war nur ein unauffälliger Ton, der mich von Maggies E-Mail hochschrecken ließ – nicht mehr als ein etwas lauteres Klicken, das einen eingehenden Anruf ankündigte.

Ich sah zu meinem Schreibtischtelefon. Die Drei blinkte. Der Empfang. Ich ahnte, weshalb ich angerufen wurde, und als ich das Gespräch entgegennahm, wurde meine Ahnung bestätigt. »Mr Robertson ist angekommen. Er will Sie unverzüglich sehen.«

»Richten Sie ihm aus, dass ich gleich bei ihm bin. Checken Sie ihn ein. Keine Formalitäten. Nur die Unterschrift. Er hat sein Lieblingszimmer, Blick zum Innenhof. Das Gepäck soll er einfach vorn stehen lassen, ich bringe es ihm in zehn Minuten aufs Zimmer und begrüße ihn persönlich.«

»Ich ...« Ich schloss die Augen, als ich Mr Robertsons Stimme hörte. Er schien nicht direkt bei meiner Mitarbeiterin zu stehen. Es klang weiter weg. Ich konnte also nur mutmaßen, wen er da zurechtwies. Den Concierge? »Mr Walsh, ich fürchte, so lange möchte der Gast nicht warten.«

Ich nickte. »In Ordnung, Linda. Sagen Sie ihm, dass ich in zwei Minuten da bin. Und dass ich hoffe, dass er an den Wein gedacht hat, damit sich dieses Theater rechtfertigt.«

Kurze Pause. »Ich glaube nicht, dass ich ihm das sagen möchte, Sir.«

Natürlich. Es gab neben mir genau zwei weitere Personen, die Mr Robertson so etwas sagen würden. Meine Mutter, die einen freien Tag genoss, und der gute alte Geoffrey Bishop, der seit ein paar Monaten nicht mehr hier arbeitete.

Ebenso wenig war ein anderes der vertrauten Gesichter noch hier. Abgesehen vom familiären Kern war die Belegschaft seit Mr Robertsons letztem Besuch vollständig ausgetauscht worden. Und leider gehörte er zu der Art von Stammgästen, die solche Prozesse persönlich nahmen.

»Ich bin gleich vorn«, versicherte ich und beendete das Gespräch. Dann stand ich auf, griff nach meinem Sakko, das immer über meinem Bürostuhl hing, zog es über und schloss einen Knopf. Ein kurzer prüfender Blick, ob das Namensschild gerade saß und dann … verharrte ich doch noch einmal.

Sehr geehrter Mr Walsh,
ich möchte Ihnen hiermit meine aufrichtige Erschütterung darüber mitteilen, dass Sie ein so vergesslicher Mensch sind …

Vermutlich war es besser, darauf erst später antworten zu können. Wenn man zehn Minuten vor so einer E-Mail sitzt, weil schon der erste Satz einen aus dem Gleichgewicht bringt, empfiehlt es sich, diese zehn Minuten auch einer Antwort zu geben. Besser noch mehr.

Die zweite Nachricht, die eingegangen war, hatte ich noch

gar nicht gelesen. Ich war neugierig. Natürlich war ich das. Und aufgeregter, als ich es sein sollte.

Allerdings … Es war nicht nur eine E-Mail.

Und auch nicht nur ein Sakko.

Mein Puls raste vermutlich mehr als der meiner Empfangsmitarbeiterin, weil ich immer noch nicht bei ihr war. Gleichzeitig war da dieses Grinsen auf meinem Gesicht. M. Forrester … Ich wollte mir einbilden, dass das ein kleiner Seitenhieb auf die Tatsache war, dass meine E-Mail-Adresse meinen Vornamen abkürzte. Ich wollte mir einbilden, dass sie ihre Mail so unterschrieben und sich dabei ihre Lippen zu diesem leicht diebischen Lächeln verzogen hatten.

Und ich wollte mir einbilden, dass ich mit einem Neustart klarkam.

Diesen letzten Punkt wollte ich sogar unbedingt.

Die Geschichte der Pusteblume

- Maggie -

An: forrester_margaret@gmail.com
Von: t.walsh@dandelions-inn-hotel.co.uk
Betreff: RE: Fundstück

Sehr geehrte Miss Forrester,
ich entschuldige mich in aller Form für die Unannehmlichkeiten, die meine Zerstreutheit Ihnen bereitet haben mag. Gleichermaßen möchte ich Ihnen für die Inobhutnahme meines Jacketts danken. Ich empfinde dies keinesfalls als Selbstverständlichkeit.
Falls es Ihnen keine zu großen Umstände macht, freue ich mich über eine persönliche Übergabe. Mit diesem Jackett kommt etwas einher, das mir sehr am Herzen liegt. Ich schätze die Arbeit unserer Zustellungsdienste, dennoch traue ich Ihnen mehr Sorgfalt zu.
Ich bin morgen ganztägig am Empfang des Dandelion's Inn anzutreffen, somit also leicht aufzufinden. Natürlich würde ich mich für Ihre Mühen erkenntlich zeigen.
Es grüßt Sie
Ihr Thomas Walsh

An: forrester_margaret@gmail.com
Von: t.walsh@dandelions-inn-hotel.co.uk
Betreff: RE: PS

Margaret also?
Ich hätte mit so etwas wie Megan gerechnet.
Ist dir klar, dass die hochwürdige Vereinigung englischer Snobs entzückt wäre über so einen Namen? Ich bin sicher, man würde dich herzlich willkommen heißen.
Bis morgen?
Tom.

»Wenn es dir so am Herzen liegt, bringe ich das Jackett natürlich persönlich vorbei. Ich glaube, es vermisst dich. Bis morgen.« Das war meine Antwort gewesen, gemeinsam mit einem Foto, wie das Sakko an einem Bügel an meiner Tür hing. Es sah dabei tatsächlich etwas trostlos aus. Vielleicht war das ja das Schicksal solcher Kleidungsstücke – ihren wahren Zauber nur am Oberkörper des passenden Mannes zu entfalten.

Also stand ich am Freitag vor der Adresse auf Toms Visitenkarte. Hinter mir rauschten Autos auf der Straße. Auf der anderen Seite erstreckten sich die Kensington Gardens, die allmählich den Frühling einläuteten. Und nur ein paar Meter vor mir war der Eingang zu Toms Hotel – ein Eckgebäude in Form eines Bügeleisens, wie man so gern sagte. Der Haupteingang lag genau auf dieser Ecke und führte in einen vierstöckigen Altbau.

Die Fassade war dunkel, und vor ihr hob sich das helle Logo des Hotels ab. Ich starrte auf den Schriftzug, den ich schon von der Visitenkarte kannte. Ich starrte und … rührte mich keinen Meter. Toms Sakko hing über meinem linken Arm.

In meiner Vorstellung hatte ich mich bei der Übergabe über

seine Ausdrucksweise amüsieren wollen. *Inobhutnahme meines Jacketts* … Und was an diesem Sakko lag ihm denn am Herzen, wenn nicht das Sakko selbst? Die Visitenkarten? Oder diese Plastikkarte, von der ich annahm, dass sie ein Schlüssel war? Vielleicht ein Generalschlüssel, überlegte ich. Für das Hotel, vor dem ich stand und das ihm gehörte. Er *besaß* dieses Ding, verdammte Scheiße! Der Snob mit der Cola besaß ein Hotel – eines von der Art, in die meine alte Agentur mich und meine Kollegen eingecheckt hatte, wenn es wirklich, wirklich wichtig war und der Kunde wirklich, wirklich viel Geld dafür ausgab, dass wir sein Image aufpolierten.

Tom gehörte das alles, während ich Google Maps gebraucht hatte, um den Weg von der U-Bahnstation hierher zu finden. Langsam wie eine Schnecke, humpelnd und im Prinzip nur geradeaus die Straße entlang – was ich mir auf Teufel komm raus nicht hatte merken können.

Also ja, ich war eingeschüchtert.

»Du hättest googeln sollen«, murmelte ich zu mir selbst. Genau das hatte ich nicht getan. Ich war gespannt auf das Hotel, das dieser Snob-oder-vielleicht-auch-Zuhälter führte. Zu sehr, um mir etwas vorwegzunehmen. Eine Eigenart, die niemand verstand, und die ich daher umso akribischer praktizierte. Nur war dieser Schuppen wirklich edel. Vielleicht wäre es besser gewesen, das vorher zu wissen, und vielleicht …

Das Hupen eines Busses riss mich aus meiner Starre. Irgendein Porschefahrer hatte sich in seine Spur gedrängt.

Ich atmete tief durch und stakste dann die letzten Meter auf das Hotel zu. Vier Stufen waren es, die mich von dem Drehkreuz trennten. Natürlich. Ein Drehkreuz. Eine einfache Schiebetür hätte es vermutlich nicht getan. Daneben stand ein junger, rothaariger Kerl und schenkte mir sein nettestes, sommersprossiges Grinsen. »Herzlich Willkommen, kann ich Ihnen behilflich sein, Ma'am?«

Ma'am ... Herrje.

Ich schüttelte den Kopf und absolvierte die letzte Stufe. Auf keinen Fall wollte ich Hilfe. »Ich will nur schnell etwas abgeben, vielen Dank.«

Ich erwartete bereits, dass er mir Hilfe anbot – und sei es nur, mir dieses Jackett abzunehmen oder auf den barrierefreien Zugang zu verweisen. Doch er wünschte mir einen schönen Tag und ließ mich dann in Ruhe.

Also beschloss ich, ihn zu mögen.

Die Lobby, die ich durch die Drehtür hindurch betrat, sah anders aus, als ich sie erwartet hätte. Zugegebenermaßen hatte ich mir im Vorfeld keine genauen Vorstellungen gemacht. Aber nach meiner Erfahrung führten Drehtüren stets in reinweiße, klinisch designte Eingangsbereiche – oder in das genaue Gegenteil. Dunkle, hölzerne Räume mit Ohrensesseln und Kronleuchtern. Unbedingt mit Kronleuchtern.

Das Dandelion's Inn hatte keine Kronleuchter. Stattdessen hingen schlichte Glaskugeln von der Decke, schwebten auf verschiedenen Höhen und tauchten die Lobby in ein warmes Licht. Ich konnte mir vorstellen, dass es bei Nacht wirkte, als würden Kerzen über der Einrichtung schweben, die sich in schlichtem Grau und Salbei hielt. Nichts wirkte altbacken, aber auch nicht ungemütlich. Ehrlich gesagt hätte ich sogar große Bedenken gehabt, mich in einen der Sessel fallen zu lassen. Keine Ahnung, ob ich ohne fremde Hilfe wieder hätte aufstehen können.

Die Lobby war nicht besonders groß, es gab genau fünf kleine Sitzgruppen vor dem Empfangstresen, an dem sich gerade ein hochgewachsener, kräftiger Mittfünfziger über irgendetwas ausließ. Er debattierte mit einem schweren Akzent, der glasklar kein britischer war, und mit dem Chef des Hotels, wie ich feststellte, und der im Gegenzug nicht britischer hätte sein können.

Ich schmunzelte, als ich ihn da stehen sah – in dem dunkelgrauen Anzug, diesmal ohne Weste, dafür mit Krawatte. Er lauschte seinem Gast, nickte hin und wieder dezent und lächelte auf diese warme und gleichzeitig distanzierte Art, wie sie wohl nur wahre Snobs aus Leib und Seele beherrschen. Die Vereinigung hochwürdiger englischer Snobs wäre stolz auf … *ihn.*

Scheiße. Der Name. Seit vorgestern hatte ich bereits drei Mal nachsehen müssen, wie Mr Walsh hieß. Mir den Nachnamen zu merken, war mir leichtgefallen. Aber der Vorname … Hektisch suchte ich in dem Sakko, das noch immer über meinem Arm hing, nach einer seiner Visitenkarten. Thomas S. Walsh.

Tom also. Genau.

Ich atmete tief durch und steckte das Kärtchen wieder zurück. Tom. Das war doch eigentlich ganz einfach.

Vorsichtig lief ich noch ein paar Schritte weiter, blieb aber mit einem gebührenden Diskretionsabstand zu dem aufgebrachten Amerikaner stehen. Ich musste ihm keine zwei Sätze lang zuhören, um seine Herkunft herauszuhören. Er schrie nicht, dafür schien er nicht wütend genug. Aber es war ihm offenbar ein Anliegen, sehr laut und sehr wichtig zu klingen.

»Seit etlichen Jahren bin ich nun schon Stammgast, Thomas. Ich kannte Sie schon, da konnten Sie nicht einmal lesen und schreiben und wussten nicht, was eine Kreditkarte ist. Und in all der Zeit habe ich nie eine derartige Veränderung erlebt. Ich denke, es steht mir zu, die Gründe dafür zu erfahren.«

»Mr Robertson, ich verstehe Ihre Irritation. Glauben Sie mir, …« Die übrigen Worte verstand ich nicht, ich hörte nur den Bass von Toms Stimme. Mich hätte ihr Klang auf der Stelle beruhigt, scheißegal, was er da überhaupt sagte. Der Amerikaner schnaufte immerhin und nickte, ehe er auf irgendetwas hinter Toms Tresen deutete. Einen Rechner vielleicht oder die Kreditkarte, von der er eben gesprochen hatte.

»Dann suchen Sie mir einen Termin. Und ich erwarte, dass auch Olivia …« Er unterbrach sich, als eine junge, dunkelhaarige Frau neben Tom auftauchte und einen Umschlag auf den Tresen legte.

Sie sagte irgendetwas von einer Korrektur und entschuldigte sich für … keine Ahnung. Im selben Moment traf mich Toms Blick über Mr Robertsons Schulter hinweg. Sein reserviertes Hotelierlächeln schob sich ein Stück beiseite und machte einem ehrlichen Hallo Platz. Einem kurzen, warmen Funken voller »Da bist du ja«, ehe er sich seinem Gast wieder zuwandte.

Ich hörte, dass Tom etwas sagte, ehe er sich an seine Mitarbeiterin wandte. Als er dabei dezent, aber unübersehbar auf mich deutete, sackte kurz meine Lunge auf den Magen. Die junge Frau nickte und lief um den Tresen herum, während Tom sich wieder seinem empörten Stammgast widmete.

Sie strahlte, als sie auf mich zukam. Es wirkte wie ein richtiges, aufrichtiges Strahlen. Entweder war sie hervorragend in ihrem Job oder aufs Tiefste erleichtert, dass ihr Chef sie von diesem unangenehmen Gast weglotste.

»Herzlich Willkommen im Dandelion's Inn.« Und damit verpuffte die Natürlichkeit prompt. »Mr Walshs aktuelles Gespräch wird sich wohl noch einen Moment hinziehen«, erklärte sie und deutete den Gang entlang – nicht in die Richtung, aus der ich gekommen war, sondern weiter in das Gebäude hinein. »Er bittet mich, Sie ins Café zu begleiten, dort stößt er gleich zu Ihnen. Wenn Sie mir bitte folgen möchten?«

»Natürlich«, sagte ich und folgte L. Marrow – so jedenfalls behauptete ihr Namensschild – über die großen Sandsteinfliesen, vorbei an den Fahrstühlen, vor denen einige Gäste warteten.

Im Vorbeigehen deutete sie auf das Logo des Hotels, das über den Fahrstühlen prangte. »Die Pusteblume ist nicht zufällig das Symbol für das Dandelion's Inn«, erklärte sie mir in demselben Tonfall, wie sie es vermutlich zwanzig Mal am Tag machte. »Nachdem die Bomben London verwüstet hatten, war Löwenzahn das Erste, was hier an diesem Fleck wieder gewachsen ist. Und später war es ein ganzes Hotel, das sich trotz der Ruinen und widrigen Umstände behaupten konnte. Deshalb auch der Name.« Sie lächelte mich über ihre Schulter hinweg an, und ich schenkte ihr das Nicken einer aufmerksamen Zuhörerin. »Ich gehe davon aus, dass Mr Walsh Ihnen das Haus noch zeigen wird. Da möchte ich ihm nichts vorwegnehmen. Falls Sie dennoch Fragen haben ... Er sagte, Sie planen eine größere Veranstaltung?«

Eine ... was? Aber ehe ich mich ausgiebig hätte wundern, geschweige denn seine Aussage richtigstellen können, ertappte ich mich schon dabei, sie einfach zu bestätigen. »Meine Mutter wird in diesem Jahr sechzig.« Das war eine glatte Lüge. »Und sie möchte gern die gesamte Familie einladen. Onkels, Tanten, das ganze Programm. Im Prinzip ist es also eher eine Familienzusammenführung.« Zugegeben – das war nicht sonderlich kreativ, aber so weit weg von der Realität, dass ich selbst ganz überrascht war. Noch dazu hatte alles Sinn ergeben, was ich da gesagt hatte. Bei dieser Erkenntnis sah ich schon vor mir, wie ich am Montag meinem Therapeuten stolz erzählen würde, wie fehlerfrei ich unter Druck sprechen konnte. Solange es sich um völlig erdachte Aussagen handelte. Allein schon, um Dr. Rivers' Gesicht zu sehen, nahm ich mir fest vor, das nicht zu vergessen.

»Da sind wir«, verkündete L. Marrow, als der Gang etwas breiter wurde. Ich hörte Stimmen, das Klappern von Geschirr, und links sah ich einen Bartresen. Die Kaffeemaschine dahinter war riesig und wirkte uralt, genauso wie die Vitrine mit dem Gebäck. »Tisch drei.« Toms Kollegin deutete auf eine kleine Sitzgruppe direkt unter einem der Fenster, die nach draußen auf die schmale Seitenstraße zeigten. Als würde mir nicht auffallen, dass die meisten Gäste sich weiter hinten im Café tummelten. Ich beobachtete mindestens drei Menschen, die fasziniert in die gleiche Richtung schauten – zu irgendetwas, das ich von Tisch drei aus nicht sehen konnte.

»Was ist dort?«, fragte ich neugierig.

Aber L. Marrow schüttelte nur den Kopf. »Mr Walsh sagte ausdrücklich, ich solle Sie zu Tisch drei bringen. Sie wollen sich sicher setzen, oder?« Sie deutete zaghaft auf mich und das genügte. Das leise Stechen in meiner Hüfte wachte auf und zeigte sich voller Elan. Meine Neugier hatte den Schmerz bis eben schlummern lassen, aber nun war es da. Das leise, fast zärtliche »Hast du etwa gedacht, es würde den Leuten nicht mehr auffallen?«, das sich in mein Gelenk fraß.

»Darf ich Ihnen etwas zu trinken anbieten, während Sie warten? Ich empfehle unseren Tee des Hauses.« Sie deutete hinter sich, wo ein junger Kellner gerade eine Etagere vorbereitete. Natürlich. Es war genau die richtige Zeit dafür. »Er lehnt sich an einen klassischen Earl Grey an, besticht aber mit einer ganz eigenen Note. Wir empfehlen ihn zum Afternoon Tea.« L. Marrow lächelte vertraulich. »Oder auch einfach zum Warten, natürlich. Die Mischung ist Mrs Walshs ganzer Stolz.«

Eben noch hatte ich ihr zum perfekten Vortrag dieses klassischen Werbetextes gratulieren wollen. Doch etwas anderes lenkte meine Aufmerksamkeit prompt auf sich. »Mrs Walshs?«

Sie nickte. Und sie schien überhaupt nicht zu bemerken, dass meine Stimme sich bei diesen drei Silben verhedderte. »Mrs Walsh hat gemeinsam mit Experten diese Teesorte entwickelt. Soweit ich weiß, wird für jedes Jahr auch eine ganz eigene Weihnachtsmischung kreiert, aber so lange bin ich noch nicht dabei. In diesen Genuss bin ich noch nicht gekommen.«

Soso, dachte ich. Eine eigene Teemischung von Mrs Walsh, also. »Wenn das so ist, dann …« Ich zögerte, blieb dann aber doch dabei. Herrgott, es war doch nur ein Sakko, oder? Das Sakko eines versnobten, sexistischen Zuhälters. Ich brachte es ihm zurück und genoss dafür einen Tee in einem ganz normalen Café, wie ich es seit Monaten nicht getan hatte. Ein Sakko gegen einen Brocken Normalität war ein ziemlich guter Deal. »Dann probiere ich den Tee wohl mal«, entschied ich und nahm an Tisch drei Platz.

»Sehr gute Wahl. Mr Walsh stößt sicher gleich zu Ihnen. Ich gebe meinem Kollegen die Bestellung weiter.« Sie wünschte mir noch einen schönen Nachmittag und viel Erfolg mit der Planung meiner Feier. Diesen Unsinn hatte ich schon wieder vergessen – nun, da mich eine Tasse Tee von Mrs Walsh erwartete.

Ich lehnte mich zurück und schüttelte den Kopf über die Idiotin, die ich war. *Natürlich werde ich mich für Ihre Mühen erkenntlich zeigen.* Zu Hause hatte ich mich gefragt, ob Mr Walsh wusste, wie anzüglich das klang. Zumindest, wenn man es so klingen lassen wollte.

Aber nun war ich hier, in dem Hotel, in dem er sich vermutlich die meiste Zeit seines Lebens aufhielt, und die Anzüglichkeit wich einer viel greifbareren Aura von Förmlichkeit und Eleganz. Wahrscheinlich stand dieser Satz sogar im Lehrbuch für fortgeschrittene – und außerdem verheiratete – Snobs, die einmal hochehrwürdig werden wollten.

Der Kellner brachte mir natürlich nicht einfach eine Tasse Tee, sondern ein ganzes Service. In der Kanne hing kein Beutel oder Sieb mehr oder die Extravaganz mit der Mrs Walshs Tee nun einmal zubereitet wurde. Er war also schon perfekt, als er an meinen Tisch kam.

»Kann ich Ihnen noch etwas bringen?«

Ich schüttelte den Kopf, deutete dafür aber in den Bereich,

wo deutlich mehr Gäste saßen. Vielleicht war er meiner Neugier ja wohlgesonnener als L. Marrow.

»Nein, aber Sie können mir verraten, was dort drüben ist.«

Der Kellner sah sich erst um, als hätte er keinen Schimmer, was ich meinte. Als er sich mir wieder zuwandte, trug er das wissende Lächeln eines Geheimnisträgers auf dem Gesicht, der gern einer war. »Oh, das ist etwas, das man nicht verrät, Ms Forrester. Das muss jeder selbst sehen.«

»Ihre Worte oder der Werbeslogan?«

»Die Worte meiner Mutter«, hörte ich eine tiefe, warme Stimme hinter mir. Das gewinnende Gastgeberlächeln, das in ihr mitschwang, erblickte ich, als Tom um den Tisch herumtrat und es mir schenkte. »Danke, Martin«, wandte er sich an den Kellner, der sich mit einem Nicken von seinem Chef und mit einer Floskel von mir verabschiedete, ehe Tom sich an den Tisch setzte und mir eine lederne Mappe zuschob. »Ignorier das Ding.« Das sagte er im selben Moment, in dem er sein Hotelmanagergesicht ablegte und sich in den Cola trinkenden Zuhälter verwandelte. Nur, dass er diesmal keine Weste, sondern einen Anzug trug, der entweder maßgeschneidert war, oder Thomas S. Walsh hatte schlicht die perfekte Statur für Anzüge. Beides hielt ich für überaus wahrscheinlich.

»Die Mappe ist nur ein Requisit. Die Mitarbeiter gehen davon aus, dass wir eine wichtige Veranstaltung besprechen. Ich wäre dir dankbar, wenn wir diesen Schein wahren könnten. Ich möchte privaten Klatsch über meine Person gern vermeiden.«

Ich nickte. »Dann solltest du wissen, dass meine Mum 60 wird und zu dem Anlass eine Familienzusammenführung plant«, klärte ich ihn auf. »Meine Onkels und Tanten kommen, die ich seit Jahren nicht gesehen habe. Es wird episch.«

Tom setzte dazu an, etwas zu sagen, doch ich konnte seinem Gesicht ansehen, dass er auf halber Strecke noch einmal in eine andere Richtung bog. »Große Familie also?«

Ich schüttelte den Kopf. »Beide Eltern Einzelkinder. Ich glaube, das ist der Grund, wieso sie nach meinem Bruder noch mich gemacht haben. Diese schwere Bürde des alleinigen Stammhalters wollten sie niemandem überlassen.« Ich hatte das Gefühl, dass ich zu viel erzählte. Und wie man es eben macht, wenn einen dieser Eindruck ereilt, zuckte ich mit den Schultern, um das Gesagte runterzuspielen, und griff nach dem Kännchen mit Mrs Walshs Tee. Allein schon, um mich daran zu erinnern, dass sie existierte, während mich Toms blaue Augen musterten. Ich hatte redlich Mühe, unter seinem Blick nicht nervös zu werden, als könnte ich bei dem schlichten Eingießen von Tee dramatische Fehler begehen. Wobei … einen gab es da durchaus. Und diesen beging ich jedes einzelne Mal.

Aus Prinzip machte ich die Tasse randvoll und sah auf, um seinem skeptischen Blick zu begegnen. Wie weh tat es dem Snob wohl, wenn er zusehen musste, wie ich die Milch ignorierte?

Ich war fast erschrocken, als ich wirklich so etwas wie Schmerz auf seinem Gesicht sah, den er aber schnell beiseiteschob und gegen ein Lächeln tauschte. »Keine Milch?«

Ich schüttelte den Kopf. »Keine Milch, nein.«

Er nickte, als wäre ihm das völlig klar gewesen, und lehnte sich zurück. »Ich bin nicht sicher, ob Mums Tee ohne überhaupt genießbar ist, aber das Urteil überlasse ich gern dir.«

Mums Tee.

Beinahe hätte ich erleichtert aufgeatmet. Was mich davor rettete, war Mrs Walshs Tee, den ich in meine Hände nahm, um daran zu nippen. Tom hatte recht. Der Tee war nicht ungenießbar, aber genauso wenig war er gut. Die Anlehnung an einen Earl Grey war eine euphemistische Umschreibung.

»Bergamotte«, raunte Tom mir zu. »Damit ist es ein klein wenig ausgeartet.«

Das schien mir ähnlich beschönigend. Doch um der Höflichkeit Willen nickte ich nur. Wir waren uns einig, das musste ich nicht kaputtmachen, indem ich nachtrat. Stattdessen lehnte ich mich mit der Tasse in meiner Hand ein wenig zurück. Meine Hüfte dankte mir den deutlich angenehmeren Beugungswinkel sofort.

»Die Sache mit dem Tee nimmt sie ähnlich ernst wie die Löwenzahn-wächst-auf-Ruinen-Angelegenheit. Ich nehme an, Linda hat dich ins Bild gesetzt?«

»Es ist eine süße Geschichte.«

Seine Mundwinkel zuckten, als ahnte er, dass ich immer auch »ein wenig kitschig« meinte, wenn ich »süß« sagte. Dann deutete er auf meine Tasse. »Möchtest du lieber einen Kaffee?«

Ich schüttelte den Kopf und nahm einen kleinen Schluck des Tees. »Ich hab ihn bestellt, also trinke ich ihn jetzt auch.« Hervorragend. Ich klang wie eine bockige Vierjährige, die darauf bestand, dass ihr Kaffee schmeckte. Einfach, weil sie glaubte, dass es sie erwachsener wirken ließ. Dabei war mir der Tee herzlich egal. Wenn ich ehrlich war, ging es allein darum, dass ich hier mit einem Geschäftsmann saß, dessen Anzug so perfekt an ihm aussah, dass ich langsam annahm, er könnte auch der Vorstand besagter Snobgemeinschaft sein. Und dann war da ich, die nicht einmal eine richtige Hose trug, weil jeder Bund über die OP-Narben scheuerte. Leggins unter einem viel zu langen Pullover war früher etwas gewesen, das ich zu Hause getragen hatte, aber nicht zu … was auch immer das hier war.

Etwas unbeholfen suchte ich nach einem Thema, das wenigstens andeutete, dass es sich bei mir um einen halbwegs intelligenten, vielleicht sogar interessanten Menschen handelte. »Wie ist das Drama eben ausgegangen? Mit dem Amerikaner …« Das war alles, was meine Bemühungen hergaben. Ein außerordentlich klägliches Ergebnis.

»Du meinst Mr Robertson?« Tom deutete hinter mich in die Richtung, in der die Rezeption lag. »Sein Akzent ist mittlerweile ziemlich gut. Das stimmt. Eigentlich ist er waschechter Engländer. Vor zwei Jahren hat er noch den texanischen Akzent mit New York zusammengewürfelt. Ich versichere dir, damals wäre dir sofort aufgefallen, dass er sich nur aufspielt.« Er schmunzelte kurz, als wäre dieses Damals eine liebgewonnene Erinnerung. »Sagen wir, er ist beruflich die meiste Zeit in den USA und lässt sein Umfeld gern wissen, dass er eine lange Anreise hatte. Und dass er seit fünfzehn Jahren regelmäßig hier eincheckt.«

»Seit …« Ich sah mich in Richtung Empfangsbereich um – als hätte ich auch nur eine annähernde Chance, den von Tisch drei aus einzusehen. Oder die Antwort auf die Frage, ob meine Erinnerung mich trog. »Meinte er nicht eben, er würde dich kennen, seit du … ehe du lesen und schreiben konntest?«

Zu meiner Erleichterung nickte Tom. Also täuschte mich meine Erinnerung nicht. Allerdings … »Du warst also ein eher langsamer Schüler?«

Tom lachte leise, schüttelte dann aber den Kopf. Dann warf er einen Blick zum Tresen des Cafés, wo sein Mitarbeiter mit der Kaffeemaschine zu tun hatte. Das genügte ihm, um sich über den Tisch zu beugen. »Maggie, du solltest wissen, dass Mr Robertson ein wichtiger Mann ist. Es wäre anmaßend, von ihm zu erwarten, einen Vorschüler von einem Teenager zu unterscheiden. Beide Exemplare sind keine ausgereiften menschlichen Wesen. Damit sollte er sich nicht befassen müssen.«

»Hm«, machte ich. »*So* wichtig, also?« Als ich bemerkte, dass der junge Kerl hinter dem Tresen zu uns schaute, zog ich die Präsentationsmappe zu mir und schlug sie auf.

»So wichtig«, bestätigte Tom und lehnte sich wieder zurück.

»Mh.« Ich schlug die erste Seite um, auf der nur das Logo des Hotels zu sehen war. Es folgte die Frontansicht des Gebäudes – aus einem Winkel, der es deutlich imposanter wirken ließ, als vier Stockwerke es eigentlich waren. »So, wie ich das gesehen habe, war er vor allem recht laut. Mir hat mal jemand beigebracht, dass die … die …« K. Das Wort begann mit K. Und dass es mir nicht einfiel, machte mich nervös. So sehr, dass die nächste Seite ein bisschen einriss, als ich sie umschlug und viele, viele Wörter sah. Nur nicht das, was ich suchte … *Dann nimm einen anderen Knopf. Mach nur das dumme Kleid zu.* Ich atmete ein. »Laute Menschen sind nicht wichtig. Und wichtige Menschen sind nicht laut.« Ich wusste, dass das derselbe Inhalt war, den ich ohnehin hatte sagen wollen, nur kam er mir viel, viel plumper über die Lippen. Genauso hätte besagter Vorschüler ihn formulieren können.

Tom störte sich an meiner rhetorischen Ungeschicktheit nicht halb so sehr wie ich. Im Gegenteil: Er strahlte. Und das meine ich genau so – er lächelte nicht, er grinste nicht. Er strahlte. Als hätte ich exakt das gesagt, was er hatte hören müssen. Dabei konnte ihm diese indirekte Proportionalität zwischen Lautstärke und Bedeutsamkeit nicht unbekannt sein. Er musste das doch wissen …

»Das beschreibt Mr Robertson wohl ziemlich gut, ja. Du müsstest das Schauspiel abends an der Bar erleben. Wer auch immer hinter dem Tresen steht, hat dann das Vergnügen, sich anzuhören, wie gut er daran getan hat, aus England wegzugehen und seine Karriere nach Amerika zu verlagern. Und meist kommen auch die übrigen Gäste in den Genuss, wenn ich es mir recht überlege.«

Als ich die nächste Seite aufschlug, sah ich ein Porträt von Mrs Walsh, auf dem sie freundlich und doch bestimmt in die Kamera lächelte. Ihr Haar trug sie nach hinten gebunden, sodass ich ihren eher herzförmigen Gesichtszügen deutlich ansehen konnte, dass Tom mehr nach seinem Vater geraten war als nach ihr. »Hast du das Vergnügen auch zuweilen?«

»Selbstverständlich. Er wäre entsetzlich enttäuscht, wenn ich mir nicht an einem oder zwei Abenden die Ehre … was?«

Ich sah von der Broschüre auf, in der ich eben Tom entdeckt hatte. Meine Mimik musste mich prompt verraten haben, aber vielleicht hatte er auch nur darauf gewartet, dass ich die Seite aufschlagen würde. Und das belustigte Grinsen hatte mein Gesicht viel zu schnell erobert … Statt einer Antwort versuchte ich mich an einem ahnungslosen Blick. Was hätte ich auch sagen sollen? Dass mir das Bild von ihm regelrecht ins Auge gestochen war? Und dass er darauf wirkte, als hätte ihm jemand den Stock in seinem Hintern bis zum Genick gerammt? Auf dem Bild sah ich dieselben akkurat frisierten, dunkelblonden Haare wie bei dem Mann, der mit mir am Tisch saß. Dieselbe auffallend gerade Haltung, dieselben hellblauen Augen. Das Original sah sogar blasser aus als das Exemplar auf dem Bild. Dennoch wirkte es deutlich lebendiger – allein schon, weil ich seinen linken Mundwinkel dabei beobachten konnte, wie er sich leicht verzog und zarte Falten in seine Wangen grub.

»Du hast das Foto gefunden«, stellte er fest. Keine Ahnung, warum er dabei klang, als hätte er nur auf diesen Moment gewartet.

»Es ist … sehr seriös.«

Sein Grinsen wurde breiter, und er wich meinem Blick einen Moment aus. Einen Augenblick, in dem er mit sich zu hadern schien, welche Antwort er mir geben wollte. »Sehr seriös …«, wiederholte er dann. »Schade. Ich hatte auf eine weniger diplomatische Einschätzung gehofft.«

»Das wäre unhöflich.« Um meine Aussage zu bekräftigen, hob ich die Tasse, an der ich mich festhielt, etwas an. »Immerhin lädst du mich auf einen Tee ein.«

Seine rechte Augenbraue zuckte kurz. »Und das war alles andere als ein Vergnügen, wenn wir ehrlich sind.« Schließlich zuckte das amüsierte Lächeln von seinem Blick auch über seine Züge. »Das war das schlimmste Foto aus der Auswahl. Ich habe … Sagen wir, ich wurde sehr eindringlich darum gebeten, mich dafür zu entscheiden. Im Prinzip hatte ich …« In den letzten drei Worten war er immer langsamer geworden. Dabei sah er mich längst nicht mehr an. Sein Blick fixierte etwas hinter mir und wanderte dabei nach links. Als hätte er einen Ball geworfen und verfolgte nun seine Flugbahn, um zu sehen, ob er sein Ziel traf. »In Ordnung. Martin ist gerade mit einem Geldumschlag weggegangen. Er wird sich am Empfang neues Wechselgeld holen. Wir haben etwa fünf Minuten, um deinen Tee verschwinden zu lassen, ohne dass ein Angestellter das mitbekommt. Das Zeitfenster sollten wir nutzen.«

»Oh mein Gott«, lachte ich. »Du hasst das Zeug wirklich, oder?«

Tom ließ sich – Profi, der er war – zu keiner eindeutigen Aussage hinreißen. Der Nachdruck in seinem Blick war mir jedoch Antwort genug. »Vorschlag: Du trennst dich von diesem Tee. Ich möchte nicht länger zusehen müssen, wie du dich quälst. Stattdessen besorge ich uns beiden einen Kaffee und mit dem spazieren wir dann nach da drüben.« Er deutete zum hinteren Teil des Cafés. Dorthin, wo gerade eine Frau von etwa vierzig Jahren stand und irgendwohin starrte und staunte. Über das Ufo, das dort war oder die Nordlichter, die einen Ableger mitten in London geschaffen hatten oder was auch immer zur Hölle dort sein mochte.

»In Ordnung«, stimmte ich zu und stellte die Tasse auf dem Tisch ab. »Kaffee klingt perfekt.«

»Das dachte ich mir.« Mit einem fast schon selbstgefälligen Lächeln räumte er das Teeservice ab, entschuldigte sich und kehrte umgehend zu Tisch drei zurück. Um Kaffee machte man hier kein so großes Theater, wie mir schien. Keine Kännchen und Zeremonien. Was Tom in den Händen hielt, als er wiederkam, waren sympathisch schlichte, bauchige Pötte. »Schwarz, nehme ich an? Wie der Tee? Ansonsten …«

Ich schüttelte den Kopf. »Schwarz ist genau richtig.« Etwas ungelenker, als mir lieb gewesen wäre, rappelte ich mich aus dem Stuhl auf. Tom wartete, bis ich so weit war, sah aber davon ab, mir Hilfe anzubieten, die ich nicht gewollt hätte. Er wartete, bis ich stabil auf meinen Beinen stand, reichte mir meine Tasse, schnappte sich die Präsentationsmappe und setzte dann dazu an, in Richtung des Ufos-oder-was-auch-immer zu laufen.

»Warte.« Ich war ihm zwei Schritte weit gefolgt, als ich innehielt. »Das Sakko.« Schließlich war ich doch deswegen hier, nicht wahr? Um Tom sein Sakko zurückzubringen, an dem ihm anscheinend so viel lag. Und doch hatte er es bisher mit keinem Wort erwähnt. Selbst jetzt lief er nur zu dem Stuhl zurück, über dessen Lehne das Kleidungsstück hing, warf es sich über den Arm und schloss wieder zu mir auf.

»Bereit? Ich hoffe, deine Erwartungen sind nicht zu hoch«, setzte er an. »Es ist nicht der Heilige Gral.«

An den hatte ich nicht einmal gedacht. Dennoch … »Versuch jetzt nicht, meine Erwartungen zu schmälern. Bei so viel Geheimnistuerei rechne ich mit etwas Großem«, stellte ich klar. »Sollte ich also enttäuscht sein, schuldest du mir was. Habt ihr so etwas wie eine Zufriedenheitsgarantie?«

Tom lachte. »Wenn Sie nicht mindestens fünfzehn Sekunden lang staunen, laden wir Sie zum Dinner ein. So etwas?«

»Mindestens. Ich meine, wenn ihr so ein Geheimnis daraus macht, ist das ein ziemlich cleverer Schachzug, was Marketing angeht. Aber die Gefahr ist groß, dass …« Ich verstummte, als ich mit Tom den Tisch eines älteren Pärchens passierte und einen ersten Blick erhaschen konnte.

Kein Ufo. Auch kein Heiliger Gral.

Aber es war wunderschön.

Alte Mauern

- Tom -

Sie war stehen geblieben und sagte keinen Ton mehr. Ihr Blick huschte über das, was vor uns lag, und schien alles auf einmal in sich aufsaugen zu wollen.

Maggie gehörte zu diesen Menschen, die innehielten und staunten – richtig und ausgiebig staunten. Und ich freute mich über diese Reaktion. Mehr, als es für professionellen Managerstolz angemessen wäre. Es spielte keine Rolle, dass mir dieses Bild längst vertraut war. Das Stehenbleiben, der fassungslose Blick … Das, was man so gern »vor Stolz platzen« nennt, verbraucht sich nicht an Wiederholungen.

»Möchtest du …« Ich hatte meine Hand nach ihr ausgestreckt. Ganz automatisch. Erst kurz, bevor sie Maggies Rücken berührt hätte, war ich unsicher geworden und zog sie wieder zurück. »Wir können auch reingehen. Etwas weiter hinten ist noch ein Tisch frei.«

Keine Reaktion. Gar keine. Ich hatte wenigstens mit einem etwas weggetretenen »Hm« gerechnet.

»Wunder dich nicht. Sie reagiert extremer auf alles. Gut wie schlecht. Und das ist ihr ziemlich unangenehm.« Das war nur einer der Ratschläge, die mir ihr Bruder an diesem Vormittag geschrieben hatte – Ratschläge oder vielmehr eine Sammlung

an Indiskretionen. Darin zu finden waren ungebetene Hinweise auf Maggies orthopädische Einschränkungen und Instruktionen wie *»Die Narbe links an ihrem Kopf. Starr bloß nicht hin. Meistens schiebt sie eh ihre Haare darüber«* sowie erquickliche Mutmacher wie *»Wehe, du versaust das!«*.

Ich hatte nicht vor, irgendetwas zu versauen. Ganz im Gegenteil. Das Resultat war, dass ich mich nicht einmal traute, sie zu berühren. Als ob sie zu Staub zerfallen könnte. Nach kurzem Zögern beschloss ich, dass das albern war und legte vorsichtig meine Hand an ihren Rücken. »Hey«, sagte ich leise. Maggie zuckte zusammen und blinzelte mich irritiert an.

»Da hinten ist ein Tisch frei. Falls du eine Weile hierbleiben möchtest, sollten wir uns den sichern.«

»Ja«, stammelte sie. »Ja, klar. Wie … Gehört das zum Hotel?«

»Selbstverständlich. Unser Grundstück, unser Innenhof.«

»Innenhof«, schnaufte Maggie. »Nenn es nicht so. Es ist wunderschön. Wie kommt es … Als hättet ihr einfach St. Dunstan-in-the-East genommen, größer gemacht und in euer Hotel gesetzt. Wie … also …«

Ich grinste. Ich konnte gar nicht anders. »Hättest du die Broschüre gelesen, statt dich über mein Foto lustig zu machen, müsstest du nicht fragen.«

Sie sah mich mit diesem mahnenden Blick an, der es nicht wirklich ernst meinte. Das leichte Schmunzeln verriet sie. »Als ob ein Snob wie du so was nicht viel lieber selbst erzählt …«

Touché. Ich ließ einen leicht ertappten Gesichtsausdruck zu und deutete dann nach vorn. »Wollen wir?«

Also steuerten wir Tisch sieben an. Er war einer von insgesamt neun, die in dem standen, was ich so schmählich als Innenhof bezeichnet hatte, und das deutlich mehr war als das. Ich führte Maggie über verwitterte Mauerreste und gab acht, dass sie über keine der Hürden stolperte. Der Denkmalschutz verbot, dass wir die alte Kirchenruine, die sich im Inneren unseres Hotels verbarg, gangbarer machten, dafür boten die alten Mauern einen sagenhaften Anblick.

Die Kirche war im Zweiten Weltkrieg einer Bombe zum Opfer gefallen, und im schnellen Wiederaufbau hatte man sich nicht die Zeit genommen, die alten Gemäuer abzutragen. Stattdessen hatte man einfach das Gebäude darum herum gebaut, das nun das Dandelion's Inn war. Die beliebtesten Zimmer waren die mit Blick in die Ruine, während im zweiten und vierten Stock Glasfassaden den Ausblick aus den Hotelfluren zuließen. Den nur noch zur Hälfte vorhandenen Kirchturm nicht mitgerechnet, reichten die höchsten noch stehenden Mauern bis zur Decke der dritten Etage. Von dort spannte sich ein letzter Gewölbebogen über den Hof – einer der Hauptgründe, weshalb ich regelmäßig Bautechniker zur Prüfung der Statik konsultierte.

Es zog eine Menge bürokratischer und aufwendiger Bestimmungen nach sich, eine Ruine im Herzen seines Hotels stehen zu haben. Aber auch Momente wie jene, in denen sich eine Margaret Forrester setzte und nach oben schaute. In denen sie tief durchatmete, den Kopf schüttelte und mich dann mit diesem strahlenden Lächeln ansah. »Ich muss gestehen, ich wollte völlig unbeeindruckt tun. Aber keine Chance. Ich hatte auch nur mit einem Ufo gerechnet. Nicht mit … so was.«

»Ein Ufo hätte dich weniger beeindruckt als eine Ruine?«

»Absolut. Ja.« Sie führte ihre Kaffeetasse an ihre Lippen und nippte daran. »Das hier ist viel, viel besser.«

Ich setzte mich neben sie und stellte meinen eigenen Pott vor mir ab. »Möchtest du die Geschichte dazu noch hören? Oder reicht dir der Löwenzahnvortrag von Linda?«

Maggie verzog das Gesicht. Sie dachte nach. Sie tat nicht nur so, sie dachte wirklich nach. »Würde die Geschichte mich desillusionieren?«

»Ich weiß nicht«, gestand ich. »Die Steine sind echt, die Kirche, die sie mal waren, auch. Aber das Drumherum ist nicht so spektakulär wie der Anblick.«

Sie seufzte und sah mich mit einem entschuldigenden Lächeln an. »Wärst du sehr enttäuscht, wenn wir das dann vertagen?«

»Keineswegs«, versicherte ich, und das war nicht einmal eine Notlüge. Vertagen hieß wiedersehen. Und das stand niemals in Konkurrenz mit eingestaubten Geschichten. Maggie würde sich auch an einem anderen Tag darüber amüsieren können, dass ich beim Erzählen klang wie der Sprecher einer Dokumentation. Vielleicht würde ich an diesem anderen Tag auch weniger nervös sein. »Ich habe nachher die Veranstaltungsdurchsprache für eine richtige Feier. Da komme ich noch auf meine Kosten.«

»Ich überhöre mal, dass du meine epische Familienzusammenführung nicht als richtige Feier wertest …« Sie gab sich wirklich Mühe, mich empört anzusehen. Allerdings führte ich ein Hotel – gespielte empörte Blicke zu enttarnen, gehörte zu meinem Tagesgeschäft.

»Du meinst das Spektakel mit all den hypothetischen Onkels und Tanten und Großeltern?« Ich lehnte mich mit meiner Tasse etwas zurück und grinste Maggie über deren Rand hinweg zu.

»Genau davon spreche ich.«

»Wenn dir das so am Herzen liegt …« Ich stellte meinen Kaffee beiseite und zog die lederne Mappe zu mir, um sie genau an der richtigen Stelle aufzuschlagen. »Mir fehlen noch ein paar Angaben. Von wie vielen Personen wir sprechen und wer mit wem an einem Tisch sitzt. Ich nehme an, du und dein Bruder werdet bei euren Eltern sitzen. Falls noch Partner oder Kinder dabei sind, werden die kleinen Cafétische eher knapp und wir müssen über eine andere Bestuhlung nachdenken.«

Maggie räusperte sich, aber ich hätte mein Namensschild darauf verwettet, dass sie ein Lachen, vielleicht sogar ein Kichern überspielte. »Mr Walsh, fragen Sie mich gerade nach meinem Beziehungsstatus? Oder nach dem meines Bruders?«

»Ms Forrester, beides wäre gemessen am Anlass unseres Gesprächs wohl überaus unangebracht, meinen Sie nicht? Ich arbeite streng nach Vorschrift, und laut der gilt es, die genaue Anzahl an Gästen in Erfahrung zu bringen – ob nun real oder hypothetisch. Sehen Sie ...« Ich hielt ihr die Mappe entgegen. Der Fragebogen für die Eckpunkte einer Veranstaltungsplanung war aufgeschlagen – ein kleiner Leitfaden für neue Mitarbeiter, denen noch die Routine fehlte.

Diesmal verzichtete Maggie auf ein Räuspern oder einen aufgesetzten Blick. Stattdessen lachte sie – geradeheraus und ehrlich. Einen Moment lang sah ich ihr dabei zu und war nichts weiter als der Mann, der die Frau neben sich zum Lachen gebracht hatte. Das war ein außerordentlich guter Moment, der so lange andauerte, bis ich wieder zu dem Mann wurde, der sich fragte, wann er das letzte Mal mit einer Frau zusammengesessen und ihr mit diesem wohligen Gefühl im Bauch beim Lachen zugesehen hatte. Der Mann, der keine Ahnung hatte, ob diese Frau wollen würde, dass es neue Momente wie diesen für ihn gab.

Der Mann, der selbst nicht wusste, ob er sich das zugestand.

Schuld und Trauer liegen nah beieinander. Das war etwas, was mein Therapeut mir beigebracht hatte. Er hatte es mir nicht gesagt, sondern mir so lange zugehört, bis ich selbst darauf gekommen war. Was ich aber erst neben Maggie lernte, war, wie nah einen winzige Glücksmomente an das Gefühl von Verlust heranbrachten, wenn man nicht aufpasste.

»Okay«, sagte Maggie mit einer Leichtigkeit, die meiner Trübsal einfach ins Gesicht schlug und sie davonscheuchte. »Ich glaube, ich bin so weit. Her mit der Geschichte über die Kirche. Ich habe wirklich Lust, noch mehr solcher Snobsachen von dir zu hören.«

Ich zog meine Nase kraus und hob meine Schultern ein wenig, als hätte ich so meine Zweifel. Dabei wollte ich nur Zeit schinden. Eine Sekunde, vielleicht zwei, bis ich wieder ganz und gar im Jetzt angekommen wäre. »Ich bin nicht sicher, ob es wirklich das ist, was du hören willst«, hob ich an. »Die ganze Geschichte um eine alte, anglikanische Kirche und eine deutsche Bombe ist etwas trocken. Im Prinzip hat man das Hotel aus Zeitmangel um die Ruine herum gebaut, und wir profitieren jetzt davon. Ich könnte dir von Denkmalschutz und regelmäßigen Prüfungen erzählen. Oder von städtischen Vorgaben und Kontrollen bezüglich der Nutzung der Ruinen. Allerdings habe ich den Verdacht, dass dich andere Geschichten mehr interessieren würden.«

Maggie schien kurz über meine Worte nachzudenken. Sie ließ dabei sogar ihren Blick über die alten überwucherten Steine wandern, die uns umgaben. »Jetzt sag bitte nicht, dass es hier angeblich spukt. Das glaube ich erst, wenn ich selbst einen Geist gesehen habe.«

Ich schüttelte den Kopf. Keine Geister. Nur Erinnerungen. »Siehst du das Loch da oben in der Mauer? Vor der ersten Etage?« Ich zeigte auf die Stelle die ich meinte.

Maggie nickte. »Das runde? Wo vermutlich mal ein Fenster drin war?«

»Genau. Man sieht es von hier aus nicht, aber dahinter ist das Fenster zu einem der Wirtschaftsräume. Ich glaube, ich war elf oder zwölf.« Ich war wirklich nicht sicher. Klar war nur, dass ich ein präpubertärer Rotzbengel gewesen war, der seinen Lebenssinn darin gesehen hatte, seiner Mutter das Leben so schwer wie möglich zu machen. »Wir hatten Ferien, und Mum hat mich dazu verdonnert, den Damen vom Housekeeping bei der Zimmerreinigung zu helfen.«

Maggie sah mich an und hob belustigt eine Augenbraue. »War das eure Version von Hausarrest?«

»Das trifft es ziemlich gut. Jedenfalls … Um ehrlich zu sein war es nie wirklich schlimm. Die Zimmerdamen hatten Mitleid mit mir, und ich musste nie richtig mit anpacken. Meist haben sie mich nur losgeschickt, um frische Handtücher und Bettwäsche zu holen, wenn die Sachen auf ihren Wagen zur Neige gegangen sind. Ich fühlte mich trotzdem in meiner frisch erblühenden Männlichkeit angegriffen und habe versucht zu fliehen.« Ich seufzte mit der Einsicht eines erwachsenen Mannes, der vieles mittlerweile besser wusste, und deutete noch einmal zu dem kreisrunden Loch in der Mauer.

»Du bist nicht wirklich da durch gekrabbelt«, lachte Maggie.

»Oh doch.«

»Aber man flieht doch nach draußen und nicht in den Kern seines Gefängnisses.«

»Sagen wir, ich war damals kein allzu guter Stratege.« Das konnte ich mir mittlerweile eingestehen. Allerdings hatte ich einige Jahre älter werden müssen, um genug Selbstironie dafür aufzubringen. »Das Einzige, was ich bedacht habe, war, dass gerade Übergabezeit zwischen den Schichten war. Also war der Innenhof leer. Das hieß am Ende, dass ich stundenlang da gelegen und geheult habe, ehe man mich gefunden hat. Realistisch waren es vermutlich nicht mehr als zehn Minuten. So ein gebrochener Knöchel ist einfach ziemlich schmerzhaft.«

»Oh nein.« Es war nicht ganz klar, ob Mitleid oder Belustigung in Maggies Stimme überwog. Doch mir fiel auf, wie sie ihre linke Hand von der Kaffeetasse löste, als würde sie sie nach mir ausstrecken wollen. Vielleicht, um sie mir tröstend auf die Schulter zu legen, weil ihr kurz entfallen war, dass ich keine zwölf mehr war. Sie hielt in der Bewegung inne und legte ihre Hand dann wieder an das Porzellan. »Okay. Ganz ehrlich: Wie oft hast du dir hier schon was gebrochen?«

»Nur zwei Mal.« Das sagte ich mit etwas zu viel Stolz für einen dreißigjährigen Mann. Mir fiel selbst auf, dass ich mich bei diesen Worten nur durch die Klangfarbe meiner Stimme von dem Zwölfjährigen unterschied, der so dumm gewesen war, in einen Innenhof zu flüchten.

»Und das zweite Mal?«

Ich hob meine linke Hand. Die, an deren Finger kein Ring mehr steckte. Dafür zog sich eine Narbe direkt darunter über meinen Handrücken. »Mittelhandknochen.«

»Wie hast du das angestellt? Boxkampf mit …«

»Mr Walsh?«

Ich zuckte leicht zusammen. Mir war gar nicht aufgefallen, wie Martin sich unserem Tisch genähert hatte. Dabei war das Letzte, was ich brauchte, Personal, das mitbekam, wie ich mit Ms Forrester alles Mögliche besprach, aber ganz sicher keine Veranstaltung. »Die Herrschaften vom Drei-Uhr-Termin sind bereits eingetroffen.«

Ich nickte. »In Ordnung. Ich bin gleich vorn. Fünf Minuten. Linda soll Mrs Torbner hinhalten.«

Martin lächelte zur Bestätigung und zog sich dann wieder zurück.

»Die *richtige* Veranstaltung?« Maggie stellte ihre Tasse vor sich auf den Tisch. Ihre linke Hand schloss sie sogar schon um die Armlehne ihres Stuhls, um sich jeden Moment auf die Beine zu stemmen.

»Bleib ruhig hier«, sagte ich schnell, ehe sie weitere Anstalten machen konnte, aufzustehen. »Trink deinen Kaffee aus. Bestell dir noch einen, wenn du magst. Und falls …« *Versau es bloß nicht.* Georges Worte, aber in meinem Kopf klangen sie verdächtig nach meinen eigenen.

»Falls mich jemand fragt, war unser Gespräch natürlich sehr erfolgreich. Alles ist geplant bis hin zum Dessert.«

»Menüvorschläge schicke ich üblicherweise erst im Nachgang«, murmelte ich, was absolut nicht das war, was ich eigentlich hatte sagen wollen. »Was ich meinte, ist … Unser Gespräch war nicht erfolgreich.« Das war vermutlich die seltsamste Brücke, die je ein Mann geschlagen hat, um eine Frau nach einem Wiedersehen zu fragen.

Es war nur verständlich, dass Maggie ihre Stirn kraus zog.

»Fünfzehn Sekunden«, erklärte ich. »Wenn ich mich nicht verzählt habe, hast du keine fünfzehn Sekunden lang gestaunt. Maximal zwölf. Ich bin dir also die Garantieleistung schuldig.« Ich kam mir vor, als würde ich mich eines Anmachspruchs bedienen.

»Fragst du mich gerade, ob mich eure Location ausreichend beeindruckt hat?«

»Nein.« Klare Worte waren so unsagbar schwierig, wenn sie mit der Frage einherkamen, ob es richtig war, was man tat. Ob es nicht zu früh war, einen Neuanfang zu wagen. Aber war es das überhaupt? Gibt es so etwas wie einen Neuanfang wirklich? Oder läuft man in Wahrheit nur seinen Weg weiter und hofft, dass die Strecke eines Tages wieder schöner wird?

Ich räusperte mich – auf die nervöse Art, die viel besser zu einem zwölfjährigen Holzkopf passen wollte. »Ich frage, ob ich dich zum Essen ausführen darf. Also …« Was nach diesem »Also« folgen sollte, wusste ich nicht mehr. Ich hatte es schlicht vergessen.

Doch als Maggies Blick sich aufklarte, spielte das auch gar keine Rolle mehr. »Als Garantieleistung oder als Verabredung?«

»Ganz, wie du möchtest.«

»Okay.« Ihr fielen deutliche Worte wesentlich leichter als

mir. Aber das war nichts, was mich verwunderte. Schließlich war ich der Snob von uns beiden.

»Okay«, wiederholte ich und sah auf die Uhr – nur eine nervöse Geste. Ich hatte auch nach meinem Blick auf das Ziffernblatt keine Ahnung, wie spät es war. »Ich schreibe dir später, wenn es in Ordnung ist, weil …«

»Du musst los, ich weiß.« Maggie lächelte mit so viel Verständnis, wie sie nur jemand an den Tag legen kann, der noch nicht etliche Male versetzt worden ist, weil eine Schicht oder ein anderer Notfall mich ins Hotel gerufen hat. »Danke für den Kaffee. Und für die Einladung. Und auch für den Tee. Der war definitiv eine Erfahrung.«

»Ich hoffe, der Kaffee konnte das wiedergutmachen.« Ich sah über die Schulter in Richtung der Bar, wo Martin stand und in ein Diensthandy sprach. Vermutlich versicherte er Linda gerade, dass ich mich auf den Weg machte. Als ich mich wieder zu Maggie umwandte, hielt sie mir ihre Hand entgegen. Sie war eindeutig besser darin, den offiziellen Vorwand unseres Treffens auf dem Schirm zu haben.

Ihre Hand zu ergreifen und zu schütteln fühlte sich an wie das Seltsamste, was ich je getan hatte. »Wie gesagt, bleib solange du willst.«

Ich wartete ihr Nicken ab und entschied, dass das mein Signal war, um nach meinem Jackett zu greifen und zu gehen. Als ich den Tresen passierte, gab ich Martin die kurze Information, dass weitere Bestellungen von Ms Forrester aufs Haus gehen würden, sollte sie noch einen Kaffee wünschen. Oder einen weiteren Tee, meinetwegen auch ein ganzes Büfett.

Während ich den Weg nach vorn zur Lobby lief, versuchte ich, mich nicht von Erinnerungen einholen zu lassen. Oder von dem Gefühl der Schuld und des Betrugs, die sie mit sich brachten. Stattdessen gab ich mir Mühe, meine Gedanken an unserer Unterhaltung festzuhalten. An dem Bild, wie Maggies

Augen sich weiteten, wenn sie staunte oder das Gefühl, wie leicht es war, ein Bilderbuchsnob und gleichzeitig ein sexistischer Zuhälter zu sein. Es war so viel leichter, als ich gedacht hätte … und doch so leise. Glückliche Momente sind oft nicht mehr als ein Flüstern.

Als ich Linda zur Begrüßung zunickte und dann Mrs Torbners Hand schüttelte, hörte ich nicht Maggies Lachen, ich erinnerte mich nicht einmal mehr an ihre Stimme, sondern nur an das Geräusch einer Beatmungsmaschine. Und während ich Mrs Torbner herzlich im Dandelion's Inn willkommen hieß und ihr versicherte, dass es mir eine Ehre war, die Leitung der National Gallery persönlich zu begrüßen, prasselte Regen auf den schwarzen Schirm über meinem Kopf – genauso wie auf das weiß lackierte Holz des Sarges.

Laute Menschen sind nicht wichtig, und wichtige Menschen sind nicht laut.

Mit Erinnerungen verhält sich das ein wenig anders.

Gastronomisch inkorrekter Eistee

- Maggie -

An: forrester_margaret@gmail.com
Von: t.walsh@dandelions-inn-hotel.co.uk
Betreff: Ihr Garantieanspruch

Sehr geehrte Miss Forrester,
ich schreibe Ihnen bezugnehmend zu unserem Gespräch am gestrigen Nachmittag. Wie bereits abgestimmt, biete ich Ihnen als Ausgleichsleistung ein Abendessen an. Ich bin untröstlich, dass unsere Kirchenruine dem Anspruch des 15-Sekunden-Erstaunens nicht gerecht werden konnte.
Zur Wiedergutmachung möchte ich Ihnen, wie bereits mündlich besprochen, ein angemessenes Dinner offerieren. Die Wahl des Lokals steht Ihnen frei.
Ich freue mich auf Ihre Antwort und erwarte gespannt Ihre Auswahl der Lokalität.
Es grüßt Sie herzlich
Ihr Thomas Walsh

An: forrester_margaret@gmail.com
Von: t.walsh@dandelions-inn-hotel.co.uk

Betreff: PS

Ich meine das ernst – du suchst aus. Was mich angeht, gibt es keine besonderen Essgewohnheiten, keine Unverträglichkeiten und keine nennenswerten Abneigungen, die zu berücksichtigen wären. Man sagt mir nach, ich sei berufsbedingt ziemlich wählerisch, aber ich behaupte, dass ich das für einen Abend abstellen kann.
Also – worauf hast du Lust? Edelitaliener? Inder? Der Pub von letztens?
Tom

An: t.walsh@dandelions-inn-hotel.co.uk
Von: forrester_margaret@gmail.com
Betreff: RE: Ihr Garantieanspruch

Sehr geehrter Mr Walsh,
ich danke Ihnen für Ihr Entgegenkommen und nehme Ihr Angebot gern in Anspruch. Meine Entscheidung bezüglich der Lokalität meiner Wahl teile ich Ihnen in einer separaten E-Mail mit.
Ich möchte betonen, dass ich sehr zu schätzen weiß, dass Sie Ihr Zufriedenheitsversprechen mit einer solchen Ernsthaftigkeit behandeln. Das ist heutzutage nicht mehr selbstverständlich.
Ich hoffe, dass auch andere Gäste und Ansprechpartner diese Tugend zu schätzen wissen.
Viele Grüße sendet Ihnen
M. Forrester

An: t.walsh@dandelions-inn-hotel.co.uk
Von: forrester_margaret@gmail.com
Betreff: RE: PS

Also, falls der Vorstand der Snobgemeinschaft deine Mails abfängt und dich nach meiner letzten nicht befördert, kann ich auch nichts mehr für dich tun. (Falls doch, sag Bescheid.)
Ansonsten gehe ich das Risiko ein, mit einem wählerischen Gourmet zu kollidieren, aber ... ich brauche dringend Junkfood. Burger wären perfekt. Falls du einen Laden kennst, der deinen geschulten Geschmackssinn nicht beleidigt ...?
Maggie

Zu meiner Überraschung hatte Tom direkt mit einem Vorschlag aufwarten können. Er hatte sich sogar Mühe gegeben, mich davon zu überzeugen. *Ich weiß, East End ist etwas weiter weg, aber ich verspreche dir, du wirst die Burger lieben – und ich werde nicht nörgeln. Falls doch, haben wir den nächsten Garantiefall.*

Dabei hatte ich gar keine Argumente gebraucht, sondern nur einen guten Burger – und zugegebenermaßen den Gefallen meines Bruders, der so nett war, mich von Hammersmith zum anderen Ende der Stadt zu fahren.

»Und du bist sicher, dass ich dich nicht auch abholen soll?« Als er mich das fragte, sah er mir nicht ins Gesicht, sondern taxierte mit seinem Blick mein rechtes Bein. Das Hupen der anderen Autofahrer, die sich aufregten, weil er in der zweiten Reihe hielt, ignorierte er dabei komplett.

»Bin ich«, betonte ich. »Tabletten habe ich dabei, und zur Not kann ich ein Taxi rufen, falls ich die Bahn nicht schaffe.«

»Du hättest wenigstens deine Krücken mitnehmen können.«

»Sicher.« Ich bedachte ihn mit einem Ist-das-dein-Ernst?-Blick. Ja, ich war seine kleine Schwester, aber selbst ihm musste klar sein, dass Gehhilfen nicht zu dem Eindruck passten, den ich auf einen Mann machen wollte, der mich zum Essen ausführte – und es sogar genauso nannte. Der unübersehbar nervös gewesen war, als er mich danach gefragt hatte. Konnte George sich auch nur ansatzweise vorstellen, wie gut das tat?

»Mir wäre wohler, wenn du sie dabei hättest.«

Es war ihm also nicht klar.

Ich seufzte und starrte durch die Frontscheibe, auf der aufgeregte Scheibenwischer versuchten, den Regen im Zaum zu halten. Dann sah ich George wieder an und hoffte, dass mein mahnender Blick ausreichte. Tatsächlich schnaubte er nur und legte denselben Gesichtsausdruck auf wie seit jeher, wenn ich Dummheiten beging, zu denen er mich nicht angestiftet hatte. Als ob eine Initiierung durch ihn je gewährleistet hätte, dass ich besagten Unsinn heil überstand.

Einen Moment lang sah er mich so an, dann grinste er. »Meinetwegen, aber merk dir: Wenn er dir ständig in die Augen sieht, mag er dich und hat Mühe, nicht auf deine Brüste zu starren. Und wenn er bei seinen Kumpels steht und ziemlich laut redet, dann nur, damit du hinsiehst und merkst, wie cool er ist, weil alle über seine Witze lachen.«

Ich lachte, als ich denselben sogenannten Insidern lauschte, wie George sie mir mit dreizehn gegeben hatte. »Ich weiß. Und wenn er komisch mit angewinkeltem Bein an der Wand lehnt, dann nicht, um cool auszusehen. Hab ich nicht vergessen.«

»Und wenn er ein Arschloch ist …«

»… sag ich dir Bescheid, und du schmierst Erdnussbutter auf seinen Stuhl.« Zumindest war es das gewesen, was Lyall Evens in der Siebten passiert war. »George, ich muss los. Sonst bin ich zu spät.« Ich hatte noch zehn Minuten Zeit, allerdings musste ich auch noch fünfzig Meter die Straße entlang und dann in die nächste Gasse einbiegen, in der die Adresse lag, die Tom mir genannt hatte. Das waren etwa dreihundert Meter auf unebenem Bürgersteig, mit mäßig kooperativer Hüfte. Und das alles in strömendem Regen – nur, damit Mr Walsh nicht sah, wie ich mich von meinem Bruder fahren ließ wie … Ja, wie die Dreizehnjährige, die all diese Ratschläge an ihre Freundinnen weitergegeben hatte, als wären sie die Formel für die bedingungslose und größte Liebe aller Zeiten.

Ich hatte bereits meine Kapuze über den Kopf gezogen, als George zum Paradebeispiel eines großen Bruders mutierte: »Auf die Gefahr hin, dass ich klinge wie Dad …«

»Oh nein«, unterbrach ich ihn. Meine Hand lag schon am Riegel der Tür. »Es reicht. Du schmeißt mich einfach nur raus und machst dann mit diesen Chaoten, die du Freunde nummerierst, die Pubs unsicher. Verstanden?«

George zögerte kurz, ehe er antwortete. Vielleicht dachte er darüber nach, ob er mich verbessern sollte. Zum Glück für uns beide, ließ er das bleiben und nickte. »Hau schon ab.«

Ich stieg ohne ein weiteres Wort aus. Ein Nicken und ein Winken, als ich sicher auf dem Bürgersteig angekommen war, hatten zu reichen. Dann zog ich meine Kapuze etwas tiefer ins Gesicht. Augenscheinlich hatte das Wetter an diesem Tag beschlossen, dem gängigen Klischee über England nicht nur zu entsprechen, sondern ihm alle Ehre zu erweisen.

Andere Passanten schossen an mir vorbei oder mir entgegen, als ich in die Nebenstraße einbog, die mein Ziel war. Die meisten hielten sich eine Aktentasche über den Kopf, manche einen Schirm. Und jeder schien es wahnsinnig eilig zu haben – außer eine einzelne, schmale und auffallend hochgewachsene Gestalt, die ein gutes Stück entfernt am Rand des Bürgersteiges stand und in die andere Richtung sah. Ich sah den dunkelblauen Schirm, der über den Köpfen der Vorbeilaufenden hervorragte, und erkannte darunter Toms Hinterkopf. Er schien mich aus der anderen Richtung zu erwarten.

Das war gut. Denn als ich ihn dort stehen sah – aufrecht und ruhig und in einem perfekt sitzenden, kurzen grauen

Mantel –, fühlte ich mich wie Rumpelstilzchen, das in seinem roten Gewand ungelenk durch die Menschen tanzte. Es war viel besser, wenn er einfach weiter in die falsche Richtung sehen würde, bis ich ihn erreicht hatte. Die paar Schritte ins Restaurant hinein würde ich mich zusammenreißen können und …

Und dann drehte er sich um. Meine rote Kapuze machte es ihm vermutlich sehr leicht, denn auf seinem Gesicht erschien sofort derselbe erfreute Blick, mit dem er mich im Hotel begrüßt hatte. Dasselbe »Da bist du ja«. Wenn man so angesehen wird, vergisst man nicht das Stechen in der Hüfte und die eigene, unbeholfene Art zu laufen. Aber da ist dieses leise, ganz zarte Gefühl, das alles wäre gar nicht so wichtig. Jedenfalls nicht für den Menschen, der einem diesen Blick schenkt.

Tom sah mich nur einen winzigen Moment lang so an, dann beschloss er, mir entgegenzukommen. Die ersten Schritte ging er zügig, dann verfiel dieser Angeber in einen lockeren Laufschritt, bis er mich erreichte. Es wirkte alles so natürlich, wie er den Schirm über uns beide hielt und Seite an Seite mit mir durch die fluchende Menge von Passanten lief. Es fühlte sich nicht an wie eine aufgesetzte Geste, zu der man sich bei einem Date hinreißen lässt, sondern wie etwas, das nie anders gewesen war und auch nie anders sein würde.

Ich rang den Impuls nieder, mich einfach bei Tom unterzuhaken. Dieser Drang hatte mich aus dem Nichts überfallen, als wären Berührungen die einzig logische Konsequenz auf seine Nähe.

»Bringt man euch so was ganz am Anfang der Snobausbildung bei, oder ist das schon das Expertenlevel?« Die Worte waren aus meinem Mund heraus, ehe mir auch nur in den Sinn kam, einfach Danke zu sagen. Doch das war eine Verdrahtung, die in meinem Gehirn schon immer etwas verkappt gewesen war.

Tom schien meine Begrüßung keineswegs zu irritieren. Wenn mich nicht alles täuschte, wurde sein Grinsen sogar noch etwas breiter. »Erstes Lehrjahr«, erwiderte er. »Da lernen wir, dass Anzüge in die Reinigung gehören und wie man das Tuch von einem Tisch zieht, ohne das Geschirr darauf zu bewegen … Nach dir.«

Wir waren stehen geblieben, und Tom zog die Tür auf, neben der wir standen. Ich hörte Stimmen, das Klappern von Geschirr und Gelächter, irgendwo weiter weg. Eine Kellnerin kam auf uns zu und schenkte erst mir, dann dem Mann, der hinter mir die Tür schloss, ein strahlendes Lächeln. »Hi! Habt ihr reserviert? Es ist ziemlich voll heute, sonst kann ich euch aber auf die Warteliste setzen …«

»Walsh«, antwortete Toms ruhige Stimme viel näher, als ich sie erwartet hatte. »Zwei Personen.«

Während die junge Frau auf ihrem Tablet nachsah, wandte ich mich zu ihm um, damit er meinen überraschten Blick sehen konnte. Er antwortete mir nur mit einem Lächeln. Für mehr blieb keine Zeit, ehe wir mit einem »Da ist es. Na, dann kommt mal mit« in das Lokal hineingeführt wurden. Ich gab mir Mühe, mit dem Tempo der Bedienung mitzuhalten, als sie vorauslief.

Tom blieb dicht hinter mir – nah genug, um sein Aftershave wahrzunehmen. Und sein Flüstern. »Ebenfalls erstes Lehrjahr: Vergiss niemals eine zeitnahe Reservierung. Das wäre so etwas wie eine Todsünde.«

In seinen Worten schwang ein unüberhörbares Lächeln mit. Die Art, die sich sanft in den ruhigen Bass hineinschmiegte und gleichzeitig unverhohlen offenbarte, dass Tom sich der Wirkung seiner Stimme bewusst war. Ihm war vollkommen klar, dass der Bariton seiner Worte ein Echo in dem warmen Kribbeln fand, das sich auf meiner ganzen Haut ausbreitete. Das konnte der Kerl doch nicht einer Frau antun, die kaum drei Schritte gehen konnte, ohne dass man ihr einen Sitzplatz oder einen Rollstuhl anbot.

Wir erreichten unseren Tisch, und die Kellnerin versicherte uns, dass sie gleich wieder bei uns sein würde, um dann in eine Richtung zu verschwinden, aus der lautes Gelächter und viele Stimmen schallten. Ich hatte es allein durch die Geräuschkulisse direkt vor Augen – einen langen Holztisch mitten in einem dieser industriell eingerichteten Räume und eine Gruppe junger Leute, die den Sonntagabend hier verbrachte, um einen Geburtstag zu feiern. Oder etwas anderes. Geburtstag schien mir nicht richtig …

»Darf ich?«

Als ich mich Tom wieder zuwandte, hielt er mir seine Hände entgegen – bereit, mir aus meinem Mantel zu helfen.

»Entschuldige«, murmelte ich und fluchte innerlich über mich selbst und dieses elende Unvermögen, mich zu fokussieren. »Ich war in Gedanken und …« Mir fiel auf, dass er sich seines Mantels längst entledigt hatte. Es war das erste Mal, dass ich ihn nicht in Businesskleidung sah. Er trug einfach nur eine Jeans und einen dunkelblauen Pullover, der ihm genauso schmeichelte, wie Jacketts und Westen es taten.

»So siehst du also als ziviler Mensch aus.«

Tom lachte – auf eine herrlich dunkle, fast schon gehässige Art, die ich so von ihm noch nicht kannte. »Auch ein Snob hat zuweilen Auszeiten. Darf ich dir trotzdem aus der Jacke helfen?«

»Das gehört vermutlich auch zum Entschädigungskonzept? Wegen des Garantiefalls?«

»Selbstverständlich«, bestätigte Tom und trat bereits einen Schritt an mich heran, während ich noch den letzten Knopf öffnete und ihm den Rücken zukehrte. »Aus keinem anderen Grund würde ich mich zu solchen altbackenen Gepflogenheiten hinreißen lassen.« So behutsam, wie er mir die Jacke von der Schulter schob und dabei meinen Oberarm streifte, kaufte ich ihm das nicht ab. Es war nur eine winzige Berührung, aber die reichte für einen vollkommen unverhältnismäßigen, wohligen Schauer.

Ich drehte mich zu Tom um und ertappte seinen Blick dabei, wie er kurz meinem Gesicht entglitt und der Schwerkraft folgte. Er huschte nicht nur zu meinen Brüsten und wieder zurück, sondern streifte meinen ganzen Körper bis hin zu den Ballerinas, die ich trug – als Kompromiss zwischen meiner orthopädischen Realität und den Absätzen, die das blaue Wickelkleid eigentlich verlangte. Es war eines von genau drei Kleidern, die ich besaß und so gut wie nie trug. Außer, wenn ich auf einen solchen Blick hoffte wie den, mit dem ein gewisser Snob mich ansah, ehe er sich räusperte. Dieser Blick, mit dem man eine Frau ansah, mit der man sich andere Dinge vorstellte, als sie zum nächsten Arzttermin zu fahren oder ihr ein Keilkissen zu bringen. »Der Schal … Willst du mir den noch geben?«

Auf keinen Fall. Dieser Schal war alles, was mein Erscheinungsbild von der schwer verletzten, maschinell beatmeten Patientin trennte und mich aussehen ließ wie … Nun, wie die Maggie, die ich davor gewesen war, nur mit kürzeren Haaren. Die Maggie, die ein einfacher Blick und das Räuspern eines Mannes niemals so nervös gemacht hätte wie mich jetzt.

Ich schüttelte den Kopf. »Den Schal behalte ich noch.«

Tom nickte nur, und als er sich mit einem »Bin gleich wieder zurück« verabschiedete, um die Mäntel wegzubringen, war ich ganz froh über einen kleinen Moment, in dem ich mich setzen und durchatmen konnte. Ich nahm den eigentümlichen Geruch von geflammtem Holz wahr, aus dem die Tischplatte bestand und den Duft des Basilikums, der darauf stand. Außerdem lag eine zarte Note von Frittierfett in der Luft.

Der Hauch von Sandelholz, wie er in Toms Aftershave mitschwang, war verschwunden. Dennoch blieb dessen Wirkung erhalten. Meine Finger zitterten noch immer leicht, als ich George schnell schrieb, dass ich mein Ziel ohne Zwischenfälle erreicht hatte. Mein Puls verlor seinen Rhythmus bei jedem Geräusch, das auch nur annähernd andeuten mochte, dass Tom wieder zurückkam. Und ich kann sagen, dass an diesem Sonntagabend eine Menge Geräusche in diesem Lokal stattfanden.

Präfrontaler Cortex, sagte ich mir selbst. Immer wieder, wie das komplizierteste Mantra, das sich jemand vorbeten kann, um in seinen Normalmodus zurückzufinden. Bei meinem Besuch in seinem Hotel war mir das nicht so schwer gefallen. *Präfrontaler Cortex.* Allerdings hatte ich da nur ein Sakko vorbeibringen wollen. Alles andere war ein riesengroßes »Mal sehen« gewesen. Jetzt war ich in einem Restaurant und trug ein Kleid. Ich würde essen müssen. Trinken. Mich unterhalten. *Präfrontaler Cortex.* Ich würde nicht einfach irgendwann gehen. Dieser Abend würde in ein paar Stunden enden und dann die Fragen mit sich ziehen, wie. Bei wem. Und dann noch einmal – wie.

Das waren drei ziemlich einschüchternde Fragen – vor allem wenn ein Teil des eigenen Gehirns seinen Job nicht erledigte.

Präfrontaler Cortex.

Präfrontaler Cortex.

Präfrontaler Cortex.

Meiner hatte bei dem Unfall eine Macke abbekommen, das wusste ich. Wenn ich derzeit wegen Kleinigkeiten ausrastete, dann deshalb, weil dieses Stückchen grauer Hirnmasse die Bremse einfach nicht finden konnte. Und offenbar war das nicht nur bei Wut und Frust der Fall, sondern auch in der Anwesenheit eines Hotelmanagers, der attraktiv, aber eigentlich gar nicht mein Typ war – dafür jedoch zu charmant, um das zu übersehen.

Und dieses bisschen Großhirnrinde machte sich einen Spaß daraus, mich auf das Charisma dieses Snobs aufmerksam zu machen – um sich dann umzudrehen und meine Hormone ohne Aufsicht durchdrehen zu lassen.

Herzlichen Dank auch.

Gott sei Dank ließ Tom sich genug Zeit, sodass ich es schaffte, mir die Getränkekarte durchzulesen und mich daran zu erinnern, dass dieser Mann Cola trank wie ein Zwölfjähriger. Und war er nicht offenkundig nervös gewesen, als er mich gefragt hatte, ob er mich zum Essen ausführen durfte? Trotz der ganzen Aura eines Gentlemans war er auch nur ein ganz normaler Mann, nicht wahr? Ich rief mir die herumliegenden Socken meines Bruders ins Gedächtnis und seine unbedingte Ignoranz gegenüber der Option, Geschirr in den Geschirrspüler zu räumen, anstatt es nur oben drauf zu stellen. Falls Tom nicht dieselben Macken hatte, dann ähnliche. Er trug keinen Bart, das schrie regelrecht nach Stoppeln im Waschbecken oder …

»Tonic?«

Socken, Geschirr und Bartstoppeln verpufften beim bloßen Klang dieser weichen Stimme. Wie ertappt sah ich von der Karte auf, als Tom sich mir gegenüber hinsetzte und mir über den Schriftzug »Softdrinks und Cocktails« hinweg zugrinste.

Präfrontaler Cortex. Ich würde wohl akzeptieren müssen, dass dieser Teil meines Körpers noch unbrauchbarer geworden war als mein rechtes Hüftgelenk.

»Ich bin nicht sicher«, gestand ich und legte die Karte beiseite, auf die ich mich ohnehin nicht konzentrieren konnte. »Hast du …« Rauschen. Statt des richtigen Wortes war nur gellende Leere in meinem Kopf. *Scheiße.* Natürlich musste ausgerechnet jetzt mein Vokabular kapitulieren. »Kannst du was empfehlen?«, setzte ich neu an und merkte noch während des

Sprechens, dass ich genau das Wort benutzte, das ich eben noch gesucht hatte. Das war so unfassbar absurd.

»Empfehlen?«, wiederholte Tom und rückte seine Brille zurecht, die gar nicht schief gesessen hatte. Und als hätte er an dem dunklen Rahmen des Brillengestells einen geheimen Sensor, wusste er nach dieser knappen Geste bereits die Antwort. »Der Eistee. Also der hausgemachte. Ich bin zuversichtlich, dass du den mögen wirst.«

»Du hast nicht mal auf die Karte geschaut.«

Ich hatte mit einem selbstgefälligen Grinsen gerechnet und einem Kommentar, mit dem er auf seine Fachkompetenz als Snob hinweisen mochte. Empfehlungen oder gar Bestellungen für die Dame auszusprechen gehörte sicher zur Grundausbildung. Tom allerdings wirkte ein bisschen ertappt. »Ich bin nicht zum ersten Mal hier«, gestand er.

»Das klingt, als wäre das enorm untertrieben.«

»Ist es auch.«

Wenn der Kerl dich irgendwohin bringt, wo er sonst mit seinen Jungs abhängt, dann macht er das, weil er sich da sicher fühlt. Und damit er mit dir angeben kann, falls jemand da ist, der ihn kennt. – Georges Flirttipp Nummer neun.

Ich musste unweigerlich schmunzeln, als ich an die weisen Worte eines Siebzehnjährigen dachte. »Dann nehme ich wohl diesen Eistee.«

»Ich sollte der Vollständigkeit halber erwähnen, dass es kein richtiger Eistee ist. Er hat Kohlensäure. Also ist die Bezeichnung gastronomisch nicht ganz korrekt.« Er seufzte sehr tief, als wäre er etwas losgeworden, das ihm schwer auf der Seele gelastet hatte. »Und jetzt darfst du dich über mich lustig machen, wenn du willst.«

Das schiefe, aber gleichzeitig warme Lächeln auf seinem Gesicht wirkte unsicher. Als würde er darauf warten, dass ich jeden Hohn, den er je kassiert hatte, in den Schatten stellte.

Dabei war alles, das mir in den Sinn kam, eine klitzekleine Stichelei: »Du bist wirklich mit Leib und Seele ein Snob, oder?«

Er stieß ein Lachen aus, in dem aufrichtige Erleichterung mitschwang, wenn ich nicht irrte. »Ob du es glaubst oder nicht – dass du deinen Tee schwarz trinkst, treibt mich immer noch um. Ich dachte erst, du schenkst Tee und Milch nur in der falschen Reihenfolge ein, aber das …«

»Es gibt eine falsche Reihenfolge?«

Er zuckte mit den Schultern und sah mich fast schon entschuldigend an.

»Das denkst du dir doch aus.«

»Oh nein, Verehrteste. Ich habe mein ganzes Leben in einem Hotel zugebracht. Über Dinge wie Tee und Milch mache ich keine Scherze. Noch weniger als über Eiswürfel in Whisky.«

Ich grinste. »Außer über den Tee deiner Mutter?«

»Es wäre wohl sehr respektlos, wenn ich Witze über ihre Teemischung machen würde. Sagen wir, ich treffe rein subjektive Einschätzungen, die jeder für sich …«

»Habt ihr euch schon entschieden?«

Wie aus dem Nichts war die junge Kellnerin von eben wieder aufgetaucht. Sie hielt sogar schon ihr Tablet und einen Touchpen bereit.

Tom sah mich fragend an. »Für mich eine Coke und für die Dame den Eistee?«

Ich nickte und hatte wirklich, wirklich Mühe, nicht zu sehr über sein »für die Dame« zu grinsen.

Die junge Frau tippte alles in ihr Tablet und sah dann wieder auf. »Und was wollt ihr essen?«

Wieder traf mich Toms Blick. »Weißt du schon, was du möchtest?«

Ich hatte nicht einen einzigen Blick auf die Burgerkarte geworfen. Aber ich hatte das unbestimmte Gefühl, dass ich das auch gar nicht musste. »Nein«, gestand ich. Die nächsten Worte brachte ich nicht ohne ein Schmunzeln heraus. Keine Chance. »Aber ich frage mich gerade, wie glücklich es einen Snob machen würde, wenn er für *die Dame* auswählen dürfte.«

Sehr, sehr glücklich.

Das sagte er nicht, aber er strahlte mich unverhohlen an. So lange, bis die Kellnerin sogar fragte, ob sie später wiederkommen sollte. Tom schüttelte den Kopf und nannte ihr zwei U-Bahnstationen. Offenbar hatten die zur Namensgebung der Burger herhalten müssen.

Sie wiederholte unsere Bestellung noch einmal, ließ sie sich von Tom bestätigen und verabschiedete sich dann mit einem Lächeln an uns beide. Erst als sie nicht mehr in Hörweite war, beugte Tom sich leicht über den Tisch. Die ehrliche Freude auf seinem Gesicht hatte der Selbstgefälligkeit etwas Platz eingeräumt, aber nur ein bisschen. »Sag mir, wenn ich irre, aber ich bekomme allmählich das Gefühl, dass dir ein Snob wohl doch lieber ist als ein Zuhälter.«

Ich ließ meine rechte Augenbraue nach oben zucken – etwas, das ich schon seit Jahren perfektioniert hatte. Zum Glück. Mein Herz hämmerte gleichzeitig gegen Lunge und Magen. Nicht auszudenken, was mein Gesicht ohne die nötige Routine veranstaltet hätte. »Sag du mir, falls ich mich irre, aber wenn ein Mann sich so darüber freut, über das Essen einer Frau bestimmen zu dürfen … Das hat ein bisschen was von beidem.«

Tom nickte und sah mich nachdenklich an, was seinem Lächeln jedoch keinen Abbruch tat. »Maggie, ich fürchte, du hast ein ziemlich verklärtes Bild von Zuhältern.«

»Kann es sein, dass du …« Ich stockte. Nicht, weil mir die Worte gefehlt hätten. Im Gegenteil. Sie waren da – zahlreich und festgekeilt in meiner Kehle. Während des Sprechens hatte ich mich mit den Unterarmen auf dem Tisch abstützen wollen – eine ganz automatische Geste. Und dumm. So grenzenlos dumm. Der Schmerz stach von meiner Hüfte aus in beide

Richtungen – Oberschenkel und Taille. An guten Tagen wäre die Warnung nur ein Ziepen gewesen. Aber ich hatte ja bereits festgestellt, dass dieser Tag keiner der guten war.

»Alles in Ordnung?«

»Alles gut«, versicherte ich und gab mir große Mühe, mich ganz gelassen und unauffällig wieder zurückzulehnen, um mein Gelenk mit einer sanfteren Beugung zu beschwichtigen. Das Stechen blieb, meine Hüfte seufzte nicht erleichtert auf, weil ich sie entlastete, aber ich hatte das Gefühl, dass der Schmerz immerhin leiser wurde. Und ein Flüstern würde ich aushalten. Notfalls auch über den gesamten Abend.

»Okay.« Tom nickte und fand sein unbefangenes Lächeln wieder. »Was hältst du davon, wenn wir mal das Thema wechseln? Ich habe das Gefühl, dass ich und meine Karriere als Snob ungebührlich im Mittelpunkt stehen.«

Ich verkniff mir ein resigniertes Seufzen und wappnete mich für das, was kommen musste. Weil es einfach immer kam.

Erzähl doch stattdessen mal – woher kommt dieses Humpeln eigentlich? Ah, ein Autounfall. Spannend, wie ist das im Koma? Sind die Schmerzen wirklich so schlimm? Wie fühlt sich das an, von einem Auto angefahren zu werden? Und die haben dir wirklich ein Stück vom Schädelknochen entfernt und wieder eingesetzt? Spürt man das noch?

Doch Tom überraschte mich. »Du hattest von deinem Job erzählt. Analyse und Entwicklung. Wie kann ich mir das vorstellen?«

»Was?«

»Im Pub. Alex hatte dich gelöchert, wofür ich mich übrigens noch mal in aller Form entschuldigen möchte. Jedenfalls dachte ich immer, Marketing wäre nur Werbung. Plakate und solche Dinge. Aber was du gesagt hast, klang wesentlich spannender.«

»Das hast du dir gemerkt?« Wenn ich mich richtig erinnerte, hatte er in diesem Moment eher den Eindruck gemacht, als wolle er schnellstmöglich aus dieser Situation heraus. Und zwar zusammen mit Alex und auf keinen Fall mit mir.

Tom zuckte mit den Schultern. »Zuhören ist mein Job.«

»Mh«, machte ich, was skeptischer klang, als ich es gewollt hatte. Doch der nächste Schmerzblitz hatte sich durch meine rechte Seite gezogen. »Du bist also in Wahrheit gar kein Snob, sondern Therapeut?«

»Nur, wenn ich hinter der Bar stehe. Gib mir einen Shaker und eine Flasche Gin, mehr brauche ich nicht für eine umfangreiche Traumanalyse.«

Ich schnaubte belustigt. Viel lieber hätte ich gelacht, aber ich wollte die Schmerzen nicht unnötig provozieren. Unweigerlich stellte ich mir vor, wie Dr. Rivers hinter einem Tresen stand, Gläser polierte und fragte, was ich geträumt hatte. Meist begannen unsere Dialoge nach einem festen Schema:

»Wie geht es Ihnen, Ms Forrester?«

- »Gut.«

»Schön. Und jetzt, wo wir den Small Talk erfolgreich absolviert haben: Wie geht es Ihnen wirklich?«

Träume passten nicht in das Konzept solcher Gespräche. Vielleicht aber an eine Bar. Gut möglich …

»Maggie?« Tom sah mich mit einem etwas unsicheren Lächeln an. »Das war keine Nachfrage nach einem konkreten Traum. Keine Sorge. Mir fehlt hier jedes Equipment, um mich professionell damit zu befassen. Ich glaube, dein Job wäre sowieso interessanter.«

Ich lachte etwas zu künstlich, während ich überlegte, wie lange ich gedanklich abgedriftet war. Und wann Tom auffallen würde, dass das immer wieder passierte …

Fokus, Maggie. Konzentrier dich. Nimm einfach das aktuelle Projekt. George sagt, du redest sowieso viel zu viel darüber, da-

für, dass du nicht einmal daran arbeitest. Es kann also gar nicht so schwer sein.

»Hast du von dem Veruntreuungsskandal gehört? In Schottland? Bei diesem gemeinnützigen Verein?«

Seine Augenbrauen zogen sich zusammen, bis sich zwischen ihnen wieder diese senkrechte Falte bildete, die auch an diesem Abend den Eindruck machte, viel zu gern dort zu verweilen. Erst setzte er dazu an, den Kopf zu schütteln, doch dann klarte seine Miene auf. »Ah ja! Das mit den letzten Wünschen?«

Ich nickte und ignorierte die vielen kleinen Stiche in meiner Hüfte. Es fühlte sich an wie nach der Physiotherapie. Das war unangenehm. Aber ich konnte es aushalten, und es verging von allein. Alles, was ich dafür tun musste, war zu warten und es auszuhalten.

Ich nickte noch einmal, um etwas Zeit zu gewinnen und irgendwo zwischen den hochmotivierten Schmerzrezeptoren ein paar Wörter zusammenzuklauben. »Genau, die letzten Wünsche. Die heißen irgendwas mit Feenstaub. Jedenfalls sind da Unsummen an Spendengeldern weggekommen. Das ist natürlich ganz schlechtes …« Ich schnaufte, aber gab mir gar keine Mühe, nach dem Wort zu suchen. »Das ist beschissen für ein Unternehmen, das von Spenden lebt. Die Presse hat die richtig an den Pranger gestellt, und es wurde von Seiten der Organisation kaum reagiert. Erst nach Monaten haben sie meine Agentur um Hilfe gebeten, um ihren Ruf wieder reinzuwaschen. Aber da war das Kind schon in den Tunnel gefallen.« Das war nicht korrekt. Das Sprichwort einerseits, aber auch die andere Sache. Der Inhaber eines Hotels konnte das womöglich falsch verstehen. »Also nicht *meine* Agentur. Ich meine die Marketingagentur, für die ich gearbeitet habe, bevor …« Das Stechen ließ mich den Satz unterbrechen. Lieber schwieg ich, als ein gequältes Ächzen rauszuwürgen, während meine Hüfte jubelte, nur weil ich kurz davor war, über sie zu reden. Oder vielmehr über das, was mit ihr passiert war.

Tom nickte. »Bevor der Unfall passiert ist«, half er mir aus, als hätte ich nach Worten gesucht. »Und du und deine Kollegen müsst das jetzt geradebiegen? Wie macht ihr das?«

»Ich hab ehrlich gesagt keine Ahnung«, gestand ich. »Ich habe nur in der Presse mitbekommen, dass meine alten Kollegen beauftragt worden sind. Und ehrlich gesagt brenne ich vor Neugier zu wissen, wie sie das angehen werden. Mein Job wäre es, zu recherchieren, wer in den Medien über die Sache spricht und wie. Das heißt Zeitungen, TV, Radio und unfassbar viel Social Media. Es gibt Tage und Wochen, da bin ich nur auf diesen ganzen Plattformen unterwegs. Keine Ahnung, wieso Leute sich das auch noch privat antun, wenn sie es nicht müssen … Ansonsten schaue ich mir auch die Stimmungslage intern an – bei den Mit… bei … bei den Leuten in der Firma. Das trage ich dann zusammen, bis …« Mitten in meinen Erzählungen fühlte es sich so an, als würden meine Gedanken humpeln. Sie wurden genauso wacklig wie meine Schritte. Ein paar Meter konnten sie ihr Tempo noch halten. Dann kamen sie ins Straucheln. »Logan wollte mich zwar im Team, aber ich hab mir nicht zugetraut … Das ist in Edinburgh und …« Und dann fielen meine Gedanken hin. Volle Kanne mit der Fresse auf das Kopfsteinpflaster. »Ich hab dir nie erzählt, dass ich einen Unfall hatte.«

Vielleicht irrte ich. Es gab so viele Dinge, die ich mir nicht auf Anhieb merken konnte. Ich hätte Tom jedes »Doch, im Pub, am Tresen. Du hast mir erklärt, wieso du das Tonic ohne Gin trinkst« sofort abgekauft. Jedenfalls, bevor sich seine Augen weiteten und er zu lange brauchte, um seinen panischen Gesichtsausdruck wieder einzufangen. »Mir schien es das Wahrscheinlichste«, erklärte er. »Ich dachte nur … Du hast den Anschein gemacht … Ich hatte den Eindruck, dass du nicht darüber reden willst. Also habe ich nicht gefragt …«

Er log. Ich hatte keine Ahnung, woher ich das wusste. Aber ich war mir so sicher. Dieser Snob besaß die Frechheit, mich einfach anzulügen, während ich seit Minuten hier saß und Schmerzen aushielt, nur um diese Verabredung mit ihm haben zu können. Und um nicht einsehen zu müssen, dass George mit den scheiß Gehhilfen vielleicht recht … Und dann fügte es sich zusammen. Dass der Snob wusste, wie ich meinen Kaffee trank. Dass er mich nicht ein einziges Mal gefragt hatte, was zur Hölle mit mir nicht stimmte. Nicht einmal mit Blicken. Als wäre es eine Frage, die sich für ihn gar nicht mehr stellte.

»Hat mein Bruder mit dir gesprochen?« Der hatte sich nicht einmal ein bisschen Mühe gegeben, mich zu meinem Date zu löchern. Ein paar kleine Seitenhiebe auf das versnobte Auftreten meines Begleiters waren nun wirklich nicht ernst zu nehmen. Überhaupt hatte er keine Sekunde gezögert, ehe er mich das erste Mal seit acht Monaten einfach in London ausgesetzt hatte und weggefahren war. Als wäre nichts dabei.

So behandelte man kein rohes Ei. Außer, man stellte sicher, dass Snobs wussten, wie sie mit rohen Eiern umzugehen hatten.

Dass eben jener Snob nichts sagte, war mir Antwort genug. Die Entschuldigung in seinem Blick war klar und deutlich. »Natürlich«, zischte ich zwischen zusammengebissenen Zähnen hervor. Natürlich war es utopisch gewesen zu glauben, dass man so einem Krüppel wie mir gesunden Menschenverstand zutraute.

»Und du hast dich von ihm instruieren lassen?« *Fuck.* Da war es, das altbekannte Brennen in meiner Kehle. Das Lockmittel für Tränen, die sich jeden Moment darauf stürzen würden. Das war noch viel übler als Schmerzen. Die konnte ich bis zu einem gewissen Grad einfach ignorieren. Bei Tränen hatte ich dieses Talent nicht.

»Ich habe nicht darum gebeten«, sagte er.

»Du hättest auflegen können. Oder weggehen.«

»Er hat mir eine E-Mail geschrieben. Nicht angerufen.« Der Versuch eines Lächelns stahl sich in seine Mundwinkel. »Muss in der Familie liegen.«

Dann eben löschen! Wieso lässt du dir von meinem Bruder sagen, wie du mit mir umzugehen hast? Mein Bruder ist ein Idiot, der mich von Mauern hüpfen lässt oder mich bei unseren Eltern verpetzt, wenn es zu seinem Vorteil ist. Wieso hörst du ihm *zu, statt mit* mir *zu reden? Ich bin doch hier!*

Ich brachte die Worte nicht heraus. Schon, als sie durch meinen Kopf schrillten, wusste ich, dass sie auf meiner Stimme ein heilloses Durcheinander ergeben würden. Also reckte ich nur mein Kinn und legte all das Kauderwelsch in meinem Kopf in einen wütenden Blick, mit dem ich den Snob bedachte. Ich verschränkte sogar die Arme vor der Brust, statt mich weiter an der Stuhllehne abzustützen, um meine Hüfte zu entlasten. Dann musste dieses Scheißgelenk eben da durch. Das hier war wichtiger als ein paar verfickte Schmerzen. Das hier war eine Situation, in der ich meinem Gegenüber klarmachen musste, dass ich scheiße fand, wie es gelaufen war. Vor allem von George, aber auch von ihm. Er sollte das wissen. Aber ohne Tränen. Ohne Geschrei. Ohne eine Basilikumpflanze, die ich durch den Raum schleuderte, nur weil er eine Mail gelesen hatte. *Knöpfe. Denk an die Knöpfe. Und mach sie verdammt noch mal richtig rum zu. Diesmal ist das wichtig.*

»Du bist wütend.« Er nickte, als hätte er damit gerechnet. Vermutlich war das auch ein Punkt in der Mail meines Bruders gewesen. *Wenn sie so guckt, dann geh in Deckung. Jetzt noch mehr als vor ihrem Crash.* Und dazu ein Bild von mir als bockige Vierzehnjährige. »Ich würde gern irgendwas sagen, das nicht das Falsche ist.«

Natürlich wollte er das. Die Reaktion auf falsche Worte war oft unangenehm. »Was hat George dir genau geschrieben?«

Sein Gesicht verzog sich etwas. »Ich bin nicht sicher, ob es hilfreich wäre, das …« Er verstummte, als die Kellnerin an unseren Tisch trat und zwei Gläser vor uns abstellte. Die Cola für meinen Begleiter war unspektakulär. Mein Glas hingegen war mit einer klaren Flüssigkeit gefüllt. Zum Boden des Glases hin ging sie in ein zartes Rot über. Und neben Thymianzweigen schwammen auch Wacholderbeeren darin. Deshalb ging er also davon aus, dass ich den Eistee mögen würde. Weil er nicht nur zuhörte, sondern auch hinsah und sich völlig unwichtige Details merkte. Weil er eben auch der Mann war, für den ich ein Kleid angezogen hatte, weil ich wollte, dass er mich als Frau sah. Nicht als beschissene Liste voller Punkte, die es zu beachten galt. Wie so ein Beipackzettel.

»Was über mich geredet wird, kann man auch mit mir besprechen. Meinst du nicht, …« *Sein Name.* Oh Gott, sein Name war verschwunden. Ausgerechnet jetzt. Alles, was mir einfiel, war »Sam«, was nicht stimmte. Und »Mr Walsh«, was jeden Satz hätte klingen lassen, als würde ich ihn nicht ernst meinen – oder danach nie wieder mit ihm sprechen wollen.

»Okay.« Er atmete tief ein und ließ dabei keinen Zweifel daran, dass er dieses Zugeständnis äußerst ungern gab. »George hat mir geschrieben, dass du vor ein paar Monaten von einem Auto angefahren worden bist. Du hast im Koma gelegen und warst kurz tot.« Natürlich, diesen Special Effect hatte er sich nicht verkneifen können. »Er meinte, seitdem hättest du chronische Schmerzen in der Hüfte und bist da etwas eingeschränkt. Wortfindung bereitet dir manchmal Schwierigkeiten und irgendetwas von einem Prä…«

»Präfrontaler Cortex«, half ich aus und hätte mich viel lieber viel mehr darüber gefreut, zur Abwechslung selbst ein Wort parat zu haben, das jemand anderem fehlte. »Was noch?«

Noch ein tiefes Einatmen. Jahrelange Arbeit mit Menschen musste ihn geschult haben, das auf eine Art und Weise zu vollbringen, die nicht genervt wirkte, nur angestrengt. »Wenn ich merke, dass dein Humpeln stärker wird, soll ich darauf achten, dass du Pausen machst und dich setzt. Falls du Wörter vertauschst, soll ich möglichst weghören, weil dir das unangenehm ist. Er hat mich gebeten aufzupassen, dass du keinen Alkohol trinkst – wegen der Medikamente. Ich soll dich auch nicht allein mit der Bahn heim fahren lassen, auch wenn du sagst, dass du das kannst. Er meinte was von falschem Stolz. Wenn ich merke, dass du Schmerzen hast …« Er deutete auf die Tischplatte, meinte aber vermutlich das Stechen, das sich dahinter durch meine Hüfte zog. Dieses unsichtbare Etwas, das er nicht sehen konnte, und von dem er dennoch wusste, dass es da war. »Dann soll ich ihn anrufen.«

Ich nickte. Das klang ganz nach meinen letzten Monaten. Es zählte nur, was meine Befunde sagten. Mein Wort hatte keine Bedeutung. Wozu auch, wenn man Worte ständig durcheinanderbrachte? Wieso sah niemand, wie erniedrigend das für mich war? Weder meine Eltern noch George und offenbar auch Mr Walsh nicht, dessen Vorname sich irgendwo hinter den Schmerzen versteckte, die sich langsam bis in meine Gedanken fraßen.

»Und?«, presste ich hervor. Meine Frage klang dumpf. Wie Stimmen nun mal klingen, wenn man unter der Oberfläche von Tränen spricht. »Hast du George angerufen?«

Er schüttelte den Kopf.

»Aber ich habe Schmerzen.«

»Ich weiß.«

Mit meinem Nicken kam nur ein Keuchen aus meiner Kehle, mehr nicht. Der Kloß in meinem Hals saß einfach zu fest. Scheiße noch mal, ich wollte nicht heulen. Nicht vor dem Snob. Nicht wegen so was.

»Ich rufe George nur an, wenn du mich darum bittest. Ich wüsste keinen anderen Grund, aus dem ich das tun sollte. Versteh mich nicht falsch, ich …« Er atmete aus, sah kurz an mir vorbei und dann wieder in meine Augen. »Dein Bruder ist ein netter Kerl, und er macht sich Sorgen. Ich versteh das. Und ich bin froh, ein paar Dinge besser einordnen zu können. Dennoch …« Als ich seinem Blick auswich, neigte er seinen Kopf etwas zur Seite, bis seine blauen Augen mich wieder eingefangen hatten. Er wollte sichergehen, dass ich ihm zuhörte. »Du bist hier. Nach allem, was die letzten Monate passiert ist, bist du immer noch hier. Mehr muss ich über dich nicht wissen, um sicher zu sein, dass du mir am besten sagen kannst, ob und wie du klarkommst. Ich habe nicht vor, irgendwelche Regeln deines Bruders einzuhalten, es sei denn, sie sind auch deine. In Ordnung?«

Ich starrte ihn an. Einen Moment lang spürte ich den Schmerz in meiner Hüfte nicht mehr. Dann blinzelte ich, und dieser Moment zersprang wie ein Glas, das man gegen die Wand schleuderte. Erste Tränen lösten sich aus meinen Augenwinkeln. Das Stechen fraß sich durch meinen Rippenbogen, bis in meine Lunge. Ich konnte nicht mehr atmen. Aber ich starrte ihn einfach weiter an.

Ich wusste nicht, was ich sagen sollte. Ob ich überhaupt etwas sagen *konnte.* Ich fürchtete, in ein hysterisches Schluchzen auszubrechen, wenn ich meinen Mund öffnete. Seit acht Monaten hatten mich weder meine Eltern noch George noch alte Freunde wie einen mündigen Menschen behandelt. Und dieser Snob saß nun einfach so hier und erklärte mir, dass er keine Ahnung hatte, was ich brauchte.

Ich dafür schon.

Wie viele Gläser hatte ich nach meinem Bruder geworfen, und er hatte das immer noch nicht begriffen?

»Ich muss … entschuldige mich«, stammelte ich und rappelte mich auf. Es tat so unfassbar weh, auf meinen Beinen zu stehen. Aber er ließ mich. Er hielt meine Flucht zu den Toiletten nicht auf, dabei wäre es ein Leichtes gewesen. Zwei Schritte und er hätte mich eingeholt.

Meine Hüfte schrie mit jedem Schritt, den ich ihr antat. Und es war so schwer, es ihr nicht einfach nachzumachen. Ich heulte, noch ehe ich die Toilettenkabine erreicht hatte und mich dort einschloss. Und es fühlte sich nicht an, als würde ich damit je wieder aufhören.

Weil George ein beschissenes Arschloch war. Mein Präfrontaler Cortex genauso.

An meinem Tisch saß der einzige Mensch, der keins war. Und ich hatte nicht aufgepasst und seinen Namen verloren.

Möglicherweise heulte ich deshalb sogar am meisten.

Der vielleicht letzte Gentleman Englands

- Tom -

Siebzehn Mal.

Genau siebzehn Mal nahm ich das Olivenöl, das auf unserem Tisch stand, in die Hand und studierte das Etikett. Siebzehn Mal vergewisserte ich mich, dass es sich um kaltextrahiertes, naturbelassenes Öl aus Griechenland handelte. Anschließend stellte ich die Flasche wieder an ihren Platz und drehte sie so, dass das Etikett in dieselbe Richtung wie zuvor zeigte.

Ehe die Prozedur ein achtzehntes Mal stattfinden konnte, schob ich meine Hände in die Hosentaschen und lehnte mich zurück. Allerdings half das wenig gegen den beißenden Gedanken, der in meinem Hinterkopf nagte.

Ich hab es versaut.

Mir war klar, dass das nur meine Befürchtung war und dass die nicht der Realität entsprechen musste. Viel wahrscheinlicher war, dass Maggie sich einfach aus der Situation herausgezogen hatte, um sich wieder zu fassen. Wie im »Lifted Anchor«, als sie verschwunden war, weil George ihr dieses alberne Getränk gebracht hatte, das kein Tonic gewesen war. Er hatte es mir sogar erklärt – dass sie das brauchte, um sich zu sammeln, und dass es besser war, sie dabei allein zu lassen.

Und ich verstand das. Es gibt Situationen, die man nur eine gewisse Zeit aushalten kann. Allerdings gehörte Ungewissheit zu den Dingen, die ich selbst nicht lange ertrug. Exakt so lange, wie man braucht, um siebzehn Mal eine Flasche Olivenöl in die Hand zu nehmen und wieder an ihren Platz zu stellen.

Ich schaff das schon.

Das war, was ich meinem Therapeuten versichert hatte. Und Alex. Sogar meiner Mutter.

Ich schaff das schon.

Und nun saß ich in einem Burgerrestaurant, das ich früher mindestens einmal im Monat besucht hatte, und merkte, dass ich ein Narr war, der Wollen mit Können verwechselte. Das Olivenöl war mein Zeuge.

Ich setzte gerade dazu an, doch ein achtzehntes Mal zu der dunklen Glasflasche zu greifen. Stattdessen schloss ich nur meine Augen und atmete aus. Und nicht wieder ein. Dieser künstlich erzwungene Zustand der Ruhe hatte mich seit Jahren durch sämtliche Eskalationen des Berufslebens gebracht, genauso wie durch einige meines Privatlebens. Als ich erfahren hatte, dass ich Vater werden würde, hatte sich dieses Verfahren als ausgesprochen sinnvoll erwiesen. Es hatte Streitigkeiten gegeben, die weiter gegangen wären, hätte dieser Kniff mir nicht wieder zur Contenance verholfen.

Er hatte allerdings nichts gebracht, als mich Informationen erreichten, die niemand erfahren möchte – von Ärzten oder den geschriebenen Zeilen eines Abschiedsbriefes. Einen handgeschriebenen Text, mit dem eine Person sich unmissverständlich verabschiedet, verarbeitet man nicht, indem man einen Moment lang die Luft anhält.

Ich weiß das. Ich hab es versucht.

»Entschuldigung?«

Ich hörte die fremde Stimme und spürte zeitgleich eine Hand, die sich behutsam auf meine Schulter legte. Für den Bruchteil einer Sekunde saß ich im Wartebereich eines Krankenhauses. Regentropfen knallten an die Fensterfront. Mein Stuhl war nicht aus gebranntem Holz, sondern die nüchterne Symbiose aus einer Plastikschale und Metallbeinen. Ich roch Desinfektionsmittel und spürte meinen Herzschlag, der mit aller Gewalt gegen die Paralyse kämpfte, in die mein Körper gefallen war.

Erst, als ich zusammenzuckte und die Augen aufriss, war das Olivenöl wieder da. Es stand unbehelligt neben der Basilikumpflanze, als wartete es voller Gleichmut darauf, dass ich es ein achtzehntes Mal studierte.

»Sorry, ich wollte nicht …«

»Schon gut. Ich war nur in Gedanken.« Für die junge Kellnerin, die bei mir stand, musste es ausgesehen haben, als hätte ich geschlafen.

Sie nickte und sah dabei viel unsicherer aus als die junge Frau, die Maggie und mich bis eben noch bedient hatte. »Ich fürchte, deiner Freundin geht es nicht so gut. Sie ist bei den Damentoiletten und hat darum gebeten, dass dich jemand holt. Es klang dringend.«

Ich ignorierte meinen Puls, der noch der Erinnerung an Krankenhäuser und Panik nachhing, und bemühte mich um ein Nicken. »Vielen Dank. Könnten Sie mir einen Gefallen tun?«

»Sicher …«

»Ich gehe davon aus, dass wir aufbrechen müssen. Es …« Ich zog mein Portemonnaie hervor und fand meine Kreditkarte sofort, um sie der jungen Frau auszuhändigen. »Könnten Sie in der Küche Bescheid geben, dass sie das Essen zum Mitnehmen vorbereiten sollen? Ich wäre Ihnen wirklich dankbar.«

»Natürlich, das ist kein Problem.«

»Wunderbar. Meine Karte würde ich einfach vorn am Schalter abholen, wenn wir gehen.«

Hör auf damit, Tom! Hör auf, so scheiß perfekt zu funktionieren! Das ist unheimlich!

Einen Moment lang lauschte ich diesem Echo meiner Erinnerung, während die Kellnerin sich vom Tisch entfernte. Ich hörte zu, weil ich es damals nicht getan hatte. Auf keinen Fall wollte ich noch einmal die Konsequenzen erleben, die sich ergaben, wenn man nicht hinhörte.

»Okay«, murmelte ich dann und fixierte die Lehne von Maggies Stuhl. Ihre Tasche hing noch daran. »Tasche, Jacken, Maggie …« Von wegen perfekt. Ich redete mit mir selbst, um nicht einfach blindlings zu den sanitären Einrichtungen zu stürzen und alles andere zu vergessen.

Mit Maggies Tasche, unseren Jacken und meinem Schirm betrat ich keine zwei Minuten später die Räumlichkeiten des Damen-WCs. Drei Frauen standen an den Waschbecken und beäugten mich irritiert. Ich lächelte entschuldigend und ließ dann meinen Blick über die verschlossenen Kabinentüren gleiten.

»Maggie?«

Ich hörte keine Antwort, aber das Klicken eines Riegels, der sich verschob, ohne dass sich eine Tür öffnete. Ich lief auf das Geräusch zu, bis ich die Tür fand, die unverschlossen war. Vorsichtig klopfte ich mit einem Fingerknöchel an, dann schob ich die Tür auf.

Sie saß auf dem Toilettendeckel wie eine Betrunkene, die drohte, jeden Moment von der Toilette zu rutschen. Anscheinend erlaubte ihre Hüfte es ihr nicht, aufrecht zu sitzen. Tränen hatten dunkle Spuren aus Mascara auf ihren Wangen hinterlassen.

»Mach die scheiß Tür zu«, knurrte sie zwischen zusammengebissenen Zähnen hervor. »Und …« Ein Gurgeln, das ich als »Tasche« interpretierte.

»Hier.« Ich reichte ihr das Ding und beschloss, alles andere zu ignorieren, genauso wie das flaue Gefühl, das sich bei Maggies Anblick in meinen Magen presste. Die Tür schloss ich hinter mir, warf die Jacken darüber und stellte den Schirm in die Ecke.

Maggie kramte noch immer in ihrer Tasche, als ich mich wieder zu ihr umdrehte. Es war nicht zu übersehen, wie ihre Hände zitterten, genauso wie ihre Unterlippe, die auffallend blass war. Ich wusste nicht, ob das von der Anstrengung kam, oder ob sie kurz davor war, wieder zu weinen.

»Kann ich dir irgendwie helfen?«, fragte ich vorsichtig. »Oder soll ich draußen auf dich warten?« Ich konnte mir nicht vorstellen, dass sie Publikum haben wollte.

Doch sie ignorierte mich und zog einen Blister mit Tabletten aus der Tasche. Es brauchte mehrere Anläufe, bis sie eine Tablette herausgedrückt hatte und nehmen konnte. Den Blister warf sie zurück in das Sammelsurium, aus dem sie ihn geholt hatte, und ließ die Tasche auf den Boden fallen.

Ich fühlte mich wie ein unnützer Idiot, während ich ihr dabei zusah, wie sie sich nach hinten gegen die Wand lehnte, ihre Handballen gegen die Augen presste und unübersehbar schwer und hektisch durch die Nase atmete.

»Maggie, ich …« *Versau es nicht. Versau es um Himmels willen bloß nicht.* »Wenn ich etwas tun kann, sag mir das bitte. Ich kann ein Taxi rufen. Oder verschwinden. Ich kann hier warten, bis es wieder geht oder dich zur U-Bahn tragen, damit du allein nach Hause fahren kannst. Allerdings hätte ich mit dem letzten Punkt wirklich kein gutes Gefühl.«

»Halt bitte einfach … Ich …« Was auch immer sie hatte sagen wollen, verschwamm in einem Zischen, das sie durch zusammengebissene Zähne presste. Als sie ihre Hände wieder fallen ließ, hingen Tränen in ihren Wimpern. *Wie Regentropfen.* Ihre Nasenflügel bebten unter schweren Atemzügen. »Taxi.« Maggies Stimme war kaum mehr als ein heiseres Seufzen. Mehr war für ihre Kapitulation nicht mehr übrig.

Ich nickte, zog mein Handy aus der Hosentasche und rief via App einen Wagen. »Acht Minuten«, verkündete ich anschließend und steckte das Telefon wieder weg. »Bis zum Ausgang sind es von hier vielleicht fünfzig Meter. Schaffst du das?«

Maggie schüttelte den Kopf. Dabei sah sie mir nicht einmal in die Augen. Das gehört wohl zu den Dingen, die stets gleich bleiben, egal, wie viel sich verändert: Um Hilfe zu bitten ist ein Kraftakt. Auch dann, wenn man sie dringend braucht.

Vor allem dann.

Ich zog die Jacken von der Tür und hängte mir Maggies Tasche über die Schulter. Dann reichte ich ihr meinen Schirm als zusätzliche Stütze, ehe ich mich zu ihr beugte und ihren Arm um meine Schultern legte. Sie sagte keinen Ton, als ich sie auf die Beine zog. Wenn ich nicht irrte, dann atmete sie nicht einmal. Nur ihre Finger gruben sich in meine Schulter, was einen winzigen Bruchteil ihrer Schmerzen an mich weitergab.

Als sie stand, versuchte ich, sie mit meinem freien Arm um ihre Taille bestmöglich zu stützen.

Na komm, wir kriegen das hin.

Du schaffst das. Und wenn nicht, bin ich hier.

Ich weiß, es tut gerade weh, aber gleich ist es besser. Ganz bestimmt.

Die Sätze, die durch meinen Kopf schossen und schon meine Kehle hinaufkrochen, schluckte ich wieder herunter. Sie schmeckten nach Galle. Vielleicht ist das der Grund, weshalb Menschen sie ausspucken, sobald sie nicht wirklich helfen können. Sie sehen die Schmerzen eines anderen. *Oder die Trauer.* Und schleudern ihm die bittere Erwartung ins Gesicht, diese Sache durchzustehen.

Als hätten Schmerzen je davon aufgehört, dass ein anderer Mensch behauptet, er wüsste, wie schlimm es ist.

Ich hatte keine Ahnung von dem, was Maggies Hüfte ihr antat. »Geht es?«, war daher alles, was ich ihr zuflüsterte, als wir an den Waschbecken vorbeiliefen. Die Blicke der anderen Gäste ignorierte ich und konzentrierte mich allein auf die Wärme ihres Körpers, der an meinem lehnte, auf Maggies Atemzüge, die nur stoßweise kamen. Die meiste Zeit hielt sie die Luft an, während sie einen Schritt nach dem nächsten erkämpfte.

Als wir uns dem Ausgang näherten, wartete das Taxi bereits. Das Taxi und zwei besorgte Kellnerinnen, die am Schalter standen. Eine von ihnen kam uns entgegen, und ich ahnte ihre Worte schon, ehe sie sie aussprach: »Oh Gott, was hat sie denn? Sollen wir nicht lieber einen Krankenwagen rufen?«

Ich spürte Maggies Keuchen, mehr brachte sie nicht heraus. Also übernahm ich kurzerhand für sie und hoffte, dass ich damit keinen Riesenfehler beging. »Das wird nicht nötig sein, danke.«

»Aber sie sieht furchtbar blass aus. Vielleicht hat sie ja einen Kreislaufzusammenbruch oder …«

»Danke«, sagte ich, etwas energischer und schob mich mit Maggie in Richtung Ausgang. Diskussionen verzögerten den Weg nur. Und Verzögerungen bedeuteten mehr Schmerzen. Das war eine einfache Rechnung. »Ein Taxi ist ausreichend. Tun Sie mir einen Gefallen und übergeben dem Fahrer das Essen, wenn das möglich ist. Und meine Kreditkarte geben Sie mir einfach in die Hand.«

»Aber …«

»Vielen Dank.« Diesmal legte ich genau so viel Nachdruck in meine Worte, dass es an der Grenze zur Unhöflichkeit kratzte.

Der skeptische Blick, den sie auf Maggie warf, während sie mir meine Karte zwischen die Finger schob, entging mir nicht.

Als würde eine Margaret Forrester sich von einem dahergelaufenen Snobzuhälter gegen ihren Willen verschleppen lassen. Ich wusste nicht, ob die Kellnerin Maggies Blick auffing, oder aus anderen Gründen zu dem Schluss kam, dass das hier keine Entführung unter Einfluss von Betäubungsmitteln war. So oder so kam sie endlich meiner Bitte nach und hielt Maggie und mir sogar die Tür auf, als wir diese erreicht hatten.

Es regnete noch immer. Natürlich tat es das – mehr noch als vor einer halben Stunde. Als würde das Wetter sich über uns lustig machen. Und um das noch zu untermalen, saß der Fahrer des Taxis bei angelassenem Motor im Trockenen. »Hervorragend.« Kurz überlegte ich, nach meinem Schirm zu greifen, doch Maggie schien darin tatsächlich eine Stütze zu haben. Daher versuchte ich, sie so gut es ging vom Regen abzuschirmen, als wir zu dem Wagen liefen, der in zweiter Reihe auf uns wartete.

Sobald wir das Taxi erreicht hatten, öffnete ich die hintere Tür auf der Beifahrerseite. Die Jacken und Maggies Tasche warf ich auf den Sitz hinter dem Fahrer und half Maggie dann beim Einsteigen. Erst, als sie saß, entwich ihr ein schmerzerfülltes Stöhnen, das ich nicht gleich zuordnen konnte, bis ich sah, wie sie sehr behutsam auf ihrem Sitz nach vorn rückte.

Walsh, du Idiot.

Ich hatte nicht daran gedacht. Und nun saß Maggie auf der Rückbank statt auf dem Beifahrersitz mit der verstellbaren Rückenlehne. Kurzerhand griff ich nach meinem Mantel, rollte ihn zusammen und beugte mich dann zu ihr, um ihn vorsichtig vor ihrer Rückenlehne zu platzieren und sie zu stützen.

»Besser?« Ich sah Maggie an, und erst in diesem Moment fiel mir auf, wie nah ich ihr gekommen war. Nur Zentimeter trennten mein Gesicht von ihrem. Da waren der Duft ihrer Haarspülung und das Gefühl ihrer Atemzüge, die über meine

Haut streiften, als Maggie nickte. Die Berührung ihrer Finger, die noch immer auf meiner Schulter lagen.

Das waren Kleinigkeiten, nichts weiter. Aber sie schlugen mir so heftig ins Gesicht, dass ich zurückschreckte. Mein Hinterkopf knallte gegen den Rahmen der Autotür. Maggie schien das zum Glück nicht mitbekommen zu haben, sehr wohl allerdings der Fahrer des Taxis, der sich auf seinem Sitz drehte und mich skeptisch beäugte. Dann fiel sein Blick auf Maggie. »Wehe, sie kotzt mir den Wagen voll. Es gibt nichts Schlimmeres als Kotze auf den Polstern.«

Wirklich? Erbrochenes war das größtmögliche vorstellbare Drama, das diesem Mann einfiel? »Ihr Taxi wird die Tour unbefleckt überstehen, keine Sorge.« Mit diesen Worten und einem unnötig lauten Knall schloss ich die Tür neben Maggies Sitz und lief um das Auto herum. Ich schob den Schirm etwas beiseite, nahm hinter dem Fahrer Platz und schnallte mich an. Was fehlte, war das Gefühl eines Wagens, der sich in Bewegung setzte.

»Ist wirklich alles okay mit der Kleinen?«

Ich konnte im Rückspiegel erkennen, wie er Maggie beäugte. Kurz war ich geneigt, ihm zu antworten, hörte aber neben mir, wie Maggie einen tiefen Atemzug nahm, und hielt lieber den Mund.

»Ich kann sie auch in ein Krankenhaus bringen. Das Royal ist nur zehn Minuten von …«

»Hammersmith«, unterbrach Maggie ihn. Leise, aber sehr bestimmt. »Perrers Road. Dort geht es hin.«

Der Fahrer grunzte, dann taxierte er mich über den Spiegel. »Sir?« Für seine Nachfrage zog er sogar die Augenbrauen überdeutlich in die Höhe. »Das Royal ist wirklich um die Ecke.«

Ich hörte das Schnaufen neben mir und musste nicht hinsehen, um Maggies Miene vor Augen zu haben. Ich hatte diesem Bild vor ein paar Minuten noch gegenübergesessen. Die perfektionierte mimische Darbietung eines »Ja, genau. Lasst zwei weiße, männliche Arschlöcher darüber entscheiden, wie es *der Kleinen* geht. Fragt sie um Himmels willen nicht selbst«.

»Hammersmith«, sagte ich, und wagte erst mit diesem Wort einen vorsichtigen Seitenblick zu Maggie. Sie hatte ihre Augen zusammengekniffen. Eine Schmerzwelle, nahm ich an, falls diese Art von Schmerzen überhaupt in Wellen kam. Sicher war ich allerdings, dass besserwisserische Idioten das Letzte waren, was sie brauchte. »Sie haben *die Kleine* gehört. Sie ist der Boss. Ich bin nur der Snob, der ihre Tasche trägt. Hammersmith, also.«

Endlich brummte der Mann ein »Wie Sie meinen …«, und der Wagen setzte sich ruckartig in Bewegung. Ich musste ihre Tasche festhalten, damit sie nicht auf den Boden fiel. Aus dem Augenwinkel sah ich, wie Maggies Hand sich in ihren Sitz krallte. Doch sie sagte keinen Ton, sondern funkelte nur den Fahrer an, ehe sie ihren Blick auf die Scheibe neben sich richtete.

Ich tat es ihr gleich und sah nach draußen, wenngleich ich nicht viel mehr erkannte als Regen und immer mehr Regen, der das Licht der Straßenlaternen auf der Scheibe verschmierte. Genauso wie die Menschen dahinter. Nichts weiter als Schatten, die sich auf Glas …

Ich merkte es im ersten Moment kaum. Erst, als ihre Fingerspitzen sich bewegten, war ich mir sicher, die zarte Berührung an meiner Hand zu spüren. Als ich erschrocken nach links sah, verschwand die Berührung abrupt. Nicht aber Maggies Hand, die noch immer ganz nah über meiner schwebte.

Maggie sah mich an, als ich meinen Blick hob. Sie sah mich an und verzog ihre Lippen zu einem sachten, unsicheren Lächeln, ehe sie stumm das Wort »Danke« formten. Ich nickte und versuchte mich an einem Schmunzeln, von dem ich keine

Ahnung hatte, ob es glückte. Der fragende Blick gelang mir vermutlich etwas besser.

Eigentlich hatte ich wissen wollen, wie es um ihre Schmerzen bestellt war. Maggie jedoch deutete mit einem fast unmerklichen Nicken auf unseren Fahrer und rollte dann mit den Augen. Und im Prinzip war das genau die Antwort, die ich brauchte, nicht wahr? Das Grinsen schlich sich jedenfalls von ganz allein auf mein Gesicht. Genauso, wie sich meine Finger von ganz allein von ihrer Tasche hoben und über die weiche Haut ihrer Handfläche strichen.

Nichts weiter. Nur eine unscheinbare Berührung, ein stummes »Wir haben es geschafft.«

Doch es war mehr als nur diese zarte Geste. Auf vollkommen irrationale Weise fühlte es sich an wie ein Sieg. Ein winziger, kaum nennenswerter Sieg, sicher. Da gab ich mich keiner Illusion hin. Nichtsdestotrotz war es seit über einem Jahr der erste kleine Triumph, den ich nicht allein bestritten hatte.

Und das genügte völlig, um aus der vorsichtigen Berührung von Fingerspitzen eine ziemlich große Sache zu machen.

Marylebone

- Maggie -

An: forrester_margaret@gmail.com
Von: t.walsh@dandelions-inn-hotel.co.uk
Betreff: Sichere Ankunft

Sehr geehrte Miss Forrester,
entgegen Ihrer irrationalen Befürchtung, mir könnte etwas zustoßen, bin ich wohlbehalten in Kensington angekommen. Ich bin geschmeichelt von Ihrer Sorge um mein Wohlbefinden, möchte in gleichem Maße aber noch einmal mein Bedauern darüber äußern, dass der Abend so unvorhergesehen enden musste.
Mir ist bewusst, dass ich meiner Versprechung bezüglich unserer Zufriedenheitsgarantie nicht vollumfänglich nachgekommen bin.
Dies bitte ich zu entschuldigen.
Ich verbleibe in der Hoffnung, dass Ihr übriger Abend sich angenehm gestaltet.
Es grüßt Sie
Ihr Thomas Walsh

An: forrester_margaret@gmail.com

Von: t.walsh@dandelions-inn-hotel.co.uk
Betreff: PS

Geht es dir besser?
Tom.

Es war weit nach zehn Uhr am Abend, als ich aus meinem Dämmerzustand erwachte. Mit dem Blick auf mein Handy hatte ich herausfinden wollen, wie spät es war und neben der Uhrzeit Toms Nachrichten gefunden.

Ich wusste noch vage, wie er mich in die Wohnung gebracht hatte. Allein hätte ich es vermutlich nicht vom Straßenrand durch das kleine Tor und über die Stufe vor dem Haus geschafft. Und falls doch, hätte ich mich hinter der Wohnungstür einfach in den Flur gelegt und darauf gewartet, dass das Targin endlich wirkte. Oder dass George betrunken heimkam und über mich stolperte. Je nachdem, was sich zuerst einstellte.

Mit Toms Hilfe hatte ich es bis in mein Schlafzimmer geschafft. Die Details allerdings waren verschwommen. Hatte ich meine Schuhe selbst ausgezogen oder war er das gewesen? Stand das Glas Wasser auf meinem Nachttisch dort, weil ich ihn darum gebeten hatte? Ich hatte keine Ahnung.

Schmerzen erschöpfen mehr als nur den Körper. Ich glaube, dass sie sich ihre Energie aus allem holen, das sie greifen können. Und dabei machen sie auch vor dem Gedächtnis nicht halt.

Ich bin geschmeichelt von Ihrer Sorge um mein Wohlbefinden ...

Hatte ich ihn wirklich gebeten, sich zu melden? So machte ich es mit George – einfach, weil mein Bruder ein Idiot war, der sich zu gern in Schwierigkeiten brachte. Vielleicht hatte ich … und dann fiel mir die Uhrzeit ins Auge, zu der Tom seine E-Mail geschickt hatte.

Scheiße, das war fast eine Stunde her.

Hastig tippte ich auf den Antworten-Button. Er sollte wenigstens wissen, dass mein Körper nur der Erschöpfung anheimgefallen war und nicht der Verwesung.

An: t.walsh@dandelions-inn-hotel.co.uk
Von: forrester_margaret@gmail.com
Betreff: RE: Sichere Ankunft

Sehr geehrter Mr Walsh,
es freut mich, dass Sie heil zu Hause angekommen sind.

Weiter wusste ich nicht. Ich hatte im Kopf, was ich ihm sagen wollte. Danke für deine Hilfe. Es tut mir ehrlich leid, dass ich unser Treffen versaut habe. Ich wollte das nicht. Auch wenn da diese Mail von meinem Bruder war. Ich wollte wirklich, dass der Abend anders endet.

Die Gedanken waren da, und sie waren deutlich. Aber ich sah beim besten Willen keine Möglichkeit, sie in Worte zu fassen, die dem versnobten Stil von Toms Mail entsprachen. Also kapitulierte ich und öffnete seine zweite Nachricht. *Geht es dir besser?* Das war leichter, deutlich leichter, sogar.

An: t.walsh@dandelions-inn-hotel.co.uk
Von: forrester_margaret@gmail.com
Betreff: RE: PS

Viel besser. Die Tablette wirkt endlich. Tut mir leid. Dass ich mich jetzt erst melde. Und überhaupt, wie der Abend gelaufen ist. Ich hätte wirklich gern den gastronomisch

inkorrekten Eistee probiert. Und den Burger, was auch immer du mir da bestellt hattest.
Vielleicht ein andermal?

Den letzten Satz löschte ich, dann schrieb ich ihn wieder hin. Nur, um ihn eine ganze Weile lang anzustarren. Schließlich entschied ich, dass er bleiben musste, aber eine Ergänzung brauchte:

Aber ich verstehe, falls das Gewährleistungsversprechen abgegolten ist. Es war schließlich nicht deine Schuld, dass ich es nicht richtig wahrnehmen konnte.
Maggie.

So ließ ich die Mail und sendete sie ab. Dass dabei schon wieder Tränen in meine Augen stiegen, sah zum Glück niemand. Frust war eine ziemlich beschissene Sache. Und ich bildete die optimalen Lebensbedingungen für dieses Elend: Meine Schmerzen waren so gut wie weg und hatten die Bühne freigegeben. Zeitgleich erinnerte meine Hüfte durch ein hauchzartes Pochen daran, dass Thomas Walsh – seines Zeichens Vorzeigesnob und Hotelinhaber – gerade einen verheulten Krüppel nach Hause und in ihr Bett gebracht hatte. Welcher Mann hatte allen Ernstes das Bedürfnis, das zu wiederholen?

Frust und Komplexe gingen also eine ganz wundervolle Symbiose ein, während ich in meinem Bett halb saß, halb lag und keine Chance hatte, ihnen zu entkommen. Was ich an diesem Abend allerdings lernte, war, dass es etwas gab, das diese verhasste emotionale Fusion schlagen konnte – und zwar mühelos.

Nachdem ich meine E-Mail an Tom abgeschickt hatte, vergingen keine drei Minuten, ehe seine Antwort eintraf. Sie war ziemlich kurz. Dennoch reichte sie für die geballte Ladung

Aufregung. Ein nervöses Kribbeln zog sich durch meinen Körper. Natürlich waren Frust und Komplexe nicht verschwunden. Nicht völlig. Aber durch die tosende Euphorie hindurch konnte ich sie kaum noch wahrnehmen.

Und alles, was es dafür brauchte, waren drei kurze Fragen:

An: forrester_margaret@gmail.com
Von: t.walsh@dandelions-inn-hotel.co.uk
Betreff: RE: RE: PS

Ein andermal? Was hältst du von »jetzt gleich«?
Kann ich dich anrufen?

Ja, ich telefonierte nicht gern, jedenfalls nicht privat. Herrgott, ich suchte ja sogar nach einem anderen Pizzalieferanten, wenn keine Onlinebestellung möglich war. So ernst meinte ich meine Aversion. Allerdings waren Merkwürdigkeiten nichts weiter als seltsame Regeln. Und jede Regel hatte Ausnahmen, oder?

Ich tippte also meine Nummer in das Textfeld meiner Mail-App. Dabei ließ ich mir eine kleine Ergänzung nicht nehmen:

Ich muss allerdings dazu sagen, dass ich eigentlich genauso gern telefoniere wie deine Freundin. Wenn du also jemand bist, der inflationär und ohne dringenden Grund Leute anruft, dann

… wird das nichts mit uns. Nein, so konnte ich das nicht schreiben. Kurz überlegte ich und entschied mich für ein leichtes Ausweichmanöver:

… dann muss ich das leider an die hochehrwürdige Vereinigung englischer Snobs melden. Missbrauch von erfassten Daten im Rahmen eines Reklamationsfalls.

Sein Anruf kam fast unmittelbar, nachdem ich meine E-Mail verschickt hatte. »Hey«, meldete ich mich und war ab dann schon unsicher, was wichtiger war – der Dank für seine Begleitung nach Hause oder die erneute Entschuldigung dafür, wie mies dieser Abend abgelaufen war.

Was ich nicht bedacht hatte, waren Toms Prioritäten, die ganz woanders lagen. »Wir sollten unbedingt definieren, was ein dringender Grund für einen Anruf ist. Derartige Anschuldigungen kann ich mir nicht leisten. Der Rat ist immer noch nicht über das Teedebakel meiner Mutter hinweg.«

»Oh Scheiße, mir war nicht klar, dass sie dich dafür verantwortlich machen.« Ich hatte entsetzt klingen wollen, aber das Lachen, das sich aufdrängte, ließ mir keine Chance.

»Sagen wir einfach, ich würde weitere Fehltritte gern vermeiden.« Wie zur Hölle schaffte er es, bei seinen Worten so ernst zu bleiben? »Um das also final zu klären: Ich sitze gegenwärtig in meinem Büro. Mit dir zu telefonieren eröffnet mir die Möglichkeit, endlich meinen Rechner runterzufahren und in mein Zimmer zu gehen. Wenn ich hier sitzen bleibe, arbeite ich auch die Kalkulationen und Rechnungen durch, während ich auf deine Antworten warte. Die Alternative wäre, mich für heute von dir zu verabschieden. Beides möchte ich ehrlich gesagt nicht. Ich habe wirklich Hunger, aber meinen Burger allein zu essen, obwohl wir anders verabredet waren, wäre unhöflich. Gilt das als dringender Grund?«

»Also …« Das waren zu viele Informationen. Viel zu viele in zu kurzer Zeit. Warum war Tom in seinem Hotel? Was meinte er mit *seinem Zimmer?* Und was sollte das Gerede über die Burger? Und irgendetwas vergaß ich doch schon wieder …

»Maggie? Bist du noch da?«

»Ja, ich … Wozu bist du in deinem Büro?«

»Ich sollte mich melden«, sagte er, als wäre eine Bitte, an die ich mich nicht einmal mehr erinnerte, in dogmatischem

Ausmaß bindend. »Und da ich nur deine E-Mail habe und das auf meinem beruflichen Account …«

»Aber … Du willst mir doch nicht erzählen, dass du deine Mails nicht auch auf dem Handy hast.«

»Habe ich tatsächlich nicht.« So, wie er das sagte, klang es wie eine Entschuldigung. »Also, früher schon. Aber mir wurde mit sehr großer Eindringlichkeit klargemacht, dass das keine gesunde Lösung ist.«

Burnout, kam mir in den Sinn. Tom war ziemlich jung für seinen Posten. Anfang dreißig, nahm ich an. Das perfekte Alter, um sich von seinem Job regelrecht aussaugen zu lassen. »Rechtfertigst du dich gerade, dass du es schaffst, als Manager so etwas wie eine Work-Life-Balance zu halten?«

Er holte etwas länger Luft als nötig, was hieß, dass er über seine Worte nachdachte, ehe ich sie zu hören bekam. »Schaffe ich nicht. Ich bin wirklich ständig hier. Aktuell schlafe ich sogar hier, weil ich nicht in meine Wohnung kann. Und ich bin im Notfall immer telefonisch erreichbar. Allerdings versteht nicht jeder Mitarbeiter unter einer Havarie so etwas wie einen Brand oder einen Rohrbruch. Einige rufen mich wegen Rechnungsreklamationen an. Beruhigt dich das?«

Ich schüttelte den Kopf. Egal, ob er das sehen konnte. »Nicht wirklich. Aber es rückt mein Weltbild etwas gerade, danke.«

»Sehr gern«, lachte er. »Desillusionierung gehört zu meinen großen Stärken. Allerdings weiß ich immer noch nicht, ob dir der Anlass für ein Telefonat damit dringend genug ist oder nicht. Allmählich macht mich das nervös.«

Nervös. Von wegen. Als ob dieser Mann je damit hatte rechnen müssen, dass eine Frau freiwillig ein Telefonat mit ihm beendete. Ich für meinen Teil hätte ihm stundenlang dabei zuhören können, wie er von den Rechnungen erzählte, die er erwähnt hatte.

»Maggie?«

»Ich bin hier«, antworte ich schnell, ehe ich mich wieder in irgendwelchen Gedankenschleifen verlor. »Und dein Grund ist absolut legitim. Also tu mir bitte den Gefallen und verschwinde aus deinem Büro. Ich hab eh schon ein schlechtes Gewissen, dass du meinetwegen da drin hockst. Dabei hast du frei.«

Wenn ich nicht irrte, hörte ich Tom aufatmen. »Sehr gut. Genau das wollte ich hören. Was machen eigentlich deine Schmerzen? Kannst du laufen?«

»Ich denke, schon.« Wieso? Was hatte er vor? »Kommt drauf an, wie weit.«

Ich hörte Tom kurz lachen und gleichzeitig ein Schloss, das sich verriegelte. Dann sagte er so leise, dass ich ihn kaum noch verstand: »Du musst nur bis zu deiner Küche.«

Okay, das war unheimlich. »Wieso flüsterst du?«

»Hotelflur«, erklärte er knapp und noch leiser als eben. »Um die Ecke sind Gäste aus dem Fahrstuhl gestiegen. Falls Mr Robertson dabei ist und mich entdeckt, hörst du die nächsten Stunden nichts mehr von mir.«

»Darf ich mir jetzt vorstellen, wie du dich an die Wand presst und den Flur entlangschleichst?«

»Lieber nicht, das klingt ausgesprochen albern.« Sein letztes Wort wurde untermalt von dem Geräusch einer Tür, die sich öffnete und gleich darauf wieder schloss. »Bist du schon in der Küche?« Diesmal klangen seine Worte etwas lauter. Sie hallten sogar, wenn ich nicht irrte.

»Nein«, gestand ich. »Dafür …« *… brauche ich meine Gehhilfen. Wie eine alte Frau. Ist dir der zusammenklappbare Rollstuhl im Flur vorhin denn nicht aufgefallen?* »Dafür müsste ich das Handy kurz wegpacken.«

»Dann …« Er schien zu überlegen. »Ich bin gerade im Treppenhaus und muss noch drei Etagen nach oben. Ich könnte dich aus meinem Zimmer wieder anrufen, sobald ich da bin. Reicht dir die Zeit?«

»Das kommt darauf an, wie gut du in Form bist. Wenn du nach jeder Etage eine Pause brauchst, müsste das reichen.«

Er lachte. Und scheiße noch mal, ich mochte, wie das klang. Und ich mochte die Wärme, die sein Lachen mit sich brachte. Nicht nur das nervöse Kribbeln. Das auch, klar. Aber es gab mir auch das Gefühl von etwas, an das man sich lehnen konnte, wenn die übrige Welt nur noch aus Volltrotteln bestand. »Ich werde einfach sehr langsam laufen«, versprach er. »Also, bis gleich?«

Ich nickte. »Bis gleich.« Und entgegen meinem Wunsch, dieses Lachen noch mal zu hören, legte ich auf.

Meine Gehhilfen lehnten am Kleiderschrank. Bis dorthin waren es etwa zweieinhalb normale Schritte oder fünf kleine Hüpfer auf dem linken Fuß. Ich entschied mich für Variante zwei. Allein das dauerte lange genug, dass ich befürchtete, Tom könnte es in der Zwischenzeit längst eine oder gar zwei Etagen weit gebracht haben.

Hektisch nahm ich die beiden Stützen und humpelte mit deren Hilfe an meinem Bett vorbei in den schmalen Flur. Mein Rollstuhl stand direkt rechts neben meiner Tür. Nie im Leben hatte Tom den übersehen können. Genauso wenig Georges Schuhe, die sich im Flur verteilten.

Während ich mich weiter in Richtung Küche vorarbeitete, reifte der Wunsch in mir, Mr Thomas S. Walsh möge bitte auch nur ein ganz normaler, idealerweise leicht chaotischer Mensch sein, der Verständnis für mangelnde Ordnung hatte. Als ich mein Ziel erreichte, manifestierte mein Wunsch sich endgültig.

In der Spüle stapelten sich Teller und Töpfe, weil George diese Woche an der Reihe war, die Spülmaschine auszuräumen. Wozu er sich nicht imstande wähnte, ignorierte ich, solange mein Trotz stärker war als mein Sinn für Ordnung. Wie starrsinnig ich war, entfaltete sich in seiner vollen Pracht, als ich das Licht einschaltete.

Ich hatte direkt ein Lachen im Kopf, das nicht meins war. *»Es ist bewundernswert, wie kleinlich du in deinem Job sein kannst, und wie konsequent du das in deinem Privatleben ablegst.«* Hatte George mir das gesagt? Logan? Mein Dad? Ich hatte es vergessen.

Ich zog mein Handy hervor und schickte Tom kurzentschlossen ein simples *»Bin da«*. Zur Sicherheit. Bei diesem Mann schien mir das Risiko enorm groß, dass er längst in seinem Zimmer war und viel zu lange bis zu seinem Anruf wartete, nur, um mir mehr Zeit zu geben, als ich brauchte. Oder wollte.

Tatsächlich dauerte es nur ein paar Sekunden, bis mein Handy aufblinkte. Ich nahm den Anruf entgegen, und das Erste, was ich nach Toms »Hallo« hörte, waren hallende Schritte. Unweigerlich musste ich lachen.

»Du bist immer noch unterwegs? Das mit dem langsam Laufen ziehst du wirklich durch, oder?«

Ein metallisches Ächzen und dann ein Krachen. Was darauf folgte, waren lautes Rauschen und Toms Stimme, die lauter sprach als eben, um dieses Rauschen zu übertönen. »Ich sollte vielleicht gestehen, dass ich nicht auf meinem Zimmer bin.«

»Das hätte ich dir jetzt auch nicht mehr abgekauft. Wo treibst du dich rum?«

»Auf dem Dach.«

»Auf … wieso?«

»Ich wollte dir noch was zeigen.« Das sagte er, als wäre es das Normalste der Welt, dass ihm etwas in den Sinn kam, das er mir gern zeigen würde.

»Und was?«

»Siehst du gleich. Und ehe du fragst: Ja, ich gedenke, damit das Gewährleistungsversprechen zu unterstützen, nachdem Plan A nicht optimal aufgegangen ist. Wo wir gerade davon sprechen … Hast du schon in den Kühlschrank geschaut?« Ich hörte, dass er stehengeblieben war. Das Rauschen war noch immer deutlich, aber die Schritte waren verstummt.

»In den Kühlschrank?«

»Natürlich. Die Kühlkette ist mir heilig.«

»Warte …« Ich schätzte kurz die Distanz zum Kühlschrank ab. Die zwei Schritte würde ich auch ohne Krücken packen. Das Handy behielt ich weiter am Ohr und hörte ein leichtes Ächzen von Tom und dann, wie er mit den Füßen irgendwo landete, als wäre er von etwas heruntergesprungen. »Tom?«, fragte ich vorsichtig, während ich meine Finger um den Griff des Kühlschranks legte. »Was zur Hölle tust du da?«

»Wie gesagt, das zeige ich dir gleich. Hast du den Kühlschrank geöffnet?«

»Hab ich, aber was soll … oh.« Ich seufzte, was vermutlich ein besseres Danke war als mein Gestammel, das dem folgte. »Gefunden. Du hast wirklich … Aber … Du hättest nicht …« Ich gab auf und griff nach der Pappschachtel, die sich zwischen laktosefreier Milch und Orangensaft versteckt hatte. Scheiße, dieser Typ rettete mich aus dem Damenklo und vor nervigen Taxifahrern, nahm mein Essen mit und brachte mich sicher in mein Bett. Er ging extra in sein Büro, um sich bei mir zu melden, weil ich ihn darum gebeten hatte. Das meiste davon wusste ich gar nicht mehr. Wie viel war mir noch entgangen?

»Der Burger nennt sich Marylebone. Falls du dir das merken möchtest. Ein aufgewärmtes Essen ist zwar nicht die erste Wahl, aber vielleicht reicht es ja, um deinen Garantieanspruch zu erfüllen. Außerdem …« Ich hörte ein verlegenes Lachen, und sah Toms Gesicht dabei direkt vor mir. Die zarten Falten, die sich an seine Augenwinkel legten. Die Art, wie sein Blick beim Lachen immer etwas abschweifte. »Außerdem neigt meine Snobseele zu Arroganz. Ich würde wirklich gern hören, dass ich mit meiner Wahl richtig gelegen habe.«

Okay, damit hatte er mich. Ich war neugierig, was es mit dem U-Bahnstation-Burger auf sich hatte. »Das setzt mich jetzt ziemlich unter Druck. Was, wenn ich den Burger nicht mag?«

»Ich kann mir kein Szenario vorstellen, in dem es dir schwerfallen würde, mir das zu sagen. Und auch keins, in dem ich außerstande bin, die Wahrheit zu ertragen.«

»Wenn das so ist …« Ich öffnete die Schachtel und warf einen Blick auf den Burger. Er sah erst einmal unscheinbar aus.

»Und um das mit der Einsicht kurz aufzugreifen … Ich würde das Thema von vorhin gern abschließen. Du weißt schon … Die Mail von deinem Bruder. Ich hätte ihm klarmachen sollen, dass seine Hinweise unerwünscht sind.«

»Oh glaub mir …« Ich hatte mein Handy zwischen Schulter und Kinn geklemmt und hielt den Burger bereits in meinen Händen. Dennoch warf ich noch einen Seitenblick zu dem Geschirr, das sich um die Spüle herum türmte. »Ich mache ihm das morgen schon klar.«

»Daran habe ich keinen Zweifel. Dennoch …«

»Oh mein Gott.« Mein Ausruf unterbrach ihn, aber Gottverdammt, diese Entschuldigung war längst nicht mehr nötig. Abgesehen davon hätte ich Tom nach dem ersten Bissen von diesem Essen alles verziehen. »Der Burger ist fantastisch.«

»Was?«

»Jetzt gönn deiner Arroganz ruhig ihren Triumph. Keine Ahnung, was hier alles drauf ist, aber es ist großartig.«

»Ich weiß, aber … Wieso isst du schon?«

»Du hast doch gesagt, ich soll …«

»Schon, aber … Doch nicht unmittelbar. Hat der Burger deine Mikrowelle überhaupt von innen gesehen?«

Tom klang bei seiner Frage so aufrichtig irritiert, dass ich lachen musste. »Nein, hat er nicht. Direkt aus dem Kühlschrank in meinen Magen.«

»Das ist barbarisch.« Diese Einschätzung traf er voller Inbrunst – das war genauso wenig zu überhören wie sein Grinsen. …

»Und es schmeckt wahnsinnig gut. Vielleicht gerade wegen der Temperatur.«

»Das möchte ich doch ausdrücklich bezweifeln. Aberdeen Angus Rind, medium well, Brie, Apfelchutney … Das kann man nicht … Du nimmst mich auf den Arm, oder? In Wahrheit ist der Burger wohltemperiert …«

Das war er keineswegs, doch ich beschloss, der Frage lieber auszuweichen. »Jedenfalls … Richte deiner Arroganz bitte aus, dass sie in dieser Angelegenheit völlig berechtigt existiert.«

Er lachte leise, dann seufzte er – auf eine gute, fast schon selbstzufriedene Weise, wenn ich nicht irrte. »Also kann ich davon ausgehen, dass die Ersatzleistung im Zuge unserer Garantie zu Ihrer Zufriedenheit war, Ms Forrester?«

Absolut. Ich werde das Dandelion's Inn an jeden weiterempfehlen, der mich fragt, und auch an jeden, der überhaupt keine Empfehlungen hören will.

Die Silben fügten sich in meinem Kopf schon zusammen, schafften es aber nicht bis auf meine Zunge. Das war einfach nicht die Antwort, die ich geben wollte. Nicht wirklich.

Tom hatte mich über den ganzen Abend hinweg immer wieder ein kleines bisschen gerettet. Und nun stand ich in meiner Küche und wünschte mir, er wäre hier, anstatt über das Dach seines Hotels zu spazieren. Es fühlte sich einfach nicht richtig an, dass er nicht hier war.

»Na ja …«, holte ich aus und sortierte noch die richtigen Worte. Es war frustrierend. Ich baute sie auf wie Bauklötze, und dann kam meine Nervosität und trat einfach dagegen.

»Na ja?«, wiederholte Tom. Ich war nicht sicher, ob er amüsiert war, oder ob dieser Tonfall Irritation überspielte.

»Was die Sache mit der Garantie angeht … Du meintest, es wäre meine Entscheidung, ob das Treffen heute als Gewährleistung zählt, oder ob das eine Verabredung ist. Gilt das noch?«

Zuerst schwieg Tom nur. Vielleicht nickte er, möglicherweise griff er sich aber auch panisch an den Kopf und fragte sich, in was für ein Dilemma er sich mit dieser Aussage reingeritten hatte.

Zuerst hörte ich nur einen tiefen Atemzug. Und als er antwortete, klang Tom so unsicher, dass es mir fast den nötigen Mut nahm: »Ja. Ja, das gilt noch.«

Scheiß drauf. Du hast das angefangen, also ziehst du das jetzt durch. Ich atmete tief ein und sah auf den besten Burger, den ich je gegessen hatte. »Also, die Sache ist … Das mit der Gewährleistung … Um ehrlich zu sein, staune ich immer noch über eure Ruine. Damit sind die fünfzehn Sekunden ja wohl mehr als überschritten.« Gott, was laberte ich da? »Jedenfalls … Ich würde diesen Abend wirklich, wirklich gern als Verabredung werten. Also … Falls das unbedingt in deinem Spiel ist.« Okay, das war genug. Erst hörte ich mich an wie eine unbeholfene Zwölfjährige und jetzt wie die wildgewordene Autokorrektur in einem Messenger. Die Botschaft war angekommen. Davon musste ich ausgehen, wenn ich es nicht noch schlimmer machen wollte.

Diesmal ließ Tom nicht so lange auf eine Antwort warten, und er tat mir den Gefallen, sie unmissverständlich zu formulieren. Und sanft. »Das ist in meinem Sinn. Sehr sogar.« Es war, als würde seine Stimme ihre Hand nach mir ausstrecken, um mir vorsichtig eine Strähne hinters Ohr zu streichen. »Allerdings fürchte ich, dass wir den Abend wiederholen müssen. Unter dem neuen Gesichtspunkt lief er nicht optimal.«

Na ja ... »Das kannst du so nicht sagen. Du hast es immerhin bis in mein Schlafzimmer geschafft.«

Er lachte, und wenn mich nicht alles täuschte, klang er dabei ein bisschen verlegen. Ich traute ihm durchaus zu, wegen solcher Äußerungen rot anzulaufen. Und allein die Vorstellung war hinreißend. »Heißt das, ich habe meine Chance auf eine Wiederholung vertan? Also, in Bezug auf eine Verabredung. Ich rede selbstverständlich nicht vom Schlafzimmer. Es wäre anmaßend, das vorauszusetzen.«

Okay, jetzt war ich sicher, dass Mr Walsh absolut imstande dazu war, rot zu werden. Und ich wollte dieses Spektakel irgendwann mit eigenen Augen sehen. Unbedingt sogar. »Hast du nicht. Weder für das eine noch für das andere.«

Hörte ich wirklich ein erleichtertes Seufzen? »Wenn das so ist, würde ich gern einen konkreten Vorschlag machen. Ich stelle nämlich gerade fest, dass mein Plan hoffnungslos naiv war. Ich wollte dir ein Bild von hier schicken, wo ich gerade bin. Aber ich fürchte, das wird der Realität nicht gerecht. Also, falls du neugierig bist ...«

#109

- Maggie -

Natürlich war ich neugierig.

Offenbar gab es in Toms Hotel einen Ort, den er für noch beeindruckender hielt als den Innenhof, in den ich mich sofort verliebt hatte. Also war nur logisch, dass ich wissen wollte, was es damit auf sich hatte.

Und zeitgleich war es mir herzlich egal. Mit jedem Tag mehr, den ich darauf warten musste. Insgesamt wurden es vier, bis meine Hüfte mir wieder den Zustand gewährte, den Tom als »so mobil wie irgend möglich« bezeichnete, und der augenscheinlich zwingend notwendig war, um diesen mysteriösen Ort zu besuchen.

Das waren vier Tage, an denen ich den späten Abend herbeisehnte und damit das Klingeln meines Handys. An denen ich noch weit nach Mitternacht in meine Kissen gekuschelt dalag und Toms Stimme lauschte. In diesen vier Tagen erfuhr ich so wahnsinnig viel über ihn. Dass er Alex schon seit der Grundschule kannte. Dass sein Vater ein cholerischer Säufer gewesen war, den seine Mutter zum Teufel gejagt hatte, als Tom noch nicht einmal laufen konnte. Dass ihre Angst, ihr Sohn könne seinem Vater eines Tages zu ähnlich werden, wohl einen großen Anteil daran hatte, dass so ein Snob aus ihm geworden war. Ich erfuhr, dass er Regen hasste, aber nie auf die Idee käme, England den Rücken zu kehren. Dass er als kleiner Junge überzeugt gewesen war, es würde in den Ruinen spuken, und dass Mr Robertson jeden Abend von einer anderen Dame begleitet wurde, die alle ins selbe optische Schema fielen, in das angeblich auch ich passen würde. Aus irgendeinem Grund schien Tom sich über ausgerechnet diesen Punkt viel zu sehr zu freuen.

Und binnen vier Tagen wusste er, dass ich früher Astronautin hatte werden wollen, und dass dieser Wunsch ungebührlich lange angehalten hatte. Dass meine Lieblingsfarbe Gelb war. Ich mochte Gelb nicht einmal, aber als kleines Mädchen hatte mir leidgetan, dass keines der anderen Kinder sich für Gelb entschieden hatte. Also war es seither meine Farbe. Er erfuhr, dass wir früher einen Hund gehabt hatten. Ich erzählte ihm von Kampagnen, an denen ich mitgewirkt hatte, und dass ich mit fünf in Seamus Miller verknallt gewesen war – der im reifen Alter von elf Jahren natürlich kein Interesse an mir gehabt hatte.

Es ist unglaublich, was man einem anderen Menschen alles erzählt, wenn einem der Mut fehlt, zu sagen: »Weißt du was? Scheiß auf meine Hüfte und darauf, was du mir zeigen willst. Ich würde dich einfach gern sehen. Geht das?«

Das Resultat waren vier Tage, in denen sich so viel Nervosität in mir aufbauen konnte, dass ich mich nach dieser Frist in einer Gasse wiederfand und verstand, wieso Menschen vor Aufregung kotzten. Das extreme Flattern meines Magens gab mir eine recht klare Vorstellung von diesem Phänomen.

Meine Finger zitterten nicht wirklich, als ich mein Handy aus meiner Tasche zog, aber sie kribbelten.

»Du biegst vor dem Haupteingang rechts in die Seitenstraße ein. Dort kommst du an der Tiefgaragenzufahrt

vorbei. Gleich dahinter ist eine schmale Gasse. Auf der linken Seite ist dort nur Mauerwerk, bis du zu einer Tür kommst. Sie ist grün lackiert.«

Das war Toms Wegbeschreibung gewesen, und nun stand ich vor genau dieser Tür. Die zwei Stufen, die zu ihr führten, waren unnötig hoch – genau, wie Tom es auch geschrieben hatte.

Ich war also am Ziel. Und damit war es allerhöchste Zeit für mein Nervenkostüm, um vor Aufregung schier durchzudrehen.

»Ich glaube, ich bin da«,

antwortete ich ihm.

»Schmale Gasse – Check. Kopfsteinpflaster – Check. Zwielichtige Tür mit Steinstufen – auch Check. Keine Zeugen, falls dahinter ein Serienmörder lauert anstatt eines Snobs oder Zuhälters? Hier sollte ich besser lügen, oder?«

Die Nachricht schickte ich ab und stellte mich auf unfassbar lange zwei bis zehn Minuten ein, vielleicht mehr. Ich hatte keine Ahnung, wo er sich gerade aufhielt, und konnte auch nicht voraussetzen, dass er dort am Display seines Handys klebte, um meine Nachricht unmittelbar zu lesen. Möglicherweise waren zehn Minuten sogar eine ziemlich optimistische …

Dann hörte ich das Krachen, mit dem die Tür vor mir entriegelt wurde. Und ja, ich möchte es ganz unbedingt ein Krachen nennen. So alte Schlösser bewegen sich nicht mit einem unscheinbaren Klicken.

Als die grüne Tür aufgeschoben wurde, gab sie den Blick auf einen breit grinsenden Anzugträger frei. Ich entdeckte sogar eine Weste unter seinem Jackett. Meine Güte, als wäre ich nicht nervös genug und nun trug der Kerl auch noch Reizwäsche. Das war nicht fair.

»Serienmörder?«, begrüßte er mich, die Augenbrauen in die Höhe gezogen. »Snob und Zuhälter sehe ich ein. Aber es ist erschütternd, dass du mir so viel Freizeit unterstellst. Das Töten von Menschen ist meines Wissens ein sehr anstrengendes und einnehmendes Hobby.«

Ich grinste, während er sich noch um eine ernste bis erschütterte Mimik bemühte. »Hast du hinter der Tür gestanden und auf meine Nachricht gewartet? Sag nicht, du warst ganz zufällig direkt da.«

Kurz presste er seine Lippen aufeinander und schien einen Moment über seine Antwort nachzudenken. »Einigen wir uns darauf, dass wir beide nicht auf die Frage des anderen antworten müssen. Einverstanden?« Auf mein Lachen hin streckte er mir seine Hand entgegen. »Na komm. Die Luft ist gerade rein.«

Ich legte meine Hand in seine, genau so, wie ich es bei Desna gemacht hatte, als wir das Treppensteigen geübt hatten. Eine simple Geste, die eher eine mentale Stütze war, während mein Körper die Arbeit ganz allein vollbrachte. Eine Hand, die man hält, trägt kein Gewicht. Aber sie ist da – nur für den Fall.

Als seine Finger sich um meine schlossen, fühlte es sich nicht an wie ein zweckmäßiges »Für den Fall …«. Diese Berührung war vielmehr ein »Wann immer du willst und jederzeit«. Es grenzte also an ungehöriges Glück, dass ich nicht über meine eigenen Füße stolperte, während ich die zwei Stufen absolvierte. Und dass ich es schaffte, dabei weder zu kichern, noch mich in seine Arme zu stürzen und ihm zu sagen, dass er mir gefehlt hatte. Scheiße, die vier Tage unter diesem ungesagten »Ich würde dich gern sehen« schlugen so brutal auf meinen Frontallappen ein, dass der mich mit einem fast unerträglichen Gefühl von Sehnsucht überschwemmte. Und diese Flut riss alles mit sich. Worte, die ich hätte sagen können. Die Frage, was er mir zeigen wollte. Und seinen Namen. Schon wieder seinen Namen.

»Der Plan lautet wie folgt …«, raunte er mir zu, während er die Tür hinter mir schloss. Meine Hand hielt er noch immer in seiner. »Wir gehen über die Fluchttreppe in die erste Etage. Oder wird dir das zu viel?«

Ich schüttelte entschieden den Kopf.

Es war vermutlich das erste Mal, dass mein Gegenüber sich nicht damit aufhielt, eine solche Antwort von mir infrage zu stellen. Er akzeptierte sie einfach und redete weiter. »Dann laufen wir nach hinten zu den Gästefahrstühlen. So müssen wir nicht durch die Lobby oder das Café. Den Personallift können wir gerade nicht nehmen. Das Housekeeping ist mit dem Abdeckservice unterwegs. Die Wahrscheinlichkeit wäre riesig, dass uns jemand über den Weg läuft.«

Ich nickte. Dann schüttelte ich den Kopf. »Sam, es tut mir leid, aber ich habe absolut keine Ahnung, wovon du redest. Was ist bitte ein Abdeckservice?« Meine Worte klangen belustigt. Sie hüpften ihm frohen Mutes entgegen und knallten an ihrem Ziel gegen eine eingefrorene Miene, die eines dieser Wörter wieder zu mir zurückschleuderte. *Sam.*

Fuck. »Der falsche Name«, murmelte ich. »Tut mir leid ich … Ach, Scheiße.«

Nicht-Sam sah mich nur an. Was die Starre auf seinem Gesicht schließlich durchbrach, waren tiefe Stirnfalten.

»Du weißt, dass ich Wörter durcheinanderbringe.« Ich klang nahezu panisch, als ich das erklärte. Ein bisschen war ich das auch. »Bei Namen ist es genauso. Vor allem bei einfachen. Als meine Physiotherapeutin im Urlaub war, hat eine Sarah sie vertreten. Oder Sandra. Ich weiß es nicht mal mehr, aber ich habe sie zuverlässig immer falsch angesprochen. Dabei mochte ich sie und …« *Und dich auch.* »Ich kenne nicht mal einen Sam.«

Er nickte, und irgendwie kaufte ich ihm das belustigte Lächeln nicht so richtig ab. »Tom … Sam …«, sagte er. »Liegt vermutlich zu nah beieinander … Alles gut.« Nur dass er nicht klang, als wäre *alles gut.* Dann atmete er tief durch und sah über seine Schulter. »Ich habe ganz vergessen … Deine Tasche. Die wirst du nicht brauchen. Soll ich sie schnell wegschließen?«

Tom. Wann würde ich mir diesen Namen endlich und unwiderruflich ins Gedächtnis tackern können? Es war doch wirklich nicht so schwer. *Tom. Tom. Tom.* Ganz einfach. Ob eine weitere Entschuldigung angemessen war? »Das ist lieb, danke«, sagte ich stattdessen und viel zu steif. Anstatt ihn einfach zu fragen, ob er nun doch mit diesem einnehmenden und anstrengenden Hobby liebäugelte und sich erst mal mit der Beseitigung von Beweismaterial befasste.

»Gar kein Problem.« Er nahm mir die Tasche ab, als ich sie von meiner Schulter streifte und ihm reichte. »Ich bin gleich wieder da.« Damit ließ er meine Hand los. Er hatte sie die ganze Zeit über festgehalten. Und nun, da seine Berührung sich von ihr löste und er um die nächste Ecke bog, stand ich mitten in diesem schmucklosen Gang und war mir sicher, dass ich mich lieber hätte entschuldigen sollen. Egal, wie oft Dr. Rivers mir sagte, dass ich das nicht musste. »Haben Sie schon mal einen Unfallpatienten gesehen, der sich dafür entschuldigt, dass er blutet oder sein Bein gebrochen ist? Ihr Gedächtnis rutscht hin und wieder aus. Das ist Teil Ihrer Verletzung. Was gibt Ihnen das Gefühl, sich dafür entschuldigen zu müssen?«

Aber Dr. Rivers stand auch nicht einem altmodischen Snob gegenüber, der sich wirklich Gedanken um diesen Abend gemacht hatte, um dann mitten ins Gesicht geknallt zu kriegen, dass ich außerstande war, mir im Gegenzug wenigstens seinen Namen zu merken.

»Es tut mir leid«, war also das Erste, was ich sagte, als Tom zurückkam.

Er legte den Kopf schon schief, da hatte ich noch gar nicht ausgeredet. »Ich hab doch gesagt, es ist in Ordnung.«

»Du hast aber nicht ausgesehen, als wäre es in Ordnung.«

Tom setzte zu einer Antwort an, hielt dann aber inne und beäugte mich, als wäre er noch nicht sicher, ob er sagen konnte, was ihm auf der Zunge lag. Es wirkte auch ein wenig vorsichtig, als er mir seine Antwort gab. »Und du hast vor vier Tagen nicht ausgesehen, als würdest du je wieder mehr als drei Stufen bewältigen, und ich glaube dir trotzdem, dass du eine Etage nach oben gehen kannst. Falls du es doch nicht schaffst, darfst du dich noch mal bei mir entschuldigen. Abgemacht?«

Ich entschuldigte mich nicht mehr. Es dauerte eine Ewigkeit, bis ich die achtzehn Stufen in die erste Etage bewältigt hatte. Eine Ewigkeit, die Tom an meiner Seite Stufe um Stufe erklomm. Meinem Schneckentempo passte er sich an, als wäre es das Normalste der Welt, dabei nicht einmal einen prüfenden Seitenblick auf mich zu werfen, geschweige denn zu schnaufen oder andere genervte Kundgebungen hören zu lassen. Stattdessen erklärte er mir, was der Abdeckservice war: eine Dienstleistung für reiche Schnösel, die sich nicht in der Lage sahen, ihre Bettdecke abends allein zurückzuschlagen, und ohne Schokolade offenbar nicht in den Schlaf fanden.

Tom lachte, als ich ihm auf der obersten Stufe genau diese Zusammenfassung gab. »Ja, das trifft es ziemlich gut. Die meisten sind im Prinzip gealterte, ziemlich verwöhnte Kinder.«

»Mr Walsh, ich bin erschüttert über so viel Ehrlichkeit«, stieß ich aus, als er die Tür zum Flur aufdrückte. »Dürfen Sie überhaupt …«

»Maggie, warte.« Seine Hand legte sich an meinen Oberarm und dirigierte mich sanft, aber bestimmt wieder zurück ins Treppenhaus, als ich bereits einen halben Schritt über die Schwelle zum Flur getan hatte. Hastig, aber lautlos zog er die Tür wieder zu und schloss das Ganze mit einem tiefen Seufzer ab.

»Mr Robertson?«, fragte ich – weil ich niemanden sonst namentlich kannte, dem Tom würde aus dem Weg gehen wollen. Und weil ich irgendwas sagen musste, da ich fürchtete, dass mein Herzschlag sonst im ganzen Treppenhaus zu hören wäre, wenn ich ihn nicht übertönte. Nach seiner hektischen Reaktion auf wen auch immer fand ich mich so nah vor Tom wieder, dass ich glaubte, seine Körperwärme zu spüren – nicht nur dort, wo seine Hand noch immer an meinem Arm lag.

»Housekeeping«, flüsterte er. Flüstern mit dieser Stimme trug absolut nicht dazu bei, meinen Herzschlag zu beruhigen. Mein Hirn hatte mich meine Frage längst wieder vergessen lassen und setzte stattdessen alles daran, dass ich jedes Detail von Toms Nähe wahrnahm. Seine Atemzüge, den Geruch seines Aftershaves. Das zarte Rascheln von Stoff, als er an mir vorbeigriff, um die Tür vorsichtig noch einmal aufzuschieben. »Sie trödeln.« Wieder redete er so verdammt leise. Und so verdammt nah. Allmählich glaubte ich, dass das pure Absicht war. Dass seine Hand an meinem Arm meinen Blutdruck spürte und er sich einen Heidenspaß aus meinen Reaktionen machte. »Eigentlich müssten sie längst auf der zweiten Etage sein.«

»Und jetzt?« Ich sprach genauso leise wie er, bildete mir aber nicht ein, damit dieselbe Wirkung auf ihn zu haben. Im Leben nicht.

»Und jetzt hoffen wir, dass wir gutes Timing haben, und meine Mitarbeiterin nicht ausgerechnet zu ihrem Wagen geht, wenn wir daran vorbeilaufen. Falls doch … spiel einfach mit, in Ordnung?«

»Mitspielen? Wobei?«

Tom setzte zu einer Antwort an, beschränkte sich dann aber auf ein Grinsen, das er mir schenkte – gemeinsam mit einem Funkeln in seinen Augen, das nicht so richtig zu dem Snob passen wollte, der er meistens vorgab zu sein. »Das siehst du dann schon. Na komm.« Damit löste sich seine Hand von meinem Arm und legte sich sehr, sehr behutsam zwischen meine Schulterblätter. So dirigierte er mich sachte auf den Flur hinaus. Den Wagen, von dem er gesprochen hatte, sah ich etwa zehn Meter entfernt stehen.

»Falls du planst zu rennen, wenn sie kommt, solltest du wissen dass du dringend einen Plan B brauchen wirst.«

Er grinste mich an. Augenscheinlich fand er enormen Gefallen an diesem kleinen Nervenkitzel – oder daran, mich im Unwissen zu lassen. »Mein Plan A ist wasserdicht. Außer, du versaust es.«

»Na herzlichen …«

Eine Tür wurde zugeschlagen. Zeitgleich fiel Toms Berührung von meinem Rücken ab. Wie ein Blatt, das von einem Baum fällt. Seine Fingerspitzen strichen kaum spürbar über meine Wirbelsäule, als sie der Schwerkraft folgten. »Keine Sorge, Ms Forrester. Das passiert ständig. Es macht mir wirklich keine Umstände. Die Magnetstreifen der Zimmerkarten reagieren sehr sensibel auf Mobiltelefone oder magnetische Impulse.« Mit der Hand, die eben noch an meinem Rücken gelegen hatte, griff er in die Innentasche seines Jacketts und zog eine Plastikkarte hervor. »Falls Ihre Karte wieder ihren Dienst versagt, habe ich den Generalschlüssel dabei.« Dann wandte er sich an die kleine, zierliche Frau, die aus einem der Gästezimmer gekommen war und uns nun ihren Wagen entgegenschob. »Guten Abend, Martha.«

Sie bedachte mich mit einem flüchtigen, aber umso freundlicheren Lächeln, ehe sie ihm zunickte. »Guten Abend, Sir.«

Sir … Zu einer besseren Gelegenheit hätte ich über diese Anrede vermutlich gekichert. Welches Level man als Snob wohl erreichen musste, um so angesprochen zu werden?

»Darf ich Ihnen ein paar von den Pralinen stibitzen? Als kleine Entschädigung für Ms Forrester, weil sie eben so lange an der Rezeption warten musste …«

»Aber natürlich. Da war gerade viel los, als ich meine Listen geholt habe.«

Tom nickte und griff an mir vorbei in eines der Fächer dieses riesigen Wagens, der im Prinzip ein fahrender Schrank war. Er schien sich pudelwohl zu fühlen in diesem Rollenspiel, während ich ganz froh war, dass ich noch nichts hatte sagen, sondern nur höflich lächeln müssen. »Wegen der Reisegruppe, wenn ich das richtig gesehen habe …«

»Genau. Deshalb habe ich schnell in der dritten Etage ausgeholfen, damit die Zimmer rechtzeitig fertig sind, ehe die Herrschaften …«

»Thomas? Ich dachte, du wärst schon im Feierabend, ich … Oh. Entschuldigung. Guten Abend.« Die etwas untersetzte Frau, die um die Ecke gekommen war, bedachte mich mit einem holprigen Lächeln. »Entschuldigung. Ich habe nicht gesehen, dass du in Begleitung bist. Guten Abend.«

»Hallo«, sagte ich freundlich und hoffte, dass ein normaler Gast das auch tun würde. Das gehörte definitiv zu den Dingen, die unfassbar kompliziert wurden, sobald man auch nur ein bisschen darüber nachdachte.

»Ich begleite Ms Forrester nur zu ihrem Zimmer. Ihre Karte zeigt eine Fehlermeldung an. Danach mache ich Feierabend.«

Die Dame strich sich eine ihrer grauen Locken aus dem Gesicht und nickte. »Das Problem haben wir leider öfter. Der Hausmeister sollte die Batterien an den Schlössern mal wieder prüfen.« Das war ein Punkt, den sie gewissenhaft auf ihrem Klemmbrett notierte. Als sie aufsah, traf ihr Blick erst Tom, dann mich. »Welches Zimmer ist es denn? Dann kann ich Harris gleich morgen damit beauftragen.«

Ich schaute kurz zur Seite zu den Ausschilderungen. »102 – 114« las ich für die Richtung, die Tom und ich ansteuerten. »109«, antwortete ich blindlings, in der Hoffnung, dass das Zimmer weit genug hinter der Kurve lag, die der Flur in ein paar Metern nahm. »Mr Walsh hat wohl den Generalschlüssel dabei, falls meine Karte wieder nicht funktioniert. Ich habe aber wirklich kein Händchen für diese Schlösser. Passiert mir ständig.« Okay, so viel Unsinn redete ein reeller Gast im Leben nicht.

»109 also«, wiederholte Toms Kollegin, notierte die Ziffern und lächelte mich dann an. »Vielen Dank. Da schaut sich direkt morgen jemand die Sensorik an.«

»Vielen Dank«, sagte ich und wünschte noch einen schönen Abend, als ich bemerkte, wie Tom längst dazu ansetzte, weiterzulaufen.

Ich folgte ihm und hörte hinter uns, wie über einen Dienstplan gesprochen wurde. Als wir um die Ecke bogen, atmete ich erleichtert aus, während Tom neben mir den Kopf schüttelte und mich dann etwas zu prüfend ansah.

Ich ahnte, dass ich es versaut hatte – und zwar auf dieselbe Weise wie jedes Mal, wenn ich lügen sollte. »Es waren zu viele Details, oder?«

»Eigentlich war es nur eins.« Seine Grüblerfalte wurde noch etwas tiefer, dann spürte ich seine Hand auf meinem Rücken. Sie berührte mich kaum. Das hieß allerdings nicht, dass mein Puls sich eine Eskalation nehmen ließ. »Ich zeig's dir …« Damit dirigierte er mich leicht nach links, wo die Tür mit den Ziffern 109 lag. Tom zückte seine Generalkarte, und noch ehe ich anmerken konnte, dass wir vielleicht einen Gast überrumpeln könnten, hatte er die Tür geöffnet.

»Fuck«, stieß ich aus, als ich in den Raum sah.

Tom stand direkt hinter mir. Ich konnte hören, wie er einatmete. »Sagen wir, du hast dich großartig geschlagen, bis auf ein kleines Detail …«

»109«, murmelte ich. »Aber … Wieso … Shit.«

»Ganz genau.«

Mein Blick schweifte über den großen Schreibtisch, auf dem zwei Monitore standen – groß genug, um sich dahinter zu verstecken. Für Gespräche diente eine Sitzecke gegenüber – ein runder Tisch mit vier Stühlen. Das hier war kein Hotelzimmer. Wahrscheinlich nie gewesen. »Scheiße! Deine Kollegin weiß doch jetzt, dass … Fuck! Aber da steht doch eine Zimmernummer, wieso …«

»Damit mich nicht ständig Gäste wegen Belanglosigkeiten nerven. Und meine *Kollegin*«, sprach er etwas gedehnt, »ist meine Mutter. Und ja, ihr wird völlig klar sein, dass ihr Sohn sich in den Fängen einer Hochstaplerin befindet.«

»Deine … was?« Ich fuhr herum, damit er in den Genuss kam, den Schock auf meinem Gesicht in voller Pracht zu sehen. Seine Mutter. Ausgerechnet. Nachdem er sich so viel Mühe gegeben hatte, jedwede Begegnung zu vermeiden.

»Das hat allerdings den Vorteil, dass sich diese Begegnung nicht im ganzen Haus herumsprechen wird.«

»Aber … Scheiße.« Ich hatte sie nicht erkannt. Die Haare trug sie ganz anders als in dem Prospekt, und wenn ich ehrlich war, war ihr Porträt mir nicht annähernd so gut im Gedächtnis geblieben, wie Toms spießiges und furchtbar gestelltes Snobfoto.

Tom nickte sehr langsam und sehr verständnisvoll. Dann hielt er mir etwas entgegen, das aussah wie ein zu großes, in blaues Papier eingeschlagenes Bonbon. Nur ein weißer, filigraner Pusteblumensamen war darauf gedruckt und hatte vermutlich nichts mit dem Inhalt zu tun. »Hier«, sagte Tom nur.

Ich griff zögernd nach dem Ding und öffnete es, als Tom

ein zweites davon viel ungenierter aufriss. »Offiziell soll die Schokolade ein Gruß zur Nacht für die Gäste sein.« Er schob sich die Schokolade, die sich darin verbarg, in den Mund und grinste dabei wie der Zehnjährige, der er mal gewesen war, und für den diese unerschöpfliche Quelle an Schokolade ein Paradies gewesen sein musste. »Inoffiziell ist es die Droge der Wahl, um die Nerven aller Angestellten auf einem stabilen Level zu halten. Das sollte dir also auch helfen. Du wirkst ein bisschen …« Er verzog das Gesicht etwas und vermied es damit, ein Wort zu finden, das meinen latent schockierten Gesichtsausdruck traf, ohne mich zu beleidigen. Dass er dabei ein kleines bisschen zu viel Spaß hatte, übersah ich geflissentlich.

Stattdessen packte ich mit einem »Na dann …« die ominöse Droge aus und biss die Hälfte davon ab. Und noch ehe ich den Geschmack von Schokolade und einem Hauch von Salz richtig wahrnahm, ertappte ich mich dabei, wie ich tief durchatmete und die Augen schloss. Das war nicht, wonach die Schokolade schmeckte, aber das Gefühl, das sie auslöste. Wie Augen schließen und die Sonne auf dem Gesicht spüren. Oder den Regen. Vielleicht war es eher der Regen …

Dann war das Gefühl vorbei und ließ mich mit einem Seufzen zurück. »Deine Mutter, also …« Ich schüttelte den Kopf, weil dieser Gedanke nichts als das hergab. »Du kriegst jetzt aber keine Schwierigkeiten, oder?«

»Schwierigkeiten? Du meinst, ob ich jetzt Hausarrest bekomme, als wäre ich zwölf?«

»Keine Ahnung. Oder sie lässt dich wieder alle Duschsiphons reinigen als wärst du vierzehn.« Ich versuchte mich an einem leicht schadenfrohen Grinsen – die Alternative zu einem übermäßig stolzen Lächeln, weil ich mich an dieses Detail erinnert hatte, oder einem schuldbewussten Blick, weil ich ihn in diese Situation gebracht hatte.

»Duschsiphons?« Tom hob seine Augenbrauen und bedachte mich einmal mehr mit diesem prüfenden Blick. Er war viel zu gut darin, um sagen zu können, ob er das für seine nächsten Worte spielte oder wirklich so meinte. »Von denen hab ich dir wirklich erzählt?«

»Offensichtlich. Das Schlimmste, was man einem pubertierenden Schnösel antun kann.« Das waren seine Worte gewesen, nicht meine. »83 Abflüsse voller Schleim und Haare.« Mir graute allein schon vor der Vorstellung. Vor allem vor dem Hintergrund, wie viele fremde Menschen die jeweiligen Duschen benutzt haben mochten … »Du erzählst ziemlich viel, wenn du denkst, dass ich gleich wegnicke. Ich weiß auch noch, dass du das absolut verdient hattest. Nur nicht mehr, wieso …«

Tom lachte verhalten. Es war im Prinzip nur ein Schnaufen, während sich ein etwas befangenes Lächeln über seine Züge legte. »Dann sollte ich die Gelegenheit nutzen und es diesmal für mich behalten.«

»Ach?« Nun war es an mir, die Stirn in Falten zu legen. Gleichzeitig überlegte ich fieberhaft, was Tom angestellt hatte, um zu so einer Strafe verdonnert zu werden. Ich wusste, dass er es mir erzählt hatte. Ich war so sicher. Aber es fiel mir einfach nicht ein. Als wäre es ein zu simpler Name. Das war doch beschissen. »Bereust du schon, mir davon erzählt zu haben?«

»Erst, wenn es dir wieder einfällt.« Und da war es – Toms leicht verschlagenes Grinsen. »Das ist nichts, was ein Mann einer Frau erzählen sollte, die er gerade kennenlernt. Vor allem dann nicht, wenn er sich gern als versnobter Gentleman gibt, also …« Er nahm mir das Wickelpapier ab, warf es weg und deutete mit einem Nicken und himmelschreiender Beiläufigkeit zurück in Richtung Flur. »Wollen wir?«

Eine Frau, die er gerade kennenlernt … Natürlich wollte ich!

Tom konnte mir diese Antwort zweifelsfrei vom Gesicht ablesen. Er sah mich an, erwiderte mein Lächeln und atmete tief durch, als wäre er nervös. Für einen klitzekleinen Moment ließ er zu, dass ich hinter das Bild des souveränen Hotelmanagers und Snobs sehen konnte.

Diesen winzigen Augenblick lang sah er mich an wie ein Abenteuer, das so unglaublich war, dass es ihm ein bisschen Angst machte. Ich glaube, das ist der beste Blick, den eine Frau von einem Mann bekommen kann.

Falls nicht, dann kommt er dem besten mindestens sehr nah.

Oben

- Maggie -

Der Himmel war orange.

Man möchte meinen, dass einem andere Dinge zuerst auffallen, wenn man durch eine Sicherheitstür auf das Dach eines Hotels tritt. Der Straßenlärm. Der Wind, der hier oben etwas stärker war. Die Schornsteine, die vermutlich gar keinen Zweck hatten, außer sich dem Bild des Straßenzuges anzupassen.

Aber das Erste, was mir ins Auge fiel, war Orange. Nicht wie Feuer, sondern wie der Cocktail, den George mir in diesem Pub mitgebracht hatte.

Kiss on the Beach.

Ich wandte mich um in Richtung Osten, wo ein dunkles Blau darauf wartete, alle anderen Farben zu verschlucken.

»Es ist gleich da hinten«, rief Tom mir zu. Er stand direkt neben mir, und doch musste er seine Stimme über den Lärm der Straße erheben. Er deutete nach vorn, und mein Blick folgte seiner Geste.

Etwa fünfzig Meter entfernt sah ich das, wovon ich glaubte, dass er es meinte. »Nein! Ist das …«

Ich fuhr zu ihm herum. Tom hatte nicht zu den Mauern gesehen, auf die er zeigte, sondern auf mich. Und nun, da ihm mein entgeistertes Gesicht begegnete, zeigte sich ein unübersehbar stolzes Lächeln auf seinen Zügen. »Wir können von hier aus aber schon … komm mit.«

Ich sah, wie er dazu ansetzte, nach meiner Hand zu greifen. Stattdessen aber fuhren seine Fingerspitzen sanft meinen Unterarm hinab. Die Berührung verlor sich, noch ehe sie mein Handgelenk erreichte.

Ich folgte Tom an den Rand des Daches bis zur Brüstung, die mir bis zur Hüfte reichte, und hinter der sich ein sagenhaftes Bild auftat. »Das ist viel schöner als am Tag«, murmelte ich und ließ meinen Blick von oben über die alte Ruine schweifen, die aus dieser Perspektive noch majestätischer wirkte. Sie war in ein warmes Licht getaucht, das den oberen Punkt des Kirchturmes nicht mehr erreichte. Dieser ragte vielleicht einen halben Meter über das Dach des Hotels und leuchtete im satten Orange des Sonnenunterganges. In weniger als einer Stunde würde er in den Schatten verschwinden.

»Wir können hier bleiben, wenn du möchtest.« Diese Worte rief Tom nicht. Er hatte sich nah genug zu mir gebeugt, um das nicht mehr nötig zu machen. Sein Kinn berührte beinahe meine Schulter. »Allerdings ist der Blick von da noch etwas besser.«

Ich nickte und löste mich von der Brüstung – allein, um meinen Körper irgendwie zu bewegen, wenn ich schon all den Impulsen nicht nachgab, die durch ihn hindurchschossen. »Und das ist sicher?«

Tom runzelte die Stirn, und sein Lächeln verzog sich ein wenig. Ich konnte erkennen, dass er über seine Antwort nachdachte. Sogar ziemlich gründlich. Herrgott, er legte ja sogar seinen Kopf schief. »Nicht ganz. Nein. Ich riskiere natürlich nicht, dass dir was Ernstes passiert. Aber du könntest an einem rostigen Nagel hängen bleiben oder umknicken. Falls du dich richtig dumm anstellst, wäre sogar ein gebrochener Knöchel realistisch. Oder Prellungen. Ich könnte dich schubsen, um nachzuhelfen.«

»*Du* würdest mich schubsen? Ernsthaft?« Das schien mir der absurdeste Gedanke, den ich seit Jahren gehört hatte.

»Vermutlich nicht«, gestand er mir und sich selbst ein. »Aber die übrigen Dinge sind im Rahmen des Möglichen. Was meinst du? Hast du Lust?«

Ich hatte nicht einfach nur Lust. Ich hatte Mühe, nicht zu weinen. Nur wie hätte ich Tom das bitte erklären sollen? Wie sollte ich ihm verständlich machen, dass mein Frontallappen so viele Emotionen durch meinen gesamten Körper schoss, dass jede weitere zwangsläufig überlaufen musste. Vor allem das Gefühl, dass dieser Mann mir bei unseren Telefonaten wirklich zugehört hatte. *»Ich weiß, dass meine Familie viele Ängste durchgestanden hat, aber sie kriegen es nicht hin, keine Angst mehr zu haben. Ich muss nicht in Watte gepackt werden.«*

Und nun stand er vor mir, grinste leicht verlegen und bot an, mich zu schubsen. *Keine Watte.*

Und das reichte, um meine Kehle brennen zu lassen. Aber ich schaffte es, den Kloß hinunterzuschlucken, und nickte. »Du hattest mich schon bei den rostigen Nägeln.«

Zugegebenermaßen wirkte unser Ziel nicht, als wären rostige Nägel ein nennenswertes Thema. Die Sache mit den Knöcheln schien mir allerdings recht wahrscheinlich. Auch ganz und gar ohne Schubsen.

Als wir den alten Kirchturm erreichten, erkannte ich, dass nur die Mauern, die zum Innenhof zeigten, das Dach in seiner Höhe überragten. Direkt an der Außenfassade des Hotelgebäudes aber ging es erst einmal eineinhalb oder sogar zwei Meter hinab, ehe das Mauerwerk des Turms begann. »Wir müssen dorthin«, erklärte Tom und deutete auf den höchsten Punkt der uns zugewandten Mauer, von dem eine Neigung bergab führte. »Und dann auf den Steinen nach unten. Dort ist dann fester Boden, siehst du das?«

Ich nickte, auch wenn ich den Steinboden, den er meinte, in der beginnenden Dunkelheit mehr erahnte als sah. »Wie oft hast du das schon gemacht?«

»Als Teenager fast jeden Tag. Und ich bin immer noch ziemlich häufig hier. Es sieht wirklich dramatischer aus, als es ist. Und ich bin sicher, dass … Aber du musst nicht. Wir können auch einfach hier bleiben.«

»Schwachsinn«, schnaufte ich und ignorierte, wie hemmungslos mein Puls reagierte. Nicht nur wegen der bevorstehenden Kletterei. Das war mir klar.

»In Ordnung.« Damit öffnete Tom sein Jackett, zog es aus und legte es über die Brüstung. Und dann tat dieser Kerl, womit ich vermutlich hätte rechnen müssen: Er stemmte sich in einer fließenden Bewegung an der Brüstung hoch, schwang sich mühelos darüber und landete etwas tiefer auf der anderen Seite. Kein Stolpern, kein Fluchen, kein Ächzen oder irgendetwas anderes, das einem das Gefühl hätte geben können, es mit einem durchschnittlichen, minder sportlichen Typen Anfang dreißig zu tun zu haben.

»Angeber«, schnaufte ich, konnte aber nicht anders, als dabei zu schmunzeln.

»Und wenn ich dir verrate, dass ich das gestern sechs Mal geübt habe, bis ich nicht mehr irgendwo hängen geblieben bin?«

»Das würde mich ungemein beruhigen.«

»In dem Fall waren es sogar acht Mal.« Damit klopfte er mit seiner Hand leicht auf die Kante zwischen uns. »Am besten setzt du dich einfach auf den Rand und ich heb dich runter.«

Und genau so machten wir es. Ich hievte meinen Hintern auf die Brüstung. Dank monatelangen, unfreiwilligen Trainings mithilfe von Gehhilfen und Rollstuhl fiel mir das leichter als erwartet. Schwieriger war es, mich zu drehen und meine Beine auf die andere Seite zu manövrieren, ohne den Beugungswinkel meiner Hüfte zu vergessen. Vermutlich hätte ich mich hilfloser anstellen können, aber von Toms kleiner akrobatischer Einlage war das weit entfernt.

»Und jetzt einfach springen?« Ich rutschte nach vorn an die Kante und gab mir allergrößte Mühe, nicht zu ängstlich nach unten zu schauen. Da die untergehende Sonne mich über das alte Mauerwerk hinweg leicht blendete, konnte ich nicht viel mehr ausmachen als Tom. Hinter und unter ihm waren nur undefinierbare Schatten.

»Ich helfe dir.« Ich glaube, das war das erste Mal, dass er mich nicht fragte, ob er das sollte. Und es war vermutlich auch das erste Mal, dass jemand seine Hilfe festlegte und es sich nicht anfühlte, als täte er das, weil er mich für zu eingeschränkt hielt, um auch nur annähernd selbstständig zu sein. Erst als Tom seine Hände nach mir ausstreckte und sich doch nicht traute, mich anzufassen, schob sich das Bewusstsein für meine Verletzungen wieder in den Moment.

»Wo kann ich dich festhalten, ohne dir wehzutun?«

Egal, dachte ich. Kann das für jetzt bitte egal sein?

Nur war das Unsinn. Tom neigte genauso wenig zu Gleichgültigkeit wie dazu, Menschen von Türmen zu schubsen. Und ich … Nun, ich hatte es satt, zerbrechlich zu sein. Und immer nur das. Ich hätte auf meine Taille deuten können, um ihm zu zeigen, wo seine Hilfe keine Schmerzen verursachen würde. Aber das war, wie man einem Arzt zeigte, wo es wehtut. Und Tom war kein Arzt, sondern ein Mann, dem ich zeigen sollte, wie er mich berühren konnte.

Ich nahm seine Hände in meine und zog sie zu mir, bis sie rechts und links an meinen Seiten lagen. Einen Moment zu lang ließ ich meine Finger auf seinen und strich dann seine Unterarme hinauf. Um mich gleich an ihm festhalten zu können – klar. Vor allem aber, weil ich herausfinden wollte, wie er darauf reagierte.

Tom gab sich gar keine Mühe, dieses verschmitzte Funkeln zu verbergen, aus dem ich glaubte, eine stumme Frage herauslesen zu können. *»Ms Forrester, provozieren Sie mich gerade?«*

Ich antwortete mit einem schiefen Lächeln und einem unmissverständlichen Zucken meiner rechten Augenbraue. »So sollte es gehen.«

Konnte er hören, wie mein Herz mit meinen Rippen kollidierte? In meinen Ohren dröhnte es. Und das wurde nur schlimmer, als ich spürte, wie sein Daumen über meine Seite strich. Zwei Mal, ehe Tom mich richtig festhielt und ich mich ohne ein weiteres Wort von der Kante gleiten ließ.

Für einen Moment stahl sich das Gefühl des Fallens in meinen Magen, nur eine Sekunde lang, wenn überhaupt, ehe ich festen Boden unter meinen Füßen spürte. Zurück blieb ein nervöses Summen unter meiner Lunge, doch ich bildete mir nicht ein, dass das an diesem Abend noch abklingen würde.

Tom ließ mich los, als er merkte, dass ich sicher stand. »Wir müssen jetzt nur noch schräg runter. Versuch, nah an der Hauswand zu bleiben.« Er legte seine linke Hand auf die Fassade neben uns und hielt mir dann seine rechte entgegen. »Bereit?«

»Bereit.« Ich legte meine Hand in seine. Diese winzige Geste hatte nichts ihrer Wirkung von vorhin eingebüßt. Im Gegenteil. Der Weg, den Tom mich hinabführte, war überraschend eben. Das Einzige, worüber ich unabsichtlich hätte stolpern können, war meine Nervosität.

»Ein Porsche Carrera GT«, hörte ich Tom sagen und erkannte im Halbdunkel ein breites Grinsen, das er mir über die Schulter hinweg zuwarf.

»Was?«

»Ein Porsche Carrera GT.« Er ließ sich die Worte regelrecht

auf der Zunge zergehen. »Das war der Grund für die Sache mit den Duschsiphons. Und diese dreieinhalb Minuten waren jeden Abfluss wert.«

»Dreieinhalb Minuten?« Ich lachte. »Will ich wissen, was du in dem Wagen getrieben hast?«

»Porsche Carrera«, korrigierte er mich. »Und ich gestehe mir jetzt mal zu, deine völlig unzutreffende Unterstellung mit den dreieinhalb Minuten zu überhören.«

Völlig unzutreffend. Soso … Ich ignorierte die Hitze, die durch meinen Körper schoss – nur wegen eines simplen kleinen Flirts. Als wäre ich ein wildgewordener Teenager. Gott sei Dank redete Tom weiter, ehe ich unzensiert irgendetwas sagte wie »Das musst du jetzt aber unter Beweis stellen«. Nur, weil mein Verstand langsam, aber sicher in Aufregung und Gefühlen ertrank.

Ich wollte diese Aufregung, und ich mochte die Gefühle, die Tom in mir auslöste. Aber nicht so viel davon. Ich spürte meinen Herzschlag die ganze Zeit viel zu deutlich. Meine Haut kribbelte und meine Beine fühlten sich zittrig an, während ich Schritt für Schritt hinter ihm herlief. Dabei war mir meine Hüfte an diesem Tag richtig wohlgesonnen.

»Die Realität ist vermutlich etwas weniger aufregend, als du es dir gerade vorstellst. Einer unserer Gäste hatte diesen Wagen in unserer Tiefgarage, und der Schlüssel dafür lag im Safe. Und damit dachte ich, ich hätte endlich etwas gefunden, womit ich das Mädchen beeindrucken konnte, in das ich verknallt war.«

Ich gluckste. Natürlich. Aus welchem Grund auch sonst?

»Also habe ich den Schlüssel geklaut und bin mit Hannah in die Tiefgarage gegangen. Meine Idee war eine Spritztour durch London.«

»Lass mich glauben: Es gab keine Spritztour.«

Tom schüttelte den Kopf. »Ich habe den Wagen nicht mal

von der Stelle bekommen. Sechs oder sieben Mal hab ich ihn abgewürgt, ehe Geoffrey uns aufgegriffen hat. Er hat das Spektakel auf der Überwachungskamera … warte kurz.« Plötzlich sprang er eine kleine Anhöhe hinunter. Dreißig, vierzig Zentimeter. Nicht höher. Meine Hand hatte er dabei nicht losgelassen, sondern hielt sie noch immer in seiner, als er sich zu mir umdrehte und wartete, dass ich an den Rand herantrat.

Tom reichte mir dort nur noch bis zu meiner Nasenspitze. Dass er zu mir aufsah, machte den Impuls nur stärker, einfach meine Hände in seine Haare zu graben und mich zu ihm zu beugen, um ihn zu küssen. Ich konnte förmlich spüren, wie sich seine Haare zwischen meinen Fingern anfühlen würden. Oder seine Lippen auf meinen. »Und dann?« Ich krächzte. So klang wohl Selbstbeherrschung, deren Insuffizienz außer Frage stand.

»Und dann waren da 83 Duschsiphons. Aber ich habe am Steuer dieses Wagens gesessen, während sein Motor lief. Zu dem Zeitpunkt war ich der festen Überzeugung, dass es kein besseres Gefühl geben kann.«

Ich grinste. Ich hätte gelacht, aber ich hielt die Luft an, als sich Toms Hände diesmal von ganz allein an meine Taille legten und er mir von dieser etwas hoch geratenen Stufe herunterhalf.

»Und Hannah?«, hakte ich nach, als das Atmen wieder ging. »Ist dein Plan wenigstens aufgegangen, was sie betrifft? War sie be… be…« *Fuck.*

»Nein«, lachte Tom. »Sie konnte gar nicht schnell genug verschwinden. Ich glaube, sie stand auch mehr auf das Auto als auf mich.«

»Porsche Carrera«, korrigierte ich ihn.

Er lächelte mich an. Kein Grinsen, sondern ein unendlich warmes Lächeln, das mich glauben ließ, er wäre nun derjenige, der überlegte, mich zu küssen. Dabei war ich doch genau deshalb hier, dachte ich.

Nur ist es oft recht seltsam mit Wünschen und Plänen. Je näher man ihrer Erfüllung kommt, desto größer wird die Angst vor ihnen.

Ist das nicht völlig absurd?

»Wir sind da«, verkündete Tom und zog mich mit sich vor etwas, das ich nur als Loch in der Mauer wahrgenommen hatte. Schwaches Licht fiel dort über die moosbewachsenen Steine in das Innere des alten Turms. Und dahinter …

»Oh mein Gott«, stieß ich aus und lehnte mich über die Steine, die mir etwa bis zum Bauch reichten. Toms Hand lag sofort wieder an meiner Seite, als fürchte er, ich könne vor lauter Staunen das Gleichgewicht verlieren. Als hätte er nicht selbst schon einen bemerkenswerten Beitrag dazu geleistet, mich aus dem Gleichgewicht zu bringen. »Es tut mir leid, dir das sagen zu müssen, aber du warst ein unfassbarer Idiot.« Ich deutete vor uns, als hätte Tom die Ruine im Herzen seines Hotels noch nie aus dieser Perspektive gesehen. Von hier sah man die neuen Fassaden kaum. Als gäbe es nur das alte, überwucherte Mauerwerk inmitten von Licht und Schatten. Unmöglich konnte es von dort, wo ich Gäste sitzen sah, genauso beeindruckend aussehen. »Du hättest Hannah hierherbringen sollen.«

»Mh«, machte Tom und zog seine Hand wieder zurück, als ich mich ihm zuwandte, statt mich noch weiter über die Mauer zu beugen. »Denkst du wirklich?«

»Soll das ein Witz sein? Das hier ist wie dafür gemacht, um Mädchen rumzukriegen. Das muss dir doch klar sein. Falls nicht, hast du den größten Joker deiner Teenagerzeit verspielt, und das wäre extrem traurig.«

Tom nickte nur, dann schüttelte er den Kopf und holte so tief Luft, als würde er gleich von einer Klippe ins Meer springen und wäre unsicher, ob er je wieder die Gelegenheit für einen Atemzug haben würde. Angst, schoss es mir durch den Kopf. Die Angst davor, das Ziel zu erreichen. »Weil du gerade davon sprichst, ich … Tut mir leid, das war eine vollkommen ungeeignete Überleitung.«

»Überleitung … wofür?«

»Du meintest am Sonntag, dass dir lieber gewesen wäre, aus unserem Essen eine Verabredung zu machen. Trifft das noch zu?«

Mehr brauchte es nicht, um das Gefühl von Angst auf mich überspringen zu lassen. Ich nickte. Worte kamen überhaupt nicht infrage.

»Wenn das immer noch so ist, dann … Maggie, ist es in Ordnung, wenn ich dich küsse? Das sollte ich lieber fragen, ehe ich mich hinreißen lasse.«

Ich hätte nicht sagen können, was genau es war, das meine Hände nervös zittern ließ. Die Tatsache, dass Tom der vielleicht letzte wahre Gentleman war, der um Erlaubnis für einen Kuss fragte – oder die Aussicht auf das, was passieren würde, wenn ich ihm antwortete.

»Das ist absolut okay.« Meine Stimme klang fürchterlich heiser, aber immerhin stimmten die Wörter. Und sie zeichneten ein strahlendes Lächeln in Toms Gesicht, der daraufhin nichts weiter tat, als zu nicken.

»Gut«, sagte er leise und sah mich an, als wüsste er nun nicht mehr weiter.

»Sag jetzt bitte nicht, dass das nur eine hypothetische Frage war.«

Er lachte leise und schüttelte Gott sei Dank den Kopf.

Zuerst war es nur seine Fingerspitze, die ich spürte. Sie fuhr sachte an meiner Stirn entlang, über meine Schläfe und strich eine abtrünnige Haarsträhne hinter mein Ohr. »War es nicht.« Die Worte spürte ich hauchzart auf meinen Lippen. Toms

Kuss folgte ihnen und war sanft, aber nicht vorsichtig. Genauso wie seine Hand, die sich an meinen Hinterkopf legte wie ein Kissen, das meine Träume für mich festhielt. Nur die guten.

Mein Herzschlag beruhigte sich, je mehr ich von dem Gefühl kostete, wie Toms Lippen über meine strichen, wie meine Zungenspitze seine fand, wie meine Fingernägel seinen Nacken streiften.

Alles in mir wurde ruhiger, je näher ich Tom war.

Vielleicht hatte ich ja falsch gelegen. Vielleicht ist das, was man kurz vor einem Ziel spürt, gar keine Angst. Vielleicht ist es die Ungeduld des Körpers, der längst weiß, wohin er gehört. Solche Dinge versteht er schneller als der Verstand. Und wenn man da ist, ist es wie Aufatmen – nicht nur mit der Lunge, sondern mit dem ganzen Körper.

Ich frage mich, ob es das ist, wovon Menschen sprechen, wenn sie sagen, sie seien angekommen.

»Es gibt keine perfekten Menschen, Miss Forrester.«

- Maggie -

Selbstzweifel sind dunkelblau und riechen nach verbrannter Pizza.

Außerdem wirken sie direkt mit dem Moment der Einnahme – eine Eigenschaft, die ich mir von dem Targin, das ich bei richtig üblen Schmerzen nehmen durfte, nur wünschen konnte.

Über die Nebenwirkungen will ich lieber nicht reden. Für Selbstzweifel gibt es keinen Beipackzettel. Wäre dem so, wäre er meterlang. Und einer der Punkte müsste die Tatsache sein, dass diese mysteriöse Substanz in der Lage dazu war, jedes Stimmungshoch binnen Sekunden zu einem postapokalyptischen Ödland zu verwüsten.

Ich hatte dieses Hoch. Der Ausflug auf den Kirchturm im Dandelion's Inn war zwei Tage her. Und ich nannte es nur aus dem Grund »Ausflug zum Kirchturm«, weil ein »seit dem Kuss« mich zu einer verknallten Zwölfjährigen machte. Dafür musste ich die magischen Worte nicht mal aussprechen. Ich musste nur an diesen Abend denken. Daran, wie das Sonnenlicht irgendwann verschwunden war. Wie Tom und ich ewig geredet hatten – genauso wie die Tage zuvor am Telefon. Wie viel leichter das Reden geworden war und gleichzeitig wie viel aufregender.

Toms Abschiedskuss spürte ich immer noch. Auf meinen Lippen und auf meiner Stirn. Ich hatte völlig vergessen, wie intensiv ein Kuss nachhallen kann, wenn Sex ihn nicht übertönt. Wie ein Echo, das gleichermaßen zart wie unverwüstlich durch mein Gemüt hallte und mir ein grenzdebiles Lächeln ins Gesicht tackerte.

Mittlerweile weiß ich, dass mindestens die Unverwüstlichkeit dieses Gemütszustandes nur eine Illusion ist. Nichts weiter. Nachzulesen in den Anwendungshinweisen für Selbstzweifel.

In meinem Fall brauchte es nur einen Anruf, um den Schleier der Glückseligkeit aufzureißen. Ein kurzes »Hallo« aus einer Vergangenheit, die ich mir seit Wochen zurückgewünscht hatte. Aber nicht an diesem Mittag. Eine Tiefkühlpizza lag im Ofen, und ich musste die Zeit totschlagen, bis sie fertig war. Statt mich meinem Alter entsprechend mit Netflix oder einem Buch zu beschäftigen, stand ich klischeebehaftet in meinem Schlafzimmer vor dem Spiegel und hielt ein dunkelblaues Kleid vor meinen Körper, um zu entscheiden, ob es mich am Abend zu der Verabredung mit Tom begleiten würde. Er hatte sich in den Kopf gesetzt, den Burgern noch einen zweiten Versuch zu widmen. Meine Vermutung war vielmehr, dass er unbedingt von mir hören musste, dass er recht hatte und dieser Burger frisch serviert und warm um Längen besser schmeckte als kalt aus dem Kühlschrank. Als ob irgendein Burger besser schmecken konnte als der, an den ein Mann gedacht und den er für später verstaut hatte, obwohl er eben die unattraktivste Seite seiner Verabredung zu Gesicht bekommen hatte.

Dennoch hatte ich fest vor, dem Snob in ihm den Gefallen

zu tun und ihn in jeder kulinarischen Theorie zu bestätigen – egal, ob ich das so meinte oder nicht. Und ich wollte gut dabei aussehen. Aus naheliegenden Gründen.

Ich hatte gerade entschieden, dass das dunkelblaue Kleid vielleicht etwas zu sehr nach diesem Vorsatz aussah, als mein Handy klingelte.

Hallo.

Ich warf das Kleid aufs Bett und griff nach meinem Telefon. Die Nummer, die aufleuchtete, war keine bekannte. Nicht Tom.

Mit einem Augenrollen über meine alberne und latent verknallte Hoffnung nahm ich das Telefonat an. »Forrester?«

»Maggie? Hier ist Flora. Flora Brydan. Du erinnerst dich?«

Mein Herz tat das, was Herzen immer machen, wenn sie von etwas überrascht werden. Es hielt kurz in seiner Arbeit inne und polterte dann so richtig los.

Flora Brydan rief mich an. Flora, mit der ich etwas länger als zwei Jahre lang etliche Projekte bewältigt hatte. Die Flora, die mir knallhart sagte, wenn ich mir einen Kerl aus dem Kopf schlagen sollte, und die dann selbst die Dummheit beging, sich ausgerechnet in unseren Kollegen zu verlieben.

Und die Flora, die sich nicht mehr gemeldet hatte, seit ein gewisser 3er BMW mich von der Straße, aus meinem gewohnten Leben und auch aus Edinburgh gerissen hatte.

Hallo, hier bin ich.

Ich nickte heftig, um mich aus meiner Starre zu lösen. Und ich betete, dass meine Aufregung nicht allzu viele Wörter durcheinanderwirbeln würde. »Hey, Flora«, sagte ich. So weit, so gut. »Natürlich erinnere ich mich, ich hab nur deine Zahl nicht erkannt.« *Nein, nein, nein.* Das war nur knapp daneben, aber dennoch daneben. »Nummer, deine Nummer«, berichtigte ich mich.

»Geht … Wie geht es dir?«

Großartig. Ehrlich. Schmerzen, Hüfte, Aphasie … Vergiss den Quatsch. Ich glaube, ich habe jemanden kennengelernt, bei dem selbst du mir sagen würdest, dass ich bescheuert wäre, ihn ziehen zu lassen. Und ich würde so gern mit dir darüber reden. »Mir geht's in Ordnung. Ich sehe manchmal Artikel zu eurem … eurem …« Komm schon! Das konnte doch nicht wahr sein. »Die Arbeit muss ziemlich aufregend sein. Habt ihr schon eine Steuer? Nein … eine … du weißt schon. Wisst ihr schon, wie ihr laufen werdet?«

Oh Gott. Vermutlich grenzte es an ein Wunder, falls Flora nicht den Notruf rief, weil sie fürchtete, dass ich einen Schlaganfall hatte.

»Wir, also … Maggie du weißt, ich kann keine Interna rausgeben. Auch nicht an alte Kollegen.«

Nur hatte ich gehofft, dass ich nicht nur irgendeine alte Kollegin war. Schließlich … »Du hast mich angerufen. Wieso?«

»Ich … also.« Sie räusperte sich, dann war da eine Pause. »Ich wollte mich kurz erkundigen, wie es dir nach deinem … nach deinem Unfall geht. Und ehrlich gesagt wollte ich dich nach einem Rat fragen. Aber das war idiotisch. Ich hätte dich in Ruhe lassen sollen.« Wenn ich mich nicht irrte, klang sie mehr als nur enttäuscht über diese Erkenntnis.

»Das war nicht …« Verdammte Dreckscheiße, sie hatte das Wort doch gerade gesagt. »War es nicht.« Ich hatte wirklich Lust, gegen irgendetwas zu treten.

»Wenn du das sagst, also …« Sie holte tief Luft, als müsste sie sich überwinden weiterzureden. Das war nur ein Grund mehr, mir fest vorzunehmen, es nicht zu versauen.

»Die Sache ist …« Ein Räuspern. in »Die Sache ist, dass wir einen Neuen haben für die Recherche. Er hat noch kein Netzwerk so wie du. Du weißt schon, um einen wirklich realistischen Blick davon zu bekommen, wie Menschen die ganze

Veruntreuungsgeschichte wirklich wahrnehmen. Fallen dir noch Pressekontakte ein, die Glyn kontaktieren könnte?«

War das ihr Ernst? Das konnte doch kein wirkliches Problem darstellen. Presse und Social Media mussten voll sein von realistischen Stimmungsbildern zu dem Thema. Nur weil dieser Part meiner gewesen war, hieß das doch nicht, dass Flora so wenig davon verstand, um das nicht zu wissen.

Ich entschied, ihre Frage zu ignorieren. »Glyn?«, murmelte ich. »Ihr habt euer englisches Mädchen jetzt also gegen einen Iren ersetzt?«

»Mh.« Flora seufzte. »Aber er kriegt den Akzent nicht so gut hin. Es klingt, als würde er sich über Schotten lustig machen.«

»Also hasst ihr ihn schon?«

»Wir geben ihm noch zwei Wochen.«

Ich nickte. Eigentlich wollte ich viel mehr Fragen stellen. *Wer ist »Wir«? Du und Logan? Habt ihr euch wieder vertragen? Und wieso bekommt dieser Glyn zwei Wochen? So viel Erbarmen hattet ihr mit mir nicht.*

»Um auf meine Frage zurückzukommen …«

Die völliger Unsinn war. Das musste sie genauso gut wissen wie ich.

»… weißt du noch gute Kontakte?«

Etliche. Aber die braucht ihr nicht. Und das weißt du auch. Dir fällt es schwer, mit einem Krüppel zu reden. Dabei hast du mich noch nicht mal laufen sehen. Das ist okay. Meine Familie musste das auch erst lernen. Aber du verarschst mich hier gerade. Und du glaubst, ich merke es nicht.

Und das ist nicht okay. Echt nicht.

Ich würgte die Worte hinunter. Dabei merkte ich, wie Tränen über meine Wangen liefen. »Ich guck nach und melde mich.«

»Okay.« Floras letzte Worte klangen, als würde sie sie ablesen. »Das ist lieb von dir. Und ich hoffe, es geht dir bald wieder besser. Vielleicht kommst du uns ja mal besuchen.«

Hatte je ein Besuch stattgefunden, nachdem dieser Satz gesagt worden war? »Okay, das mach ich. Grüß Logan.«

»Mach ich.« Vermutlich war das genauso wahrscheinlich wie mein Besuch.

Als ich auflegte, war es still. Viel, viel stiller als vor Floras Anruf. Mit einem ohrenbetäubenden Seufzen setzte ich mich auf das Bett. Neben das dunkelblaue Kleid, das mir gerade noch wie »vielleicht ein bisschen zu viel des Guten« vorgekommen war. Jetzt aber wirkte es wie das Statussymbol für meine grenzenlose Dummheit. Was hatte ich gedacht? Dass ich mich nur verkleiden musste und schon wäre ich wieder die Alte?

Ich legte mein Handy beiseite und versuchte, mir das vorfreudige Gefühl von eben wiederzuholen, indem ich mich an den Abend auf dem Kirchturm erinnerte. Doch das wohlige Kribbeln von eben hallte nur als latente Übelkeit in meinem Magen wider. Worte wie Mitleid und Höflichkeit schossen mir durch den Kopf. Vielleicht war Tom nur zu nett, um einen Rückzieher zu machen, und nun in diesem Strudel aus barmherzigen Verstrickungen gefangen. Gehörte das auch zu den Dingen, die George ihm in dieser Mail geschrieben hatte?

Ich zuckte zusammen, als ein gellendes Kreischen aus der Küche ertönte. Der Alarm des Rauchmelders. Ich hörte ihn und nahm ein paar Sekunden später den Geruch meines Essens wahr, das sich gerade in Kohle verwandelte.

Ich wusste, dass ich aufstehen musste, aber ich konnte nicht. In meiner Hand hielt ich das Kleid, das sich binnen Minuten in eine Lüge verwandelt hatte, die ich mir selbst erzählte. Weil dies einer der üblen Tage war.

Hallo, hier bin ich. Die Gewissheit, dass nichts an dir intakt genug ist, um noch von Wert zu sein. Hast du mich vermisst?

Schweigen.

Das war Dr. Rivers' liebste Antwort. Daher war ich nicht überrascht, als er nicht direkt mit Worten reagierte, als ich fertig damit war, mir alles von der Seele zu reden.

Es war das vierte Mal, dass ich von seinem Angebot Gebrauch machte, ihn »im Notfall jederzeit« anzurufen, wenn ich merkte, dass ich in einer Spirale von Gedanken und Ängsten steckte und nicht selbst herausfand. Man konnte sagen, dass er sich dazu bereiterklärt hatte, meinen Präfrontalen Cortex zu ersetzen, wenn gar nichts mehr ging.

Vor einer Viertelstunde hatte ich eingesehen, dass es ein solcher Moment war. Ich saß noch immer in meiner Küche. Der Ofen war ausgeschaltet und geöffnet. Durch einen Fensterspalt zog der Rauch nur sehr gemächlich ab. Der Besenstiel, mit dem ich den Alarm ausgeschaltet hatte, lehnte noch immer am Küchentisch. Ich hatte das Ding nicht mehr weggeräumt. Nach diesen notwendigen Schritten hatte ich nur noch am Küchentisch gesessen und mich dem Gefühl hingegeben, alles verloren zu haben, das mich ausmachte. Es hatte sich angefühlt, als hätte sich diese Gewissheit wie eine Fessel um meinen Körper gelegt, während die Zeit Stunde um Stunde auf den Punkt zuraste, an dem ich aufbrechen musste, um Tom zu sehen. Um ihm vorzuspielen, dass ich Maggie war – ein bisschen zynisch, manchmal ein bisschen zu direkt, vor allem aber stark und so, so tapfer.

Nichts davon war ich. Ich hätte längst unter der Dusche stehen müssen, konnte mich aber nicht rühren. Ich konnte einfach nicht.

Nach meinem Telefon zu greifen und Dr. Rivers' Nummer zu wählen, war erschöpfend gewesen. Fünfzehn Minuten später saß ich noch immer an derselben Stelle. Aber ich weinte. Und zu den Dingen, die ich in der Therapie gelernt hatte, gehörte der Fakt, dass Weinen ein gutes Zeichen war, auch wenn es sich nie gut anfühlte. Man weint oft, wenn sich eine Blockade löst. Erst dann kann sortiert werden, was dahinter lag. Meistens passiert auch das unter Tränen. Das war wohl ein Grund dafür, dass in der Praxis meines Therapeuten neben Taschentüchern auch stets eine Tasse Tee bereitstand.

Ich hörte Dr. Rivers seufzen. Seine zweitliebste Antwort. Erst dann setzte er dazu an, etwas zu sagen. »Ich fasse das noch mal zusammen, nur damit ich sichergehen kann, alles verstanden zu haben.«

Ich nickte, was er sich vermutlich denken konnte. Unnötig, ein Wort zu sagen. Damit hatte ich mich in den letzten Minuten verausgabt.

»Ihre Kollegin – Flora – hat Sie angerufen, und die Sache ist entsetzlich schiefgelaufen. Sie waren nervös, und das führte zu irritiertem Vokabular.« Irritiertes Vokabular. Das war einer dieser Dr.-Rivers-Begriffe, die er gern nutzte. »Flora muss das unweigerlich aufgefallen sein, und sie hat Ihnen anschließend das Gefühl gegeben, dem eigentlichen Grund des Anrufes nicht gewachsen zu sein. Weil Sie beziehungsweise Ihr Gehirn bei dem Unfall Schaden genommen haben, der sie als selbstständiges und gleichwertiges Mitglied der Gesellschaft disqualifiziert. Ist das so korrekt?«

Ich nickte wieder und wartete auf den Effekt, der sich manchmal, aber nicht immer einstellte, wenn Dr. Rivers meine Worte zusammenfasste. Ein erleuchtendes »Okay, wenn Sie das so sagen, klingt das schon ziemlich albern«. Doch das blieb aus. Stattdessen waren da immer noch Tränen.

»Und weil Flora Sie nicht mehr als vollwertiger Mensch wahrnimmt, gehen Sie davon aus, dass das auch niemand sonst kann – einschließlich Thomas. Aufgrund dessen wäre es besser, Ihr Treffen heute Abend abzusagen, vielleicht sogar alle zukünftigen. Es ist schließlich nur eine Frage der Zeit, bis der junge Mann dahinterkommt, dass ein Krüppel wie Sie sein Leben unmöglich bereichern könnte. Ihre Worte. Nicht meine.«

»Ich habe nichts von Bereichern gesagt.«

»Ah, Sie sind also noch da, das freut mich.« Tatsächlich klangen seine Worte, als würde es ihn freuen. Wie machte er das? »Flora hat Ihnen recht klare Signale gegeben, die Sie zu dem Schluss haben kommen lassen, dass Sie für Ihre alte Kollegin unbrauchbar geworden sind. Ich muss aber noch mal nachhaken: Woher kommt Ihr Eindruck, dass Sie wertloser Ballast für Thomas wären? Können Sie das an etwas Konkretem festmachen?«

Ich schnaufte. Das konnte ich nicht. Aber … »Er ist Hotelier. Er ist viel zu höflich, um das so deutlich zu machen. Das heißt aber nicht …« Noch ein Schnaufen. Besser konnte ich den Satz einfach nicht zu Ende bringen.

»Sie sind also Gast in seinem Hotel?«

»Nein.«

»Welche Motivation hätte er also, Ihnen etwas vorzumachen?«

»Höflichkeit«, murmelte ich. »Mitleid …«

»Höflichkeit und Mitleid …« Er sprach die Worte aus, als müsste er noch ausprobieren, wie sie schmeckten. »Sind das die üblichen Motivationen, die Ihnen als Frau sonst begegnen? Im Zusammenhang mit Männern?«

Hervorragend. Nun hatte er also doch noch den Hebel gefunden, mit dem er meine Worte auf die Weise wiederholte, bei der sie restlos albern klangen. »Er hat mich laufen sehen. Also wäre er ziemlich bescheuert, wenn Sex seine Motivation wäre. Ihm muss deutlich sein, dass er von mir keine … keine …« Ich knurrte unwirsch, weil das Wort schon in meiner Kehle hing, aber es wollte einfach nicht heraus. Es war frustrierend, wenn man sich in Rage redete, aber das Material nicht zuverlässig zur Hand war. »Es gibt wirklich bessere Optionen.«

»Das klingt ziemlich hart«, stellte Dr. Rivers fest. »Woher kommt das?«

Von dort, woher Wut immer kam. Das sollte ich ihm nun wirklich nicht erklären müssen. »Ich bin kaputt. Flora musste nur ein paar Minuten mit mir reden und wusste das. Meine Familie weiß das. Sie auch.« Ich war die Einzige, die sich mit Leibeskräften gegen die Erkenntnis wehrte. Aber wie lange kann man sich gegen etwas behaupten, das eine Tatsache ist? »Ich glaube, er mag mich. Aber er wird es satt haben. In ein paar Wochen. Oder schneller. Er kann nicht immer ...« Ich hatte das Bild vor Augen, wie er einige Meter vor mir stand, zu mir zurückschaute und dort blieb, bis ich ihn eingeholt hatte. Aber wie zur Hölle hieß das?

Dr. Rivers schwieg, und ich konnte mir sein geduldiges Gesicht richtig gut vorstellen. Er ließ mir immer die Zeit, bis ich die Worte endlich hatte oder es sein ließ, sie zu suchen. »Ich bin langsam. Ich habe ständig Schmerzen. Ich rede wirr und ich habe mich nicht richtig im Griff. Sie müssten ihn sehen, er ist ...« *Ein Snob.* »... fürchterlich perfekt.«

»Es gibt keine perfekten Menschen, Ms Forrester. Das kann ich Ihnen mit absoluter Bestimmtheit versichern.«

»Aber es gibt welche, die es fast sind und dann ...« Tja, und dann gab es eben Leute wie mich. »Ich bin nicht genug. Das wird er merken. Und ich bin zu viel. Das kann er nicht ... Er ...«

»Mh«, machte Dr. Rivers, und ich glaubte, dass sich so auch sein Nicken anhörte. »Wenn ich Sie richtig verstehe, fürchten Sie, dass die Einschränkungen, die Sie haben, Thomas zu viel werden könnten.«

»Kein Konjunktiv«, murmelte ich. »Ich weiß, dass es so ist. Ihm gehört ein Hotel. Er braucht keinen Krüppel, der ihn belastet. Wozu sollte er sich das antun?«

»Weiß er denn um Ihre Verletzungen und was die mit sich bringen?«

Was für eine dämliche Frage. »Das kann ich überhaupt nicht verschweigen.«

»Also halten Sie ihn für einen Idioten.«

»Was? Nein!«

Ich hörte, wie Dr. Rivers tief einatmete und ein Knarren. Ich kannte das Geräusch. Die Lehne seines Sessels, wenn er sich zurücklehnte. »Ich bin jetzt mal provokativ, Ms Forrester. Einfach, weil mir die Zeit davonrennt. Und zwar zitiere ich Sie an dieser Stelle kurz sinngemäß: Sie trauen mir nicht einmal zu, allein aufs Klo zu gehen. Oder zum Supermarkt, zum Arzt, zur U-Bahn. Dabei weiß ich, was ich kann und was nicht. Und ich weiß auch, was ich aushalte und was nicht. Aber ich bin die Einzige, der keiner zuhört.« Die letzten Worte sprach er sehr langsam und deutlich aus. »Ich habe es so satt, dass alle besser wissen, was geht und was nicht. Ich bin keine Idiotin, ich bin nur kaputt.« Er ließ eine kurze Pause, dann stellte er eine eher rhetorische Frage. »Kommt das in etwa hin?«

Ich sagte nichts. Er hatte meine Worte sehr treffsicher wiedergegeben. Das war nicht ganz genau, was ich gesagt hatte, aber dennoch legte es seinen Finger exakt auf den Punkt, der wehtat. Und zwar so richtig. Denn genau dort lag die Erkenntnis, dass ich mit Tom gerade genau dasselbe machte. Ich wusste es besser. Obwohl ich das gar nicht konnte.

»Ms Forrester, sind Sie noch da?«

Ich zog die Nase hoch und wischte Tränen von den Wangen. Es war zwecklos, es kamen immer neue nach. »Aber es könnte sein«, brachte ich heraus. »Dass es ihm zu viel wird.« Allein der Gedanke machte mir wahnsinnige Angst. Dabei kannte ich Tom kaum. Nicht genug, um mit Tränen und Luftnot auf die bloße Vorstellung davon zu reagieren, er könnte wieder verschwinden. Das war viel zu früh. Und viel zu heftig.

»Natürlich könnte das sein. Manchmal werden Menschen Dinge zu viel. Aber das Risiko besteht in absolut jeder Art von Beziehung.«

»Und dann?«

Er setzte dazu an, etwas zu sagen, schien sich dann aber doch für eine andere Antwort zu entscheiden. »Dann hoffen wir, dass er Manns genug ist, Ihnen das offen zu sagen. Anschließend stehen Ihnen alle Mittel zur Bewältigung von Liebeskummer zur Verfügung. Außer Alkohol.«

Ich schnaufte. Dabei war der das beste Mittel, das ich kannte.

Und dann dachte ich an den Tonic. *Hendrick's Tonic.*

»Die Frage, die sich eigentlich stellt, ist eine andere, nicht wahr?«

Das ganze Programm. Eis, Gurke, Pfeffer …

»Möchten Sie Thomas die Gelegenheit geben, selbst herauszufinden, ob er damit umgehen kann, oder nicht?«

Nur ohne den Gin.

Geht das?

Postskriptum

- Tom -

An einem Schreibtisch gibt es wenig, was den Abschluss eines anstrengenden Prozesses deutlicher macht, als die Eingabe des Druckbefehls – begleitet von einem tiefen Seufzen.

»Welchen Drucker möchtest du?« Ich rief die Auswahl von insgesamt vier Geräten auf, an die ich die Datei senden konnte, und sah meine Mutter fragend an. Sie saß mir gegenüber auf der anderen Seite meines Schreibtisches und beäugte den größeren meiner Bildschirme. Ich hatte ihn so gedreht, dass wir beide ihn sehen konnten, um die Quartalsprognosen vorzubereiten.

»Nimm bitte den in meinem Büro. Kannst du es wieder so drucken, dass die Seiten gleich zusammengeheftet werden? Und farbig.«

»Natürlich.« Ich wählte die zweite Zeile aus und öffnete die Einstellungen. Was ich mir dabei nicht verkniff, war der Seitenblick auf die Mappe, die Mum vor sich auf dem Tisch liegen hatte. »Möchtest du die Bewerbungen auch noch durchgehen? Oder wollen wir das vertagen?« In der großen Ledermappe konnte ich mindestens fünf oder sechs Umschläge ausmachen. Ich ging fest davon aus, dass ihr Inhalt blasierte Anschreiben und beschönigte Lebensläufe waren, um sich auf die nach wie vor offene Vakanz als Rezeptionsleitung zu bewerben. Vor drei Wochen hatte ich mich dazu durchgerungen, die Stelle endlich auszuschreiben, nachdem ich einsehen musste, dass ich ihre Aufgabenfelder nicht ewig würde mitbetreuen können.

»Das ist meine Vorauswahl. Ich war so frei, die Unterlagen vorab zu sichten. Die übrigen liegen aber in meinem Büro, falls du mir das nicht zutraust.«

Ich schüttelte den Kopf. Olivia Walsh hatte verstanden, warum ihr Sohn vor Monaten alle vertrauten Gesichter um sich herum nicht mehr ertragen hatte. Sie hatte mich in meiner Entscheidung unterstützt, obwohl Tränen geflossen waren. Doch ihr Verständnis hatte an dem Punkt geendet, an dem ich fast die gesamte Rekrutierung neuer Mitarbeiter in die eigene Hand genommen hatte. Meine Flucht in die Arbeit hatte sie als Beleidigung ihrer Kompetenzen verstanden. Und das hatte sich bis zu diesem Tag nicht geändert.

»Ich schau mir die hier an«, sagte ich und zog die Mappe zu mir. »Willst du bei den Gesprächen dabei sein?«

»Falls es dir keine Umstände macht …« Sie schaute zu den Bewerbungen und dann zu mir. »Ich habe letztens mit Geoffrey telefoniert. Er würde jederzeit wiederkommen. Das soll ich dir ausrichten. Er nimmt dir nicht übel … Er sagt, du bist mit allen mehr als fair umgegangen, und er wäre auch nicht der Einzige, der bereit wäre …«

Ich wich ihrem Blick aus und sah zu meinem Bildschirm. »Ich hatte ihm doch den Job im Waldorf besorgt. Guter Posten, besser bezahlt als hier.«

»Und dort arbeitet er nach wie vor, aber das ist nun mal eine Kette. Bei uns war er über zwanzig Jahre. Du weißt, dass er ein Idealist ist. Jedenfalls … falls du ihn brauchst, ist er da. Das sollte ich dir ausrichten.« Falls ich ihn brauchte … Ich war noch längst nicht so weit, mich wie ein intakter Mensch zu verhalten, wenn mein ganzes Umfeld es besser wusste und mir ausschließlich mit Vorsicht, Bedauern und Mitleid begegnete. Das war die Kehrseite daran, Privates zu nah …

Das Pop-up-Fenster meines Posteingangs riss meine Aufmerksamkeit auf sich.

forrester_margaret@gmail.com
Betreff: Wichtige Mitteilung zu unserem heutigen Termin

Mehr ließ sich anhand der Vorschau nicht erkennen.

»In Ordnung«, sagte ich nur und klickte auf die nötigen Einstellungen, um die Tabellen und Diagramme genau so auszudrucken wie immer. »Die Handouts sind auf dem Weg. Und die Bewerbungen schaue ich zeitnah durch.«

Mum reagierte nicht, also sah ich mich dazu gezwungen, mich zu ihr umzuwenden. Wie befürchtet, hatte ihre Miene sich verändert. Sie war weicher und unsicherer. Das war nicht das Gesicht, mit dem sie darüber debattierte, ob wir die Fettabscheideranlage austauschten oder noch einmal reparieren ließen. »Ich weiß, es geht mich nichts an, aber …« Das war ein Einstieg, auf den nie Gutes folgte. »Du kannst nicht von mir erwarten, dass ich dich nicht auf sie anspreche, nicht wahr? Als ich euch begegnet bin … Mir ist aufgefallen … Geht es ihr gut?«

Ich konnte gar nicht anders, als die Stirn zu runzeln. *Geht es ihr gut?* Das war nicht, womit ich gerechnet hatte. Es war kein »Das geht viel zu schnell, Thomas«. Kein »Du solltest dich lieber darum kümmern, selbst wieder auf die Beine zu kommen, Thomas«.

Kein »Ich kann mir einfach nicht vorstellen, dass das gut für dich ist«.

Aber es ging mir gut. Sehr gut sogar. Ich ertappte mich selbst viel zu oft dabei, wie ich auf meinen Bildschirm starrte, aber nicht den Text darauf sah, sondern Maggies Gesicht, in das der Wind immer wieder Strähnen ihrer kurzen blonden Haare wehte. Viel zu oft hörte ich Gästen oder Mitarbeitenden nicht richtig zu, sondern hatte Maggies Lachen im Ohr, als sie im Innenhof Mr Robertson mit seiner Geliebten des Abends entdeckt hatte. Sie hatte mir sogar zutiefst erschüttert recht gegeben, dass sie voll und ganz ins Beuteschema dieses Möchtegernamerikaners passte.

Es ging mir gut. Nur sah ich nicht, dass meine Mutter mir das glauben würde.

Entsprechend vorsichtig begegnete ich ihrer Bemerkung. »Nun, Maggie hatte schwere Verletzungen«, sagte ich, ohne weiter ins Detail zu gehen. »Aber sie kommt klar.«

»Und du? Kommst *du* klar?«

Da war sie also doch – die eigentliche Frage. »Ich komme zurecht.«

Sie seufzte und schlug ihre Mappe zu. »Thomas, mir ist bewusst, dass du keine Details mit mir teilen wirst. Ich möchte nur sicher sein können, dass …« Noch ein Seufzen. Dieses ließ ihre Schultern nach unten sacken. »Du bist mein Sohn. Und es hat mir das Herz gebrochen, dich am Boden zu sehen. Ich habe einfach Angst, dass das noch mal passiert. Kannst du das verstehen?«

Das konnte ich. Doch ich fürchtete, dass dieses Zugeständnis sie dazu anhalten würde, das Thema zu vertiefen. Ich hatte wirklich keine Geduld für eine Diskussion über meine emotionale Belastbarkeit. Vor allem nicht, während in meinem Posteingang eine Mail von Maggie wartete, der bisher noch keine zweite gefolgt war. Wo blieb ihr *PS?* Oder hatte ich es nur nicht gesehen?

»Weiß *sie* denn schon, was vorgefallen ist?«

Sie. Vielleicht war ich empfindlich, doch in meinen Ohren klang dieses Pronomen wie eine Klarstellung, dass Olivia Walsh eine humpelnde, lädierte Maggie nicht akzeptieren würde. Dass ihr Sohn einen anderen, *besseren* Neustart verdient hatte als diesen.

Dabei war er besser. Viel besser als alles, was ich befürchtet hatte. Und das lag mitnichten an mir, sondern daran, dass Maggie es mir möglich machte, Tom zu sein. Ein Snob, vielleicht ein Zuhälter, der sie auf genau dieselbe Weise nervös machte wie sie ihn. Für sie war ich nicht der Mann, der seine Familie verloren hatte und daran kaputtging, die Trümmer dieser Vergangenheit zusammenzuhalten.

Noch nicht.

»Verstehe«, antwortete Mum meinem Schweigen. »Du willst nicht darüber reden.«

»Ich will vor allem nicht noch mal darüber streiten. Vielleicht …« Ich atmete tief ein und warf einen Seitenblick auf den Bildschirm. Nach wie vor kein *PS.* »Vielleicht belassen wir es einfach dabei, dass ich dir sage, dass ich klarkomme und dass mein Therapeut darauf achtgibt, dass es dabei bleibt.«

Nun war sie es, die einen Blick auf den Bildschirm warf. Dann nickte sie. »In Ordnung.« Damit nahm sie ihre Mappe und stand auf. »Denkst du daran, dass wir morgen mit Mr Robertson zum Dinner verabredet sind?«

»Wie könnte ich das vergessen?« Ich hoffte, dass mein Tonfall für sie genauso versöhnlich klang, wie ich ihn meinte. Immerhin hatte ich ernst gemeint, was ich gesagt hatte: Ich wollte nicht noch einmal über dieses Thema streiten. Allerdings sah ich kaum einen Weg, es zu vertiefen, ohne dass es in einer Diskussion oder Schlimmerem mündete.

Mum belehrte mich eines Besseren. Sie lief bis zur Tür meines Büros. Ihre Hand lag längst auf der Klinke, als sie sich noch einmal umwandte. »Thomas? Darf ich noch etwas dazu sagen?«

Ich sah sie an und hob abwartend meine Augenbrauen. Die Gefahr war zu groß, ungeduldig zu klingen, hätte ich etwas gesagt. Da war immer noch diese Mail. Genauso, wie immer noch ihr *PS* fehlte. Und allmählich beunruhigte mich das ein wenig.

»Als ich euch beiden begegnet bin … Ich weiß, das war nur ein Zufall, und vermutlich war er dir unangenehm. Aber es war gut, dich mal wieder so zu sehen – so gelöst. Wenn ich also etwas dazu beitragen kann, dass es für dich so bleibt … Wenn ich dir hier mal den Rücken freihalten kann, dann sag mir das bitte, ja?« Sie sah kurz zur Klinke, als suchte sie dort nach ihren nächsten Worten. »Auch, wenn du sagst, dass du zurechtkommst, glaube ich, dass die nächsten Wochen nicht leicht für dich werden. Ich möchte nicht, dass du dabei Schaden nimmst, nur weil du denkst, du dürftest keine Prioritäten setzen. Ich bin immer noch genug im Tagesgeschäft, um hier die Stellung halten zu können, wenn dir das hilft.«

Ich antwortete nicht, sondern starrte sie nur an. Es war nicht so, dass ich Mühe hatte, ihre Worte zu verstehen. Allerdings bereitete ihr Inhalt mir Schwierigkeiten. Noch nie in den einunddreißig Jahren meines Lebens hatte sie andere Prioritäten zugelassen als das Hotel – weder für sich selbst noch für mich. Und nun stand sie hier, starrte auf die Klinke meiner Bürotür und äußerte Zugeständnisse, die ich noch nie von ihr gehört hatte.

Es hat ihr wirklich zugesetzt, schoss es mir durch den Kopf. Es muss ihr sogar riesige Angst gemacht haben.

»In Ordnung.« Ich war nach wie vor zu perplex für eine gehaltvollere Antwort als diese. Wenigstens glaubte ich, dass das Lächeln mir besser gelang.

Mum erwiderte es und öffnete die Tür. Sie wandte sich gerade zum Gehen, als ich es endlich hinbekam, über meinen Schatten zu springen. »Mum? Vielleicht könntest du …« Das Weitersprechen war etwas schwieriger, sobald sie mich wieder ansah. »Die Sache ist … aus therapeutischer Sicht wäre es wohl ratsam, dass ich Maggie sehr zeitnah erzähle, was …« Ich stockte, als ich merkte, dass der bloße Gedanke daran meinen Magen würgte. Nach wie vor hatte ich keine Ahnung, wie ich dieses Gespräch führen sollte. Ich musste. Das war mir klar. Aber ich hatte keine Ahnung, wie. »Vielleicht ergibt es sich schon heute Abend. Ich möchte das Essen mit Mr Robertson morgen nicht absagen, aber ich wäre dir dankbar, wenn du das Reden übernehmen könntest.«

Aus therapeutischer Sicht wäre es wohl ratsam … Meine Güte. Deutlicher konnte ich nicht machen, dass meine Mutter einen Geschäftspartner und keinen Sohn großgezogen hatte. Es hatte erst eine andere Frau in mein Leben treten müssen, um mir zu zeigen, dass dieses Hotel ein bedeutender Teil meines Lebens war, aber nicht der wesentliche. Dass diese Frau sich vom Balkon unserer Wohnung gestürzt hatte, hieß nicht, dass ich vergessen wollte, was sie mir beigebracht hatte.

»Das bekomme ich hin.« Mum lächelte erleichtert und nickte etwas zu heftig für eine simple Zusage. Einen Moment lang sah sie mich einfach nur an, dann zog sie die Tür hinter sich zu.

Mit dem Klicken des Schlosses hörte ich mich selbst aufatmen.

Vielleicht war es auch ein Keuchen. Denn der Impuls, meine Frau anzurufen, schlug mit aller Gewalt in meinen Magen. Ich hörte die Worte, mit denen sie mich angeschrien hatte. *»Es ist nur ein Hotel, Tom. Ein verdammter Job! Dein Zuhause ist hier, bei deiner Familie. Wenn du Olivia zeigen willst, dass sie dazugehört, dann mach keine Extraschichten, sondern lad sie zum Essen ein. Wie normale Leute.«*

Ich wollte sie so dringend anrufen und ihr sagen, dass sie recht gehabt hatte. Und dass sowohl meine Mutter als auch ich das endlich begriffen hatten.

Außerdem musste sie unbedingt wissen, dass es mir leidtat.

Dass ich hätte da sein müssen.

Nicht hier.

Fehler wie diesen erkennt man oft viel zu spät. Und dann wünscht man sich, alles rückgängig machen zu können.

Ich gab mir einen Moment, in dem ich meine Fingerspitzen gegen die Nasenwurzel drückte, bis es beinahe wehtat. Dann atmete ich aus und nicht wieder ein. So lange, bis das Brennen in der Lunge meine Gedanken genug übertönte, dass ich neue fassen konnte.

Mit dem Einatmen sah ich auf den Bildschirm vor mir, suchte nach Maggies E-Mail – *Betreff: Wichtige Mitteilung zu unserem heutigen Termin* – und öffnete sie.

Das war nichts, womit man Fehler wiedergutmachte. Das wusste ich.

Aber vielleicht konnte ich so vermeiden, meinen größten zu wiederholen.

Die einzig wahre Lasagne mit einer Prise blasierter Eleganz

- Tom -

Menschen haben furchtbare Angst davor, dass ihr Herz brechen könnte. »Pass auf, dass sie dich nicht verletzt«, ist ein Ratschlag, den man oft in seinem Leben hört.

Aber niemand sagt: »Sei vorsichtig, vielleicht setzt sie dein Herz wieder zusammen.« Dabei tut das Zusammenfügen genauso weh wie das Zerbrechen.

Scherben passen nicht auf Anhieb wieder ineinander. Bruchstellen schrammen über scharfe Kanten, Splitter lösen sich. Und manchmal muss man alles noch mal auseinandernehmen, um es neu zu versuchen. Dieser Prozess ist brutal. Und schmerzhaft. Die ganze Zeit über.

Es ist ungeheuerlich, dass davor nicht ebenso gewarnt wird.

Ich hörte die Scherben gegeneinanderschrammen, als ich acht Uhr vor der Haustür stand, durch die ich Maggie vor einigen Tagen mehr getragen als begleitet hatte. Neben mir war das Klingelschild, eine große Tüte mit Lebensmitteln lag in meinem Arm, und ich lauschte dem Knirschen. Es war ohrenbetäubend.

Ich bildete mir ein, dass es weniger laut dröhnen würde,

wäre meine Umgebung nicht so leise. Nur hatte Maggie in ihrer E-Mail klargemacht, dass eine lautere für sie nicht infrage kam. Nicht an diesem Abend.

Und allein, dass sie mir das sagte, anstatt zu schweigen und schließlich ihre Konsequenzen zu ziehen, feuerte das Knirschen nur noch mehr an.

An: t.walsh@dandelions-inn-hotel.co.uk
Von: forrester_margaret@gmail.com
Betreff: Wichtige Mitteilung zu unserem heutigen Termin

Sehr geehrter Mr Walsh,
ich hoffe, diese Nachricht erreicht Sie nicht zu kurzfristig oder zu einem ungelegenen Zeitpunkt.
Leider sehe ich mich gezwungen, unseren für den heutigen Abend geplanten Ausflug abzusagen. Wenngleich diese Äußerung nun wie ein beliebter Vorwand klingen wird, möchte ich klarstellen, dass dies nichts mit Ihnen zu tun hat, sondern allein in meiner Person begründet ist.
Ausgelöst durch einen unvorhergesehenen Zwischenfall befindet sich mein Gemüt in einem Zustand, den ich vorsichtig als »fragil« beschreiben muss. Ich schätze das Risiko für eine emotionale Eskalation als sehr groß ein und möchte Sie, aber auch mich selbst dieser Strapaze nicht an einem öffentlichen Platz aussetzen.
Sollte Sie dieser Ausblick wider Erwarten nicht abschrecken, gebe ich an dieser Stelle ganz offen zu, dass ich mich über Ihre Gegenwart freuen würde – nur in einem weniger frequentierten Umfeld. Vielleicht in meinem Domizil? Hier biete ich gern an, Speisen Ihrer Wahl zu servieren, sofern deren Zubereitung mein Geschick nicht übersteigt.

Für Gegenvorschläge bin ich offen und über eine Vertagung nicht erzürnt, sollten Sie diese vorziehen.
In Erwartung Ihrer Rückmeldung und mit besten Grüßen
Maggie Forrester

Also war ich hier.

Natürlich war ich hier. Alles andere hätte sich genau wie der Fehler angefühlt, den ich nicht noch einmal machen wollte.

Ich war hier, hatte alle Zutaten für die beste und einzig wahre Lasagne dabei und eine Geschichte, die ich Maggie erzählen musste. Es fühlte sich zu früh an, wie alle Dinge, für die man nicht bereit ist und wohl auch nie sein wird. Für solche Geschichten gibt es keinen richtigen Zeitpunkt. Es ist immer zu früh, bis der Moment kommt, der das »zu spät« einläutet. Und den zu erreichen wäre fatal. Wenigstens war das die Einschätzung meines Therapeuten.

Vielleicht war es also nicht nur besagtes Knirschen, das ich hörte, sondern auch die Angst davor, dass es aufhörte und alles wieder auseinanderbrach, was sich bis zu diesem Moment zusammengefügt hatte.

Das war möglich. Geschichten haben diese Macht.

Ich atmete noch einmal tief durch und drückte endlich auf die Klingel, die mit »Forrester« beschriftet war. Ich hatte wirklich genug Zeit mit Zögern zugebracht. Auf das Summen des Schlosses musste ich nicht lange warten. Und die Tür zu Maggies und Georges Wohnung öffnete sich, kaum dass ich die drei Stufen im Hausflur bewältigt hatte.

Maggie stand im Rahmen der Tür und sah mich an. Sie trug eine Leggins, einen übergroßen Strickpullover, der ihre linke Schulter preisgab, und einen Schal, der aussah, als hätte sie ihn sich schnell um den Hals geschlungen. Vermutlich hatte sie beschlossen, ihre Narbe nicht mehr zu verstecken. Vielleicht, um zu sehen, wie ich mit dieser Konfrontation umging. Doch auf den letzten Sekunden hatte sie der Mut verlassen.

Ihr Lächeln wirkte schüchtern, wurde allerdings breiter, als ich vor ihr stand und ihr Blick von meinem Gesicht bis zu meinen Schuhen glitt und wieder zurück. »Bitte sag mir, dass du direkt vom Hotel kommst und keine Zeit hattest, dich umzuziehen.«

Sie hatte recht – mein Anzug war eine himmelschreiend übertriebene Garderobe. Aber sie mochte ihn. Das war etwas, das ich wusste, und worüber auch ihr belustigtes Lächeln nicht hinwegtäuschen konnte. »Ich muss immer damit rechnen, dass die englische Gesellschaft ehrenvoller Snobs mich observiert. Und das Domizil einer Dame kann ich nicht formlos in Jeans und T-Shirt betreten.« Ich gönnte mir noch ein abschätziges Schnaufen und ein Kopfschütteln, ehe ich mich zu Maggie beugte. Mein Kuss erstickte ihr Kichern und ließ es in einem Seufzen ausklingen. Ich spürte ihre Fingerspitzen, die langsam, jedoch keineswegs vorsichtig meinen Nacken hinaufstrichen, ihre weichen Lippen, die sich gegen meine drängten und mir das Gefühl gaben, dass Maggies ganzer Körper es ihnen am liebsten gleichgetan hätte.

Das sind die Momente, in denen man die Scherben knirschen hört, aber nichts davon spürt, weil jede andere Empfindung lauter ist.

Unter einem tiefen Atemzug drückte sich Maggies Brust gegen meinen Oberkörper, dann löste sie sich von mir. Sie sah mich an, ihre Lippen zu einem Schmunzeln verzogen und leicht zusammengepresst, als müssten sie das Gefühl festhalten, das auf ihnen lag. »Hey«, sagte sie dann. Ihr Blick wirkte, als könnte sie nicht richtig fassen, dass ich hier war.

»Hey«, gab ich zurück. »Darf ich reinkommen?«

»Oh scheiße, klar.« Sie schüttelte den Kopf, bis sie den Gedanken losgeworden war, der sie festgehalten hatte, und gab die Tür frei.

Ich schob mich an ihr vorbei in den Flur. Dabei hob ich die mitgebrachte Tüte etwas an und nickte in Richtung ihrer Küche. »Das wird ein bisschen dauern, am besten mache ich mich also gleich ans Werk.«

»Ans … Was für ein Werk? Ich habe doch gesagt, dass ich was koche.«

Mir fiel auf, dass ihr Rollstuhl nicht mehr im Flur stand. Genauso wenig sah ich ihre Gehhilfen. Hatte sie beides meinetwegen außer Sichtweite geräumt?

»Immerhin habe ich unsere Verabredung heute versaut. Da ist es das Mindeste, dass ich das wiedergutmache. Wenigstens ein bisschen.«

»Du hast den Abend nicht versaut«, stellte ich klar. Ich war hier, sie auch. Was mich anging, genügte das vollkommen. Nur begleiteten mich auch ein paar Erinnerungen, die mich Bescheidenheit gelehrt hatten, was gemeinsame Zeit anging. »Allerdings bestehe ich darauf, dass ich koche, damit du keine Gelegenheit bekommst, den Abend doch noch zu ruinieren.« Ich warf ihr ein Grinsen über meine Schulter hinweg zu und genoss den Anblick ihres Gesichts, das sich bereitmachte, sich jeden Moment der Empörung hinzugeben. »Ich will dir nicht zu nahe treten, aber wer einen Burger kalt aus dem Kühlschrank isst, dem traue ich am Herd nicht über den Weg. Vor allem nicht …«

Ich brach ab, als ich die Küche betrat, die erschreckend aufgeräumt war. Die verdorrten Kräuter am Fenster waren gegen frische ausgetauscht worden. Es fehlte nur ein Strauß Blumen auf dem Küchentisch, um mich restlos zu irritieren.

»Sieht bei Tageslicht ganz anders aus, hm?« Maggie stützte sich auf der Lehne eines der Küchenstühle ab. Vielleicht, weil sie ihn als Stütze brauchte. Mir schien jedoch naheliegender, dass sie ihre Hände beschäftigen musste. »Also, Mr Walsh – Sie waren gerade dabei, mich zu bewilligen. Vor allem nicht … was? Was wolltest du sagen?«

Ich sah, dass ihr herausfordernder Blick kurz wankte. Vermutlich war Maggie an dem falschen Wort hängen geblieben, aber sie hatte beschlossen, sich nicht davon beirren zu lassen. Sie hob sogar erwartungsvoll ihre Augenbrauen, um die Antwort auf ihre Frage einzufordern.

»Irgendeine Anspielung auf euren Herd. Versnobtes Gerede über Elektro- und Gasherde. Hab ich vergessen. Viel wichtiger ist doch …« Ich beugte mich zu ihr und legte den Kopf schief. Ich senkte sogar meine Stimme – einfach, weil ich mochte, wie sie darauf reagierte. »Wo ist die Unordnung hin? Ich mache mir ein bisschen Sorgen um sie.«

Da war es, das Lächeln, das mit ihren Lippen kokettierte. Sie versuchte es einzufangen, indem sie ihre Lippen zusammenpresste. »Ein Snob, der sich Sorgen um dreckiges Geschirr und tote Pflanzen macht? Man könnte fast meinen, das Chaos würde dir fehlen.«

Das tut es. Du hast keine Vorstellung, wie sehr. Ich dachte an Einkäufe, die viel zu lange auf dem Küchentisch lagen, ehe jemand sie wegräumte. An Schnuller in den entlegensten Winkeln der Wohnung. Ich dachte an ungemachte Betten und leere Zahnpastatuben am Waschbecken. Und ich dachte daran, wie still ein aufgeräumtes Leben ist. »Jeder Snob, der was auf sich hält, braucht Chaos um sich herum. Je größer das Chaos, umso mehr imponiert unsere blasierte Eleganz.«

Maggie lachte, schüttelte den Kopf und lachte noch immer, als ihre Lippen sich auf meine legten. Die Leichtigkeit ihrer Geste echote in einem zähen Schmerz in meiner Brust. Ich glaubte nicht, dass das je aufhören würde. Dieses Knirschen, mit dem die Scherben aneinanderrieben. »Oh, mit Chaos bin ich gern behilflich. Dafür musst du mich nur beim Kochen helfen lassen.« Sie grinste mich an und deutete auf die Einkäufe. »Na los, zeig schon, was in dieser molekularen Tüte drin ist. Und dann werde ich alles in meiner Macht Stehende tun, damit du offiziell der blasierteste Snob von allen sein kannst.«

»Du musst gar nichts tun«, erklärte ich und griff nach der Papiertüte auf dem Tisch. Ich öffnete sie so, dass Maggie einen Blick hineinwerfen konnte. Obenauf waren Sellerie, Gurke und Karotten zu sehen, sowie die Flaschenhälse vom Wein und Olivenöl. Und vom Tonic. »Ich denke, den größten Dienst erweist du meinem Ruf, wenn du einfach nur danebenstehst und mir so beeindruckt wie möglich beim Kochen zusiehst.«

»Oh Gott, das ist ja richtiges Gemüse!«

Ich lachte. »Ja, genau so meinte ich das. Mal sehen, ob du das Level halten kannst.«

Der Hieb, der mich gegen meinen Oberarm traf, war genauso sanft wie vertraut. »Sehr witzig. Im Ernst. Das ist viel zu viel ...« Sie stockte, was sie damit überspielte, dass sie fassungslos den Kopf schüttelte und den Rand der Tüte noch etwas mehr anhob, um einen besseren Blick auf ihren Inhalt werfen zu können. »Das ist zu viel.«

»Das ist nur eine Lasagne«, korrigierte ich. Im Angesicht von Karotten und Sellerie wirkte diese Aussage vielleicht ein wenig prätentiös.

»Nur eine Lasagne ...«

Natürlich war es nicht nur irgendeine Lasagne. Das Rezept hatte ich vor etwa anderthalb Jahren einem italienischen Chefkoch abgeschwatzt – in einem winzigen Lokal in einer der genauso winzigen Gassen in Malcesine. Das hier war also nicht nur ein Essen, sondern bilderbuchhafte Angeberei.

»Du kannst nicht von mir erwarten, dass ich einen Klassiker nach einem vereinfachten Rezept zubereite. Was hältst du davon, wenn wir erst einmal mit den Drinks starten?« Ich zog die Tonicflasche und die Gurke aus der Tüte und hielt beides in die Luft. »Hast du Eiswürfel? Irgendwo sind noch Wacholderbeeren und …« Ich verstummte schon, als sie mein Gesicht in ihre Hände nahm und mich zu sich zog. Ihr Kuss war weich, ohne jedes Zögern. Ohne Vorsicht. Und beinahe hätte er mich meine letzten Wörter vergessen lassen. Aber nur fast.

»… und Pfefferkörner«, beendete ich. Ihre Nasenspitze berührte meine noch immer, und ich spürte, wie ihr Daumen über meine Wange strich. »Sag jetzt bitte nicht, dass wir genauso gut auch hätten bestellen können. Ich wäre tödlich beleidigt.«

»Mach ich nicht.« Auf ihre Worte folgte ein weiterer, kürzerer Kuss. Ihre Hände glitten von meinen Wangen und blieben in meinem Nacken liegen. Meinetwegen hätten wir ewig so dastehen können – ich, wie ein Tölpel, der sich zu der kleinen Frau vor ihm hinabbeugte, mit einer Gurke und einer Flasche in je einer Hand.

»Aber bilde dir nicht ein, dass ich beim Kochen neben dir stehe und dich anhimmle. Das wäre kein guter Beitrag zu deiner … Wie sagtest du?«

Ich grinste. »Blasierte Eleganz.«

»Genau dafür.« Ein breites Lächeln zog sich über ihre Lippen, und ich hatte Mühe, sie nicht direkt wieder zu küssen. Dass allerdings mein Blick an ihrem Mund hängen blieb, fiel Maggie auf. Ihr Grinsen wurde nur noch breiter. »Also … Du machst die Drinks, und ich packe aus? Eis ist im Gefrierfach.«

Ich nickte gehorsam. Die zwei Tonics mit Eis, Gurke und allem, was in einen vernünftigen Drink gehörte – außer Gin – hatte ich schnell zubereitet und reichte Maggie ihr Glas, als sie gerade die leere Papiertüte unter dem Tisch verstaute und skeptisch das Essen begutachtete, das sie vor sich ausgebreitet hatte. »Ohne Scheiß«, murmelte sie und nahm mir ihren Drink ab. »Du hast den Verstand verloren.«

»Mh«, machte ich nur. Mir wären andere Erwiderungen

eingefallen. Doch meine Gedanken verhedderten sich in der Frage, ob das ein geeigneter Moment wäre. Gab es überhaupt geeignete Momente für die Erklärung, dass man keineswegs den Verstand verloren hatte? Aber dass man Wiedergutmachung leisten wollte. Da sie nun den Schlamassel in ihrer Küche hatte, wäre es vielleicht angemessen, ihr auch die dazugehörige Geschichte zum Besten zu geben. *»Hier ist dein Drink. Und während du die Karotten schneidest und ich den Sellerie … wie wäre es, wenn ich dir von der Frau erzähle, mit der ich alt werden wollte? Von unserem Sohn. Ich weiß, dass ich dir davon erzählen muss. Aber ich bin ein Feigling, der mag, wie es gerade zwischen uns ist. Du musst dich nicht fragen, ob ich eine andere Frau vermisse, und ich muss nicht darüber nachdenken, ob du mir glaubst, wenn ich sage, dass es nicht so ist.«*

Vielleicht später, sagte ich mir. Vielleicht nach dem Essen.

Mit einer unnötig ausladenden Geste deutete ich auf all das, was ich für eben jenes Essen brauchen würde. »Ich hielt das nur für angemessen nach deiner Nachricht. Und du hast kein PS geschickt. Das war ehrlich gesagt ziemlich beunruhigend.«

Maggies Mundwinkel zogen sich leicht nach unten. Das war unverkennbar ein Schmunzeln, das nicht sicher war, wie es um seine Daseinsberechtigung stand. »Und deshalb bringst du einen ganzen Supermarkt hierher? Weil ich einen schlechten Tag habe?«

Ich zuckte mit den Schultern. »Man sagt gutem Essen nach, dass es in solchen Fällen hilft. Aber falls du reden möchtest … Ich hatte nicht vor, mich mit der Lasagne freizukaufen.« Ich versuchte ein Grinsen, das an Sicherheit gewann, als Maggie es erwiderte. »Ich könnte sogar versuchen, Kochen und Zuhören zeitgleich zu absolvieren. Aber das wäre recht experimentell.«

Maggie lachte – ehrlich, aber kurz, ehe ihre Mimik ein deutliches Zögern preisgab. Sie löste es, indem sie sich mir mit einem Kopfschütteln entgegenreckte, bis ihre Lippen sachte auf meinen lagen. »Du musst dir nicht meine Dramen anhören, die im Nachhinein nicht einmal der Rede wert sind. Da musste Dr. Rivers schon durch – mein Therapeut. Es besteht also kein Grund, dass du dir das auch antust.«

Ich nickte. Zugegebenermaßen hatte ich nicht mit einer anderen Antwort als dieser gerechnet. »Aber ich würde. Nur, dass du das weißt.«

»Okay …« Sie atmete tief durch. »Das Ding hier übernehme ich. Das schreit nach genug Chaos, um mein Selbstvertrauen sang- und klanglos in deiner blasierten Eleganz untergehen zu lassen.« Mit diesen Worten lächelte sie mich an, reckte ihr Kinn und hielt den Knollensellerie in die Höhe.

Ich runzelte die Stirn. »Dein Selbstvertrauen untergehen lassen? Ich fürchte, du hast ein völlig falsches Bild von meinen Motivationen.«

Maggie sah mich an – mit nach oben gezogenen Augenbrauen und schief gelegtem Kopf. Ihr deutliches, wenn auch stummes »Als ob«. Dann huschte ihr Blick kurz zu meinen Einkäufen. Als sie mich wieder ansah, biss sie sich auf die Unterlippe. Nur kurz. Wenn ich es nicht besser gewusst hätte, wäre ich von einem Versehen ausgegangen. »Ich glaube, ich hab ein ganz gutes Bild von deinen Motivationen.«

Dann weißt du ja, dass nicht dazugehört, dein Selbstvertrauen in meiner Arroganz untergehen zu lassen. Ganz im Gegenteil.

Es hatte eine Zeit gegeben, in der mir solche Antworten komplikationslos über die Lippen gekommen wären. Parallel dazu wäre mir ein diskretes, aber deutliches Grinsen gelungen, und nichts davon hätte mir Mühe bereitet.

In Maggies Küche wurde mir bewusst, dass diese Zeiten an der Angst vor Fehlern zerschellt waren. Was blieb, waren das obligatorische Zurechtrücken meiner Brille, ein ertapptes Grinsen und ein Maß an Nervosität, dem ein erwachsener Mann nicht ausgesetzt sein sollte. Das machte es mir unmöglich, eine bessere Antwort zu finden als »Ja, vielleicht«.

Keine Ahnung, weshalb, aber diese ungelenke Erwiderung verleitete Maggie zu einem strahlenden, möglicherweise sogar triumphierenden Lächeln. Mit diesem bedachte sie mich noch einen Moment, dann griff sie nach den zwei Brettern sowie zwei Messern aus dem Block daneben. Sie teilte mir die Karotten zu – und ein winziges Tourniermesser.

Unsicher, wie unhöflich es wäre, das Ding gegen ein vorzeigbares Kochmesser einzutauschen, starrte ich es etwas zu lange an. Lange genug, um Maggie von ihrem Selleriemassaker wieder aufsehen zu lassen und mich mit gerunzelter Stirn zu betrachten.

»Oh Gott, bitte sag mir, dass du nicht nur Zutaten gekauft hast und jetzt hoffst, dass ich weiß, was man damit macht«, murmelte sie. »Ich hab nämlich keine Ahnung.«

Ich schüttelte den Kopf und beschloss, dass übermäßige Höflichkeit fehl am Platz wäre. Maggie war ohnehin kein Mensch, der Wert darauf legte. »Dein Bild von mir ist erschütternd«, merkte ich an und zog dabei das Jackett aus. Ich warf es über die Lehne eines der Stühle und ließ meine Krawatte folgen. Dann öffnete ich den obersten Knopf meines Hemdes und krempelte meine Ärmel nach oben, während ich wieder an die Küchenanrichte herantrat. »Erst unterstellst du mir, ich hätte vor, dein Selbstwertgefühl zu zerschmettern, und nun gerate ich in den Verdacht, keine Lasagne zubereiten zu können.«

Maggie lachte und stieß mich mit der Schulter an, als ich wieder neben ihr stand. »Wieso klingt es so, als würde dich das Zweite mehr treffen?«

»Weil es so ist.« Ich packte dieses alberne kleine Messer zurück in den Holzblock und zog die größte Alternative heraus. Als ich die Klinge durch das Gemüse gleiten ließ, zeigte sich sogar, dass sie einigermaßen scharf war. »Ich bin einzig aus Gründen der Wertschätzung hier. Das weißt du, und ich weiß, dass dir das klar ist.« Ich sah sie an, und ich glaube, dass mir ein schiefes Grinsen gelang. Vielleicht war doch nicht jede Souveränität verloren, was den Umgang mit Frauen anging. Ich hegte die Hoffnung, dass genug übrig war, um mich weit genug zu bringen, bis Maggie das Ruder übernahm. »Wenn du mir aber unterstellst, ich würde einfach irgendwelches Essen hierherbringen und erwarten, dass du den Rest erledigst, weil mir entweder die Ahnung oder der Anstand fehlt, dann …«

»Scheiße, Tom, guck hin!« Ihre Stimme klang erschrocken genug, dass ich wirklich zu meinen Händen schaute und fast damit rechnete, Blut zu sehen. »Ich hab's verstanden. Du kannst kochen. Aber ich kann keine Finger annähen, also …« Sie schnaufte. Gleichzeitig traf mich ein inbrünstiger, strafender Blick. »Ich wollte dich gerade in Verlegenheit bringen und fragen, ob du mit Wertschätzung nicht eher was anderes meinst als kochen. Wie soll das gehen, wenn du dir vor lauter Angeberei einen Finger ab…, ab… Du weißt schon.«

Ich wusste und ich nickte. Diesmal hielt ich auch das Messer still, als ich sie ansah. Ich hatte damit gerechnet, dass sie so darauf reagierte, wenn ich in meiner üblichen Taktung Gemüse schnitt und nicht einmal hinsah. Nennen wir es Erfahrungswerte. Aber es war nicht meine Absicht gewesen, ihr damit Wörter zu klauen. »Ich kann nicht kochen«, sagte ich leise und gab mir Mühe, nicht zu beschwichtigend zu klingen. »Ich kann nur Rezepte befolgen und Essen klein schneiden. Das war's. Das hier ist also meine einzige Gelegenheit, um dir zu imponieren. Sobald der Käse gestreut ist, bin ich sozusagen mittellos.«

»Mittellos.« Noch ein Schnaufen. Dieses wurde sogar von einem Kopfschütteln begleitet. Eine Haarsträhne fiel ihr dabei ins Gesicht. Es war verlockend, sie Maggie einfach hinters Ohr zu streichen, aber ich behielt meine Hände lieber bei mir.

Auf Maggies Schnaufen folgte ein tiefer Atemzug. Dass ihre Hand dabei an ihrem Schal nestelte, gab mir das Gefühl, dass ich mich vielleicht in Schwierigkeiten gebracht haben könnte. Dabei waren Schwierigkeiten das Letzte, was ich wollte. »Meintest du eben ernst, als du gesagt hast, du würdest dir mein albernes Drama von heute Mittag anhören?«

Das kam unerwartet. Ich ließ das Messer los. Auf solche Fragen antwortet man nicht mit potenziellen Waffen in der Hand. »Selbstverständlich.«

»Okay.« Sie nickte, schaute kurz auf den verstümmelten Sellerie, dann wieder in meine Augen. Es war seltsam, so viel Unsicherheit in ihrem Blick zu sehen. »Heute Mittag hat mich Flora angerufen. Meine alte Kollegin. Aus Edinburgh.«

Ich nickte, um ihr klarzumachen, dass ich mehr Stichworte nicht brauchte, um den Namen »Flora« zuordnen zu können. »Und was wollte sie?«

Maggie zuckte mit den Schultern. »Keine Ahnung.« Erst auf mein Stirnrunzeln hin erzählte sie weiter. »Sie wird schon irgendeinen Grund gehabt haben, wieso sie mich anruft. Aber ich war nervös, also habe ich kaum einen geraden Satz rausgebracht.« Sie rollte mit den Augen. Wahrscheinlich über ihre eigene Unzulänglichkeit und nicht über das, was darauf folgte. »Deutlicher konnte ich Flora nicht klarmachen, dass ich nicht wieder ganz die Alte bin. Und ehe du jetzt irgendeinen Unsinn von dir gibst: Das stimmt. Ich bin nicht die Alte.«

Ich hatte nicht vorgehabt, das zu dementieren.

»Aber ich bin immer noch Maggie. Nur hat es sie verunsichert, dass ich wirres Zeug rede. Klar – der Maggie Forrester, die sie kennt, wäre das nicht mal sturzbetrunken passiert. Und jetzt hält sie mich augenscheinlich für einen irreparablen Totalschaden, dem man nichts mehr zutrauen kann. Sie hat irgendeine dämliche Frage vorgeschoben, statt zu sagen, was sie will, und als das Gespräch zu Ende war, hatte ich das Gefühl, dass sie recht hat.«

»Mit dem irreparablen Totalschaden?«, hakte ich nach. Meine Tonlage machte klar, dass ich das überaus idiotisch fand. Blieb nur zu hoffen, dass Maggie meiner Stimme mehr Glauben schenkte als dem Gefühl, das ihre alte Kollegin ihr gegeben hatte.

»Genau damit, ich meine …« Sie stockte. Diesmal glaubte ich, dass es ein Zögern war, das sie stolpern ließ, und keine Lücke in ihrem Vokabular. Spätestens als sie mich mit ihrem energischen »Sag jetzt bloß keinen Scheiß, Walsh«-Ausdruck ansah, wusste ich, dass ich mit dieser Ahnung richtiglag. Sie griff nach dem gelben Stoff ihres Schals und zerrte ihn sich vom Hals. »Ich meine, ich trag dieses Ding nicht, weil ich zu dämlich bin, mit einer Heizung umzugehen. Solche Überbleibsel habe ich am ganzen Körper. Überall! Dazu das Humpeln, die Aphasie … Das ist vielleicht kein richtiger Totalschaden, aber …« Sie atmete tief durch, und ich ließ ihr den Moment, anstatt irgendeinen Unsinn von mir zu geben. Mir wäre viel in den Sinn gekommen. Von einem »Das sind alles Oberflächlichkeiten, die spielen keine Rolle« bis hin zu »Glaubst du wirklich, irgendein Mann würde auch nur einen Blick auf diese Narbe verschwenden, wenn nur ein Stück tiefer deine Brüste sind?« war alles dabei. Nichts davon sagte ich. Weil nichts davon geholfen hätte. Und weil ich das Gefühl hatte, dass Maggie noch nicht fertig war.

Und ich lag richtig.

»Weißt du«, hob sie wieder an, etwas ruhiger diesmal. Einmal mehr merkte ich, dass Ruhe, die man extra aufbringen muss, anders klingt als Ruhe, die man in sich trägt. »Jeder will mir das Gefühl geben, dass es ein Wunder ist, das ich noch da bin. Dabei schaffe ich es gerade so, keinem unnötig zur Last zu fallen. Und wenn wir ehrlich sind, stimmt nicht mal das. George wohnt nicht mit mir zusammen, weil er sich nichts Besseres vorstellen kann. Und …« Ihr Blick huschte zu meinen Händen, dann sah sie mir wieder in die Augen. »Mein Therapeut meint, ich soll mich meinem … meinem … Dings mitteilen. Das wäre nicht nur mein gutes Recht, sondern eine Hilfe für die Menschen um mich herum. Aber ich hab das Gefühl, ich rede mich gerade um Kopf und Kragen.«

»Tust du nicht.« Selten war diese Floskel zutreffender gewesen. Ich hatte vielmehr den Eindruck, dass Maggie mich um Kopf und Kragen redete und nicht sich selbst. Offene Worte waren neu für mich. Ich war Mauern gewöhnt – nicht in allen Belangen, definitiv nicht. Aber immer um die wichtigen Punkte herum. Um die, die wehtaten. Ich hatte kein Ahnung, wie ich damit umgehen sollte, wenn es keine Mauern mehr gab. Ich wusste, dass das etwas Gutes war. Doch abgesehen von dieser Erkenntnis war ich ratlos. Doch ich hatte ihr gesagt, dass ich zuhören würde, falls sie reden wollte.

Gilt noch, dachte ich. *Alles* gilt noch.

»Ich wollte dir heute eigentlich absagen.« Maggies Stimme klang härter als eben noch. Es fehlte nur, dass sie fragte: »Und jetzt? Wie steht es jetzt um meinen Kopf und meinen Kragen, hm?« Das waren wohl ein paar letzte Mauerfragmente, hinter denen sie versuchte, sich zu verstecken. »Das Gespräch mit Flora war niederschmetternd. Und ich war fest überzeugt, dass es auf keinen Fall besser werden kann, wenn ich mich mit dem ach so perfekten Mr Thomas Walsh treffe, der immer die passenden Worte findet, der mir Tonic serviert wie einen richtigen Drink und der eine verdammte Karotte in Sekunden niedermetzelt, ohne auch nur hinzusehen.« Sie versuchte sich an einem belustigten Lächeln, und als es misslang, tarnte sie das mit einem fassungslosen Kopfschütteln. *Noch mehr Fragmente.*

»Vermutlich wäre ich auch eingeschüchtert von dir, wenn ich nicht mit einem Auto kollidiert wäre.«

Wärst du nicht, dachte ich. Du hättest dich nicht von einem Anzug und einem antrainierten Lächeln blenden lassen. Aber wenn sich der Blick auf sich selbst verändert, macht er auch was mit der Art, wie man die Menschen um sich herum wahrnimmt.

Und das hatte ich nicht bedacht.

»Maggie«, hob ich an.

Aber sie schüttelte den Kopf. »Ich will damit nicht sagen …« Sie überlegte kurz. »Ich weiß nicht wie, aber irgendwie schaffst du es, dass ich mich ein bisschen wie die alte Maggie fühle. Umso brutaler ist es, wenn der Schleier mal wieder weggezogen wird. Und ich dachte, du solltest wissen, dass das manchmal passiert, und dass ich dann Schwierigkeiten habe, mit der Perfektion eines waschechten Snobs umzugehen.« Dieses belustigte Lächeln wirkte etwas leichter, während mir mein eigenes schwerer fiel. Dr. Rivers hatte Maggie also beigebracht, ihre Gefühle mitzuteilen. Offenbar hatte er dabei nicht berücksichtigt, was das mit meinen anstellen konnte. »Ich dachte nur, das solltest du wissen. Ich war nämlich kurz davor, dir für diesen himmelschreienden Unsinn mit der Mittellosigkeit einen unfairen Spruch reinzudrücken. Und ich kann nicht versprechen, dass das bei einer anderen Gelegenheit nicht doch passiert. Aber dann weißt du wenigstens, wieso.«

Ich nickte. Mehr nicht. Ich verstand, was Maggie mir sagen wollte. Und genauso verstand ich, dass es sie einiges an Überwindung gekostet haben musste. Und zwar um meinetwillen. Dabei wäre ich mit einem unfairen Spruch gut zurechtgekommen. Das war ich gewohnt.

Im Angesicht von offenen Worten allerdings stand ich da wie ein Idiot.

»Ich hätte die Klappe halten sollen«, sagte Maggie leise.

»Und ich kann dir sagen, das werde ich meinem Therapeuten beim nächsten Besuch so was von auf die Nase schmieren.«

Erst jetzt gelang mir ein Schmunzeln. Weil ich das Bild vor Augen hatte, das Maggies Kopf aus zwei Redewendungen zusammenbastelte. So viel also zur Perfektion eines Snobs. In Wahrheit war die nichts weiter als Lichteffekte und Rauch, um zu verbergen, dass die Show nichts weiter war als simples Handwerk.

Dieser Gedanke fühlte sich an wie ein Rettungsring. Vermutlich war es genau das, was Maggie sehen musste. Den gewöhnlichen Mann, der auf einer Bühne ein paar Tricks vorführte. Keine Special Effects.

»Vielleicht …« Ich räusperte mich, als ich merkte, dass meine Stimme noch immer etwas belegt klang. »Vielleicht ist das ein guter Zeitpunkt, um dir zu sagen, dass ich nicht perfekt bin. Nicht einmal annähernd.«

Da war er wieder – der leicht zur Seite geneigte Kopf. Diesmal in Begleitung einer nach oben gezogenen Augenbraue. »Red keinen Scheiß.«

Kein Scheiß, dachte ich. *Eine Frau, die allein in ihrer Wohnung sitzt, und die sagt, es wäre okay, und ein Mann, der ihr lieber glaubt und sich in seine Arbeit flüchtet, anstatt richtig hinzusehen … Das ist kein Scheiß. Das ist fatal. Und es ist ganz sicher alles andere als perfekt.*

Ich atmete tief ein und beschloss, dass es der falsche Zeitpunkt war. Für solche Geschichten sind Zeitpunkte immer falsch, aber dieser hier drehte sich um Maggie. Nicht um mich. Also griff ich nach dem erstbesten Beispiel, das mir in den Sinn kam.

»Beispielsweise bin ich der schlechteste Autofahrer, der dir je begegnet ist. Vor allem mit einem Schaltwagen bin ich nichts weiter als ein Verkehrshindernis.« Ich fühlte mich, als würde ich nur spielen, Tom zu sein, der Maggie aufheitern wollte. Als wäre das gar nicht wirklich ich. Gott sei Dank wusste ich, dass dieser Eindruck meist binnen Sekunden verflog.

»Das denkst du dir aus.«

»Keineswegs. Ich stell das gern unter Beweis. Wir mieten uns einfach ein Auto oder leihen uns das von Alex. Ich gebe dir maximal eine halbe Stunde, ehe du die Nase voll hast und selbst fährst.«

»Ich darf noch gar nicht wieder Auto fahren.«

»Ich weiß. Und das wird dir völlig egal sein.« Das Grinsen, mit dem ich meine Worte unterlegte, fühlte sich wieder echt an. Die Vorstellung davon, wie Maggie empört, vielleicht sogar erschüttert, ein Auto verließ und sich lieber entgegen aller Verbote ans Steuer setzte, anstatt meine Fahrkünste auch nur eine Minute länger zu ertragen … Das war so viel besser als die anderen Bilder.

»Aber du hast Alex doch zum Flughafen gefahren. An dem Abend im Pub. Du willst mir doch nicht erzählen, dass sie nicht weiß, dass du beschissen fährst.«

»Doch, das weiß sie.« Und sie wurde nicht müde, mich darauf hinzuweisen. »Deshalb ist sie auch selbst gefahren. Sie erträgt es nicht, neben mir zu sitzen. Ich bin nur dafür da, ihr Auto zurück zu ihrem Apartment zu bringen, damit es nicht bei einem der Flughäfen steht, wenn ihre Frau es mal braucht. Ich sollte vielleicht präzisieren: Ich bin ein gewissenhafter Fahrer. Unfallfrei. Was daran liegt, dass ich jeden Rentner wie einen Stuntfahrer dastehen lasse.«

Maggie lachte. Sie hatte also keine Mühe, sich das vorzustellen. »Okay, die Richtung gefällt mir. Was noch?«

Ich überlegte kurz. »Ich schnarche. Hin und wieder. Jedenfalls wird das behauptet.«

»Soso …« Sie schmunzelte, und ich fuhr lieber fort, ehe sie nachfragen konnte, wer diese Behauptung aufgestellt hatte.

»Ich bin nachtblind, was mein mangelndes Geschick beim

Fahren hervorragend ergänzt, wenn du mich fragst. Außerdem kann ich nach Horrorfilmen nicht schlafen und muss mich ehrlich zusammenreißen, nicht im Schrank oder so nachzusehen, ehe ich ins Bett gehe. Und so, wie du mich anschaust, fürchte ich, dass du mich nicht in Ruhe lassen wirst, ehe du das einmal gesehen hast.«

Maggies Lächeln wandelte sich binnen eines Wimpernschlags von einem strahlenden zu einem ertappten. »Möglicherweise. Bereust du es schon?«

Ich schüttelte den Kopf. Auch wenn mir bewusst war, dass es nicht bei einem Mal bleiben würde, sobald Maggie erst einmal Gefallen an meiner mangelnden Furchtlosigkeit gefunden hatte. »Außerdem solltest du wissen, dass es Wörter gibt, bei denen ich immer wieder nachsehen muss, wie man sie schreibt. Und ich bin sehr kleinlich, was gastronomische Regeln angeht. Du wirst in kaum ein Restaurant mit mir gehen können, ohne dass der Besserwisser aus mir rausbricht.« Ich zuckte mit den Schultern, als könnte ich nichts dagegen tun. Dabei wollte ich nur nicht, wenn ich ehrlich war. »Ich dachte eigentlich, dass dir das längst aufgefallen wäre.«

Dass Maggies Blick für einen Augenblick zur Mikrowelle schwenkte, ehe sie mich wieder anlächelte, zeigte mir, dass ich damit richtiglag. »Jetzt, wo du es sagst …« Sie griff sich erschrocken an die Brust. Als hätte sie vergessen, dass sie damit meinen Blick in die Nähe ihrer Narbe lenken würde. Das war gut. Manche Dinge zu vergessen, war sogar großartig. »Ich war ja so geblendet von … egal.« Sie unterbrach sich selbst mit einem Kopfschütteln, ehe sie ihre Hand nach mir ausstreckte, mich zu sich zog und küsste. Auf eine Weise, die mir deutlich machte, *wie* egal ihr war, was sie da geblendet haben mochte.

»Danke.« Dieses eine Wort sagte Maggie nur ganz leise. Ich spürte, wie sich ihre Lippen dabei auf meinen bewegten. Ihre Fingerspitzen strichen über meine Wange. Ich glaube nicht, dass man auf diese Art irgendetwas sagen kann, das man nicht so meint.

Also nickte ich nur und küsste sie noch einmal. »Wenn du möchtest …«, sagte ich dann. »Die Sache mit dem Zerschneiden von Gemüse ist im Prinzip ziemlich einfach. Ich kann dir das zeigen. Wahrscheinlich wirst du keine zehn Minuten brauchen, um den Dreh raus zu haben.«

»Oh, das würdest du tun?«

Diesmal drückte ich meine Lippen auf ihre Stirn, ehe ich mich von ihr losmachte. Nicht ganz und gar, aber weit genug, damit sie mein arrogantes Grinsen zu Gesicht bekam. »Es wäre mir eine Ehre. Und ich bin zuversichtlich, dass ich noch andere Qualitäten habe, für die du mich anhimmeln kannst.«

Lachend schüttelte sie den Kopf, legte ihre Hand aber in meine, die ich ihr entgegenhielt. »Wieso habe ich das Gefühl, dass du gerade wieder von dem redest, was du mit Wertschätzung meinst?«

Ich versuchte mich in einem diskreten Lächeln, das viel zu schnell in ein Grinsen rutschte. Ehe meine Mimik völlig entglitt, zog ich Maggie zu mir, bis sie vor dem blauen Schneidebrett stand und ich hinter ihr. Mein Messer legte ich in ihre rechte Hand und hielt diese dann umschlossen. »Und jetzt … formst du mit den Fingern deiner linken Hand im Prinzip Krallen. So.« Ich machte die Bewegung kurz vor und ließ es mir dabei nicht nehmen, mich weit genug nach vorn zu beugen, dass ich ihre Haare an meiner Wange spürte.

»Hm, hm«, machte Maggie, was danach klang, als fürchtete sie, nicht mehr Herrin ihrer Stimme zu sein, sollte sie richtige Worte sprechen. Aber sie machte die Bewegung nach und ließ mich ihre Hand so an das Gemüse legen, dass ihre Fingerknöchel es festhielten.

Wenn ich nicht irrte, spürte ich dabei ein leichtes Beben ihrer Schultern an meiner Brust. Ein unterdrücktes Lachen, nahm ich an.

»Mit der Fläche der Klinge gleitest du an deinen Fingern entlang. Immer mit einer leicht wiegenden Bewegung … So.« Ich führte ihre rechte Hand und damit das Messer ein paarmal so, wie ich es meinte. Gott sei Dank waren das routinierte Handgriffe, die es mir möglich machten, meine eigentliche Aufmerksamkeit auf die leichte Gänsehaut zu lenken, die sich über Maggies Unterarme zog. »Du hast eigentlich gar keine Chance, dich zu schneiden.«

»Tom?« Sie drehte ihren Kopf ein wenig. Ihre Haare strichen dabei über meine Wange, bis es ihre Schläfe war, die meine Haut berührte. »Du glaubst doch nicht ernsthaft, dass ich so auch nur ein Wort verstehe, oder?«

Ich lachte leise und bemerkte, dass ich dabei fast heiser klang. Nervosität macht das mit Stimmen. Ich senkte meine, als ich mich noch etwas nach vorn beugte, bis meine Lippen ganz zart über ihr Ohr streiften. »Ist es so besser?«

Diesmal war Maggies Lachen kein unterdrücktes mehr, sondern eines, das ihre Anspannung löste. Sie ließ das Messer auf die Anrichte fallen und lehnte sich nach hinten, bis ich ihr Gewicht an meinem Oberkörper spürte. Ihre Hände schlossen sich um meine und zogen sie mit sich, bis meine Arme sich um ihren Oberkörper schlossen. »Mr Walsh, allmählich beschleicht mich der Verdacht, dass Sie mit dieser Lehrstunde gar keine ehrenhaften Absichten verfolgen.«

»Sondern?« Unmöglich, dass sie nicht merkte, wie mein Herz gegen ihren Rücken schlug. Es eskalierte hinter meinem Brustbein und war hochmotiviert, mir klarzumachen, dass ich alles verlernt haben würde, worin ich einmal routiniert gewesen war.

»Wie nanntest du es noch mal?« Ich mochte diesen amüsierten Tonfall in Maggies Stimme. Er klang nach genau der

Sicherheit, die ihr hin und wieder abhandenkam. »Wertschätzung, glaube ich …«

Ein leicht verlegenes Lachen entwich mir, ehe ich es hätte verhindern können. Ich mochte ein erwachsener Mann sein, der mit seiner Stimme umzugehen wusste, genauso wie mit ein paar anderen Attributen. Aber Fakt war, dass ich zu gleichen Teilen ein Snob war. Ein verliebter Snob noch dazu, der den Körper der Frau im Arm hielt, die er begehrte, und der mindestens genauso viele Möglichkeiten bot, ihr Schmerzen zu bereiten wie Vergnügen.

»Tom?« Diesmal war ihre Stimme weich. Sie klang, wie sich ihre Fingerspitzen anfühlten, die über meinen Oberarm strichen. »Kann es sein, dass ich es gerade geschafft habe, dass du rot wirst?«

Ich schnaubte ertappt. »Vielleicht ein bisschen«, gestand ich ihr zu und drückte einen Kuss auf ihre Schläfe.

Maggie schmiegte sich in die Berührung und ließ sich dabei noch etwas mehr gegen mich sinken. Mir kam in den Sinn, dass ich eigentlich nicht mehr brauchte als das. Ihren Körper in meinen Armen und sein Gewicht an meiner Brust.

Während darunter die Scherben knirschten.

Wertschätzung

- Maggie -

Irreparabler Totalschaden.

Seit über acht Monaten war ich genau das. Nicht immer ganz und gar, aber zu jeder Zeit, in jeder einzelnen Minute war ich es mindestens ein bisschen. Ich war Maggie, doch genauso war ich mein Humpeln, meine Sprachlosigkeit, meine Wut. Meine Unsicherheit.

Doch diese Dinge wurden leise hinter dem Gefühl von Toms Lachen, wenn seine Lippen an meinem Hals lagen. Unter der Berührung seiner Hand, die über meinen Rücken glitt – jedes Mal, wenn er in der Küche nur an mir vorbeigelaufen war. Und sie verstummten gänzlich angesichts der Freude auf seinem Gesicht, das sonst wirkte, als wäre es wie gemacht für die Ernsthaftigkeit. Ehrliche Freude, nur weil ich das Essen gekostet und mit einem entzückten Aufstöhnen bewertet hatte.

Ich konnte nichts von meiner Unsicherheit in der Art finden, wie Tom mit meinem Körper umging, kein Zögern, als er mir in mein Schlafzimmer folgte. Keine Zurückhaltung, als er mich noch auf dem Flur von meiner Kleidung befreite. Toms Hände glitten unter den Stoff meines Pullovers und hielten mich fest wie ein Gefühl, auf das man lange, viel zu lange gewartet hat. Kein Makel der Welt würde einen dazu bringen, es wieder loszulassen.

Und dann war da dieser Blick, immer wieder Toms Blick, mit dem er mich ansah, als könnte er nicht richtig glauben, dass ich echt war. Dass ich wirklich hier war.

So sieht ein Mann kein Humpeln an und keine Narben, sehr wohl aber eine Frau.

Und es fühlte sich gut an, nichts weiter zu sein als eine Frau, die von einem Mann berührt wurde und auf deren Berührungen der Mann mit derselben Atemlosigkeit reagierte.

Es fühlte sich so gottverdammt gut an, kein irreparabler Totalschaden zu sein, sondern ein Körper, der sich nach einem anderen sehnte.

Ich war keine Wut mehr, sondern die Haut, die Toms Hände berührten. Über die sein Atem strich. Keine Aphasie, sondern der Körper, den seine Lippen und seine Zunge kosteten und so reizten, dass ich mich fast darin vergaß.

Ich war Schmecken und Sehen und Fühlen. Immer wieder Fühlen.

Und davon wollte ich mehr, viel, viel mehr.

Ich fühlte Toms Körper überall. Seine Hände, die jeden Zentimeter meiner Haut erkundet hatten, hielten mich nun fest. Sein Mund strich mit einer fast unschuldigen Zärtlichkeit über meine Schulter, die kaum ein Echo der Gefühle war, die er eben noch in meinem Schoß ausgelöst hatte.

Ich hörte Toms Keuchen, spürte seine Bewegungen in mir und seine Haare zwischen meinen Fingern.

Er war überall. Aber nicht ganz. Und nicht genug.

Ich spürte einfach, dass da mehr von ihm war.

Und ich wollte dieses Mehr.

Ich wollte ihm entgegenkommen, ihm den Rhythmus vorgeben, den ich brauchte. Wollte ihm zeigen, dass er nicht vorsichtig sein musste. Nicht so sehr.

Aber mir fehlte die Kraft, um seine Stöße nicht nur zu erwidern, sondern herauszufordern.

»Tom?« Sein Name entwich mir mit einem leisen Seufzen. Dass er mich überhaupt hörte …

Er erstarrte in seiner Bewegung und sah mich an. »Hab ich dir wehgetan?«

Wehgetan … Ich schüttelte den Kopf und zog seinen zu mir. Meine Nasenspitze strich über seine. *Wehgetan.* Ich verstand seine Frage, und gleichzeitig war die Vorstellung von Tom, der mir Schmerzen bereiten könnte, ein völlig abwegiger Gedanke.

»Ich geh nicht kaputt.« Meine Lippen lagen auf seinen, als ich das sagte. Vielleicht glaubte er meine Worte eher, wenn er sie spürte und nicht nur hörte.

»Versprochen?«

Ich nickte und fing seine Unterlippe kurz mit meinen Zähnen ein. Nur, um sie gleich wieder freizugeben. »Versprochen.«

Noch einmal suchte er meinen Blick. Als würden Worte allein nicht ausreichen. Dann nickte er und küsste mich.

Sein Kuss war energisch und erstickte sein Keuchen, als sein Körper mit einem Mal schwerer wurde. Ich spürte Toms Hand, die über meinen Kopf strich und dann dort liegen blieb, als würde er ihn festhalten. Die Finger seiner anderen Hand gruben sich in meinen linken Oberschenkel und zogen ihn an seine Taille.

Toms Kuss fing mein Stöhnen auf, als sein Körper wieder auf meinen traf. Intensiver als vorher. Und härter. All seine Vorsicht lag nur noch in der einen Hand, die meinen Kopf festhielt und ihn davor schützte, gegen das Gestell zu krachen.

»Besser?« Toms Frage war kaum mehr als ein Keuchen, das sich mit meinem vermischte. Und doch schwang das süffisante Grinsen mit, das kurz über meine Lippen strich, ehe es von ihnen glitt.

Ich hätte etwas antworten wollen. Irgendetwas über Arroganz oder Überheblichkeit. Aber alles, was ich von mir geben konnte, war ein trockenes, zufriedenes Lachen, das Toms Körper erwiderte. Tief und heftig. Bis ich nur noch ein heiseres Stöhnen herausbrachte.

Ich hatte mehr gewollt. Nur war das hier nicht einfach nur *mehr.* Es fühlte sich an wie *alles.* Und dieses Alles ließ meinen Körper in sich ertrinken. Auf die beste Art und immer wieder. So lange, bis auch Tom sich loslassen konnte und sein Körper warm und schwer auf mir zur Ruhe kam.

Der Moment danach war wahnsinnig kurz – eine Sekunde, vielleicht zwei, in denen ich das Gefühl hatte, alles auf einmal zu spüren. Das Kribbeln auf meiner Haut. Seine Atemzüge an meiner Schläfe. Seine Hand, die noch immer behutsam meinen Kopf festhielt. Ich merkte, wie sein Daumen über mein Haar strich und wie sein Griff an meinem Oberschenkel sich lockerte. Das alles endete zeitgleich mit Toms Lippen, die sich auf meine Schläfe drückten. »Ich bin gleich wieder da.«

Mit Tom zog sich auch der Rausch von mir zurück, die Ekstase und die Atemlosigkeit. Was blieb, war das Lächeln auf meinem Gesicht, das sich anfühlte, als würde ich es nie wieder abbekommen, selbst wenn ich wollte. Was genauso blieb, war Wärme, auch wenn die eines anderen Körpers gerade verschwunden war.

Was blieb, war die Gewissheit, wirklich nicht kaputtzugehen. Vielleicht nie wieder. Nicht, weil ich es versprochen hatte, sondern weil Tom darauf achtgegeben hatte, dass ich dieses Versprechen hielt.

Und dieses Gefühl ließ sich auch nicht davon beirren, dass ein stechender Schmerz durch mein Hüftgelenk schrammte. Sollte er doch seine Empörung über diese ach so schrecklichen Strapazen kundtun. Ich musste ihm nur ein paar Momente lang lauschen, um zu wissen, dass meine Hüfte sauer auf mich war, aber dass sie es bei einem bockigen Stechen und Pochen belassen würde.

Diese Trotzphase wollte ich ihr eingestehen. Das war okay.

Diese Schmerzen konnte ich aushalten. Genauso wie mein unfassbar zähes Tempo, mit dem ich mich auf die Seite des Bettes schob, die jetzt wohl meine Seite war. Für eine musste ich mich entscheiden, und es war ganz automatisch die linke. Als wäre es nie anders gewesen. Als müsste es einfach so sein. Es war wie ein Echo dessen, was ich bei unserem ersten Kuss empfunden hatte. Eine kleine Kostprobe davon, wie es sein muss anzukommen. Ich mochte dieses Gefühl. Ach, scheiße, wenn ich ehrlich war, mochte ich es nicht, ich liebte es.

Was waren dagegen bitte ein paar Schmerzen? Ich grinste sogar über mich selbst, weil es ewig dauerte, nur ein paar Zentimeter auf eine andere Bettseite zu rücken. Als wäre die Matratze unzählige Meter breit. Ich glaube, das war das erste Mal, dass mich diese Schwerfälligkeit wirklich amüsierte – richtig amüsierte, ganz ohne Zynismus.

Tom kehrte zurück, als ich gerade in mein Kissen sank. »Ich fürchte, wir sollten die Tür ab jetzt lieber schließen.« Genau das tat er auch prompt und fuhr sich dann mit der Hand durch seine Haare, die zum ersten Mal, seit ich ihn kannte, nicht mehr ganz akkurat lagen. Vermutlich war »nicht mehr ganz akkurat« das Höchstmaß der Verwüstung, die man der Frisur eines Snobs angedeihen lassen konnte. »Dein Bruder ist wieder zu Hause. Und er hat mir mitgeteilt, dass er lieber im Wohnzimmer nächtigen wird und nicht nebenan.«

»Oh, scheiße.« Ich lachte.

Zur Bestätigung hielt Tom einen ungeordneten Stapel an Klamotten hoch. Unter anderem meinen Pullover und seine Hose, die es nicht bis ins Schlafzimmer geschafft hatten. Die Shorts, die er trug, waren das Einzige gewesen, wovon ich ihn nicht schon auf dem Weg befreit hatte – und damit auch das

Einzige, was er sich auf die Schnelle hatte anziehen können, ehe er als Spießer dem Bruder seiner Angebeteten hatte unter die Augen treten müssen. Halb nackt und auf dem Weg, ein benutztes Kondom wegzuwerfen. Genauso gut konnte ich mir George vorstellen, der ihn musterte und mit angemessenem Missmut verkündete, dass er die Nacht lieber nicht im Nebenzimmer verbringen wollte. Ich hatte diese Bilder direkt im Kopf und gab mir redlich Mühe, das belustigte Grinsen nicht zu sehr ausufern zu lassen.

»Ich dachte, ich sammle wenigstens die Sachen ein, ehe wir nicht mehr allein sind …« Seine Lippen verzogen sich leicht, und ich konnte nicht recht ausmachen, ob aus Verlegenheit oder Belustigung. »Wo kann ich das hinlegen?«

Ich deutete zu der Kommode rechts von ihm. Sie war ganz klar eines dieser Möbelstücke, auf denen zuweilen mehr Kleidung lag, als sich in ihren Fächern finden ließ. »Kannst du mir nur … Danke.«

Tom hatte längst sein Hemd aus dem Textilberg gezogen und brachte es mir. Wenn ich mich nicht irrte, entglitt ihm sein Blick kurz, als ich es entgegennahm. Wie ein winziger Abschied, ehe ich alles wieder vor ihm verbarg. Dabei ging es nicht darum, meine Brüste zu verhüllen. Vor ihm gleich gar nicht. Aber da waren Narben, an die ich selbst mich noch nicht richtig gewöhnt hatte. Tom schien sie nicht einmal zu bemerken, und es war ihm für einen Moment gelungen, mich selbst durch seine Augen zu sehen. Solche Momente sind kostbar und wunderschön. Aber sie vergehen.

»Keine Ahnung, wie lange George schon wieder da ist«, erzählte Tom weiter, während er um das Bett herumlief und sich auf die andere Seite sinken ließ. Ich spürte die Bewegung der Matratze unter mir und gestand mir ein, dass ich wohl haltlos verloren war, wenn selbst solche Kleinigkeiten mir ein Lächeln schenkten. »Er hat die Lasagne gefunden.« Diesen Satz unterlegte Tom mit einem derart entrüsteten Unterton, dass ich nur einen Schluss daraus ziehen konnte.

»Lass mich raten: Er findet sie geil. Und zwar kalt?« Ich warf ihm ein Grinsen zu, während ich die obersten Knöpfe seines Hemdes Schloss.

Toms Blick folgte der Bewegung meiner Hände, ehe er meinen wieder erwiderte. Die Wärme darin verschwand nicht. Irgendwie passte sie sogar zu dem, was er sagte. »Ganz ehrlich, irgendwas stimmt nicht mit euch.«

Ich kicherte, weil ich gar nicht anders konnte, schloss den letzten Knopf und war dann ziemlich dumm. Ohne darüber nachzudenken beugte ich mich in Toms Richtung, um ihn zu küssen. Meine Hüfte schrie unter der Verlagerung meines Gewichts auf, noch ehe ich in seine Nähe hätte kommen können.

Mit einem leisen Schmerzlaut ließ ich mich wieder zurückfallen.

»Wie schlimm ist es?« Tom übersprang einfach die Fragen danach, ob alles okay war und ob ich Schmerzen hatte. Er streckte seine Hand nach mir aus und legte sie nach kurzem Zögern an meine Schulter. Sanft, als könnte er dort irgendetwas anrichten, das es schlimmer machte.

Ich schüttelte den Kopf. »Geht.«

»Mh.« Wenngleich diese Erwiderung mit einem Gähnen einherkam, war die Skepsis darin unüberhörbar.

»Wirklich«, beteuerte ich und fuhr mit meinen Fingern über seine Hand. »Meine Hüfte ist nur ein bisschen genervt.«

Toms Stirn legte sich in Falten. Und auch die Falte zwischen seinen Augenbrauen nahm an dem skeptischen Blick teil. »Und was heißt das?«

Das heißt, dass die Schmerzen erträglich sind und dass sie es auch bleiben werden. Das wäre wohl die simpelste Antwort gewesen. Oder die Antwort, die ich meinem Orthopäden oder Desna gab, aber doch nicht dem Mann, der halb nackt neben mir lag und trotzdem viel zu weit weg war. Vermutlich, weil er Angst hatte, mir wehzutun. »Das heißt, du kannst bei deinem nächsten Snobtreffen damit angeben, dass du deine Freundin so hart gewertschätzt hast, dass sie erst mal nicht mehr laufen konnte. Das ewige leere Versprechen der Männer an uns Frauen – dir ist es gelungen, es zu halten.«

Die Skepsisfalten auf Toms Stirn verschwanden nicht ganz, aber sie verblassten, als er grinsend den Kopf schüttelte und näher rückte, bis meine Schulter an seiner Brust lehnte. Und endlich löste sich seine Hand von meiner Schulter, damit sein Arm sich um mich legen und festhalten konnte. »Ich fürchte, das widerspricht Paragraf drei oder vier des Handbuchs. Der mit dem Genießen und Schweigen.«

Ich lachte leise und reckte mich Tom das letzte Stück entgegen, bis meine Lippen seine trafen. »Ist das wirklich noch …« *Jetzt.* Das war das einzige Wort, das mir einfiel und dem nahe kam, was ich meinte. Doch ehe ich mich entschieden hatte, ob ich es einfach nehmen sollte, antwortete Tom mir schon.

»Mh.« Vielleicht war das mehr ein Seufzen als eine Antwort. Und dabei machte er nicht den Anschein, als würde er seine Augen so schnell wieder öffnen wollen. »Ein zeitloser Klassiker.«

»Verstehe«, murmelte ich leise und fuhr mit meinen Fingerspitzen über seinen Unterarm. Meine nächsten Worte waren nur ein Flüstern. »Schläfst du gerade ein?«

Ein vages Zucken huschte über Toms Mundwinkel. Vermutlich hatte ich ihn nie entspannter gesehen als in diesem Moment. »Noch ein Klassiker.« Himmel, selbst sein schläfriges Nuscheln gab mir das Gefühl, als würde seine Stimme mich einfach in den Arm nehmen und festhalten.

Ich schmunzelte und musste mich wirklich zusammenreißen, um nicht meine Hand nach ihm auszustrecken und ihm durch die Haare zu fahren. Oder um mit meinen Fingern seine

Gesichtszüge nachzuzeichnen. »Dann darf ich also herausfinden, ob du wirklich schnarchst?« Diese Worte flüsterte ich nur noch.

Und Tom reagierte mit tiefen, gleichmäßigen Atemzügen darauf. Das war vermutlich das aufrichtigste Ja, das er mir geben konnte.

»Okay …«, murmelte ich und drehte meinen Körper ein wenig von ihm weg. Nicht, weil ich wollte, sondern weil der Schmerz in meiner Hüfte dann etwas leiser wurde.

Tom reagierte mit einem leisen Grummeln darauf. Sein Körper schmiegte sich an meinen Rücken, und ich fühlte seine warmen Atemzüge, die über meinen Nacken und meine Schulter streichelten. Genauso wie seine Hand, die ihre Finger mit meinen verschränkte.

»Tom?«, fragte ich so leise, dass ich mich selbst kaum hörte. Er schien noch nicht zu schlafen. Aber was, wenn doch?

»Mh.« Ich hörte seine Antwort und spürte ihre Vibration an meinem Rücken.

»Wenn … Falls ich einschlafe. Du bist noch da, wenn ich aufwache, oder?« *Du wirst nicht ins Bad gehen und vor den Schmerzmitteln und Antidepressiva erschrecken, oder? Du wirst nicht das Licht anmachen und Narben sehen, für die deine Lust dich blind gemacht hat. Oder? Das alles hier wird dir nicht zu viel. Du kommst damit klar.*

Oder?

»Diesmal bin ich da.«

Der Satz ergab nicht ganz und gar Sinn. Trotzdem trug er Toms Antwort in sich.

Oder?

Ich hätte erleichtert sein können. Doch Erleichterung war nicht, womit mein Körper reagierte. Es war, als würde meine Lunge in sich zusammenstürzen, nur um sich gleich darauf auszudehnen. So sehr, dass mein Brustkorb sie kaum noch festhalten konnte. Und weil dieses Gefühl sich nicht durch meine Rippen brechen konnte, sackte es in meinen Magen und drückte die ganzen dummen Ängste und Fragen von eben in ihn hinein. Und Sehnsucht. Der schmerzliche Wunsch nach etwas, das gar nicht weg war.

Tom war doch hier. Ich musste nur die Augen schließen und seinen Atemzügen lauschen, um mir absolut sicher zu sein.

Nur wollte mein Kopf das einfach nicht begreifen. Als hätte sich bei meinem Unfall die Funktion für Erleichterung gelöscht. Und alles, was meinem Hirn stattdessen einfiel, war Sehnsucht, die keinen Sinn ergab.

Ich schmiegte mich etwas enger an Tom, der mir fehlte, als wäre er nicht hier. Als wäre er weg. Weg auf unwiderrufliche Weise. Ich hielt meine Augen geschlossen und hörte jedem seiner Atemzüge, jedem Herzschlag zu, die mir versicherten, dass ich niemanden vermissen musste. Ich lauschte ihnen so gut ich konnte. Und ich hoffte, dass ich es schaffen würde, ihnen zu glauben.

Scherben

- Maggie -

Streicher.

Es war, als würden die verschwommenen Rücklichter die Melodie der Streicher nachmalen. Und das Prasseln des Regens trug die Stimme des Sängers in mein Ohr. Seinen verzweifelten Wunsch, dass ich weiß, wer er ist.

Das Rot der Lichter verschwamm unter den Tropfen des Regens. Verschwamm zu einem Schleier aus Rot.

Blut.

Die Streicher krachten wie Blech, das sich verzog. Sie trieben feine Linien durch das Rot des Regens.

Durch das Blut.

Bis er zerbrach und mir in einem Sturm aus Scherben entgegenkam. Mittendrin, in einem Wirbel aus Splittern sah ich ihn liegen – reglos auf dem Boden. Zerbrochenes Rot steckte in meinen Fingern, die ich nach ihm ausstreckte. Aber ich erreichte ihn nicht. Der Gurt hielt mich fest, und das Lenkrad drückte in meine Lunge.

Ich schrie seinen Namen. Aber alles, was aus meiner Kehle kam, war die Stimme des Sängers, die flehte und flehte und flehte. Und dabei in den Streichern ertrank.

Tränen spülten über mein Gesicht. Oder war es der Regen?

Das Blut?

Alles war rot. Überall Rot.

Das sich aus den Rücklichtern ergoss.

Aus mir.

Und ich kam einfach nicht zu ihm. Er lag dort. Das Rot kroch längst auf ihn zu, schloss ihn ein. *Nein, nein, nein. Nicht er. Bitte nicht …* Aber ich konnte ihn nicht erreichen. Nicht warnen. Ich wollte, ich musste.

Und aus meiner Kehle drang nur …

Nichts.

Ich sah die Schatten an der Zimmerdecke. Ich sah sie genau vor mir. Ich kannte den Baum, der vor dem Fenster stand und diese Schatten in mein Zimmer warf.

Doch auf meiner Haut spürte ich noch immer die Splitter. *Rot.* Und in meinem Kopf schrillte das Echo der Streicher wie die Intonierung der Angst, die meinen ganzen Körper flutete.

Sie griff nach mir, als wollte sie mich zurück in den Traum reißen, aus dem ich gerade entkommen war. Mein Herz bäumte sich mit aller Macht dagegen auf.

Gegen das Rot. Gegen die Streicher. Und gegen das Bild, wie all das ihn verschluckte, wie …

Nein, nein, nein. Nicht er. Bitte nicht …

Meine Lungen zogen sich zusammen und pressten ein Wimmern aus meiner Kehle. Doch ich traute mich nicht. Ich wusste, ich müsste nur den Kopf drehen, um zu sehen, dass er neben mir lag und schlief. Wirklich nur schlief. In den Schatten, welche die Kastanie vor dem Haus durch das Fenster warf.

Nur Schatten. Kein Blut.

Aber ich konnte mich nicht bewegen. Weil ich nicht glaubte, was ich wusste.

Nur Schatten. Kein Blut.

Kein Blut.

Kein …

»Du bist okay.« Meine Stimme presste sich durch die Tränen hindurch, die längst über meine Schläfen liefen. Sie klang, als würden die Worte ertrinken.

Vorsichtig streckte ich meine Hand nach dem Arm aus, der reglos über meinem Bauch lag. Er war warm. »Du bist okay. Du bist okay. Du …«

Der Arm bewegte sich unter meiner Berührung, bis sich eine Hand auf meine legte. »Hey.« Die Stimme war nicht die aus dem Traum. Es war die, die den Traum von mir wegriss und mit ihm die Starre, die meinen Körper festgehalten hatte. Was darunter gelauert hatte, waren Tränen. So wahnsinnig viele Tränen, die sich nun Bahn brachen.

»Maggie? Was ist los?«

Ich schüttelte den Kopf, um die Tränen loszuwerden. Es war nur ein Traum. Alles war okay. *Er* war okay.

»Sieh mich an.« Ich spürte seine Hand an meiner Wange. Spürte, wie sein Daumen ein paar der Tränen von meiner Haut strich. Und ich spürte auch, wie er meinen Kopf zu sich drehte. *Nur Schatten. Kein Blut.*

Ich kniff die Augen zusammen. Trotzdem. Weil ich wusste, dass ich nicht ertragen konnte, was ich sehen würde. Ich wusste es einfach. Und ich wusste es sicherer als den Fakt, dass ich jetzt wach war. Dass ich nicht mehr träumte.

»Es geht dir gut, oder?«, wisperte ich. »Ich muss wissen, dass es dir gut geht.«

Einen Moment lang hörte ich nichts. Nichts außer seine Atemzüge.

Und leise, ganz leise irgendwo die Streicher, die das Rot in die Nacht malten.

»Es ist alles in Ordnung. Was ist mit dir? Bist *du* okay?«

Ich nickte, gleichzeitig schluchzte ich, ohne zu wissen, wieso. Es war alles gut. Ihm ging es gut. Mir auch. Aber ich wusste, dass das nicht alles war. Ich *spürte* einfach, dass irgendetwas gar nicht okay sein konnte.

Schließlich öffnete ich die Augen doch. Vielleicht, um zu sehen, dass ich recht hatte. Dass wir in einem Meer aus Rot schwimmen würden, nicht in Daunen. Aber da war kein Rot. Da war sein Gesicht. Selbst in der Dunkelheit konnte ich die Falte zwischen seinen Augenbrauen sehen, genauso wie die Sorge in seinen Augen.

»Du bist wirklich okay. Du bist nicht …« Ich klang erstaunt. Und ein Teil von mir war auch genau das. Der Teil, der ganz sicher wusste, dass das nicht sein konnte. Als wäre das hier nur ein Traum, und jeden Augenblick würde ich aufwachen zu Splittern und Blut und dem flehenden Wunsch des Sängers, der noch immer in mir nachhallte.

»Maggie, was ist denn los? Hast du schlecht geträumt?«

Ich keuchte. Ich hätte Ja sagen können. Aber ich kannte schlechte Träume. Ich kannte sogar *diesen* schlechten Traum. Aus vielen Nächten. Aber in keiner hatte er so heftig zugeschlagen.

Und noch nie hatte er mich zurück bis in mein Bett verfolgt. Noch nie.

»Ich muss nur kurz …« … weg. Irgendwohin, wo dieser verfickte Traum nicht mehr spukt.

Mühsam rappelte ich mich auf. Den Schmerz, der sich von meiner Hüfte bis zu meinen Rippen fraß, zog ich einfach mit mir. Die Angst in meinem Puls war lauter als sein Stechen.

Ich merkte, wie die Matratze sich unter mir bewegte, nicht nur durch meine Flucht. »Bleib … bleib ruhig … Bleib …« Ach, Scheiße.

»Sicher?« Natürlich klang er skeptisch. Ich heulte, ich redete wirres Zeug – aus verschiedenen Gründen. Trotzdem blieb er liegen, als ich ihm seine Frage mit einem Nicken und einem

»Hm« beantwortete. Die vermutlich einzige Erwiderung, die mir zuverlässig immer einfiel.

Meine linke Seite fühlte sich an wie ein Schmerzklumpen, als ich am Bett vorbei zur Tür humpelte. Langsam. Elendig langsam. Wie eine Flucht, von der man träumt. Man rennt und rennt und kommt nicht von der Stelle.

Und dann wacht man auf.

Weil eben nicht alles okay ist. Du weißt das.

Ich warf einen vorsichtigen Blick zurück, um sicher zu sein, dass das Echo in meinem Kopf nicht vielleicht doch … Aber er lag nicht in einer Lache aus roten Scherben, sondern saß in meinem Bett, die Stirn in Falten gelegt und ein stummes »Was ist denn los?« auf dem Gesicht.

Ich hatte keine Ahnung. Ich wusste nur, dass ich diese Angst loswerden musste, die sich im Traum an mich gekettet hatte und immer noch an mir zerrte. *Komm zurück, du hast hier etwas vergessen.*

Aber das hatte ich nicht. Ich war hier. Er auch.

Alles war in Ordnung.

Das war, was ich mir sagte, als ich die Tür hinter mir zuzog und wankend im dunklen Flur stand.

Alles ist in Ordnung. Du hattest einen schlechten Traum, und jetzt übertreibt deine Hüfte. Nimm eine Tablette, atme tief durch und geh wieder ins Bett.

Vorsichtig hüpfte ich mit einem Bein auf die Tür gegenüber zu. Dort, im Wohnzimmer, hatte ich den Rollstuhl und die Gehhilfen versteckt. Es war erst ein paar Stunden her, dass ich so gut wie möglich hatte verbergen wollen, was der Unfall aus meinem Körper gemacht hatte. Nur, damit sich jetzt mit aller Kraft zeigte, welche Spuren er in meinem Kopf hinterlassen hatte.

Präfrontaler Cortex.

Dieses nichtsnutzige Ding lehnte sich einfach zurück und

ließ zu, dass alle irrationalen Emotionen, die mich im Traum geflutet hatten, weiter erstickten, als wären sie echt.

Aber das sind sie nicht. Es war nur ein Traum.

Und alles ist in Ordnung.

Alles ist …

Ein lautes Krachen ließ die Stille zerspringen. Und ich schrie auf. Nicht nur vor Schreck, sondern als hätte der Traum es endlich geschafft, mich einzuholen. Als würden rote Scherben sich durch meine Haut schneiden. Als ob …

»Was für eine … verfluchte Scheiße! Was machst du da?« Zuerst hörte ich Georges Flüche, dann sah ich ihn, als er das Licht anmachte. Er lag auf der Couch, eingehüllt in eine dünne Wolldecke, die Hand noch in Richtung der Leselampe gestreckt. »Fuck, Maggie. Was … Scheiße!«

Ich sah die Gehhilfen vor mir auf dem Boden liegen. Sie waren das Krachen gewesen. Zwei beschissene Krücken, die umfielen, kaum dass man sie auch nur mit den Fingerspitzen berührte. Nichts weiter. Und ich stand da und schrie, als ob …

Ich zuckte zusammen, als ich eine Hand auf meiner Schulter fühlte, die sie sanft drückte. »Sicher, das alles in Ordnung ist?« Die tiefe und sanfte Stimme glitt warm über meinen Rücken, wie sie es immer tat. Aber sie kam nicht richtig bei mir an.

»Was ist los mit ihr?« Das fragte George nicht mich, sondern den Mann hinter mir, dessen Hand noch immer an meiner Schulter lag. Dabei konnte er gar nicht wissen, dass er in meinem Traum eben noch reglos auf dem Boden gelegen hatte. Umgeben von … Er konnte es nicht wissen. Trotzdem war er derjenige, der gefragt wurde. Nicht ich. Nicht die kaputte, heulende Maggie. Die unbestimmte Angst in meiner Brust ballte sich unter meiner Lunge zusammen zu Wut.

»Albtraum.« Die Antwort war knapp, aber genauso warm wie eben.

»Und dann lässt du sie einfach allein losmarschieren und … Was, wenn …«

»Ich hab Sam gesagt, er soll liegenbleiben, okay?«, fuhr ich meinen Bruder an. Meine Stimme krächzte dabei, als hätte sie die Schreie in meinem Traum wirklich ausstoßen müssen. »Also lass ihn in Ruhe, mit deiner ewigen …« *Grillzange.* Immerhin konnte ich das falsche Wort gerade noch auffangen, ehe es aus mir herausbrach.

George sah mich dennoch an, als hätte ich nicht nur ein paar Wörter verloren, sondern deutlich mehr, vielleicht sogar meinen Verstand. Dann schwenkte sein Blick hinter mich, mit einer stummen Frage, die er natürlich wieder nicht mir stellte. Ich wollte ihm das sagen. Wollte ihm sagen, dass ich hier vor ihm stand und er genauso gut mit mir reden konnte. Dass ich es leid war, nicht nur in Watte gepackt zu werden, sondern übersehen. Als wäre ich einfach nicht da.

Aber es war, als fehlten mir sämtliche Worte dafür.

Also deutete ich stattdessen auf den Boden vor mir. »Gib … gib mir …«

George bückte sich, um mir die Stützen zu reichen. Ich nahm sie an mich und drängte mich an ihm vorbei zur Terrassentür. Mir war klar, dass ich die zwei Stufen bis zum Rasen nicht packen würde, und dass es kein guter dramatischer Abgang wäre, durch die Glastür zu treten und dann direkt auf den zwei Steinplatten dahinter stehen zu bleiben.

Aber ich brauchte Luft. Ganz unbedingt sogar. Ich schwamm in einem Pool aus Angst und Sorgen und Wut. Und aus Schmerzen. Ich würde in all dem ertrinken, wenn ich nicht endlich atmen und wenigstens einen klaren Gedanken fassen konnte.

Ich schob die Tür auf, und keiner der beiden Männer machte den Fehler, mir dabei zu helfen oder mir nachzukommen oder mich gar aufzuhalten. Sie ließen mir meine Flucht in die kalte Nacht, die mich mit einem Nieselregen begrüßte, der so fein war, dass er sich anfühlte wie Nebel, durch den man hindurchsehen konnte.

Ich schloss die Augen und atmete tief ein. Die Luft, den Regen.

Knöpfe.

Machen Sie einfach nur das Kleid zu. Wie, spielt keine Rolle.

Und tatsächlich schloss sich ein Knopf nach dem anderen – mit jedem Atemzug, den ich tat, und je mehr ich in der Kälte fror, verlor sich der Traum zu etwas, das wirklich nur ein Traum gewesen war und nicht mehr. Einfach nur ein Traum, den ich schon etliche Male gehabt hatte, und über den ich auch schon mit Dr. Rivers gesprochen hatte. Er hatte ihn mir sogar erklärt.

Bilder meines Unfalls, die sich mit den Eindrücken meiner Genesung mischten. Alles war rot wegen der Einblutung in mein rechtes Auge. Ich musste also noch etwas mitbekommen haben, nachdem mein Körper auf den Asphalt geknallt war. Von diesem Moment kamen sicher auch das Blut und die Scherben. Laut Dr. Rivers waren es meine Schuldgefühle und meine Selbstzweifel, die mich in den Träumen ans Steuer setzten, statt mich auf die Kühlerhaube zu legen. Weil Träume nichts weiter sind, als eine Bildgebung dessen, was in uns vorgeht. Das war eigentlich ganz simpel. *Und alles war in Ordnung.*

Als es plötzlich neben mir an der Scheibe klopfte, zuckte ich nur zusammen – ganz ohne panischen Aufschrei. Das war doch schon mal was.

Durch das Glas sah ich Tom, der zwei Tassen in der einen sowie eine Decke in der anderen Hand trug und einen fragenden Blick auf dem Gesicht. Dieser Blick erreichte mich besser als die Wärme seiner Stimme eben.

Was es ausmacht, wenn man den einen oder anderen Knopf wieder zubekommen hat.

Ich beugte mich zur Seite und schob die Tür ein Stück auf. Nicht genug, als dass er hindurchgepasst hätte, doch ausreichend, um ihm klarzumachen, dass es okay war …

Mit dem Fuß öffnete er die Lücke weit genug, um sich hindurchzuzwängen. Mittlerweile hatte er sich sogar seine Hose und seinen Mantel angezogen. Offenbar war er also nicht nur hier, um mich wieder rein zu lotsen.

»Hier«, sagte er und reichte mir erst die Decke und dann ein Paar Turnschuhe, die ich gar nicht gesehen hatte. Zuletzt hielt ich eine Tasse schwarzen Tee in der Hand. Ohne Milch.

Die zweite Tasse behielt Tom selbst und lehnte sich damit gegen die kleine Steinmauer, neben der die zwei unüberwindbaren Stufen auf die handtuchgroße Rasenfläche hinter dem Haus führten.

»Was sagt die Hüfte?« Die Frage stellte er wahnsinnig vorsichtig.

»Geht.« Das kam ungefähr hin. Das Schmerzlevel war eins, das ich gerade noch aushalten konnte, aber es lag weiter über dem, womit ich vor ein paar Stunden eingeschlafen war.

Tom nickte und nippte an seiner eigenen Tasse. »Ich …«, setzte er an und atmete dann aus. »Kann es sein, dass du die Broschüre vielleicht doch gelesen hast? Oder ein paar Fakten auf der Homepage?«

Das war absolut keine Frage, mit der ich gerechnet hätte. Generell nicht und hier gleich gar nicht. Daher stand mir wenig mehr zur Verfügung als ein irritierter Blick und ein »Was?«.

Toms Blick schweifte für einen Moment zum Wohnzimmer, dann sah er mich wieder an. »Mein zweiter Vorname ist Samuel. Niemand nennt mich Sam. Noch nie. Aber das würde erklären, warum …«

»Oh Gott, ich hab schon wieder … Scheiße, das tut mir leid, ich …« Ich beendete den Satz mit einem unüberhörbar frustrierten Stöhnen. »Keine Ahnung, woher ich das hab. Vielleicht wirklich aus eurem Infoheft.«

Toms linker Mundwinkel zog sich leicht nach oben, und er nickte. »Das wäre nur nachvollziehbar. Mein Bild hatte dich ja tief beeindruckt.«

Ich lachte leise und nickte und schaute auf den Tee in meiner Hand, der mich eigentlich viel mehr beeindruckte als ein Porträtfoto in einem Prospekt. Weil er schwarz war. So viel an mir und in meinem Kopf funktionierte nicht mehr richtig, und Tom stand trotzdem mit mir hier draußen und fragte nicht einmal, was jetzt schon wieder schieflief in meinem Hirn. Er brachte mir eine Decke und schwarzen Tee und war da.

Und ich hatte absolut nichts getan, um das zu verdienen. Gar nichts. Es gab genug andere Frauen, mit denen Tom lachen konnte oder Lasagne kochen, die ihm einen Blowjob gaben oder über die Ruine in seinem Hotel staunten. Keine davon würde seinen Namen vergessen oder ihn aus einem irrationalen Angstzustand heraus aus dem Schlaf reißen.

»Ist alles wieder in Ordnung?«

Ich schloss kurz meine Augen und nickte. Dann schüttelte ich den Kopf und sah Tom an. Mein Herz schlug mir dabei bis zum Hals. So sagt man das doch, oder? Wenn man drauf und dran ist, etwas viel zu Ehrliches zu sagen, und der eigene Puls einen allein für diese Idee erwürgt. »Das war nur ein Albtraum. Bilder von dem Unfall. Du warst auch da, und ich hatte Angst, dir könnte … Deshalb hab ich dich auch geweckt, was mir ehrlich leidtut. Das war nur ein alberner Traum. Nichts weiter. Ich hab das öfter. Nur eskalieren Kleinigkeiten bei mir ständig … Schmerzen, Stimmungen …«

Tom nickte bedächtig. »Ich weiß.« Dabei runzelte er die Stirn, als müsste er sich sehr auf das konzentrieren, was ich da sagte. Vermutlich war das kein Wunder. Wie spät war es überhaupt? Und wir standen hier, im Nieselregen, und ich redete wirres Zeug über Unfälle und Träume.

»Mein Neurologe sagt, dass das vermutlich kaum noch besser wird. Ehrlich gesagt finde ich die Vorstellung furchtbar, dass es immer so bleiben könnte. Ich will das nicht. Aber ich hab keine Wahl, oder?«

Immer noch sah er mich mit nach oben gezogenen Augenbrauen an und schien nicht zu verstehen, worauf ich hinauswollte.

Also atmete ich ein. Diesmal half das nicht. Gar nicht. »Du schon.«

Die Falten von Toms Stirn verschwanden zusammen mit der Frage in seinem Blick. Er nickte. Er nickte sogar ziemlich lange. Meinen Blick ließ er dabei nicht los. »Fragst du mich gerade wirklich, wieso ich hier bin?«

Ich war nicht sicher, ob er nur überrascht klang oder wütend. Dabei war das Letzte, was ich wollte, dass Tom wütend wurde, nur weil ich meine Unsicherheiten nicht in den Griff bekam. Aber war es wirklich nur das? Unsicherheit? Ich haderte nicht mit ein paar Kilos Übergewicht oder Muttermalen oder womit auch immer Frauen sich sonst gern herumärgerten. Meine Makel waren faktisch eine Belastung für mein Umfeld. Das war eine Tatsache. Kein Gefühl.

»Es …« Ich stellte den Tee beiseite, als ich merkte, dass meine Hände zitterten. Was tat ich hier? Ich hätte meinen Mund halten sollen. »Es könnte wirklich einfacher sein als mit mir.«

»Einfacher?« Er sah hilflos aus, wie er zur Scheibe sah, die uns vom Wohnzimmer trennte. Kurz blitzte der Gedanke in meinem Kopf auf, ob er auf Rat von George hoffte. *Vielleicht auf eine weitere Mail.* Aber das war nicht fair, also hielt ich meine Klappe. »Maggie, wo … Wo kommt das auf einmal her?

Wir haben doch vorhin noch darüber gesprochen. Dass da nichts ist, was dich verunsichern müsste. Ich bin nicht perfekt. Ich bin sogar ziemlich weit davon entfernt.«

Du hast recht, das war dumm von mir. Vergiss, dass ich das gesagt habe.

Alles in mir schrie danach, einfach zurückzurudern. Tom hatte mir keinen Anlass gegeben, irgendwas infrage zu stellen. Nie, und gleich gar nicht an diesem Abend. Und Dr. Rivers hatte mir doch gesagt, dass es nicht an mir war, zu entscheiden, was Tom aushalten wollte und konnte. Das stimmte. Aber war es so falsch, wenn ich nach dem Warum fragte?

»Du hast mir gesagt, dass du nicht gut mit Horrorfilmen umgehen kannst und ein beschissener Autofahrer bist.« Da war es wieder. Das Herz, das seine Schläge bis hoch in meine Kehle schickte und meine Stimme damit zittern ließ. Und dennoch hatte ich das Gefühl, nach Monaten wieder zu klingen wie die Maggie, die ich *davor* gewesen war. Einfach nur, weil ich bei einer Frage blieb, die mir wichtig war – egal, wie unangenehm oder schwierig sie sein mochte. Und durch all die Unsicherheit hindurch fühlte sich das wie etwas an, das mir gefehlt hatte, und das ich endlich wieder zurückeroberte. Nur zu welchem Preis? »Ich will das wirklich alles erleben, Tom. Die Autofahrten und wie du unter dem Bett nach Monstern suchst. Das will ich sogar unbedingt. Aber dass du mir davon erzählt hast ist nicht dasselbe, wie darüber zu sprechen, dass ich nicht weiß, warum du dir das hier antust. Mich. Warum du dir mich antust.«

Ich hätte erleichtert sein können, weil ich jedes Wort fehlerfrei herausbekommen hatte, vielleicht sogar stolz. Stattdessen rutschten sämtliche meiner Eingeweide nach unten. Tom hatte mich die ganze Zeit über angesehen, aber irgendetwas in seinem Blick hatte sich verändert.

Wie die Risse auf der Scheibe. Und gleich zerspringt das Rot in unzählige Scherben.

»Warum ich …« Er atmete aus, was mehr wie ein Keuchen klang, und ein Stirnrunzeln zog sich über seine Züge. Toms Blick glitt zu meinen Händen, die sich nervös ineinander verschlungen hatten, dann sah er mir wieder in die Augen. Ein leichtes Zucken huschte dabei über sein Gesicht. Ich konnte sehen, dass ich irgendetwas in ihm mit meiner Frage getroffen hatte. Ich wusste nur nicht, was. Was immer es war, er entschied sich, es für sich zu behalten. Er zog sogar eine Mauer um diesen Punkt herum. Ich sah es nicht in seiner Mimik, aber ich hörte es in seiner Stimme, die nicht mehr überrumpelt klang, sondern sehr fest und sehr sicher. »Ich würde dir die Frage gern wann anders beantworten.«

Ich nickte. »Okay.«

Mehr brachte ich auch gar nicht heraus. Nicht unter dem Blick, mit dem Tom mich in diesem Moment ansah und nicht nach den Worten, die nicht nach meinem Tom klangen, der Tonic mit Gurke und Pfeffer servierte, aber ohne Gin. Sondern wie Mr Walsh, der seine Brille zurechtrückte, ehe er ein Hausverbot erteilte.

Und ich stand da, neben meinen Gehhilfen und in die Decke gehüllt, die er mir gebracht hatte. Ich stand da und dachte, dass es dumm gewesen war zu glauben, Tom wütend zu sehen wäre das Letzte, was ich wollte.

Ihn verletzt zu haben war viel schlimmer.

»Ich weiß, dass du wieder klarkommen wirst. Irgendwann.«

- Tom -

Das penetrante Surren von Kofferrädern auf dem Boden des Ankunftsbereiches kündigte die Passagiere von BA0112 an. Der Flug von JFK nach Heathrow war um halb eins am Mittag mit über zwei Stunden Verspätung endlich eingetroffen. Ich spekulierte also auf eine übernächtigte Alex, die sich schweigend den Autoschlüssel geben ließ und keine Fragen stellte. Nicht mal ein »Und? Wie läuft's?«.

Mir war klar, dass dieses Wunschdenken nicht viel mit der Realität gemeinsam haben würde, aber für ein paar Momente wollte ich mich der Hoffnung noch hingeben. Ich wollte Alex nicht davon erzählen, wie ich in der vergangenen Nacht auf einer Terrasse gestanden, kalten Regen in meinem Nacken gespürt und mich mit allem überfordert gefühlt hatte außer damit, Tee aus meiner Tasse zu trinken und vor mich hin zu starren. Ich wollte ihr nicht sagen, wie lang Sekunden sind, die man schweigend neben Maggie und im Angesicht einer unbeantworteten Frage verbringt.

Dennoch würde Alex mir alles davon ansehen, sobald nur Maggies Name fiel. Da machte ich mir gar keine Illusionen.

Tatsächlich waren ihre Augenringe schon aus der Ferne unübersehbar, als Alex als Dritte ihrer Mannschaft das Terminal verließ. Ihre roten Haare waren zu einem Zopf geflochten – eine Frisur, die sie an sich nicht mochte, aber immer dann trug, wenn sie Kopfschmerzen hatte. Ihr Blick fand mich nur ein paar Augenblicke, nachdem ich sie entdeckt hatte, und huschte dann zu der Tafel, die ich in meiner Hand hielt. Die Art, wie sie dabei ihre Lippen verzog, verriet, dass ihr klar wurde, dass ihr Abholdienst genauso wenig in Bestform war wie sie selbst.

»Donald Trump? Im Ernst? Dir ist nichts Besseres eingefallen?«, begrüßte sie mich mit einem unüberhörbaren Defizit an Begeisterung. »Und dann schreibst du ihn nicht mal aus.«

»D. Trump«, besagte die zugegebenermaßen lieblos beschriftete Tafel, die seit Jahren in Alex' Wagen mitfuhr. Jedes Mal, wenn ich meine Freundin vom Flughafen abholte, stand ein neuer Name darauf – irgendeine Persönlichkeit, die zweifelsohne ein größeres Übel wäre als meine Anwesenheit. Eingeführt hatte ich diese liebevolle Geste, nachdem Alex mir eines Tages zu deutlich gemacht hatte, dass sie Rachel erwartet hätte und nicht mich. Die Tafel war also ein direkter Spross ihrer Undankbarkeit.

»Wäre dir der Kerl lieber als ich?«, fragte ich.

»Kommt drauf an. Kann er Auto fahren?«

Ich warf ihr genau den Blick zu, den sie für diesen Kommentar verdiente. Und damit kassierte ich das erste Lächeln von ihr.

»Es ist herzzerreißend, wie dir quasi nie ein Fluch über die Lippen kommt, du mit einem Blick aber jeden in Grund und Boden beleidigst, der dir auf den Sack geht. Das ist eine Gabe. Das weißt du, oder?«

Ich nickte nur. Augenscheinlich hielten mich derzeit viele für außerordentlich begabt. Erst vor ein paar Tagen hatte mein

Therapeut mir ein ganz anderes Talent bescheinigt. »Sie sind gut darin, genau den Punkt in einer Situation zu finden, mit der Sie wie durch Zauberei alle Spannungen in Luft auflösen. Das ist eine Gabe, Thomas. Aber nicht jede Situation hat so einen Punkt. Das wissen Sie jetzt etwa seit einem Jahr. Mich würde Ihre eigene Einschätzung interessieren: Wie gut kommen Sie mittlerweile in solchen Situationen zurecht?«

Gar nicht.

Das war eine ganz einfache Antwort. Vor dem letzten Abend hätte ich wenigstens auf ein »Besser, denke ich« spekuliert. Wenn man aber so lange im Nieselregen gestanden und gewartet hat, dass einem geeignete Worte einfallen, bis es eigentlich auch keine Rolle mehr spielt … Dann weiß man, dass diese Spekulation übertrieben optimistisch war.

Alex' Seufzen neben mir holte mich zurück nach Heathrow. »Entschuldige«, murmelte ich und streckte meine Hand in ihre Richtung aus. »Willst du mir deinen Koffer geben?«

»Mh.« War ihre Antwort, mit der sie meine Hand beäugte, als würde ich ihr ein halb gegessenes Sandwich anbieten. Dann schüttelte sie den Kopf, ließ ihren Koffer los und kam zwei Schritte auf mich zu, um mich stattdessen zu umarmen. Ihre Arme legten sich um meinen Hals und ihr Kopf lehnte sich an meine Schulter. »Das ist keine albern rührige Szene auf dem Flughafen. Ich hatte einen langen, beschissenen Flug und brauch das jetzt. Wäre Rachel hier, würde ich sie genauso dazu nötigen. Das hat nichts damit zu tun, dass du aussiehst, als würdest du gleich durchdrehen.«

Die Argumentation war stichhaltig, also blieb mir nichts anderes übrig, als zu nicken und ihre Umarmung zu erwidern. Ein paar Sekunden standen wir so da, dann löste Alex sich von mir. Ihre Hände hielten sich aber noch immer an meinen Oberarmen fest, und ihr prüfender Blick war einer von denen, die es ernst meinten. »Besser?«

Da Lügen keinen Zweck gehabt hätte, nickte ich und zuckte gleichzeitig mit den Schultern. »Ein bisschen.«

»Für den Anfang reicht das. Hier.« Damit schob sie mir ihren Koffer zu. »Nicht, dass noch das Gerücht aufkommt, ein Thomas Walsh würde eine Dame ihren Koffer allein ziehen lassen.«

»Mach dich nur lustig«, murmelte ich, gab mich kurz einem Augenrollen hin und steuerte dann mit Alex an meiner Seite den ersten Costa an, an dem wir vorbeikamen. Niemals setzte sie sich ohne einen frischen Caramel Latte in ihr Auto.

»Mach dich nur lustig«, äffte sie mich nach und stellte sich hinter einem älteren Ehepaar an. »Du bist wirklich nicht auf der Höhe, hm? Ist was vorgefallen? Mit Maggie?«

Ich musste gar nichts sagen. Alex brauchte mir nur ins Gesicht zu sehen. Mehr war nicht nötig, um ihre Einschätzung mit einem weiteren »Hm« zu besiegeln. »Maggie, also. Wie schlimm ist es?«

»War schon schlimmer.«

Damit hatte ich mir das nächste abschätzige »Hm« zweifelsohne verdient.

»Alex, du weißt …«

Sie seufzte. »Ich weiß. Diskretion. Was zwischen euch läuft, bleibt zwischen euch. Das ist eine dieser Eigenschaften an dir, die wirklich so richtig nerven.« Dennoch lächelte sie. »Gib mir wenigstens einen Tipp. Streit? Schlechter Sex? Überforderung?« Für die nächste Vermutung wurde ihre Stimme etwas vorsichtiger. »Tut es weh?«

Wehtun. Ich war nicht sicher, ob das der richtige Ausdruck war für Scherben, die einfach nicht richtig zusammenpassen wollten. »Sagen wir, sie ist besser darin, offen über ihre Gedanken zu sprechen als ich. Wesentlich besser.«

»Also Überforderung?«

Ich atmete durch, was nur ein kleiner Vorbote für das Geständnis war, das ich nicht nur Alex gab, sondern auch mir selbst. »Ich mach gerade dieselben Fehler noch mal.«

»Du läufst weg und versteckst dich in deinem Hotel?«

Nicht ganz. Aber fast. Ich verließ mich auf meine Gabe, die mein Therapeut mir attestiert hatte. Und ich suchte Abstand, wenn besagte Gabe ihren Dienst versagte. Ich war nicht buchstäblich weggelaufen. Aber Maggies Fragen hatten genau da getroffen, wo es nicht nur wehtat, sondern mir Angst machte.

Sie weiß es. Sie weiß, dass sie sich nicht auf dich verlassen kann. Keine Ahnung, woher, aber irgendwie weiß sie es.

Ich hatte mich und diese Gedanken so lange hinter einem »Später« versteckt, bis Maggie mir einen Fluchtweg gegeben hatte. »Ich glaube, mein Therapeut ist ein Idiot.« Sie hatte sehr vorsichtig geklungen bei diesem Schlichtungsversuch. Erst auf meinen fragenden Blick hin hatte sie weitergeredet. »Gut und schön, wenn ich jetzt offen alles anspreche. Dass ich damit alles plattwalze, hat er nicht gesagt. Tut mir leid.«

Ich hatte den Kopf geschüttelt und nach dem Strohhalm gegriffen. »Du hast nichts plattgewalzt. Es ist halb drei oder so. Ich würde dir jetzt einfach keine gute Antwort geben. Ich müsste zu viel erklären und … Es ist mitten in der Nacht.«

»Also tut mir nur mein Timing leid?«

»Nur das. Aber das ganz unbedingt.«

Dann hatte sie genickt und gelächelt und ich hatte dasselbe getan. Irgendwann waren wir ins Bett gegangen, und ich war Maggie ihre Antwort noch beim Abschied am nächsten Morgen schuldig geblieben. Dabei hatte ich sie ihr eigentlich schon zur Lasagne geben wollen, noch ehe sie solche Fragen stellte. Ich hatte es fest vorgehabt und mich dann doch lieber in den schönen Momenten mit ihr ausgeruht.

Das ist nicht, wie man Situationen löst. So wiederholt man Fehler. Nichts weiter.

»Hey.« Alex hatte ihre Hand an meine Schulter gelegt und

sah mich mit großen Augen an, ehe sie nur mit ihrem Blick nach links deutete. Wir standen bereits vorn am Tresen, und der junge Kerl dahinter sah mich abwartend an. »Ceylon«, sagte ich. »Einen kleinen.«

»Kein English Breakfast?«, raunte Alex. »Du Rebell …«

Ich zahlte, und wir schoben uns weiter ans Ende des Tresens, um dort auf unsere Bestellungen zu warten. »Ich muss ihr alles erzählen. Und ich habe keine Ahnung, wie ich das machen soll.«

Alex neben mir keuchte. Als ich mich ihr zuwandte sah ich, dass sie verstand. Ich glaube, es hat in all den Jahren nur wenige Momente zwischen uns gegeben, in denen Alex nicht verstanden hätte. Sie war die Erste, die mir eine Kopfnuss gab und mich einen Idioten schimpfte. Aber sie war genauso die Erste, die begriff, wenn ich nicht anders konnte. »Alles?«

»Von Sam.«

Sie nickte. Dass selbst Alex einen Moment über ihre nächsten Worte nachdachte, hieß wohl, dass es mein gutes Recht war, mindestens zu zögern. »Seht ihr euch heute?«, fragte sie.

Ich schüttelte den Kopf. »Morgen. Heute ist das Dinner mit Mr Robertson.« An diesem Vormittag hatte es ein paar Mails zwischen Maggie und mir gegeben. Sie hatten sich um die Brutalität ihrer Physiotherapeutin gedreht sowie um meinen Unwillen, mehrere Stunden mit Mr Robertson und meiner Mutter zu dinieren. Wie sich Gespräche immer um das Unwesentliche drehen, wenn die eigentlichen Themen sich verstecken.

Mich. Warum du dir mich antust.

Das war keine Frage gewesen, mit der man sein Gegenüber nur auf die Probe stellte. Maggie hatte gewirkt, als hätte sie Mühe gehabt, keine Tränen zu vergießen, während sie das fragte. Keine Ahnung, ob mir das bei meiner Antwort gelingen würde. Und noch weniger wusste ich, ob ihr die Antwort, die ich geben konnte, ausreichen würde.

»Donald und Harvey?« Eine weibliche Stimme mit indischem Akzent riss mich aus meinen Gedanken. Die dazugehörige Mitarbeiterin schob Alex unsere Becher mit einem strahlenden Lächeln entgegen.

»Harvey? Wirklich jetzt?«

»Nicht nur du bist nicht auf der Höhe«, gab Alex gleichmütig wieder, zog meinen Tee zu sich heran, um Milch hineinzugeben, verschloss dann unsere beiden Becher und dirigierte mich zurück auf den Weg in Richtung Garage. »Ich glaube, danach wird es etwas leichter für dich.«

Ich brachte es auf ein halbes Lächeln und nahm ihr mein Getränk ab, als sie es mir reichte. Mir kam dieses »Danach« sehr weit entfernt vor. Zwischen dem »Jetzt«, in dem ich mich befand und meinem Ziel lagen unfassbar viele Worte. Und ich kannte nicht eines von ihnen.

Ob sich das so für Maggie anfühlte?

»Ich meine das wirklich ernst. Du bist vielleicht gut in Diskretion. Aber Geheimnisse liegen dir nicht. Das ist einfach was völlig anderes. Weißt du noch, als du der Erste warst, dem ich gesagt habe, dass ich in Tess aus dem Englischkurs verknallt war? In ein Mädchen? Und du durftest nichts sagen. Egal, ob wir blöde Sprüche kassiert haben, weil man uns für ein Paar gehalten hat. Egal, wie oft meine Eltern mich mit demselben Verdacht bedrängt haben. Du hast dicht gehalten, aber du hast gelitten wie … Ach Shit, mir fällt kein Vergleich ein.« Sie nahm einen vorsichtigen, fast misstrauischen Schluck von ihrem Kaffee. »Ich weiß einfach, dass es dir besser gehen wird, wenn Maggie weiß, was mit dir los ist.«

»Vermutlich«, seufzte ich.

Alex warf mir einen kurzen Seitenblick zu und blieb neben mir am Fahrstuhl stehen, der uns zum richtigen Parkdeck führen würde. »Aber sonst ist es gut zwischen euch? Keine Details. Ich weiß. Ich will nur wissen, ob es auch schön ist, abgesehen davon, dass du Schiss hast und wahrscheinlich jeden Moment an allem Ungesagten erstickst. Das außer Acht gelassen. Wie geht es dir? Mit ihr …«

Ob es gut war … Ich dachte an das Staunen in Maggies Blick bei jeder kleinen Geste, die ich ihr zuteilwerden ließ. Ich dachte an das Gefühl ihres Körpers unter meinem, das nie ganz genug war. Ich dachte daran, dass ich Gefallen daran fand, nun wohl offizielles Mitglied der englischen Gemeinschaft spießiger Snobs zu sein. Dass ich es mochte, wie sie mich ansah, wenn sie glaubte, ich würde es nicht bemerken. Und wie ich mich in diesen Blick verliebte, mit dem sie mich bedachte, wenn sie wusste, dass ihr all meine Aufmerksamkeit gehörte.

Alex gab ein Geräusch von sich, als hätte ihr jemand mindestens fünf Hundewelpen vor die Nase gehalten. Oder meinen Sohn. Das vermutlich einzige Baby, dem sie je zugestanden hatte, niedlich zu sein. »Ich liebe es, wenn du so guckst. Und ich will wirklich, dass du wieder die ganze Zeit so dämlich aussiehst. Und zwar ohne dass dir dabei noch irgendwas wehtut. Ich glaube, das geht. Aber dafür musst du diesen Schritt machen.«

Ich seufzte. »Und alle anderen, die danach kommen.« Denn wie gesagt – da war dieser Berg an Wörtern und diese eine Geschichte. Seltsam, wie unüberwindbar manche Dinge scheinen, obwohl sie längst hinter einem liegen.

»Ich weiß, aber du wirst schon damit klarkommen, ganz sicher«, sagte Alex und lehnte sich an mich, als wir in den Fahrstuhl stiegen und ich den Knopf gedrückt hatte. Sie musste dabei gemerkt haben, wie ich bei ihren Worten leicht zusammengezuckt war.

»Ich weiß, dass du wieder klarkommen wirst. Irgendwann. Das weiß ich mit derselben Sicherheit, mit der mir klar ist, dass

ich dabei keine Rolle mehr spielen kann. Ich schaffe es einfach nicht bis dahin.«

Alex sah mich an, und die Entschuldigung in ihrem Blick verriet mir, dass sie wusste, wohin mich ihre Worte geschickt hatten. Nach Hause. Dorthin, wo noch immer der Zettel auf dem Nachttisch auf der rechten Seite lag, weil ich nicht wusste, wohin damit. Wo bewahrt man Abschiede auf?

»Zielgerade, Walsh.« Ihre Stimme klang sanft, als sie das sagte. Genauso wie bei den Worten, die sie darauf folgen ließ. »Wenn ich mitkriege, dass du auf den letzten Metern aufgibst, reiß ich dir Körperteile ab, die du sehr vermissen wirst. Verstanden?«

Die Fahrstuhltür öffnete sich und ich ließ ihr den Vortritt. »Sagst du das als meine Freundin oder als meine Therapeutin? Oder als Mitglied der Peaky Blinders?«

Alex grinste und drehte sich zu mir um, nur um mit ihrem Mittelfinger auf ihr Namensschild zu deuten. »Flugbegleiterin, schon vergessen? Ich kann alles sein, was du willst, Baby.«

Der Brief auf dem Nachttisch

- Maggie -

An: t.walsh@dandelions-inn-hotel.co.uk
Von: forrester_margaret@gmail.com
Betreff: Vorabbesprechung eines Sonderthemas

Sehr geehrter Mr Walsh,
ich schreibe Ihnen in der Hoffnung, dass Sie den gestrigen Abend in Gesellschaft Ihres Lieblingsgastes gut verbracht haben. Ich freue mich auf einen ausführlichen Detailbericht später – sofern die Diskretion es erlaubt. Um Sie nicht in Schwierigkeiten zu bringen, gelobe ich vorab strengste Geheimhaltung und tatkräftiges Bemühen, nicht zu lachen.
Damit Ihre Ausführungen nachher den gebührenden Raum bekommen, möchte ich ein anderes Thema vorab gern beiseiteräumen. Bekanntermaßen sehen Ängste bei Tageslicht immer etwas anders aus – was auch für meine gilt. In der vorletzten Nacht habe ich Sie ungefiltert und unvorbereitet damit konfrontiert. Das war unangemessen und steht weder in Relation noch in Zusammenhang zu Ihrer Person oder Ihrem Verhalten mir gegenüber. Mir ist wichtig, das klarzustellen, ehe wir unseren

Termin heute Abend antreten. Denn da möchte ich mich wirklich allein auf Ihren Bericht zu gestern sowie Ihre Beweisführung zur optimalen Temperierung eines Burgers konzentrieren. Sollten sich andere, ähnlich erquickliche Inhalte ergeben, stehe ich dem natürlich auch offen gegenüber.
Mit besten Grüßen
M. Forrester

An: t.walsh@dandelions-inn-hotel.co.uk
Von: forrester_margaret@gmail.com
Betreff: PS

Tom, ich meine es ernst: Mich interessiert wirklich brennend, wie der Abend mit Mr Robertson war. Und ich bin absolut bereit dafür, diesen Burger (Marylebone?) frisch serviert und genau so zu essen, wie sich das gehört, und einzugestehen, dass das noch viel besser ist als kalt.
Außerdem habe ich das Gefühl, dir das schuldig zu sein. Ich bin eigentlich nicht so eine nervige Gesellschaft, weißt du? (George wird anderes behaupten, aber seine Meinung kann hier unmöglich gelten.) Ich könnte mich jetzt mit meinem Unfall rausreden und dass ich das nicht steuern kann. Was auch stimmt. Trotzdem muss ich dringend lernen, meine Gedanken erst zu sortieren und zu relativieren, ehe ich dich mitten in der Nacht damit bombardiere.
Das war dämlich. Und das weiß ich.
Ich hoffe, du auch.
Maggie

Es war über vier Stunden her, dass ich Tom diese Mails geschickt hatte. Seither hatte ich sie vier oder fünf Mal gelesen.

Mit jedem Lesen war ich unsicherer geworden, ob es klug gewesen war, ihm zu schreiben.

Angesichts der Vorstellung, mich am Abend mit Tom zu treffen und immer noch diese grenzenlos dämliche Frage zwischen uns zu haben, war ich panisch geworden. Also hatte ich versucht, sie aus der Welt zu schaffen, ehe sie diesen Abend oder sogar mehr als das verderben konnte.

Das Resultat waren zwei E-Mails, die auch um kurz vor sieben am Abend noch keine Antwort erhalten hatten. Stattdessen stürzten sich meine Gedanken in eine zauberhafte Spirale der Interpretation.

Er hatte einfach keine Gelegenheit, die Mails zu lesen.

Oder ihm fehlt die Zeit, darauf zu antworten. Es ist Tom, der schreibt nicht einfach nur »Okay, Schwamm drüber«.

Vielleicht ist es genau das gewesen, was seine Nerven jetzt überstrapaziert. Erst nervst du ihn mit so einer Frage und nun schreibst du ihm, dass er sie vergessen soll und alles nicht so gemeint war? Wie bescheuert bist du eigentlich?

Er wird absagen. Es ist plausibler, etwas »dazwischenkommen« zu lassen, wenn man sich kurzfristig meldet.

Oder er hat die Mails noch nicht lesen können, weil er arbeitet. Nicht wie du, die zu Hause rumsitzt und viel zu viel Zeit hat, sich in irgendetwas reinzusteigern.

Von wegen »Ich bin eigentlich nicht nervig«. Doch, vielleicht bist du genau das. Und der Dank gilt dem freundlichen Fahrer dieses 3er BMW.

Ich legte mein Handy beiseite, mit dem Bildschirm nach unten, und presste meine Daumen gegen meine Nasenwurzel. Ganz offensichtlich passierte mit mir genau das, worüber ich mich bei anderen Frauen immer lustig gemacht hatte: Ich drehte durch. Wegen eines Mannes und wegen der völlig haltlosen Angst davor, ihn zu verlieren. Und das nach so kurzer Zeit.

Ich vermisste mein »Scheiß drauf. Es gibt Milliarden anderer Männer«. Und mir fehlte mein »Sein Pech, wenn er nicht will«. Gott, was hätte ich für mein gleichmütiges »Tja, schade« gegeben, für mein selbstsicheres Schulterzucken und für einen Drink. Entgegen der landläufigen Meinung war ich fest davon überzeugt, dass ein Gin meinem Kopf zu wenigstens ein bisschen Klarheit verhelfen würde.

Stattdessen saß ich in meiner Küche und observierte die Uhr, die mir verriet, dass Tom mich in drei Minuten abholen wollte. Er hatte versprochen, ein Auto von Zipcar zu bemühen, und ich hatte im Gegenzug hoch und heilig geschworen, mindestens die Fahrt bis zum Burger-Restaurant zu überstehen, ehe ich ihn mit den wildesten Flüchen überhäufte.

Ich mochte den Plan. Ich wollte diesen Plan. Aber dank meiner dämlichen Mails schien er in noch weitere Ferne gerückt.

Und nun saß ich am Küchentisch, starrte auf die Arbeitsplatte, an der Tom mir vor zwei Tagen gezeigt hatte, wie man ein Messer führte. Ich wusste wirklich nicht mehr, wie das ging. Umso deutlicher erinnerte ich mich an das Gefühl von seinem Körper an meinem Rücken. Oder von seinen Händen an meiner Taille, die mich später genau so festgehalten hatten, wie ich es ihm auf dem alten Kirchturm gezeigt hatte. Diesmal aber hatte er mich auf die Arbeitsplatte gehoben. Der Topf und das Geschirr neben uns waren vergessen. Das Gefühl von Toms Küssen an meinem Hals war zu laut gewesen, um solche Belanglosigkeiten wahrzunehmen. Wie sein Daumen scheinbar beiläufig über die Seite meiner Brust gestrichen war.

»Tom?«

Und nun saß ich hier, starrte aus dem Fenster und vermisste den Moment, in dem meine Stimme vor Aufregung fast versagt hätte.

»Ich fürchte, wir müssen ganz klassisch im Schlafzimmer

weitermachen. Die Küche ist für meine Hüfte noch zu experimentell.«

Toms Lachen war über meinen Hals bis zu meinem Ohr gestrichen, gemeinsam mit der Berührung seiner Lippen. Seine Stimme war dunkel gewesen. So sehr, dass ich sie direkt überall fühlte und nicht nur dort, wo er mich berührt hatte. *»Keine Experimente, hm? Oh, Ms Forrester, Sie wissen, wie man einen Snob um den Verstand bringt.«*

Mit einem Seufzen lehnte ich mich zurück und warf einen Blick auf die Uhr. Zwei Minuten nach sieben. Ein Blick auf mein Handy verriet, dass keine Nachricht von Tom eingegangen war.

Weil du ihn eben auch auf andere Weise um den Verstand gebracht hast. Auf die anstrengende Art. Wer will sich damit denn auseinandersetzen? Nach zwei Wochen ... Herrgott, Maggie!

Ich wollte gerade abwägen, wann es sich anbieten würde, Tom zu schreiben oder gar anzurufen, um ihn zu fragen, ob es bei unserem Treffen bleiben würde. Meine Schätzungen schwankten zwischen einer Viertelstunde und zwanzig Minuten, als ich eine hochgewachsene, schlanke Gestalt die Straße vor dem Haus überqueren sah. Mein Pulsschlag erkannte Tom eher, als jeder Kopf das gekonnt hätte.

Er verschwand aus meinem Sichtfeld, und ab dann waren es nur Sekunden, ehe ich die Klingel hörte. Ich zuckte zusammen, auch wenn ich dieses Geräusch erwartet hatte. Scheiße, wie ich diese Anspannung hasste. Mehr als das leichte Ziehen in meiner Hüfte, das sich natürlich ausgerechnet jetzt einstellte.

Ich ignorierte es auf den paar Metern bis zur Wohnungstür, atmete dort noch einmal tief durch und drückte den Summer. Dann griff ich nach meinem Mantel und der Tasche. Die Schuhe hatte ich längst an, weil dieses Prozedere einfach zu lange dauerte. Länger, als ich Tom warten lassen wollte.

Er stand bereits vor der Tür, als ich sie öffnete. Seine Hände steckten in den Taschen seiner Jacke. Der Blick, mit dem er mich ansah, war unsicher und wurde begleitet von einem tiefen Luftholen, nach welchem Tom nicht mehr rausbrachte als ein zögerliches »Hey«.

Ich hätte so etwas sagen wollen wie »Gott sei Dank, da bist du ja. Und ich dachte schon, ich müsste von jemandem gefahren werden, der das auch tatsächlich kann«. Aber solche Worte kriegt man nicht über die Lippen, wenn man einem Mann mit einem viel zu zaghaften Lächeln gegenübersteht.

Was gerade so funktionierte war ein Echo von seinem »Hey« – und auch das nur mit knapper Not. In meinen Ohren klang es wie ein unüberhörbares »Wieso hab ich das Gefühl, dass du mir gleich das Herz brechen wirst?«

Tom räusperte sich und sah mich an wie jemand, dem seine Worte schon leidtaten, ehe er sie aussprach. »Ich …« Noch ein Räuspern. »Tut mir leid. Ich schwöre, ich habe mir überlegt, was ich sagen will, aber …« Er seufzte und sah etwas verloren zu der Klingel neben der Wohnungstür, ehe er mir wieder in die Augen schauen konnte. »Ich hab alles vergessen.«

Du machst das jetzt wirklich, oder?, dachte ich. Du bist extra hergekommen, anstatt einfach anzurufen oder zu schreiben oder Ausflüchte zu finden, wie jeder beliebige Mann das gemacht hätte. Weil du nicht jeder beliebige Mann bist, sondern der vielleicht letzte Gentleman, der noch übrig ist.

Ich nickte und schluckte den Kloß in meinem Hals herunter. Dann lächelte ich, ohne auch nur eine verfickte Ahnung zu haben, wie mir das gelingen konnte. »Vergessene Wörter, hm? Damit kenn ich mich aus. Willst du reinkommen?«

»Das wäre … ja. Das würde ich wirklich gern.«

Wieso klang es dann, als wäre er überall anders lieber als hier?

Ich machte die Tür frei und legte Jacke und Tasche zurück

auf die Kommode. Und dann stand ich ein bisschen verloren herum, bis Tom sich seines Mantels und seiner Schuhe entledigt hatte. Meine Sneaker behielt ich an. Im Moment hatte ich nun wirklich keinen Nerv für Schnürsenkel und die Frage, wie ich mein Gewicht verlagerte, um meine Schuhe nur irgendwie im Stehen von meinen Füßen zu kriegen wie ein erwachsener Mensch, ohne durch eine blöde Bewegung Schmerzen zu verursachen.

»Willst du … was trinken oder so?«

Tom schüttelte den Kopf. »Können wir uns einfach setzen?« Immerhin deutete er dabei aufs Wohnzimmer und stellte mich nicht auch noch vor die Frage, wohin.

»Sicher.« Ich krächzte. Das musste er doch hören. Scheiße noch mal, er musste doch mitkriegen, was er hier mit mir machte. Ich hatte es ihm erklärt, dann hatte ich ihn einem ganzen Schwall dieser Ängste ausgesetzt und am Ende alles noch mit diesen Mails als Sahnehäubchen gekrönt. Konnte er nicht wenigstens so fair sein und die Sache schnell hinter sich bringen? Und hinter mich? Hatte er wirklich noch nie von der Pflastermethode gehört?

Tom setzte sich auf das Sofa, und ich nahm zu seiner Rechten Platz. Auf der Seite konnte ich mich ihm wenigstens zuwenden und ihn vorwurfsvoll niederstarren, falls das nötig werden sollte. Und falls ich überhaupt noch in der Lage dazu wäre. Allein das Warten darauf, dass er endlich etwas sagte, zerquetschte mein Nervenkostüm längst zu Brei.

»Wir sitzen«, erinnerte ich ihn. Möglicherweise schwang längst ein wenig der Wut in meiner Stimme mit, für die es noch gar keinen Grund gab. Aber es gab eine Befürchtung. Und Befürchtungen halten sich nicht mit Logik auf.

»Ich weiß, ich …« Er nickte, dann holte er tief Luft, als würde er gleich vom höchsten Brett des Sprungturms springen – ohne zu wissen, ob der Pool unten voll Wasser war oder leer.

»Einfach anfangen«, murmelte er dann. Mehr zu sich als zu mir, wie mir schien. »Einfach anfangen und dann nicht aufhören.«

Mir drängten sich unendlich viele Fragen gleichzeitig auf. *Anfangen ... womit? Ist alles in Ordnung? Kannst du bitte einfach sagen, was los ist? Du machst mich nervös.* Zum Glück war das zu viel, um alles gleichzeitig auszusprechen, was zur Folge hatte, dass ich meine Klappe hielt.

»Wäre es in Ordnung für dich, wenn wir das Essen heute ausfallen lassen? Schon wieder, ich weiß, aber ... Ich würde gern mit dir reden. Ich muss dir was erklären.«

Ich sah ihn etwas irritiert an. Vielleicht sah ich ihn auch sehr irritiert an. Das Essen hatte ich ehrlich gesagt längst abgehakt. Und wir saßen längst hier, um miteinander zu reden, oder nicht?

Tom schien meine Gedanken lesen zu können. Er zuckte leicht mit den Schultern und versuchte sich an einem zaghaften Lächeln. »Mir ist wieder eingefallen, was ich eigentlich an der Tür hatte sagen wollen. Und ich dachte, das hier wird leichter, wenn ich mich einfach an den Plan halte, ungeachtet ...« Er deutete auf das Sofa.

»Und? Wird es leichter?«

Ein knappes Lachen, das eher ein Keuchen war, entwich ihm und er schüttelte den Kopf. »Definitiv nicht, nein.« Er tat noch einen dieser Atemzüge. »Zuerst muss ich mich bei dir entschuldigen. Ich habe deine Mails gelesen, aber nicht geantwortet, weil ... Ich habe mir schon gestern vorgenommen, heute mit dir zu reden. Und es kam mir nicht richtig vor, dir zu schreiben und weiter so zu tun, als wärst du die Einzige von uns beiden, die ... Du hast mir gesagt, dass du oft irrationale Gedanken hast und die nicht steuern kannst. Du hast es mir am selben Abend erklärt, und trotzdem habe ich denkbar schlecht darauf reagiert.«

Ich setzte dazu an, etwas zu sagen, verschluckte mich aber an meinem »Das hast du nicht«, als ich seine Hand an meinem Knie spürte – ganz kurz nur und sehr, sehr vorsichtig.

»Bitte, ich muss … Lass mich das einfach zu Ende bringen, ja? Ich will das nicht zwei Mal machen.« Tom wartete mein »Okay« ab, dann zog sich seine Hand wieder von meinem Knie zurück. »Du hast mir deine Ängste mitgeteilt, und ich habe dir das Gefühl gegeben, dich dafür entschuldigen zu müssen. Das ist …« Er räusperte sich, was absolut nichts brachte. Seine Stimme klang danach noch immer belegt. Vielleicht sogar etwas mehr. »Das ist in höchstem Maße unzutreffend. Das solltest du wissen. Erzähl mir alles, was dir durch den Kopf geht, und dann kann ich dir sagen, ob es Unsinn ist. Oder wir reden darüber. Ich werde irgendwie lernen, wie das geht, aber bitte, hör nicht auf, mit mir zu reden, ja? Und wenn ich mich wie ein Idiot verhalte, dann sag mir das. Ich will auf keinen Fall, dass wir noch mal …« Er stockte und sah mich mit großen Augen an, ehe er den Kopf schüttelte und sich mit einer Hand über sein Gesicht rieb. Sein ratloser Blick war anschließend noch immer da. »Das ist nicht, wie ich anfangen wollte, tut mir leid.«

»Schon gut.« Gott, ich klang wie eine Idiotin. *Schon gut.* Als hätte ich eine Ahnung. Als wüsste ich, was das hier gerade war, und ob *schon gut* überhaupt zutraf.

So, wie Tom mich ansah, tat es das nicht. Die wohlbekannte senkrechte Falte zwischen seinen Augenbrauen hatte längst ihren Platz eingenommen und blieb auch dort, als er den Kopf schüttelte und seine Gedanken von dem Punkt wegriss, an dem sie festgesteckt hatten, und seinen Blick von mir. Stattdessen sah er auf seine Hände, die ineinander verschränkt auf seinen Knien lagen. Er sah auf seine Hände und holte tief Luft.

Ich glaube, dass schmerzhafte Geschichten immer so beginnen müssen. Mit einem Ankerpunkt und einem letzten tiefen Atemzug.

»Ehrlich gesagt wollte ich dir erst später davon erzählen. Ich weiß nicht, ob es richtige Zeitpunkte dafür gibt, bisher kam mir das immer zu früh vor. Aber … Jemand hat mir den Ratschlag gegeben, dass manche Sachen keinen richtigen Zeitpunkt haben, sondern dass sie immer zu früh scheinen, bis es zu spät für sie ist. Und *zu spät* wäre schlimmer.« Ich konnte sehen, wie er seine Stirn runzelte. »Genau genommen ist das kein richtiger Ratschlag.«

Schon gut, dachte ich – schon wieder. Diesmal behielt ich die Worte aber bei mir. Stattdessen versuchte ich, in meinem Kopf zu sortieren, dass Tom offenbar nicht hier war, um etwas zu beenden, das noch gar nicht wirklich angefangen hatte. Ich versuchte also, Erleichterung zuzulassen. Doch so richtig wollte das nicht klappen. Ein Mensch mit uneingeschränktem Zugriff auf sein Vokabular kämpft nicht so mit Worten, wenn es *nicht so schlimm* ist.

»Du solltest wissen, dass meine letzte Beziehung nicht gut ausgegangen ist.« Tom warf einen kurzen Seitenblick zu mir.

Also lächelte ich zaghaft. »Das tun letzte Beziehungen selten.«

Tom sah mich noch einen Moment länger an – prüfend, wenn ich nicht irrte. Als wäre mir nicht klar gewesen, dass es andere Frauen in seinem Leben gegeben haben musste. Was auch immer er in meinem Blick gesucht hatte, er schien es gefunden zu haben. Mit einem Nicken wandte er sich seinen Händen wieder zu. »Um ehrlich zu sein, ging sie sogar denkbar schlecht aus. Wir … Ich habe viele Fehler gemacht, die meiner Meinung nach dazu beigetragen haben. Und ich merke, dass ich jetzt dieselben Fehler wieder mache, deshalb …« Den Satz beendete er nicht. Stattdessen rieb er sich die Stirn.

Das hilft nicht, dachte ich. So sortiert man keine Wörter. Das irritiert sie meist nur. »Was denn für Fehler?«

Tom antwortete nicht gleich. Er ließ sich sogar sehr viel Zeit damit. Als er schließlich redete, klang seine Stimme, als fürchtete sie sich vor jeder Silbe. »Wir waren noch kein ganzes Jahr zusammen, als sie schwanger geworden ist. Ehrlich gesagt war bis zu diesem Punkt nie richtig klar, was das zwischen uns eigentlich ist. Aber dann war da dieses Kind, und von Anfang an stand fest, dass wir das gemeinsam angehen.« Diesmal sah er mich nicht an, um zu prüfen, wie ich mit Informationen umging. Das wehmütige Lächeln schenkte er der Tischkante und gab mir damit Zeit, um zu begreifen, dass Tom ein Kind hatte. Ich wartete auf ein drückendes Gefühl irgendwo zwischen Herz und Magen, aber es blieb aus.

»Es lief tatsächlich ziemlich gut«, erzählte er weiter. »Wir haben uns eine Wohnung gekauft und sind eingezogen. Wir wollten heiraten, aber in Ruhe, wenn das Kind da ist. Als wir dann zu dritt waren, haben wir uns schnell eingespielt. Natürlich war es anstrengend, und im Prinzip waren wir die ganze Zeit nur erschöpft, aber …« Nun sah er mich doch an. Ich konnte sehen, dass es ihm wehtat, aber dahinter lag ein Strahlen, von dem ich wusste, dass es nicht mir galt, sondern der Erinnerung, die durch seinen Kopf spukte. »Ich finde, wir haben es gut hinbekommen. Ich hätte nie gedacht, dass so ein winziger Mensch zwei Erwachsene so beschäftigen kann, aber … Wir haben das wirklich gut hinbekommen.«

Ich nickte, weil ich das Gefühl hatte, das tun zu müssen. Und ich schwieg. Weil ich glaubte, dass auch das besser so war, statt auszusprechen, was mir durch den Kopf ging: *Sie fehlen dir. Warum fehlen sie dir, wenn alles gut war? Was kann so entsetzlich schiefgelaufen sein, dass du nicht mehr bei ihnen bist?*

»Letztes Jahr bin ich dreißig geworden, und sie hatte sich in den Kopf gesetzt, mir eine Auszeit zu schenken. Weg von dem ganzen Trubel mit dem Hotel und Freunden und Familie und Kollegen, die uns ständig besuchen wollten. Nur wir drei – ein paar Tage ans Meer. Es war Februar und kalt, die Geburt war erst knapp vier Monate her. Im Prinzip war es eine alberne Idee, aber es war ihr wichtig, also …«

Da war es, das drückende Gefühl, auf das ich eben noch gewartet hatte. Nur war es nicht an dem Punkt, wo es hingehörte. Es war kein Klumpen irgendwo in meinen Eingeweiden. Stattdessen war es überall, kroch über meinen Rücken und meinen Nacken und legte sich wie eine Klammer um meine Brust. Es hielt mich fest und erzählte mir Toms Geschichte zu Ende, noch ehe er weitersprach.

»Die Straßen waren glatt, und es war neblig. Wir sind in einen Stau geraten, direkt hinter einer Kurve. Der Lkw-Fahrer hat das Ende zu spät gesehen. Der komplette hintere Teil unseres Autos war …« Tom räusperte sich. Zeitgleich nahm er seine Brille ab und legte sie vor sich auf den Tisch. Dann kniff er die Augen zusammen. Ich wollte mir gar nicht ausmalen, welche Bilder er so versuchte zu verdrängen. Mit einem zittrigen Atemzug öffnete er sie wieder und sah mich an. »Der Kindersitz war auf der Rückbank montiert. Hinter dem Beifahrersitz. Die Rettungskräfte …« Tom schloss wieder seine Augen. Ich konnte sehen, wie er seine Kiefer zusammenpresste, und er gab ein angestrengtes Ächzen von sich, mit dem er alles zurückkämpfte, was sonst mitsamt weiterer Worte aus ihm herausgekommen wäre. Tränen. Vielleicht noch mehr.

Das gelang ihm besser als mir. »Das war nicht deine Schuld.« Mir war klar, wie entsetzlich plakativ dieser Satz war, und wie wenig er ausrichtete. Aber er brach haltlos aus mir heraus, als hätte er ewig darauf gewartet.

Tom nickte und öffnete seine Augen wieder, die gerötet aussahen, allerdings trocken. Als erinnerten sie sich an die Tränen von damals. »Ich weiß. Keiner von uns hatte Schuld. Aber das spielt keine Rolle, wenn … Wir sind nicht gut damit klargekommen. Wir beide nicht.«

Niemand, dachte ich. Niemand kommt mit so was gut klar.

»Ich wusste, dass es ihr schlechtging. Aber ich wusste nicht, was ich dagegen tun sollte. Was ich hinbekommen habe, war früh ins Hotel zu gehen und dort so lange wie möglich so viel wie möglich zu arbeiten. Meist war ich erst mitten in der Nacht zu Hause, und immer öfter war ich dabei nicht mehr nüchtern. Ich bin weggelaufen und habe mich darauf verlassen, dass sie auch … Dass sie es irgendwie schafft. Ich meine, sie war … Sie hat doch immer alles geschafft. Sie war die Stärkere von uns. Sie hat nie gesagt, dass sie … Und ich habe nicht richtig hingesehen, weil …« Er würgte an seinem letzten Wort und sah mich an, als hätte ihm etwas mitten ins Gesicht geschlagen. Schon vor langer Zeit, aber er saß noch immer hier und konnte es nicht fassen. »Es war mitten in der Nacht, als die Polizei mich erreicht hat. Ich habe Menüplanungen durchgesehen. Ich habe mich noch nie mit der Menüplanung beschäftigt, dafür gibt es einen Küchenchef. Aber ich hatte kaum noch was anderes zu tun, als Whisky zu trinken und Zutatenlisten durchzublättern.«

»Tom«, sagte ich leise. Keine Ahnung, was ich danach hätte sagen wollen.

Er schüttelte ohnehin den Kopf. Erst musste er das hier zu Ende bringen. Also nickte ich und schwieg und hoffte, dass mir bis dahin Worte einfallen würden. Wenn schon nicht die richtigen, dann wenigstens gute.

»Das war keine … Sie hat einen Abschiedsbrief geschrieben und den Notruf angerufen, ehe sie vom Balkon gesprungen ist. Damit sie niemand finden muss, der … Jedenfalls denke ich, dass das der Grund ist. Die Wohnung war aufgeräumt und sie hat einen Brief geschrieben. Und ich habe mir Listen angesehen, von denen ich nichts verstehe, weil ich nicht ausgehalten habe, dass ich ihr nicht helfen kann. Sie hat all das gemacht, und ich habe mich nur damit beschäftigt, nicht nach Hause gehen zu müssen. Ich war nicht mal nüchtern, als die Polizei mir erzählt hat, was passiert ist.« Mit dieser Erinnerung war beides auf einmal da. Die Tränen, die in seinen Augen glänzten, und Wut, die darin schimmerte. Mehr noch als Trauer.

»Ich bin nach Hause gekommen, und da lag ihr Brief auf dem Nachttisch. Sie …« Er kämpfte. Mit den Tränen oder dagegen, keine Ahnung. Und ich saß nur da und konnte nichts dagegen machen. Ich kannte den Hotelmanager und den Snob, der mit einem diskreten Schmunzeln viel mehr in mir auslösen konnte als andere Männer in einer ganzen Nacht, der immer zu wissen schien, was er sagen und tun musste. Und nun zeigte Tom mir den Scherbenhaufen hinter diesem Bild, und ich wusste nicht, wie er all das die ganze Zeit über hatte zusammenhalten können.

»Sie hat mir erklärt, dass sie nicht mehr kann. Und sie hat geschrieben, dass sie überzeugt davon ist, dass für mich alles wieder okay sein wird, irgendwann. Sie hat …« Er schluckte, und seine Augenbrauen zogen sich zusammen. Aber die Tränen blieben da. »Sie ist gesprungen und hat daran geglaubt, dass ich damit klarkommen werde. Wie viel kann ein Mensch falsch machen, dass die Frau, die er … Dass sie wirklich glaubt, es wäre …« Das war die Stelle, an der seine Beherrschung hängen blieb und nicht mehr weiter konnte. Toms Hand presste sich in einer Faust gegen seinen Mund, und ich sah, wie unruhig sein Blick umherglitt. Er hatte den Ankerpunkt verloren, und fand nun nichts mehr, woran er sich festhalten konnte, um nicht in Tränen und Wut und Schuld zu ertrinken.

Ich schaute Tom nur kurz dabei zu, beim Ertrinken. Nur ein paar Sekunden, länger hielt ich es nicht aus. Meine Hand streckte sich ganz von selbst nach ihm aus und legte sich auf seine Schulter. Ich rechnete damit, dass er zusammenzucken würde, vielleicht aufschrecken, sich entschuldigen und den Raum verlassen.

Doch nichts dergleichen passierte, sobald ich ihn berührte. Ein, zwei Sekunden lang reagierte Tom gar nicht. Dann sackten seine Schultern nach unten, und er atmete aus, als hätte er nicht nur ein paar Sekunden lang die Luft angehalten, sondern seit dem Moment, als er diese Abschiedsworte gelesen hatte.

Ich spürte, wie seine Schulter unter meiner Hand leicht bebte, und war sicher, dass das neue Tränen bedeutete, die ihn einholten. Vielleicht auch mehr als Tränen. Ich beschloss, dass es okay war, und rückte näher an ihn heran, um meine Arme um ihn zu schließen.

»Tut mir leid.« Toms Stimme brach unter diesen drei Wörtern. Sie hatte ihr Gewicht schon viel zu lange getragen.

Ich schüttelte nur den Kopf und hielt ihn fest. Das Gefühl, dass ich das schon viel früher hätte tun sollen, erschlug mich, genauso wie viel zu viele Dinge, die ich sagen wollte.

Wir kriegen das schon hin.

Ich bin hier, okay? Und ich geh auch nicht wieder weg.

Versprochen.

Es ist okay. Vielleicht nicht im Moment, aber irgendwann.

Alles, was ich wirklich sagte, waren die zwei Worte, die all das zusammenfassten, ohne Tom damit zu erschlagen.

»Schon gut.«

Ich presste meine Lippen auf seine Haare und schloss die Augen.

Es gibt Momente, in denen man nichts weiter tun kann, als den anderen festzuhalten und die gleiche Beteuerung immer und immer wieder zu sagen.

Schon gut.

Wie ein Versprechen. Das vielleicht letzte, das noch übrig ist.

Langsamer laufen

- Maggie -

»Hier.«

Mit diesem Wort und einem zaghaften Lächeln reichte Tom mir den Tee. Schwarz unter einem zarten Nebel aus Dampf, der über meiner Tasse schwebte.

Fast zwanzig Minuten waren vergangen, seit er beschlossen hatte, dass Tee helfen würde. Gin oder Whisky kamen nicht infrage, weder für ihn noch für mich. Und offenbar war alles, was als Alternative herhalten konnte, eine Tasse Darjeeling.

Ich verstand nicht viel von Tee, aber selbst ich wusste, dass eine Viertelstunde Ziehzeit ihn ungenießbar gemacht hätte. Wahrscheinlich hatte Tom die kleine Flucht gebraucht. Einen Moment allein mit seinen Erinnerungen und dem Wasserkocher.

»Danke.« Ich erwiderte sein Lächeln mit derselben Vorsicht und versuchte, aus seiner Mimik zu lesen, ob es ihm etwas besser ging. Die Frage laut zu stellen, traute ich mich nicht.

»Mh«, machte er nur und setzte sich wieder neben mich – nah genug, dass unsere Schultern sich berührten, während jeder in seine Tasse starrte.

Ich überlegte, was ich sagen konnte. Mir ging genug durch den Kopf. Vor allem die Frage, wie es ihm ging – jetzt in diesem Moment. Und überhaupt. Gleichzeitig versuchten sich neue Bilder von Tom in meinem Kopf zu formen. Ich kannte nur den Snob und hatte gerade angefangen, ihn als Partner kennenzulernen. Nun waren da Bilder in meinem Kopf, wie er ein Baby auf dem Arm hielt. Es war leicht, sich das vorzustellen – das stolze Strahlen in müden Augen. Und dann dieselben Augen genauso müde, doch ohne das Strahlen, sondern mit dem Wissen, dass alles, was es dafür brauchte, in einem Sarg lag.

All diese Bilder formten sich von ganz allein in meinem Kopf, während ich auf Toms Hände schaute. Sie hielten die Tasse fest, in die Tee und Milch ein sattes Dunkelbraun malten, wohingegen das Gefäß in meinen Händen voll mit klarem Schwarz war. Ich sah die beiden Tassen nebeneinander und dachte, dass Ratlosigkeit genau so aussehen musste. Wie zwei Tassen Tee, die Seite an Seite allmählich kalt werden.

»Wie geht es dir?« Toms Stimme klang müde und rau, als sie genau die Frage stellte, für die ich zu feige gewesen war.

»Was?« Ich sah ihn irritiert an.

»Wie geht es dir?«, wiederholte er. »Sei ehrlich.«

Aber … das war so nicht richtig. Es ging hier nicht um mich. Er war derjenige, der gerade von seiner Geschichte eingeholt worden war. Nicht ich.

»Du fragst mich ehrlich, wie es *mir* geht?«

Er nickte, atmete tief durch und sah mich an, als wäre wichtig, dass er das wusste. Wie zur Hölle konnte das jetzt wichtig sein?

»Maggie, bitte …«

Ich kapitulierte mit einem Keuchen, von dem ich hoffte, dass er es nicht falsch verstand. »Keine Ahnung«, gestand ich – dem Tee, nicht Tom. »Ich … Du hast mir …« Natürlich verschwanden die Wörter genau jetzt. Und zwar so gut wie alle. »Es tut mir leid«, war, was von ihnen übrig blieb. Doch es war gut genug, um zu sagen, was ich meinte. »Es tut mir so wahnsinnig leid, dass du das verbringen musstest. Das ist viel. Ich weiß nicht, wie du damit klarkommst, und ich würde gern … Aber das geht nicht, und …« Ich gab auf.

Tom tat das Gleiche und nickte. Er war genauso ratlos wie ich. Die Geschichte war erzählt. Und solche Geschichten ließen nicht viel übrig, was man noch sagen könnte.

»Das stimmt nicht, ich …«, setzte er an, kam aber direkt ins Stocken. Es brauchte ein Räuspern, um noch einmal neu zu beginnen. »Ich komme nicht klar, ich … Ich war seitdem nicht mal auf dem Friedhof. Oder in der Wohnung. Ich müsste Fotos machen. Alex hat einen Makler gefunden, der … Aber sie ist nie da, um auch den Rest zu erledigen.«

»Mh«, machte ich, um nicht so einen Unsinn zu sagen wie »Ich kenne das«. Ich wusste, wie es war, wenn Angehörige helfen wollten, indem sie einen zu dem drängten, was sie für das Beste hielten. Ich kannte den Druck, den diese Hilfe auslöste, und das Gefühl zu versagen, weil man nicht schnell genug heilte. Und ich kannte die Wut, weil jeder genau das von einem erwartete.

Ich wusste, wie das war. Aber hatte keine Vorstellung davon, wie es sein musste, Frau und Kind auf diese Weise zu verlieren. Was ich verloren hatte, waren ein bisschen Mobilität, ein bisschen Selbstbeherrschung und ein bisschen Vokabular.

»Sie will mir helfen. Und sie hat recht. Ich kann mich nicht ewig in einem Hotelzimmer verstecken. Ich kann nicht alles vermeiden, das …« Er keuchte und schüttelte dann den Kopf. »Zwei Wochen, nachdem sie … Natürlich bin ich weiter arbeiten gegangen. Ich wusste nicht, was ich sonst machen sollte. Nach zwei Wochen habe ich nicht mehr ausgehalten, wie mich alle angesehen haben. Jeder wusste Bescheid. Und jeder wollte mir irgendwie helfen oder hatte eine Geschichte oder einen Rat. Ich konnte das nicht mehr, also habe ich ein Vermögen für Abfindungen ausgegeben und etliche Kontakte spielen lassen, um neue Anstellungen zu finden. Ich habe unsere besten Leute gehen lassen. Selbst die, die mich schon als Kind kannten. Vor allem die, weil …« Er beließ es bei einem ratlosen Schulterzucken. Ich konnte mir denken, weshalb.

»Hat es geholfen?«, fragte ich vorsichtig. Dabei dachte ich an meine eigene Geschichte. An die Knöpfe an meinem grünen Kleid. Daran, dass es egal ist, wie falsch man sie zumacht, solange man am Ende nur dieses verdammte Kleid irgendwie anhat.

Tom schüttelte den Kopf. Ich war nicht sicher, ob das die Antwort auf meine Frage war oder einfach ein Urteil über sich selbst. »Du erinnerst dich, wie …« Er atmete tief durch und drehte seinen Kopf dann so, dass er mich ansehen konnte. »Du erinnerst dich, wie ich dich genötigt habe, die Treppen zu laufen, um nur niemandem zu begegnen und mein Privatleben von meinen Mitarbeitern fernzuhalten? Das ist ganz weit weg von Klarkommen, wenn du mich fragst.«

Ich nickte und wollte ihm am liebsten sagen, dass das okay war. Niemand konnte von ihm verlangen, dass er alles richtig machte. Oder dass er überhaupt irgendetwas machte. Ich wollte ihm von den Knöpfen erzählen, und gleichzeitig hätte ich ihn am liebsten wieder in den Arm genommen. Ich wollte ihm dabei helfen, die ganzen Scherben, die von seinem Leben übrig waren, wieder zusammenzufügen, so gut es eben ging. Und gleichzeitig wurde mir klar, dass er vielleicht genau deshalb hier neben mir saß und mir alles erzählte. Weil er hoffte, dass ich ihm mit diesem Scherbenhaufen half. Aber ich war nur … ich. Und ich hatte keine Ahnung, wie so was ging.

»Wenn du … Ich kann mitkommen, wenn du möchtest. Zur Wohnung. Oder zum Friedhof. Ich müsste nicht einmal mit zum Platz … zum … Egal … Ich könnte einfach auf dich warten. Nur für den Fall, falls … Oh Gott.« Ich stellte meine

Tasse vor mir ab und vergrub das Gesicht in meinen Händen. Nur kurz. Gerade lang genug, um mein Aufstöhnen aufzufangen. »Es tut mir leid, ich …« Meine Hände fielen in meinen Schoß. Zeitgleich spürte ich das Brennen in meinem Hals – die deutliche Drohung von Tränen, die mich heimsuchen würden, wenn ich weiterredete. Aber scheiß drauf. Sollten sie doch kommen. »Tom, es tut mir leid. Vergiss das einfach. Ich will nicht so ein Schneemann sein, der glaubt zu denken … Vergiss die Wohnung. Oder den Friedhof. Dein Sohn ist gestorben. Und die Liebe deines Lebens.« Diese Worte waren schlagartig in meinem Kopf. Ich war nicht schnell genug, um sie zurückzuhalten. »Ihr wolltet heiraten, und dann … Du solltest überhaupt nichts müssen. Gar nichts, hörst du?«

Ich war sicher, dass er mich gehört hatte. Nur wusste ich nicht, ob er auch verstand, was ich meinte. Ich hatte Wörter durcheinandergebracht, allerdings nicht so viele, dass er mich nicht mehr verstand. Oder?

Tom sah mich nur an und sagte kein Wort. Aber ich musste nur seinen Blick sehen, um zu wissen, dass ich ihm wehgetan hatte. Wie dämliche Vorstellungen und Erwartungen es meistens tun, egal, ob man sie wieder zurücknimmt. Oh Gott, ich war so eine Idiotin … »Tom, es tut mir leid, ich … Ich hätte die Klappe halten sollen.«

»Nein.« Mit einem Kopfschütteln löste er sich aus seiner Starre und schaffte es, ein Lächeln auf sein Gesicht zu legen, das ich ihm sogar glauben konnte. Die Schmerzen darunter schimmerten unverkennbar durch, und trotzdem war das Lächeln echt. »Nein, ich … Maggie, ich hab dir das nicht erzählt, um … Ich wollte dich nicht verunsichern. Sie …« Ein kurzes Stirnrunzeln, dann schien er die richtigen Worte gefunden zu haben. »Ich will ehrlich zu dir sein. Sie war meine große Liebe. So sagt man das, glaube ich.« *Die Liebe seines Lebens.* Das war also der Punkt, an dem meine Worte ihn getroffen hatten.

Wahrscheinlich noch mehr als mich selbst. Scheiße. *Scheiße, Scheiße, Scheiße.*

»Tom, du brauchst mir nichts …«

»Doch, muss ich. Ich …« Unsicher fuhr er sich mit einer Hand über den Nacken, dann sah er mich an. Dabei wirkte er sogar ein kleines bisschen erschrocken. Vielleicht, weil er mich unterbrochen hatte. Himmel, selbst in so einem Moment hielt er an seiner Höflichkeit fest, während mir nichts anderes mehr einfiel als beschissene Flüche und Entschuldigungen. »Maggie, die Sache ist … Die Zeit mit ihr würde ich nicht mehr hergeben wollen. Aber es waren nur zwei Jahre. Ich habe noch dreißig, vierzig, vielleicht fünfzig Jahre vor mir. Ich will nicht, dass das schon alles gewesen ist. Und dann bist du aufgetaucht und …« Er seufzte und holte tief Luft. Dieser Atemzug brachte ein entschuldigendes Lächeln auf sein Gesicht. »Ich weiß, du denkst, deine Einschränkungen wären eine Belastung. Und mit Sicherheit sind sie das auch. Für dich. Mir zeigen sie eher, dass es möglich ist, nach so einer Sache wieder weiterzugehen.«

»Tom, das ist nicht dasselbe.«

»Doch«, widersprach er. Seine Stimme klang dabei so sanft, als hätte er Angst, mir mit diesem einen Wort wehzutun. »Doch, gewissermaßen ist es das.«

Ich nickte zaghaft, weil ich es ein wenig anders sah, aber weil ich fand, dass das keine Rolle spielte. Nicht jetzt, und vielleicht auch überhaupt nicht. Ich spürte, dass Tom meinte, was er sagte, und vielleicht ist das manchmal wichtiger. Vielleicht ist das überhaupt das Wichtigste.

Ich fühlte die Berührung seiner Hand an meinem Rücken, ganz vorsichtig nur. Mein Oberkörper neigte sich ganz von selbst zur Seite, bis ich an ihm lehnte, nur ganz zaghaft. Ich fürchtete, dass es sich plötzlich seltsam anfühlen würde. Doch Toms Arm legte sich um mich und hielt mich fest, seine Lippen drückten einen Kuss auf meinen Scheitel. Und nichts davon schien, als meinte er mit diesen Gesten jemand anderen.

»Und nur damit das … Du sollst nicht denken …« Er schnaufte und machte noch einen dritten Anlauf. »Wenn du deine Schmerzen hast, dann kann ich dir damit nicht helfen. Ich kann nur langsamer laufen und hoffen, dass das reicht. Mehr musst du auch nicht machen, okay?«

Ich lächelte und nickte und behielt für mich, dass das grenzenloser Blödsinn war. Tom tat viel mehr, als nur sein Tempo meinem anzupassen. Das musste ihm auch klar sein. Aber ich verstand, was er hier versuchte. »Einfach nur langsamer laufen, also?« Diesmal gab ich mir mehr Mühe mit meinem Lächeln.

Er erwiderte es viel gekonnter als ich. Dabei gelang ihm sogar ein Schulterzucken, das wahnsinnig leicht und beiläufig wirkte. *Hat er auch das geübt? Genau wie seine Worte?* »Hin und wieder, vielleicht.«

»Hm«, machte ich. »Da hast du echt Glück. Langsames Gehen ist gewissermaßen mein Spezialgebiet.«

Aber ich kann auch stehen bleiben und zusammen mit dir warten, wenn es sein muss. Ich kann vorauslaufen und dir sagen, wie weit es noch ist.

Oder umkehren. Zurück zu der Stelle, wo du hingefallen bist.

Das Geheimnis der Scones

- Maggie -

An: forrester_margaret@gmail.com
Von: t.walsh@dandelions-inn-hotel.co.uk
Betreff: RE: Terminabstimmungen

Sehr geehrte Miss Forrester,
ich muss mich für die verspätete Antwort entschuldigen. Ich war den ganzen Vormittag hinweg dem unschätzbaren Vergnügen ausgesetzt, unabdingbar zu sein. Die Vorstellung, diese produktiven Stunden wären beschnitten worden, nur weil ich heute verschlafen habe – ich wäre untröstlich gewesen.
Daher möchte ich Ihnen auf diesem Weg noch einmal für die unkomplizierte Bereitstellung eines Kaffees danken. Die Tasse erhalten Sie zeitnah und natürlich in tadellosem sowie gereinigtem Zustand zurück.
Das von Ihnen vorgeschlagene Treffen morgen würde sich hierfür hervorragend eignen. Wann genau findet Ihr Termin denn statt? Vielleicht ist es mir möglich, Sie direkt dort abzuholen. Schließlich bin ich Ihnen nach wie vor eine Autofahrt schuldig.
Es grüßt Sie herzlich

Ihr Thomas Walsh

An: forrester_margaret@gmail.com
Von: t.walsh@dandelions-inn-hotel.co.uk
Betreff: RE: PS

Ignorier alles, was ich in meiner Mail geschrieben habe. Außer das mit dem Treffen. Wann ist deine Therapie morgen zu Ende? Ich hole dich ab und werde ein Auto dabei haben, um dich eine gebührende Menge an Nerven zu kosten. Der wohltemperierte Burger macht das mit Sicherheit wieder wett.
Und ich muss mich für den überstürzten Aufbruch heute Morgen entschuldigen. Die Tasse bekommst du wohlbehalten zurück.
Deiner Theorie muss ich allerdings widersprechen: Es geht sehr wohl schlimmer als Mr Robertson. Mein Tag heute ist durchgeplant mit Bewerbern für den Posten der Rezeptionsleitung. Bisher waren das durchweg unerfreuliche und wenig erquickliche Gespräche. Als hätte der Bewerbermarkt nur noch humorlose Spießer zu bieten. So viel zum unschätzbaren Vergnügen. Aber ich kann der Gesellschaft ehrwürdiger, englischer Snobs nicht auf die Nase binden, dass ich keineswegs untröstlich gewesen wäre, hätte ich diesen Vormittag anders verbracht.
Ich weiß, du bist heute Abend mit deiner Familie verabredet, aber gilt meine derzeitige, miserable Lage als akut genug für ein Telefonat? Vielleicht mittags? Gegen halb eins habe ich etwa eine Viertelstunde Zeit …
Das würde mir den Tag retten.
Tom

Ich sah auf das Display meines Handys: 12:32.

Auf Toms E-Mail hatte ich noch nicht geantwortet. Sie hatte mich erst vor einer Stunde erreicht. Also hatte ich die Wahl gehabt zwischen ausführlichem Antworten oder panischem Aufbruch.

Ich hatte mich für den panischen Aufbruch entschieden. Und nun stand ich am Ende der Gasse, die an seinem Hotel vorbeiführte. Der Wind, der hindurchpfiff, war kalt und zerpflückte meinen notdürftig zusammengebundenen Pferdeschwanz. Mit meiner Hand, die nicht das Handy hielt, hielt ich meine Krücken fest – sowie eine Papiertüte und eine Colaflasche. Beides hatte ich auf dem Weg von der U-Bahnstation zum Hotel organisiert und hielt es nun bereit, um Tom freudestrahlend damit zu überraschen.

Natürlich schlich sich der obligatorische Zweifel in meine Gedanken. Diese Gelegenheit ließ er sich nicht nehmen, keine Chance. *Das ist zu viel. Er wollte telefonieren und keinen Überfall. Du übertreibst. So viel Aufriss für eine Viertelstunde! Geh nach Hause!*

Auf gar keinen Fall würde ich nach Hause gehen. Der Weg von Hammersmith nach High Street Kensington war sicher keine Weltreise. Aber meine Hüfte protestierte, ich hatte meine Handschuhe vergessen, und nun rieb das Plastik der Gehhilfen an meinen kalten Händen, was mir mit etwas Pech wieder scheiß Blasen bescherte. Und das alles nur, weil ich der impulsiven Idee gefolgt war, dafür zu sorgen, dass Tom wenigstens eine richtige Pause machte, wenn sein Tag schon so nervte. Ich würde also den Teufel tun, jetzt wieder umzudrehen.

Stattdessen zückte ich mein Handy und öffnete seine PS-Mail, um darauf zu antworten.

An: t.walsh@dandelions-inn-hotel.co.uk
Von: forrester_margaret@gmail.com
Betreff: RE: RE: PS

Okay …
Maggie

Nach kurzer Überlegung beließ ich es dabei und schickte die Mail ab. Ich gab ihm fünf Minuten, um selbst anzurufen, ehe ich die Initiative ergreifen würde. Länger als diese fünf Minuten wollte ich meinem Nervenkostüm nicht zumuten. Das beschäftigte sich seit dem letzten Abend ohnehin zu sehr mit der Frage, wie es Tom ging. Bei allem, was ich tat, wägte ich ab, ob ich ihn damit überforderte oder ob es vielleicht sogar zu wenig war.

Er hatte mir von seinen Verlusten erzählt, die ich selbst in so einem Maße noch nie kennengelernt hatte. Und von Schuldgefühlen, für die dasselbe galt. *Einfach langsam laufen.* Ich dumme Nuss hatte dem zugestimmt, als wäre es das simpelste Unterfangen und ich die elitäre Meisterin des Ganzen. Bullshit! Ich wusste doch ganz genau, wie schwierig Schritte sind, sobald man darüber nachdenkt, wohin man sie setzt. Oder wie man sein Gleichgewicht dabei behält und wohin man schaut – auf die eigenen Füße oder auf das Ziel?

Das war scheiße komplex. Und ich ertappte mich nicht nur ein Mal dabei, wie ich ihm sagen wollte, dass er in meinen Augen keine Schuld an dem trug, was passiert war. Er war überfordert gewesen und hatte darauf auf die für ihn leichteste Art reagiert. Menschen reagierten so wahnsinnig unterschiedlich auf Schicksalsschläge. Das ist niemals eine bewusste Entscheidung. Genauso wenig, wie der Sprung von einem Balkon eine bewusste Entscheidung ist. Solche Dinge sind ein Symptom, vielleicht eine Konsequenz, jedoch nicht Ergebnis einer Pro-Kontra-Liste. Das hatte ich in mehreren Foren gelesen, auf denen ich mich an diesem Vormittag herumgetrieben hatte – inmitten von Menschen, die Angehörige an eine Depression verloren hatten. Das war nichts anderes als ein Unfall. Ein

Unglück. Aber keine strategisch und sachlich durchdachte Entscheidung gegen das eigene Leben und all die Menschen, die darin vorkamen.

Vor allem war es niemandes Schuld.

Ich wollte Tom das unbedingt sagen. Er musste das dringend wissen und sehen und begreifen. Nur war ich nicht die richtige Person dafür. Diejenige, deren Vergebung er brauchte, war nicht mehr da.

Es war etwa zwei Stunden her, dass diese Welle aus »Ich muss etwas tun« über mich hereingebrochen war. Das Gute an Wellen ist, dass sie sich irgendwann wieder zurückziehen. Meine hatte die Erkenntnis angespült, dass ich mich dringend vom Internet fernhalten musste, weil ich mich sonst in genau die Art Hilfszombie verwandelte, die ich hasste, weil sie alles tun wollten und nichts von dem taten, was sie tun konnten. Das war belastend und nicht hilfreich. Außerdem hegte ich den Verdacht, dass ich wohl doch diese alberne protektive Ader hatte, die mich dazu verleitete, einen traumatisierten Mann mit der Macht meiner Zuneigung zu erretten. Dr. Rivers würde mir dringend etwas gegen diesen Unsinn verschreiben müssen, ehe ich für Tom alles nur noch schlimmer machte.

12:35

Ich schaute auf mein Handy, dann auf die Papiertüte in meiner anderen Hand, deren Finger in der Kälte allmählich unangenehm kribbelten. Das Essen und die Cola hatten keinen Platz mehr in meiner Tasche. Natürlich hatte ich Idiotin die genommen, die zu meinem Mantel passte, anstatt einen Schritt vorauszudenken.

12:36

Mein Smartphone fiel mir fast aus den kalten Fingern, als ich seine Vibration spürte. Es dauerte mehrere Versuche, um den Anruf anzunehmen, weil der Touchscreen die Eiszapfen an meinen Händen einfach nicht mehr als Fingerspitzen anerkannte. Als er meinem Flehen endlich nachgab, war das Erste, was ich hörte, ein lautes Scheppern und Geschrei.

»Oh Gott, Tom? Ist alles okay?«

Er lachte, was meine Frage im Prinzip schon beantwortete. »Ich bin in der Küche und warte auf … Nein! Einmal reicht! Danke!« Natürlich war ein Mr Walsh selbst dann höflich, wenn er brüllte.

Ich schüttelte den Kopf und konnte mir ein Grinsen nicht verkneifen. Okay, ich versuchte es gar nicht erst.

»Entschuldige den Lärm. Ich wollte nur nicht zu lang mit meinem Anruf warten. Ich habe nämlich keine Ahnung, wie ich ein einzelnes Okay zu verstehen habe.«

»Genau so«, beruhigte ich ihn. »Dass Telefonieren klargeht.«

»Aber dahinter waren drei Punkte.«

Diesmal lachte ich. »Mr Walsh, Sie lassen sich allen Ernstes von drei kleinen Punkten verunsichern?«

»Zutiefst, ja.«

»Und grundlos«, stellte ich klar und suchte gleichzeitig nach den Sätzen, die ich eigentlich hatte sagen wollen, sobald wir telefonierten. Aber keine Chance. Irgendwo in dem Küchenlärm und meiner Irritation waren sie einfach verpufft. Ganz toll. »Die Küche ist im Erdgeschoss, oder?« Das war wohl das Paradebeispiel einer glanzvollen Alternative.

»Ja?« Tom klang, als wäre er nicht sicher.

Den Ton überhörte ich einfach und akzeptierte seine Antwort als Aussage. »Zweite Frage: Wie sehr widerspricht es deinen kulinarischen Ansprüchen, wenn du das Essen, das man dir gerade macht, später aufwärmst?«

Ich hörte, wie Tom irgendetwas sagte, allerdings nicht zu mir, und diesmal verstand ich es auch nicht. Vermutlich hielt er sein Telefon zu. Als er wieder mit mir sprach, war seine

Stimme leiser als eben – genau wie die Geräuschkulisse. Hatte er die Küche verlassen? »Warum fragst du das?«

Ich seufzte, unsicher, ob er die Frage misstrauisch stellte. Ob er die Antwort darauf überhaupt hören wollte. Tja, das waren wohl meine drei Punkte … »Ich stehe hier am Ende einer schmalen Gasse. Kopfsteinpflaster, ein bisschen unheimlich. Ich glaube, Nebel würde ihr gut …« Etwa dreißig Meter weiter wurde die grüne Tür aufgerissen. Vielleicht waren es auch fünfzig Meter. Oder hundert. Ich hatte noch nie ein Gespür für Entfernungen gehabt. »Ich glaube, Nebel würde ihr gut zu Gesicht stehen«, schloss ich und hoffte, dass mein Herzschlag nicht genauso heftig auf meiner Stimme widerhallte wie in meinen Ohren.

Tom stand noch immer bei dieser Tür und sah in meine Richtung. Fuck, er war einfach zu weit weg, um auch nur irgendetwas aus seinem Gesicht zu lesen. Genauso gut konnte er auch nur zufällig zu mir schauen und mich gar nicht erkennen.

»Ich habe …« Ich hielt die linke Krücke nach oben. Eigentlich meinte ich die Papiertüte und die Colaflasche, die in meinen Fingern klemmten. Nur war meine Hand zu kalt und ich zu nervös, um auf die Schnelle nur das Wesentliche festzuhalten. Meine Feinmotorik stieß hier ganz klar an ihre Grenzen. »Ich habe Nervennahrung dabei. Leb damit. Mir ist klar, dass du genug Essen in den Katakomben deines Hotels bunkerst. Aber man kann keinen Überraschungsbesuch wegen verzweifelter Mails machen und dann keine Nervennahrung dabei haben.« Herrgott, ich holte ja kaum Luft. Das merkte ich selbst. Ich schaffte es trotzdem nicht, das Plappern sein zu lassen. Nicht, solange Tom immer noch auf diesen zwei viel zu hohen Stufen stand und mich ansah wie ein Gespenst. »Ich persönlich liebe ja Zimtschnecken, und die bei dem Bäcker im ‚Whole Foods' sehen richtig gut aus, aber dann fiel mir ein, dass du keinen Zimt magst. Und dann habe ich die Scones gesehen. Irgendwas sagt mir, dass du so ein seltsamer Mensch bist, der auf Scones mit getrockneten Himbeeren steht. Ich weiß nicht, warum, aber …« Ich holte tief Luft. »Nur so ein Gefühl. Tut mir leid, wenn ich … Ich überfalle dich, und du hast gar keine Zeit.«

Da war sie wieder, diese kleine, leise, gehässige Stimme in meinem Hinterkopf. *Siehst du? Hab ich es nicht gesagt? Du übertreibst!*

Mit einem Kopfschütteln löste Tom sich endlich aus seiner Schockstarre, schloss die Tür hinter sich und brachte diese zwei Treppenstufen so behände hinter sich, als wäre nichts dabei. »Niemand außer dir darf je erfahren, dass ich eine Vorliebe für solche Interpretationen von Scones habe.«

»Hast du wirklich?« Tatsächlich war ich ziemlich überrascht, dass mein Bauchgefühl mich nicht getrogen hatte.

»Ich bin eine Schande für alle Snobs dieses Landes.« Er klang fast feierlich, als er das sagte. »Und du …« Mit diesen Worten blieb er vor mir stehen, legte auf und steckte das Telefon in die Innentasche seines Jacketts. Ein unfassbar strahlendes Lächeln zog sich über sein Gesicht, als er mich mit einem leichten Kopfschütteln ansah. Ich liebte diesen Blick, mit dem er mich manchmal bedachte. Voller Unglaube und gleichzeitig Freude über meine bloße Anwesenheit. »Du bist wirklich hier.«

Er freut sich. Er freut sich wirklich, dass du hier bist. Nehmt das, ihr schnöden Selbstzweifel!

Toms Hand war viel wärmer als meine, als er sie an meine Wange legte. Genauso wie seine Lippen an meinen. Ich erwiderte den Kuss, der viel zu kurz währte und in eine Umarmung mündete, die sich dafür anfühlte, als könnte sie ewig andauern.

»So schlimm?«, murmelte ich und hielt ihn direkt noch etwas fester.

Seine Antwort war nur ein »Mh«, begleitet von dem Gefühl,

ein Gewicht würde von seinen Schultern fallen – oder mindestens eine große Anspannung.

»Ich hatte es befürchtet«, murmelte ich. »Wenn du Kraftausdrücke wie ‚durchweg unerfreulich' und ‚wenig erquicklich' benutzt, muss es richtig übel sein.«

»Ich werde mich nicht dafür entschuldigen«, hörte ich Tom seufzen. Er löste sich von mir. Nicht ganz und gar, aber weit genug, um mich ansehen zu können. »Ich spreche von gescheitelten Frisuren voller Pomade und himmelschreiender Arroganz. Oder das genaue Gegenteil. Offensichtlich ist es nur noch modern, entweder als Geschäftsmann aufzutreten oder als Dienstleister. Der Typus Geschäftsmann verwechselt dabei Autorität mit Hochnäsigkeit und der Dienstleister … Ich hatte jetzt schon zwei Bewerber von der Butlerschule. Ich bezweifle, dass auch nur einer von denen einer Preisdiskussion standhalten würde oder einer Ausquartierung. Abgesehen davon waren bisher alle furchtbar jung. Gemessen an unserem Gästeklientel … Ich muss berücksichtigen … Entschuldige.« Mit einem Schnaufen machte Tom sich von mir los und zog sein Telefon aus der Innentasche. Seine Schultern sanken bei dem Blick auf das Display etwas nach unten. Er warf mir einen schuldbewussten Blick zu, dann nahm er den Anruf entgegen. »Walsh. … Aber …« Er sah auf seine Uhr. »Das ist fast eine halbe Stunde zu früh. … Ich weiß. Platzieren Sie ihn im Café. Genau. Sagen Sie ihm …« Er sah mich wieder an und der leichte Hauch eines wehmütigen Lächelns spielte um seine Mundwinkel. »… zehn Minuten oder eine Viertelstunde. Vielleicht länger. Ich bin noch in einem Termin. Danke, Martin.« Kurz wartete er eine Antwort ab, dann legte er auf.

»Dein nächster Termin?«, hakte ich nach.

»Der nächste Bewerber«, präzisierte Tom. »Mums Favorit. Er hat diesen Posten schon in anderen Häusern gehabt. Allerdings in keinem länger als …« Er räusperte sich und schüttelte den Kopf. »Entschuldige, du bist extra hergekommen, und ich rede nur über die Arbeit.«

Ich zuckte mit den Schultern. »Es ist eine schwierige Entscheidung. Ich versteh, dass dich das beschäftigt, ich meine …« Ich seufzte und dachte an das Bedauern in seiner Stimme, als er mir von dem Austausch seines Teams berichtet hatte. Für mich lag auf der Hand, dass dieses Bedauern in erster Linie einem Mann galt. »Keiner von ihnen kann Geoffrey das Wasser reichen, hm?« Wie auch? Das war unmöglich. Kein aufgeblasener Schnösel mit gescheiteltem Haar konnte den Mann ersetzen, der einem dreizehnjährigen Tom das Whiskytrinken beigebracht hatte, weil er der Meinung war, dass Bier eines ersten Liebeskummers nicht würdig wäre. Das waren Referenzen, die in keinem Lebenslauf zu finden waren.

Tom antwortete mir nicht, sondern sah mich nur mit geweiteten Augen an. Allein dieser Blick genügte, um die Luft aus meiner Lunge zu pressen und die Stimme in meinem Kopf wieder ihren höhnischen Singsang anstimmen zu lassen. *Das war eine Grenze. Du bist die Neue, und du wirst immer die Neue sein. Hinter dieser Grenze hast du nichts zu suchen.*

»Tut mir leid«, stieß ich aus, noch ehe Tom etwas sagen konnte. »Das war … Das geht mich nichts an. Ich hätte meine Klappe halten sollen.«

Er schüttelte den Kopf. »Nein, schon gut.«

»Nein, ehrlich. Du musst mir sagen, wenn ich zu weit gehe. Du kennst mich kaum – da ist es eine Sache, dich mit Scones zu überfallen, aber … Ich kann so was gerade schlecht einschätzen. Was sich für mich normal anfühlt, ist vielleicht viel zu viel und … Du musst mir ehrlich sagen, wenn ich übertreibe. «

»Das mache ich«, versicherte er. Als er seine Worte nun wiederholte, war es auch leichter, ihnen zu glauben: »Wie gesagt: Schon gut. Es ist wirklich in Ordnung.«

»Sicher?«

Er nickte und atmete tief durch. »Absolut sicher, ja. Um ehrlich zu sein wollte ich sogar … Das kann doch nicht wahr sein.« Noch einmal zog er sein Telefon hervor, warf einen Blick auf das Display und drückte den Anrufer weg.

»Du musst los«, schlussfolgerte ich. »Und so wie du aussiehst, brauchst du das hier ziemlich dringend.« Damit hielt ich ihm das mitgebrachte Nervenfutter entgegen.

Tom reagierte nicht gleich, sondern starrte auf die Papiertüte in meiner Hand, der der Wind ein ungeduldiges Rascheln entlockte.

»Tom?«

Mit einem Blinzeln riss er sich von dem Gedanken los, an dem er festgehangen hatte, und nahm mir die Tüte mit der einen Hand ab. Mit der anderen rückte er seine Brille zurecht. Wie immer. »Entschuldige, ich … Ich wollte dich eigentlich noch etwas fragen, und zwar …« Er atmete schwer aus und sah mich an, als hätte er vergessen, was für eine Frage das gewesen war. »Ich …«, setzte er noch einmal an, und ich glaubte zu erkennen, dass er sehr wohl wusste, was er sagen wollte. Nur war ihm noch nicht klar, wie. Das nervöse Knistern der Papiertüte war ein untrügliches Zeichen dafür. »Du hattest mir angeboten, mich zu begleiten. In meine Wohnung.« Es wirkte, als müsste er jedes einzelne Wort mit Kraft über seine Lippen schieben, wo sie tonnenschwer auf den Boden fielen.

Ich hörte, wie sie auf den Bürgersteig krachten, noch ehe ihr Sinn mich erreicht hatte. Dann aber ließ er mich gar nicht mehr los. Ich nickte, weil es das Einzige war, das mir einfiel. Mein Angebot am Vorabend war mir so natürlich über die Lippen gekommen. So ist das wohl mit den Dingen, die man frühestens in einem fernen Irgendwann erwartet, wenn überhaupt. Aber nicht so bald. Niemals so bald.

»Ich … Also, um ehrlich zu sein, fürchte ich, dass …« Tom

schien nach den richtigen Worten zu suchen. »Ich fürchte, ich habe ein Zeitproblem. Daher wollte ich fragen, ob … Gilt dein Angebot noch?« Noch während er diese Frage stellte, hatte ich das Gefühl, dass er sich dafür entschuldigte. Nicht nur, weil er mich überrumpelte, sondern weil es ihm wirklich und ehrlich leidtat, mich darum zu bitten.

»Bist du sicher?«

Tom nickte, was nicht einmal annähernd sicher wirkte, sondern vielmehr, als glaubte er, keine Wahl zu haben. »Absolut sicher.«

»Tom, das Angebot gilt auch in ein paar Wochen noch oder in ein paar Monaten. Du musst nicht … nur, weil du vielleicht denkst …« *Du musst da nicht meinetwegen hin. Du musst mir nicht beweisen, dass du es ernst meinst. Nicht so. Fahr morgen mit mir zu dem Restaurant. Bring mich nach Hause und fahr dann nicht wieder weg. Das ist genug.*

»Ich weiß.« Er atmete tief ein und stieß die Luft mit einem weiteren »Ich weiß« aus. »Ehrlich gesagt will ich nicht in diese Wohnung, aber ich muss. Es gibt Termine, also bleibt mir nichts anderes übrig, daher …« Seine Schultern hoben sich zu einem erschlagenden Bild der Ratlosigkeit, das sein Blick nur unterstrich.

Gilt noch, dachte ich. Das waren die ersten Worte, die mir in den Sinn kamen, überflutet von dem Wunsch, Tom einfach in den Arm zu nehmen.

»Okay.« Meine Stimme war leise. »Sag mir einfach, wann ich wo sein soll.«

Toms Schultern, die sich in einem erleichterten Aufatmeten entspannten. Das wäre das Bild gewesen, mit dem ich gerechnet hätte. Stattdessen schien sich nur noch mehr Gewicht auf sie zu entladen, als er nickte und mich anlächelte. »Danke.«

Zu Hause

- Tom -

Cranley Gardens.

Ich konnte mich noch sehr gut an jenen Frühsommernachmittag erinnern, an dem ich diese Straße zum ersten Mal entlanggelaufen war. Wir waren spät dran gewesen für die Besichtigung – ein Umstand, der mich nervös gemacht hatte. Es war viel Selbstbeherrschung nötig gewesen, um nicht schneller zu laufen, als die im fünften Monat schwangere Frau an meiner Seite, die sich köstlich über meine Ungeduld amüsiert hatte.

Ich hatte ihr Lachen im Ohr, als ich knapp zwei Jahre später an einem grauen Märztag dieselbe Straße auf genau derselben Seite entlangging.

»Würde es dir besser gehen, wenn du schon vorausrennst? Ich könnte dich anfeuern.«

»Das wäre über alle Maßen albern.«

»Also, zumindest ich hätte meinen Spaß.«

Ich war sauer auf sie gewesen, weil sie ewig gebraucht hatte, bis wir endlich hatten losfahren können. Mit ihr zusammenzuleben war zu diesem Zeitpunkt noch zu neu gewesen, um mich schon an das Chaos gewöhnt zu haben, das sie mit sich brachte. Also hatte ich nur den Kopf geschüttelt und mich ergeben – unserer Verspätung und meinem Schicksal, das ich mir mit einem Mal sehr genau ausmalen konnte: Verspätungen, spontane Planänderungen, Unordnung und ein Kind, das die buntesten Flüche von seiner Mutter lernte, um sie vor Gästen und Geschäftskunden zum Besten zu geben.

Mein Groll hatte nur so lange angehalten, bis wir die Wohnung betreten und ich ihre Begeisterung gesehen hatte. Es hatte nie mehr gebraucht als solche Momente, um mich immer wieder neu in diese Frau zu verlieben und alles in ihr zu sehen, was ich nie wieder hergeben wollte. Schallendes Gelächter über Dinge, die nur wir verstanden, langsame Tänze in den unfertigen Räumen unseres Zuhauses, der beste Sex und die längsten Gespräche. Spaziergänge im Regen, bevor Regen andere Bilder mit sich gebracht hatte – von schwarzen Schirmen auf einer Beerdigung, von Glasfassaden im Wartebereich eines Krankenhauses, vom Asphalt, auf dem ihr Körper aufgeschlagen war.

Ich hatte sie nie dort liegen sehen, trotzdem wusste ich genau, wo man sie gefunden hatte. Der Regen in dieser Nacht hatte nicht das ganze Blut weggespült. Den Gefallen hatte mir erst Alex getan, während ich nicht in der Lage dazu gewesen war, *irgendetwas* zu tun.

Es war mittlerweile fast neun Monate her, dennoch war ich sicher, dass ich auch nach neun Jahren nicht an diesem Punkt vorbeigehen würde, ohne dorthin zu starren. Es regnete nicht, aber über den Himmel zog sich eine tiefgraue Wolkendecke, als ich mit Maggie an meiner Seite Cranley Gardens entlanglief. Ihre Hand lag in meiner, und ich lief langsamer, als meine Nervosität es von mir verlangte. *Fast wie vor zwei Jahren.*

Aber es war still. Bis auf unsere Schritte, das Rascheln der Baumkronen im Wind und das Rauschen einiger vorbeifahrender Autos, war nichts zu hören. Ich glaube, dass die Stille der größte Unterschied zu dem Bild war, das meine Erinnerung abrief, als wir die Kirche passierten.

Ich hatte es so klar vor Augen, dass ich mich nicht gewundert hätte, die Maklerin an der Straße warten zu sehen. Dieses Echo riss erst ab, als Maggies Hand meine drückte. Ich sah sie an und fiel unvermittelt in die Gegenwart zurück, in der niemand darüber lachte, wie schlecht ich mit dem miserablen Zeitmanagement meiner Partnerin klarkam. Da war nur Maggies stumme Frage, ob alles okay war. Ich schaffte es nicht mal zu nicken. Wie gesagt: Kaum etwas macht einem Veränderung so begreiflich wie Stille.

»Wir können jederzeit wieder umdrehen. Oder gehen. Du musst nur einen Ton sagen.« Maggie flüsterte. Sie bemerkte die Stille also auch. Diese Erkenntnis war viel deutlicher als ihre eigentlichen Worte. Wie viel sie doch bemerkte und trotzdem nicht verstand … »Es ist dein freier Tag, und wir haben noch über fünf Stunden Zeit, bis ich meinen Termin habe. Wir können machen, was du willst. Ich kann meinem Therapeuten auch absagen, und wir verbringen den ganzen Tag damit, uns durch die Karte von diesem Burgerladen zu essen.«

Ich besah sie mit dem schiefen Blick, den sie deutlich besser beherrschte. Seine Wirkung entfaltete er dennoch. Maggie seufzte und lächelte ertappt. »Ich will nur sagen, dass unser Plan für heute flexibel ist. Falls du merkst, dass er so nicht formatiert, disponieren wir um.«

Es war ihr wichtig. Wenn ihr energischer Blick das nicht ausreichend darlegte, dann die Tatsache, dass ihre Aufregung groß genug war, um Wörter zu verwechseln. Ich räusperte mich. »Wir probieren es erst einmal mit dem Plan. Hast du …«

Sie nickte. »Zwei Zollstöcke und drei ausgedruckte Grundrisse, falls wir uns verschreiben. Und Kugelschreiber. Jede Menge Kugelschreiber.« Mit ihrer freien Hand klopfte sie auf ihre Handtasche und lächelte mich dabei an, um … Vermutlich, um mir Mut zu machen – egal, ob ich ihn brauchte, um die Wohnung zu betreten oder die Mission abzubrechen.

Allerdings kam ein Abbruch nicht infrage. Ich konnte mir keinen Umstand vorstellen, der das zulassen würde. Nicht einen einzigen. Nun – am härtesten treffen uns immer die Dinge, die wir uns nicht vorstellen können.

Maggie wurde bereits langsamer, noch ehe wir die Tür zu Hausnummer fünf erreicht hatten. Und noch bevor ich selbst langsamer geworden war. Ich sah zu ihr und erkannte, dass ihr Blick über das Wohngebäude neben uns streifte – über die rote Ziegelfassade im viktorianischen Stil, die Erkerfenster. Die Balkone. Der in der zweiten Etage war es schließlich, der ihre Aufmerksamkeit festhielt. Nur der Balkon, nicht die Stelle auf dem Bordstein, nur zwei Meter von unseren Füßen entfernt, die wiederum meinen Blick magisch anzog. Der Pflasterstein wirkte dort dunkler, was nicht sein konnte. Alex war doch extra hierhergekommen und hatte mehrere Eimer Wasser über die Steine gekippt. Ich hatte ihr vom Fenster aus zugesehen. Nicht vom Balkon. Den hatte ich seither nie wieder betreten. Und auch die übrige Wohnung nur so oft, wie es nötig gewesen war, um meine wichtigsten Sachen ins Hotel zu bringen.

Nur vorübergehend.

»Vorübergehend« dauerte nun schon fast neun Monate an.

»Hey«, hörte ich Maggies Stimme und riss meinen Blick los, um sie anzusehen. »Ist wirklich alles in Ordnung?« Mit einem halben Lächeln und einem Nicken deutete sie zu unseren Händen. Sofort lockerte ich meinen Griff um ihre Finger.

»Entschuldige, ich … Entschuldige.«

»Bist du sicher, dass du so weit bist?«

Ich sah nach oben. Acht Meter und dreiundachtzig Zentimeter. Die Zahl war sofort da, obwohl ich sie nur einmal gehört hatte. Acht Meter und dreiundachtzig Zentimeter, die von der Straße aus nicht besonders hoch aussahen. Wie sehr das doch täuschen konnte …

Ich war definitiv nicht bereit, mit Maggie dort hoch zu gehen. Ich war mir sogar sehr sicher, dass ich noch Wochen gebraucht hätte, um wenigstens ein weniger schlechtes Gefühl dabei zu haben, wenn schon kein gutes.

Nur ging es dabei nicht um mich. Und Maggie war bereit, diesen Schritt zu gehen. Das war die Einschätzung von Dr. Rivers, und wenn ich all meine Ängste und Zweifel beiseiteschob, musste ich ihm recht geben.

Für Sie wird sich vermutlich alles, was Sie tun werden, zu früh anfühlen. Aber vergessen Sie nicht: Maggies Weg hat schon vorher angefangen. Sie kommen erst auf den letzten Metern dazu. Und es ist zwingend nötig, dass wir deren Tempo an Maggie anpassen. Das hat oberste Priorität. Glauben Sie, dass Sie damit umgehen können?

Schon vor Wochen hatte Dr. Rivers mir das klargemacht. In meiner Ahnungslosigkeit war ich überzeugt gewesen, mit allem umgehen zu können. So sind Menschen. Im Angesicht größter Sehnsucht würden wir uns vermutlich alles zumuten, um das zurückzubekommen, was wir vermissen.

Seither hatte der Therapeut seine Ermahnung bei jeder Gelegenheit wiederholt. *Vergessen Sie nicht, Sie sind der letzte Schritt.*

»Bereit«, murmelte ich.

Maggie lächelte mich an. Es war diese Art von Lächeln, die man aufsetzt, wenn man weiß, dass das Gegenüber schwindelt. Aber ihr Blick verriet, dass sie Nachsicht mit mir hatte. Und ich stand da, hielt ihre Hand und versagte darin, ihr Lächeln zu erwidern, weil ich mich am liebsten entschuldigt hätte. Immer und immer wieder.

Meine Hand zitterte, als ich den Schlüsselbund aus der Jeanstasche zog. Dennoch schaffte ich es irgendwie, den richtigen Schlüssel für die Haustür zu greifen und sogar, ihn in das Schloss zu schieben. Das gelang mir nicht beim ersten Versuch. Ich brauchte mehr Anläufe als ein moderat betrunkener

Mann, allerdings weniger als einer, der jeden Moment eine Art Nervenzusammenbruch erwartete.

An der Wohnungstür wurde es nicht leichter. Ich hatte nicht erwartet, dass es einfach sein würde. Aber ich war nicht darauf vorbereitet, wie viele Bilder es in mir auslöste, nur diese Tür zu öffnen.

»Tom, warte, du musst sie so ranziehen und dann den Schlüssel drehen. Und zwei Mal unten gegen die Ecke treten. So. Und dann … Hereinspaziert.«

»Ist das Treten wirklich nötig?«

»Natürlich nicht, aber wir könnten es einfach trotzdem machen und darauf wetten, wann die ersten Nachbarn ausziehen, weil sie uns für verrückt halten.«

Ich trat nicht gegen die Tür, doch ich zog es kurz in Erwägung. Drei Mal hatte ich mich dazu hinreißen lassen und war jedes Mal von einem entzückten Lachen und einem Kuss belohnt worden. Drei Mal sind sehr wenige Gelegenheiten für etwas, von dem man weiß, dass es einem einen kurzen Glücksmoment beschert. Ich hätte mich viel öfter auf solche Dinge einlassen und viel mehr von dem sagen sollen, was mir dabei durch den Kopf ging.

Doch dieser Vormittag schien mir die falsche Gelegenheit, um das alles nachzuholen. Maggie wusste nichts mehr von diesen albernen Tritten, und ich wollte nicht das Risiko eingehen, dass sie diejenige wurde, die mich für verrückt hielt – anstelle der Nachbarn.

Ich hielt Maggie die Tür auf und ließ sie eintreten, ohne eine meiner üblichen Floskeln der Höflichkeit. Es war dunkel im Flur. Aus den Zimmern kam nur wenig Tageslicht durch. Maggies Hand fand den Lichtschalter zu ihrer Linken ganz automatisch.

Ein Teil von mir wartete darauf, dass die Lampe an der Decke unheilvoll flackern und dann wieder ausgehen würde. Aber sie warf nur dasselbe warme Licht auf den Holzfußboden, wie sie es seit unserem Einzug getan hatte. An der Garderobe hing noch das Jackett, das ich getragen hatte, als mich der Anruf der Polizei erreichte, auf der Fahrt ins Krankenhaus und in den Stunden, die ich dort auf Plastikstühlen verbracht hatte, um nach Hause zu kommen und den Abschied auf dem Nachttisch zu finden.

Maggies Hand strich sanft über meinen Oberarm, dann lief sie drei oder vier Schritte in den Flur hinein, ehe sie sich zu mir umdrehte und mich ansah. *Genau wie vor zwei Jahren.*

»*Das ist es*«, hatte sie verkündet, ohne auch nur eines der Zimmer betreten zu haben. Es war einfach ein Gefühl gewesen.

Und nun stand sie vor mir, mit anderen Worten, aber demselben Tonfall, der sie trug. »Wir kriegen das hin.« Ohne zu wissen, was es hinzukriegen galt.

Genau wie vor zwei Jahren. Nur, dass die Wohnung kalt war und nach Staub roch und ich nicht grinsend den Kopf schüttelte, sondern Maggie anstarrte wie einen Geist, der durch diesen Flur spukte. Oder wie ein Echo. Genau genommen sind Geister vermutlich nicht mehr als das: Echos von Erinnerungen, die einen hin und wieder heimsuchen.

Ich schloss die Tür hinter mir etwas lauter als nötig. Allein schon, um mich selbst wieder in die Gegenwart zu befördern. *Reiß dich zusammen, Walsh. Um Himmels willen, reiß dich endlich zusammen!*

»Vielleicht …« Ich deutete auf die erste Tür auf der linken Seite. »Vielleicht fangen wir mit was Leichtem an.«

Zugegebenermaßen war das Gästebad nicht nur leicht, sondern schrammte an einem feigen Ausweichmanöver. Für den Moment konnte ich damit leben. Ich war hier, nicht wahr? Nach Monaten stand ich gemeinsam mit Maggie in unserer Wohnung. Nicht, weil ich das wollte, sondern weil es meine Aufgabe war, mit ihr hier zu sein und auf sie acht zu geben.

Dabei hatte ich bereits ein Mal genau darin versagt. Es war für alle besser, wenn ich sie zuerst durch die sicheren Räume führte. Durch die, in denen es nicht spukte.

»Okay …« Maggie kramte einen der Pläne aus ihrer Handtasche sowie die Kamera, einen Stift und einen Zollstock. Ich war nicht einmal sicher, ob wir irgendetwas vermessen würden. Genau genommen war der ganze Anlass für diesen Besuch nur eine Farce. Mir war einfach nichts anderes eingefallen, um Maggie in diese Räume zu lotsen, die schon seit einiger Zeit kein Zuhause mehr waren, sondern ein Grab. Eines, in dem die bisher schönsten Monate meines Lebens ruhten.

»Kann ich …« Sie deutete auf die Garderobe.

»Ja, natürlich, warte …« Ich nahm ihr die Handtasche ab und hängte sie neben das Jackett. Dann half ich ihr aus dem Mantel und entledigte mich auch meiner eigenen Jacke. Erst der Blick, den sie mir daraufhin zuwarf, ließ mich stocken. Da war ein Stirnrunzeln, jedoch eines von denen, die wirkten, als wären sie nicht ganz sicher.

»Alles kann einen Impuls auslösen«, hatte Dr. Rivers mir erklärt. *»Meistens sind es wirklich nur Impulse und keine richtigen Erinnerungen. Sie wird sie uns nicht mitteilen, weil sie sie nicht erkennt. Es ist also an uns, diese zarten Funken zu sehen.«*

Ich wusste, dass Maggies Termin an diesem Nachmittag genau dafür vorgesehen war: um zu prüfen, wie viele Impulse der Besuch in unserer Wohnung ausgelöst haben mochte. Und obwohl mir Logik und Notwendigkeit dessen vollkommen bewusst waren, war da dieses leise Gefühl in meinem Hinterkopf, ich würde Maggie in eine Falle locken.

Ihr Blick ruhte noch einen Moment prüfend auf mir, bis sie den Kopf schüttelte. Ein Lächeln spielte dabei um ihre Lippen. »Ich hätte nur nie gedacht, dass du solche Sachen überhaupt besitzt.« Dabei deutete sie auf meine Jeans und den schwarzen Kapuzenpullover, den ich tatsächlich ewig nicht mehr getragen hatte. Aber ich war ja auch ewig nicht mehr zu Hause gewesen. »Egal. Hier.« Sie reichte mir den Grundriss und den Kugelschreiber. »Deine Handschrift ist besser als meine. Also, wonach suchen wir?«

»Nach Mängeln«, sagte ich, was ich mir als Erklärung bereitgelegt hatte. *Hat sie meine Handschrift in den letzten Wochen auch nur ein Mal gesehen?* »Macken an den Wänden oder im Fußboden, an der Decke oder was uns sonst ins Auge fällt. Steckdosen, die nicht funktionieren. Alles, was repariert werden müsste.« *Von Geoffrey habe ich ihr nicht erzählt. Auch nicht von meiner Abneigung gegen Zimt. Oder von Hannah und dem Porsche. Aber wie ist es mit meiner Schrift?* »Und ich sollte … ich wollte eine Liste von den Möbeln machen, die weg können. Dann entscheide ich später, ob etwas verkauft wird oder … keine Ahnung.«

Maggie nickte und deutete dann auf die Tür zum Gästebad. »Dann fangen wir leicht an und sehen, wie weit wir kommen. Du sagst mir, wenn du eine Pause brauchst. Oder irgendwas anderes, okay?« Das war keine Bitte, sondern eine klare Forderung. Etwas, das sich weit mehr nach Zuhause anfühlte als dieser Flur oder meine Kleidung. Und es war etwas, das Maggie erst allmählich wieder zurückgewann. Ich hatte keine Ahnung, ob Selbstsicherheit etwas war, das man wiedererlernte wie Sprechen und Essen und Laufen. Oder ob es etwas anderes war. Ein Impuls. *Ein Funke.*

»Okay.« Ich folgte ihr in den kleinen Raum, der nicht mehr beherbergte als ein WC und ein Waschbecken und einen winzig kleinen Schrank. Genau genommen folgte ich ihr nicht einmal hinein, sondern blieb auf der Türschwelle stehen und sah ihr dabei zu, wie sie ihren Blick über die Wände und Fliesen schweifen ließ. Den kleinen Sprung auf den Sandsteinfliesen am Boden fand sie, als hätte sie gewusst, dass er da war. Durch die Maserung fiel er eigentlich nicht ins Auge.

»Parfümflasche«, erklärte ich trocken.

»Im Gästebad?«

»Wenn drei Frauen sich gleichzeitig für einen Geburtstag fertig machen, ist ein Bad offensichtlich zu wenig. Das war mir vorher auch nicht klar.«

Maggie schmunzelte vorsichtig, während sie die Stelle ablichtete und ich sie in den Grundriss eintrug. Sie stand an genau derselben Stelle wie Alex, am Abend von Maggies Geburtstag. Sie und Rachel hatten wir aus dem großen Bad lachen gehört.

»Was meinst du? Lachen sie über dich oder über mich?«

»Über uns beide. Mum hat Maggie die alten Fotoalben mitgebracht. Keine Ahnung, was sie damit bezwecken will.«

»Das, was Mütter immer mit so was … Shit!«

Maggie sah von dem Sprung auf und hielt die Kamera in die Luft. »Keine Ahnung, ob man den auf dem Bild erkennen kann.«

»Nicht so schlimm. Ich hab ihn auch eingezeichnet.« Wie um das zu beweisen hielt ich den Grundriss hoch. Unmöglich, dass Maggie auf die Schnelle die feine Linie erkannt hatte, die ich fast schon willkürlich in das Gästebad gezeichnet hatte. »Der nächste Raum wäre das Wohnzimmer.«

»Wenn das für dich okay ist … Es gibt ja sicher noch ein größeres Bad. Oder eine Küche …«

»Die …« Ich atmete tief ein und schaute zu der nächsten Tür, die leicht offen stand. »… können wir uns die für … Ich würde mir die gern für dann aufheben, wenn ich …«

»In Ordnung.« Sie sagte nicht, dass ich vielleicht längst bereit für eine Pause wäre, wenn ich nicht einmal einen Satz zu Ende bringen konnte. Stattdessen ließ sie ihre Fingerspitzen über meinen Handrücken streichen und verhakte nur ihren Zeigefinger mit meinem kleinen Finger. Als stünde es ihr hier nicht zu, meine ganze Hand festzuhalten. Ausgerechnet hier …

Ich nickte ihr zu und streckte meine Hand so aus, dass ich ihre richtig halten konnte. Dann gingen wir ins Wohnzimmer. Dass der Balkon nicht an diesen Raum anschloss, war in all der Zeit der einzige Punkt gewesen, der mich an dieser Wohnung gestört hatte. An diesem Tag war ich das erste Mal dankbar dafür. Es gab auch so genug Erinnerungen in diesem Zimmer. Einige hatte ich weggeräumt. Darunter alle Bilder, auf denen Maggie zu sehen war. Doch nun, da ich mit ihr hier war, fürchtete ich, eines übersehen zu haben. Und wenn kein Bild, dann etwas anderes.

Das Erste, das Maggie ins Auge fiel, hätte ich auf die Schnelle gar nicht verschwinden lassen können. Dafür war die Kerbe, die Maggies Plattenspieler in der Wand hinterlassen hatte, viel zu groß. In dem Augenblick, in dem ich das Ding genommen und vor Wut schreiend gegen die Wand gedonnert hatte, hätte ich nicht damit gerechnet, dass Maggie irgendwann hier stehen und das Resultat dessen sehen würde. Ich war nicht einmal davon ausgegangen, sie je wieder als selbstständig atmender Mensch zu sehen. Eine Woche des Wartens hatte mich überschnappen lassen. Eine einzelne Woche, auf die ganze Monate gefolgt waren.

»Das sieht nach einem üblen Streit aus«, murmelte sie und sah mich an.

»Kein Streit«, erklärte ich kopfschüttelnd. »Das war … das war kurz nachdem sie …« Ich deutete auf die Kommode direkt unter der unübersehbaren Einschlagstelle. »Dort stand ihr Plattenspieler. Sie wollte schon immer so einen haben und nicht nur eine Anlage, auf der wir Playlists … Am Ende hat sie immer nur diesen einen Song gehört. Der lief, als wir unseren Autounfall hatten. Es hat mich wahnsinnig gemacht. Und als sie weg war …« Ich deutete auf die Wand. Ich musste den Schaden daran nicht sehen, um sofort das Lied wieder zu hören. *Iris* von den Goo Goo Dolls. Es war zufällig im Radio gelaufen. Genauso zufällig, wie wir am Ende dieses Staus gestanden hatten. Manche Zufälle sind einfach nicht dafür gemacht, nur vorbeizuziehen. Sie bleiben und lassen einen nicht los.

Maggie nickte und richtete ihren Blick wieder auf die Stelle in der Wand. Ich konnte an ihrem Gesicht ausmachen, dass sie begriff. Oder dass sie zumindest eine Ahnung davon hatte, dass sie zwar meine Tränen kannte, aber dass meine Tiefpunkte anders ausgesehen hatten. Tränen hatten eine Rolle gespielt, allerdings erst an dritter Stelle nach Gebrüll und unbändiger Wut.

»Zu dem Zeitpunkt war ich wütend auf sie. Weil sie nicht gesagt hat, dass sie Hilfe brauchte. Weil sie mich jeden Tag hat in die Arbeit flüchten lassen und … Sie meinte immer, es wäre okay für sie. Sie würde verstehen, dass ich das brauchte. Und ihr täte die Ruhe gut. Ich bin die ganze Zeit davon ausgegangen, dass wir das hinkriegen – jeder für sich und irgendwann wieder zusammen. Aber dann hat sie …« Das hatte ich schon erzählt. Ich musste es nicht wiederholen. Ich wollte ohnehin auf einen anderen Punkt hinaus. »Ich war so wahnsinnig wütend auf sie, weil sie das getan hat. Es hat eine Weile gedauert, bis ich gelernt habe, dass das Unsinn ist.«

»Und jetzt bist du nicht mehr wütend?«

»Doch. Manchmal. Aber nicht auf sie, sondern darauf, was uns passiert ist. Sie kann nichts dafür, dass sie das nicht …« Ich brachte den Satz nicht zu Ende, aber ich sah Maggie an, um sicher zu sein, das sie verstand, was ich ihr sagen wollte. *Ich bin nicht mehr wütend auf dich, hörst du? Es hat einige Zeit gedauert, aber ich weiß es jetzt besser.*

Maggie nickte, und ich konnte sehen, wie ihre Augen glänzten. Das blieb auch so, während sie schluckte und den Kopf zur Seite neigte. Ihre Wangen erreichten diese Tränen allerdings nicht. »Ich hab gesagt, du gibst Bescheid, wenn du eine Pause brauchst.«

»Ich weiß, aber es geht …«

»Für Umarmungen gilt das Gleiche. Verstanden?«

Ich versuchte zu lächeln, schaffte es nicht und nutzte die Gelegenheit stattdessen, um Maggies Anordnung direkt in Anspruch zu nehmen. Während ich meine Arme um sie schloss, fragte ich mich, wie lange es her war, dass ich das getan hatte – hier, in unserem Zuhause.

»Okay«, sagte ich, als ich das Gefühl hatte, dass es wieder ging. »Vergiss das Foto nicht, ich …« Ich hielt den Plan in die Höhe und klickte schon auf den Kugelschreiber. Maggies Hand legte sich auf meine Schulter, als ich die Stelle an der Wand auf einen Grundriss zeichnete, den nie ein Makler sehen würde. Nicht ohne ihr Einverständnis. Doch das waren Gespräche, die noch in weiter Zukunft lagen.

»Weiter?« Da war sie wieder – diese neue, verletzliche Vorsicht in ihrer Stimme.

»Weiter.«

Dieses Weiter führte uns am Sofa vorbei, vor dem das Parkett einige Schrammen abbekommen hatte. Und an der Steckdose daneben, die noch nie funktioniert hatte. Deshalb stand auf dem Beistelltisch eine Kerze und keine Lampe. Noch etwas, das nur vorübergehend geplant gewesen war. Eines der Fenster war undicht. Das wiederum war neu, oder es war mir nie aufgefallen. Allerdings hatte im letzten Winter auch niemand hier gewohnt, der hätte bemerken können, dass sich Wasser auf dem Fensterbrett gesammelt hatte.

Maggie fotografierte die Flecken und wandte sich schon zum Bücherregal um, während ich noch mal nachzählte, ob ich auch wirklich das richtige Fenster markiert hatte. Aus dem Augenwinkel sah ich, wie sie an dem Lesesessel vorbeilief. Sie hatte diesen Platz geliebt, bis sie herausgefunden hatte, dass der Schaukelstuhl im Kinderzimmer ihrem Rücken besser tat.

Ich wusste, dass das Regal eine große Schramme davongetragen hatte, als George einer der Füße des Sessels beim Tragen entglitten und dort gegengedonnert war. Doch die Schramme war nicht, wohin Maggie schaute.

Sie hatte die Bilder gefunden. Normalerweise standen sieben oder acht an diesem Platz. Bis auf drei hatte ich alle weggeräumt. Zwei zeigten Sam – sein Gesicht und einmal nur seine Füße. Auf dem dritten hielt ich ihn im Arm und strahlte wie ein Wahnsinniger in die Kamera. Maggie war auf jedem der Bilder zu sehen, die ich in den Kleiderschrank geräumt hatte. Ihr Lieblingsfoto war das aus dem Sommer vor der Geburt. Es war bei einer Feier im Hotel aufgenommen worden. Wir beide hatten Arm in Arm vor der Kamera posiert. Ich lächelte auf dem Foto, während Maggie mit ihren aufgerissenen Augen aussah, als wäre ihr eben eingefallen, dass sie vergessen hatte, den Herd auszustellen. Oder wie sie meinte – als hätte sie vergessen, das Koks wegzuräumen, ehe die Eltern zu Besuch kommen. In dem Moment, als der Auslöser gedrückt worden war, hatte sie das erste Mal gespürt, wie Sam sich in ihrem Bauch bewegte. Direkt nach der Aufnahme hatte sie nach meiner Hand gegriffen und sie auf ihren Bauch gelegt. Ich hatte natürlich nichts gemerkt, außer Maggies helle Aufregung.

Und nun sah ich ihr dabei zu, wie sie das erste Mal Bilder dieses Babys betrachtete, nachdem sie es vergessen hatte.

»Alles in Ordnung?«, fragte ich.

»Er ist so winzig«, murmelte sie mit belegter Stimme. »Bei so einem großen Vater hätte ich eigentlich erwartet …«

Dieselben Worte. Es waren exakt dieselben Worte. Ich musste sehr tief Luft holen, um dieses Echo etwas beiseitezuschieben. »Das hatte er von seiner Mum.« Auch dieselben Worte, denen Maggie mit dem gleichen Lächeln antwortete wie damals. Und einem Nicken, das neu war. »Tut mir leid, ich … Ich hätte nicht … Das ist …« Sie setzte drei Mal an, ehe sie abbrach.

»Sicher, dass alles in Ordnung ist?« Mehr als das konnte ich nicht sagen. Und es war so weit weg von dem, was mir eigentlich durch den Kopf ging.

Du kannst mir sagen, wenn es zu viel ist. Ich weiß, dass es dir wehtut, die Bilder zu sehen. Du weißt nur nicht, wieso. Dr. Rivers meint, dass das normal ist, dass erst die Gefühle kommen. Und dass wir dir mit dem Rest dann helfen müssen. Aber sag mir, wenn du nicht mehr kannst. Okay?

»Alles okay, ich stell mir nur vor …« Sie schniefte leise und wischte sich Tränen von den Wangen. »Auf dem Bild siehst du so glücklich aus. Wenn du drüben schon gewusst hättest …«

Ich nickte und überhörte das eine Wort, über das sie gestolpert war. Ich kannte den Gedanken. Dieselbe Frage hatte ich Maggie in meinem Kopf unzählige Male gestellt. Ausgesprochen hatte ich sie nicht ein Mal.

Was, wenn du es damals gewusst hättest? Als du ausgesehen hast, als hättest du das Koks nicht weggeräumt. Was, wenn du damals gewusst hättest, dass wir keine vier Monate mit Sam haben werden? Was, wenn du gewusst hättest, dass alles daran zerbrechen wird, dass er weg ist? Vor allem du … Was hättest du getan, wenn du gewusst hättest, dass acht Meter und dreiundachtzig Zentimeter nicht ausreichen werden, um dein Leben zu beenden?

Wenn du gewusst hättest, dass du keine zwei Jahre später mit mir hier stehen wirst und nicht mehr weißt, wie es sich anfühlt, dein Kind das erste Mal zu spüren? Was hättest du dann getan, Maggie?

Ich schob meine Fragen beiseite, um ihrer die einzige Antwort zu geben, die ich kannte. »Ich bin froh, dass ich damals keine Ahnung hatte.«

Sam

- Tom -

Wir hätten es dabei belassen sollen. Bei der Delle in der Wand und den drei Fotos unseres Sohnes. Wir hätten nicht in das Kinderzimmer gehen und das tun sollen, was man »es hinter sich bringen« nennt.

Ich hatte drei Schritte in den Raum hineingesetzt, als ich selbst wie gegen eine Wand lief. Ich sah den Schaukelstuhl, auf dem Maggie ganze Nächte zugebracht hatte. Viele mit unserem Sohn auf dem Arm. Und noch mehr ohne ihn.

Wie oft war ich nach Mitternacht heimgekommen und hatte sie hier gefunden? Zehnmal? Zwanzigmal? Öfter. Mit Sicherheit war es öfter gewesen, dass sie nicht im Bett gelegen, sondern in diesem Stuhl gesessen hatte. Neben einem leeren Kinderbett. Und genauso oft hatte ich meine Decke und mein Kissen geholt und mich auf den Boden des Zimmers gelegt. Es war mir immer falsch vorgekommen, in diesen Nächten allein ins Bett zu gehen. Und vielleicht war das das einzig Richtige, was ich in der ganzen Zeit gemacht habe: Heimkommen und mich auf den Boden legen anstatt in das Bett, in dem Maggie es allein nicht ausgehalten hatte.

»Tom?« Sie stand vor mir, und die Sorge in ihrem Blick verriet mir, dass sie in diesem Raum noch nichts weiter wahrgenommen haben konnte als mein Gesicht, das vermutlich noch blasser war, als sie es kannte. Ihre Finger lagen an meinem Unterarm und strichen bis zu meiner Hand, die sie kurz drückte. »Weißt du ...« Sie räusperte sich. »Hast du Wasser hier? Vielleicht ... Ich könnte wirklich ein Glas Wasser gebrauchen. In der Zwischenzeit schaue ich schon mal, ob es etwas gibt, das wir notieren müssen, okay?«

Ich kapierte, was sie tat. Da ich nach keiner Pause gefragt hatte, räumte sie mir eine ein. Nur ein paar Minuten, die ich allerdings dringend brauchte, um wieder Luft zu kriegen. Und solange ich das Gefühl hatte, nicht einmal atmen zu können, konnte ich nicht auf Maggie achtgeben – egal, in welcher Form.

Also nickte ich. Weil ich es um meinetwillen musste, und weil ich sicher war, dass ich nicht länger als zwei oder drei Minuten benötigen würde, vielleicht weniger. Es standen nicht einmal Bilder in diesem Zimmer. Für Maggie hatten im Wohnzimmer viel mehr Erinnerungen gelauert, und die größte Sorge bereitete mir das Schlafzimmer – mit dem Balkon.

Das sind alles kleine Tatsachen, die ich mir zusammenklauben und um einen großen Fakt herumbauen kann, so oft ich will. Am Ende bleibt die Gewissheit stehen, dass ich auf keinen Fall dieses Kinderzimmer hätte verlassen dürfen. Jedenfalls nicht allein. Vielleicht hätte ich die Karte noch beiseitelegen können, ehe Maggie sie gesehen hätte. Vielleicht wäre ich in der Lage gewesen, ihre Reaktion aufzufangen. Möglicherweise wäre alles genauso gekommen. Doch das weiß ich nicht, weil ich in der Küche war und mir Zeit damit ließ, Mineralwasser in zwei Gläser zu füllen.

Als ich in das Kinderzimmer zurückkehrte, hatte Maggie die Karte längst in der Hand. Ich konnte sie von der Tür aus nicht erkennen, aber ich wusste, was darauf zu sehen war: Die blauen Abdrücke von zwei winzigen Füßen. Und ein Name.

Ich hatte immer nur an Fotos gedacht und an Fakten, als ich die Wohnung für Maggies Besuch vorbereitet hatte. Dabei war es der Name gewesen, der längst an der Oberfläche ihres Gedächtnisses gekratzt hatte. Vielleicht sind Namen stärker als Bilder – zumindest eine Zeit lang.

Maggie hatte den Namen ihres Sohnes viel länger gekannt als sein Gesicht. Sie hatte seinen Klang schon in ihrem Kopf gehabt, ehe die kleine Hand ihren Finger festgehalten hatte. Er war ihr Geheimnis gewesen, das sie gehütet hatte – bis zu dem Moment, in dem ich diesen kleinen Menschen zum ersten Mal im Arm gehalten hatte.

Bis zu diesem Augenblick hatte er noch keinen Namen gehabt, aber seine Eltern hatten drei. Drei Favoriten und die Vereinbarung, sich erst festzulegen, sobald sie ihren Sohn kennengelernt hatten. Henry, Lewis und James.

Ich hatte ihn im Arm gehalten und mir geschworen, jedes mögliche Übel von ihm fernzuhalten – ein stummes Versprechen, das wohl jeder Vater seinem Kind gibt, sobald er es das erste Mal sieht. Ich hatte ihn im Arm gehalten, als wir gefragt worden waren, wie unser Sohn heißen sollte. Mein Blick hatte Maggies gesucht und gefunden. Und durch ihre Erschöpfung hindurch hatten ihre Augen geleuchtet. *»Samuel. Ich finde, er sieht aus wie ein Samuel. Oder was meinst du?«*

Das waren ihre Worte gewesen, mit denen sie ihm meinen Namen gegeben hatte und nicht irgendeinen. Wie sie gestrahlt hatte, als mir jede Contenance aus dem Gesicht geglitten war und ich mich hatte setzen müssen. Zu mehr als einem Nicken war ich nicht imstande gewesen.

Namen sind machtvoll. Sie begleiten uns lange, bevor wir einen Menschen kennen, und sie bleiben auch dann, wenn wir sein Gesicht längst wieder vergessen haben. Und manchmal, wenn wir es am wenigsten erwarten, schlägt diese Macht mit aller Kraft zu.

Als ich in das Kinderzimmer zurückkehrte, konnte ich nicht sagen, wo genau der Name Maggie getroffen hatte. Doch es war deutlich, dass er Schmerzen verursachte. Sie hielt die Karte in der linken Hand, die rechte hatte sie sich vor den Mund geschlagen. Ihre Augen waren geschlossen und die Haut darunter bereits tränennass. Und sie zitterte. Nicht nur ihre Hände oder ihre Schultern, sondern ihr ganzer Körper.

»Maggie? Ist alles in Ordnung?« Möglicherweise war das die dümmste Frage, die ich je gestellt hatte.

Ich hatte angenommen, dass ihr Körper unter den Tränen bebte, die mehr und mehr über ihre Wangen rollten. Das war schließlich, was Tränen zuweilen taten – sie schütteln den Körper, aus dem sie kommen. Doch Maggie zitterte nicht, weil sie weinte, sondern vor Anstrengung. Es kostete sie Kraft, nicht einfach auseinanderzubrechen. Und allmählich ging ihr diese Kraft aus.

Zuerst fiel die Karte auf den Boden, dann wankte ihr Körper zur Seite. Die Hand, die sie nach der Wand austreckte, glitt einfach an ihr hinunter, als Maggies Knie nachgaben.

»Scheiße!«, stieß ich aus. Die Gläser, die ich hielt, stellte ich blindlings auf den Wickeltisch neben mir. Nur ein Glas traf den Tisch, das andere zerschellte davor auf dem Boden. Ich bekam das gar nicht richtig mit, sondern stürzte zu Maggie. Sie war längst auf ihre Knie gesunken, als ich sie erreichte. Ich kniete mich vor sie und nahm ihr Gesicht in meine Hände. Den Versuch, es von den Tränen zu befreien, unternahm ich nicht. Es wäre zwecklos gewesen.

»Hey, sieh mich an.«

Sie öffnete ihre Augen, doch ich glaubte nicht, dass sie mich wirklich sah. Ihr Blick schien irgendwo zu hängen, aber nicht hier bei mir. Nicht in diesem Raum und nicht heute. »Es tut mir leid«, brach es aus ihr heraus. Mit noch mehr Tränen. »Es tut mir so leid.«

»Was? Was tut dir leid?«

Aber sie schien mich überhaupt nicht zu hören, sondern schnappte nach Luft, als würde sie in ihren Tränen ertrinken. *Nicht in ihren Tränen*, dachte ich. *Du weißt, woran sie erstickt. Du kennst das Gefühl, wenn es sich anfühlt, als würden deine eigenen Rippen sich in deine Lunge und dein Herz bohren. Du weißt, was das ist. Deinetwegen ist sie wieder dorthin zurückgefallen. Und jetzt hängt sie dort fest.*

Ich wusste, dass meine Angst mir diese Gedanken zuflüsterte, und gleichzeitig war ich mir sicher, dass sie recht damit hatte. Maggie gab kein Schluchzen mehr von sich. Das waren Schmerzenslaute, mit denen sie jeden Atemzug wieder erbrach, ehe er ihre Lunge füllen konnte.

Hektisch zog ich mein Handy aus der Hosentasche. Es brauchte vier Anläufe, ehe ich es schaffte, Dr. Rivers' Nummer zu wählen. Währenddessen versuchte ich, Maggie so hinzusetzen, dass sie an der Wand lehnen konnte. Weil ihre Hüfte es niemals lange aushalten konnte, wenn sie so auf dem Boden kniete.

Das ist es wohl, was man macht, wenn man nicht weiß, was man tun soll. Maggie schien in irgendeinem Echo zu ertrinken, und ich konnte nicht mehr ausrichten, als auf den Beugungswinkel ihrer Hüfte zu achten.

»Irgendwas stimmt nicht mit ihr.« Die Worte stieß ich aus, sobald ich hörte, dass das Freizeichen mit einem Klicken endete.

»Thomas?«

»Wir sind im Kinderzimmer, und ich glaube, sie bricht gerade zusammen. Sie müssen mir sagen, was ich machen soll!«

»Was ist passiert, Thomas? Können Sie mir erklären, was passiert ist?«

Die Karte. Diese Karte ist passiert. »Ich weiß es nicht!«, sagte ich ungehalten. »Sie hat geweint, und dann ist sie zusammengebrochen. Und jetzt bekommt sie keine Luft.«

»Hat sie eine Panikattacke?«

»Ich weiß es nicht!«

»Ist sie ansprechbar?« Warum klang dieser Mann so ruhig? Hatte er mir überhaupt zugehört?

Es tut mir leid. Es tut mir so leid. Ich hatte keine Ahnung, was sie damit gemeint hatte, also schüttelte ich den Kopf. »Sie ist wach, aber sie reagiert nicht auf mich. Ich weiß nicht, was ich machen soll. Sie müssen mir sagen, was ich tun kann. Sie …« Ich stockte, als Maggie mich ansah. Nicht mehr durch mich hindurch. Ihre Augen waren aufgerissen und rot und sie rang nach Luft. Es war nur ein winziger Moment, in dem sie aus dem Sog auftauchte, der sie jeden Moment wieder zurückreißen würde. Ihre Pupillen waren riesig, und ich spürte, wie ihre Finger sich in meinen Oberarm krallten, als könnten sie sich daran festhalten.

»Thomas? Sind Sie noch da?«

Ich legte meine Hand auf Maggies und drückte sie. *Ich bin hier, okay? Ich geh nicht weg, bis wir dich aus dem hier rausgeholt haben. Was auch immer das ist.* Maggie gab ein ängstliches Keuchen von sich und klammerte ihre Finger um meine, dann konnte ich erkennen, dass ihr Blick wieder flackerte und meinen verlor.

»Thomas?«

»Das sieht aus wie ein Anfall«, sagte ich und hörte, wie belegt meine Stimme klang.

»Krampft sie?«

»Nein.« Nur ihre Hand, die sich immer noch um meine klammerte, während ihr Körper längst wieder von Schluchzern geschüttelt wurde, die sich nach viel mehr anhörten als nur Tränen.

»Rufen Sie einen Krankenwagen. Gleich, nachdem wir aufgelegt haben. Verstehen Sie mich?«

Ich nickte, merkte, wie sinnlos das war, und brachte ein »Ja« heraus.

»Sagen Sie den Sanitätern, dass sie sie ins Chelsea and Westminster Hospital bringen sollen. Sagen Sie auch, dass sie dort bereits Patientin der Neurologie ist und die Krankenakte dort vorliegt. Dann sollte es keine Probleme geben. Können Sie sich das merken?«

»Ich denke, schon.« Das waren alles Dinge, die ich wusste. Ich würde nur dran denken müssen, sie auch zu sagen. Das konnte nicht schwerer sein als hier vor Maggie zu knien und nichts zu tun, während sie keine Luft bekam.

»Ich mache mich direkt auf den Weg und informiere die Kollegen, dass wir eine neurologische Ursache ausschließen müssen. Ich gehe davon aus, dass Maggie eine akute Belastungsreaktion erlebt. Aber ich muss sicher sein.«

Ich verstand kaum etwas von dem, was er mir da sagte, und hoffte, dass all das nicht zu den Informationen gehörte, die ich den Sanitätern geben musste.

»Thomas?«

»Mh …«

»Sie kriegen das hin. Rufen Sie den Rettungsdienst und bleiben Sie bei Maggie. Mehr können Sie nicht tun. Und Sie können auch nichts falsch machen. Okay?«

Ich nickte, auch wenn ich nicht sicher war, ob ich ihm glaubte. Vor allem im letzten Punkt. »Okay.«

Die 999 zu wählen war leichter als die Nummer von Dr. Rivers unter den Kontakten zu suchen. Die Fragen eines fremden Mannes waren einfacher zu beantworten, obwohl ich genau denselben Sachverhalt erzählen musste wie eben. Schwierig wurde es, als das Gespräch beendet war. »Unsere Einsatzkräfte sind in wenigen Minuten bei Ihnen, Mr Walsh.«

In wenigen Minuten …

Wenige Minuten sind eine unfassbar lange Zeit, wenn man sie damit verbringt, auf dem Fußboden eines kalten Kinderzimmers zu knien und zu hoffen, dass man seine Frau nicht noch mal verliert. Sie werden zu Stunden, in denen ihre Finger sich in den Unterarm ihres Partners bohren, als könnte er ihr dabei helfen, nicht in den Gefühlen unterzugehen, die sie verschluckten und die ihr sichtlich Angst machten.

Wenige Minuten sind eine Ewigkeit, wenn einem klar wird, dass man der letzte Schritt eines langen Weges ist. Und was passiert, wenn man einen letzten Schritt über den Abgrund hinaus setzt.

Hinter dem letzten Schritt

- Tom -

Der Plastikstuhl neben der Glasfassade war unbesetzt. Eine Stuhlreihe weiter saß eine kleine Familie bestehend aus einer Mutter und zwei Teenagern, die vermutlich auf Neuigkeiten zu Mann und Vater warteten. Aber das war reine Spekulation.

Ich gab mir Mühe, die drei nicht anzustarren, nur weil es einfacher war, Fremde zu beobachten als zu warten.

Statt zu der Frau und ihren zwei Söhnen starrte ich wieder auf den Stuhl neben der Scheibe. Dahinter waren die Dächer der gegenüberliegenden Häuserreihe zu sehen, über der sich der Londoner Himmel weiterhin in tiefes Grau hüllte. Regen fiel allerdings keiner.

Diesmal nicht.

Ich schloss die Augen und sah Maggies Gesicht vor mir – aufgerissene Augen mit vor Angst geweiteten Pupillen. Ich sah die Lichter des Krankenwagens, die den Hausflur in ihrem immerwährenden Takt blau aufleuchten ließen, als ich den Rettungskräften den Flur hinab folgte.

Ich öffnete die Augen wieder und sah auf den winzigen Pappbecher in meiner Hand. Zwei Tabletten lagen darin. »Ein leichtes Beruhigungsmittel«, hatte Dr. Rivers gesagt und sich dann zur Notaufnahme verabschiedet, um Maggies Zustand zu beurteilen. Das war nun etwa eine halbe Stunde her, wenn ich der Uhr trauen durfte. Eine halbe Stunde, die sich gleichermaßen anfühlte wie fünf Minuten und vier Stunden.

Die Zeit, bevor Dr. Rivers aufgetaucht war, hatte sich genauso ungreifbar angefühlt. Ich hatte mit George gesprochen, der mir die Aufgabe abgenommen hatte, Maggies Eltern zu informieren. Wie viel Zeit war seitdem vergangen? Eine Stunde? Weniger? Mehr?

Ich blickte auf Maggies Tasche und ihre Jacke, die neben mir auf dem Stuhl lagen und dann wieder zu dem leeren Stuhl am Fenster. Als ich damals dort gesessen hatte, war mir noch nicht klar gewesen, dass mich zu Hause ein Abschiedsbrief erwarten würde. Eine Tasche und ein Mantel, die neben einem lagen, waren deutlich besser als das. Alles war besser, als wie damals auf einem Stuhl am Fenster zu sitzen – George zwei Reihen weiter und Norah an einem der Tische, während Edgar ununterbrochen auf und ab gelaufen war. Niemand hatte es neben einem der anderen lange ausgehalten. Nach Stunden war ein Arzt aufgetaucht – ein Gesicht, an das ich mich schon Minuten, nachdem es verschwunden war, nicht mehr erinnern konnte. Er hatte uns informiert, dass *»Ms Forrester«* mittlerweile auf der Intensivstation lag. Dass ihr Zustand *»weiterhin sehr kritisch«* war und die *»nächsten Tage entscheidend«* wären. Mein Gedächtnis hatte nur Fetzen dieser Informationen festhalten können. Hängen blieb nur sein *»Gehen Sie nach Hause. Ruhen Sie sich aus«*.

Ist je ein Mensch in dieser Situation nach Hause gegangen und hat dort wirklich Ruhe gefunden? Wohl kaum. Warten ist keine Frage von Orten, nicht einmal von Zeit. Warten dreht sich allein um Antworten und die Bereitschaft, sie zu akzeptieren.

Ich zuckte zusammen, als sich eine Hand auf meine Schulter legte und mich zurück in die Gegenwart riss wie kaltes

Wasser den Schlafenden aus einem Traum. Die Berührung löste sich prompt wieder, aber eine Entschuldigung gab es nicht. Stattdessen hörte ich das Scharren von Metallbeinen über Linoleumboden. »Wie geht es ihr?«

Ich sah auf und in dieselben hellbraunen Augen, wie Maggie sie hatte. Sie war ihrer Mutter wie aus dem Gesicht geschnitten – doch die Augen und ihr Temperament waren zweifelsfrei die ihres Vaters. *»Gott sei Dank ist es nicht andersrum.«* Diese Einschätzung hatte sie nicht nur einmal getroffen, und ich kann mich nicht erinnern, dass Edgar sie seiner Tochter je übelgenommen hätte.

Ich atmete tief durch und setzte mich etwas aufrechter hin. »Ich weiß es noch nicht. Dr. Rivers war vorhin hier. Er geht davon aus, dass es in der Wohnung einen Trigger gab, der eine Art Panikattacke ausgelöst hat. Sie …« Ich hob die Augenbrauen und starrte wieder auf die Tabletten in dem kleinen Becher. Das war leichter, als in Maggies Augen zu schauen, die mich aus den markanten und strengen Zügen ihres Vaters heraus ansahen. »Sie hat wohl Beruhigungsmittel bekommen, und nun warten sie darauf, dass sie ins MRT kann.«

»Hm«, machte Edgar und setzte sich endlich auf den Stuhl, den er beiseitegezogen hatte. Das war ein gutes Zeichen, meinte ich. Das letzte Mal war die Angst größer gewesen, und er hatte es sitzend kaum ausgehalten. »Ich bin direkt hergekommen. Norah und George sind auf dem Weg.«

Ich nickte und schwieg. Schweigen war mit Edgar Forrester nicht einfach. Aber es war leichter, als mit ihm zu reden, wenn keine seiner beiden Herzensdamen, wie er Norah und Maggie nannte, dabei war. Es hatte eine kurze Zeit gegeben, in der er mich gemocht und bei jeder Gelegenheit mit »Junge« angesprochen hatte – immer begleitet von einem kräftigen Schulterklopfen. Diese Phase hatte begonnen, als Maggie verkündet hatte, dass wir Nachwuchs erwarteten, weshalb sie aus Edinburgh weg und zurück nach London ziehen würde. Maggie hatte diese Entscheidung längst getroffen, noch ehe ich ihre Schwangerschaft auch nur ahnte. Doch in Edgars Augen hatte ich sein Mädchen zurück nach Hause geholt. Das war genug, um selbst einen geschniegelten Lackaffen wie mich ins Herz zu schließen – wenigstens so lange, bis sein Mädchen an der Trauer um ihren Sohn zerbrochen war. Ich war überzeugt, dass Edgar seine Mühe hatte, mir nicht auch die darauffolgende Entscheidung seiner Tochter zuzuschreiben.

»Sieh es ein. Du bist ein Traumschwiegersohn für Mütter. Aber mein Dad ist Busfahrer, und du bist so einer von den aufgeblasenen Schnöseln im Anzug, die ihm richtig auf den Keks gehen. Er versteht nicht, dass Anzüge und Westen im Prinzip Dessous sind. Und ich glaube, so genau will er das auch gar nicht verstehen. Nach seinem Empfinden habe ich immer noch meine Milchzähne. Nimm es nicht persönlich.«

Ich seufzte und versuchte, die Erinnerungen genauso beiseitezuschieben wie den Drang, etwas zu sagen, das Maggies Vater und mich durch die Zwischenzeit retten würde, bis Norah oder wenigstens George da wären.

Nach ein paar Minuten war es Edgar, der wohl denselben Drang verspürte und dem lieber nachgab, als weiter in Stille vor mir zu sitzen. »Sie und George waren gestern bei uns zum Essen. George ist ziemlich gut mit dieser ganzen Lügerei.«

Es ist keine Lügerei, dachte ich. Es ist notwendig, damit nicht … Nun, damit nicht genau das passiert, was jetzt passiert ist. Oder Schlimmeres.

Trotzdem nickte ich. Edgar war kein Freund von Dr. Rivers' Strategie, nie gewesen. Aber er hielt sich eisern daran, was wohl nicht zuletzt Norahs Verdienst war. »Maggie hat mir erzählt, dass sie mit euch verabredet war.«

Er nickte. »Wir haben ihr ein paar Bilder gezeigt. Dieser Therapeut meinte, das wäre eine gute Idee, ein paar Bilder durchzublättern. Vom letzten Weihnachtsfest. Sogar von eurer Reise nach Italien letztes Jahr. Norah hat Stunden damit zugebracht, welche rauszusuchen, die keinen Verdacht erwecken.«

»Und?«, hakte ich nach. Ich gab mir redlich Mühe, ruhig dabei zu klingen. Doch allmählich lichtete sich der Schleier meiner Benommenheit und räumte einer unleugbaren Anspannung Platz ein. Genug, um mich dabei zu ertappen, wie ich schon wieder meine Brille zurechtrückte – eine Eigenart, die Maggie schon aufgefallen war, als wir uns nur ein paar Tage gekannt hatten. Und ich fragte mich unwillkürlich, ob sie die Beobachtung auch diesmal gemacht oder ob sie dafür noch nicht genug Zeit gehabt hatte. Wir. Ob wir dafür noch nicht genug Zeit gehabt hatten.

Edgar schüttelte den Kopf. »Es ist seltsam. Sie meinte etwas von einem Restaurant mit einer tollen Lasagne, aber sie dachte, sie wäre mit einer Freundin da gewesen. Und sie konnte auch noch genau sagen, was sie uns zu Weihnachten geschenkt hat. Aber sie war der Meinung, wir hätten noch Besuch gehabt. Vielleicht die Rutherfords von nebenan. Vielleicht …« Er schnaubte und straffte seine Schultern. »Ich habe Norah irgendwann gesagt, sie soll Maggie damit nicht länger nerven. Dieser Therapeut mutet ihr zu viel zu. Wir sehen ja, was dabei herauskommt.« Dabei deutete er vage auf den Gang. Ich hatte keine Ahnung, ob die Radiologie, wo Maggie auf ein MRT wartete, in dieser Richtung lag.

»Er wirkte nicht, als hätte er mit so einem Vorfall gerechnet.« Vor zwei Monaten hatte er meine Liste mit mir durchgesprochen. Kernimpulse, hatte er es genannt. Orte, die sie mit mir und unserer Vergangenheit verband, Unternehmungen. Mails, wie wir sie früher immer geschrieben hatten. Telefonate wie früher. Gerüche, Gesten, Lieder … Nur nicht dieses eine. Die Liste begann mit mir. Unsere Begegnung im Pub war der erste Punkt, und sie setzte sich weiter fort – über mein Hotel, den Innenhof, den Turm, das Burgerrestaurant, das wir besucht hatten, das Gericht, das sie dort immer bestellt hatte. Die Wohnung war ein weiterer Punkt gewesen, nach dem es noch mehr gegeben hatte. Sams Grab war einer davon. Ein Ort, den wir seit der Beerdigung nie wieder gemeinsam besucht hatten. Es war nicht Dr. Rivers' Plan gewesen, dass Maggie in unserer Wohnung so stark reagierte. Das war zu früh. »Er hat definitiv nicht damit gerechnet«, korrigierte ich mich. »Sonst hätte er mich darauf vorbereitet.«

»Umso schlimmer«, schnaubte Edgar. »Er sollte wirklich … Na, Gott sei Dank.«

Ich folgte seinem Blick und verhinderte nur knapp, dass ich seinen Ausruf wiederholte. George kam den Gang entlanggelaufen – hinter ihm seine Mutter. Als beide den Warteraum erreichten, stand ich auf, wie man es mir beigebracht hatte, und erntete dafür das Schnaufen von Edgar, wie jahrzehntelanger Umgang mit hochnäsigen Anzugträgern es ihn gelehrt hatten.

Norah lächelte ihrem Mann kurz zu, als sie den Warteraum betrat, doch ich war der Erste, den sie in die Arme schloss. Es war etwa vier Monate her, dass wir uns das letzte Mal gesehen und nicht nur für Abstimmungen telefoniert hatten. Das war in Maggies Rehaklinik gewesen – eine renommierte Klinik in der Nähe von Brighton, die sich auf Traumapatienten spezialisiert hatte. Maggie hatte bereits wieder ihre ersten Schritte getan und machte schnelle Fortschritte dabei, ihre Sprache zurückzugewinnen. Sie konnte selbstständig essen, sperrte sich an einigen Tagen aber nach wie vor dagegen wie ein Kleinkind.

Wenn man davon spricht, dass Patienten aus einem künstlichen Koma erwachen, stellt man sich das gern vor wie das Aufwachen nach einem Schlaf, vielleicht wie aus einer Narkose. Man rechnet mit leichter Desorientierung, mit ein paar Gedächtnislücken, nicht mit tagelangem Warten darauf, dass der Patient bewusst auf einen reagiert – und sei es nur mit einem

Händedruck. Man rechnet nicht mit Monaten, in denen man dabei zusieht, wie ein geliebter Mensch sich alles von vorn erarbeitet, was er seit seiner Geburt gelernt hat, wie er jedes Entwicklungsstadium durchlebt.

Man rechnet nicht mit dem Bangen, dass es immer weitergeht, das Aufwachen, bis der Mensch, den man fast verloren hätte, wieder ganz und gar da ist. Wenn einem Ärzte sagen, dass sie damit anfangen werden die Narkosemittel abzusetzen und das Aufwachen einzuleiten, kann man sich nicht vorstellen, wie lange dieser Prozess dauern kann und dass er vielleicht nicht ganz und gar gelingt. Manches kann noch lange weiterschlummern, um dann eines Tages mit Gewalt ins Bewusstsein zu brechen.

Wie gesagt: Am härtesten trifft uns meist das, was wir uns nicht vorstellen können.

Als Dr. Rivers zu uns stieß, hielt ich die Tabletten nicht mehr in der Hand, sondern hatte sie gegen den Becher mit abscheulichem Kaffee getauscht, den George mir mitgebracht hatte. Nach drei Anläufen hatte er aufgegeben, mich weiter wegen Maggie zu befragen. Ich konnte ihm nur sagen, was ich gesehen hatte oder gesehen zu haben glaubte, jedoch nicht, was das bedeutete. Auf »Heißt das jetzt, sie erinnert sich wieder?« wusste ich keine Antwort. Und wenn ich ehrlich war, hatte ich auch Angst vor ihr. Monatelang hatte ich mir gewünscht, sie würde sich daran erinnern, wer ich war. *Der vielleicht letzte Gentleman Englands.* Gott, wie sehr hatte ich es geliebt, genau das für sie zu sein.

Doch mittlerweile war es genauso wertvoll geworden, ein Snob zu sein, vielleicht ein Zuhälter und möglicherweise, wenn auch viel weniger wahrscheinlich, ein Serienmörder. Nichts davon wollte ich mehr hergeben. Gleich gar nicht für das Risiko, ein vielleicht letzter Gentleman zu sein, den sie nicht mehr sehen wollte – aus jedem guten Grund. Weil er sie im Stich gelassen hatte, um sich dann mit einem konstruierten Schauspiel wieder in ihr Leben zu schleichen und Halbwahrheiten zu erzählen. Ich konnte wirklich gut damit leben, ab jetzt einfach ein Snob zu sein und nichts weiter als das.

»Es geht ihr so weit gut«, war das Erste, was Dr. Rivers sagte und damit das Wesentliche. »Ein paar Untersuchungen stehen noch aus, und sie wird zur Beobachtung mindestens eine Nacht hierbleiben. Ich konnte bereits mit ihr sprechen und mir ein Bild verschaffen. Darüber würde ich gern mit Ihnen reden, allerdings …« Er sah an uns vorbei, wo noch immer die Frau mit den zwei Söhnen saß. Mittlerweile hatten sich drei weitere Wartende eingefunden, die augenscheinlich nichts miteinander zu tun hatten. Allerdings hätte man dieselbe Vermutung bei Maggies Familie und mir damals auch angestellt. »Man hat mir ein leeres Patientenzimmer zur Verfügung gestellt. Das ist eine improvisierte Lösung, aber dort haben wir ein wenig Privatsphäre.«

Das Zimmer, in das er uns führte, war ein kleines Einzelzimmer auf halber Höhe des Flurs. Es erinnerte mich an den Raum, in dem Maggie nach Sams Geburt gelegen hatte.

»Ehrlich, Tom, das Einzelzimmer war den Aufpreis wert. Jeden. Einzelnen. Penny.«

»Also kannst du wenigstens ein bisschen schlafen?«

»Keine Minute. Es macht mich wahnsinnig. Dich höre ich die ganze Nacht atmen oder schnarchen, aber bei dem Kleinen schaue ich ständig nach, ob er noch lebt. Er ist so leise, wenn er schläft. Wenigstens eine Sache, die er von mir hat.«

Mit den Wochen hatten wir immer mehr an Sam gesehen, das er von seiner Mutter hatte. Ihre Willensstärke, die er schon sehr früh demonstrieren konnte. Eine Vorliebe fürs Autofahren. Und obwohl er meine Gesichtszüge zu haben schien, war der Ausdruck, wenn er staunte, derselbe gewesen wie der seiner Mutter. Wie viel von uns hätten wir noch in ihm entdeckt, hätten wir nur genug Zeit gehabt? Vermutlich werde ich nie aufhören, mir diese Frage zu stellen.

Georges Ellenbogen, der mich in meine Rippen traf, holte mich in die Gegenwart zurück. Er bedachte mich mit einem fragenden Blick und hochgezogenen Augenbrauen – ein stummes »Alles klar bei dir?«.

Ich nickte und dachte kurz, dass ich nur wenige Menschen kannte, die sich so gut auf nonverbale Kommunikation verstanden, wie Maggie und George Forrester. Dann schaffte ich es endlich, mich auf Dr. Rivers zu konzentrieren, der noch einmal umriss, was ich live erlebt hatte. Nur kannte er neben meiner auch Maggies Perspektive dieser Minuten.

Sie hatte ihm erzählt, dass sie mich in meine alte Wohnung begleitet hatte. Meine. Nicht unsere. Für mich war Georges Frage mit diesem einen Wort hinreichend beantwortet. »Sie hat wohl eine Karte gefunden, auf welcher der Name Ihres Sohnes steht, Thomas.«

Nicht meiner, unserer.

Ich nickte. »Die mit den Fußabdrücken. Die hat sie in der Hand gehalten.«

»Sie kann sich erinnern, dass ihr einfiel, wie sie Sie mehrere Male mit dem Namen angesprochen hat. Weil sie Schwierigkeiten mit einfachen Namen hat. Möglicherweise hat sie den Namen auch irgendwo im Bezug zu Ihrem Hotel gelesen. Das ist, was Maggie annimmt. Und sie hat mir keinen Grund gegeben, ihr das nicht zu glauben.«

»Also erinnert sie sich nicht wieder?«, fasste George zusammen.

»Nicht bewusst, nein. Der Name hat ein schlechtes Gewissen bei ihr ausgelöst, weil sie Thomas mehrmals damit konfrontiert hatte. Und dieses Gefühl ist rasend schnell eskaliert, bis es nicht mehr auszuhalten war. So hat sie es beschrieben.«

»Und …« Norah hielt sich an der Hand ihres Mannes fest, als sie zu ihrer Frage ansetzte. »Und was denken Sie, was das war? Doch nicht nur ein Gefühl, oder?«

Dr. Rivers schüttelte den Kopf und rückte sein braunes Tweetjackett zurecht, das sein schmales Gesicht älter wirken ließ als Mitte vierzig. Ich hatte noch nie gesehen, dass er das Ding wirklich trug. Bisher hatte ich es nur an der Garderobe seines Praxiszimmers hängen sehen, von wo aus es mir das Gefühl gegeben hatte, nicht der einzige Spießer zu sein, mit dem Maggie zu tun hatte, und vielleicht auch nicht der größte. »Ich gehe hier von einer sehr intensiven Belastungsreaktion aus. Wir hatten ja bereits darüber gesprochen, dass Ihre Tochter multiple Traumata durchlebt hat, die durch einen Verdrängungsmechanismus aus ihrer bewussten Erinnerung zurückgehalten werden.«

Dr. Rivers sah mich mit einem milden Lächeln an. Ich schätzte sehr an ihm, dass er nie sagte: »Sie hat euch schlicht vergessen, weil es so leichter für sie war.« Er drückte es nie so aus, als hätte Maggie irgendetwas selbst entschieden. Ich bin mir sicher, dass allein dieser Aspekt einen großen Anteil daran hatte, dass es mir gelungen war, Maggie zu verzeihen – das Springen und das Vergessen gleichermaßen.

»Durch die Impulse, die Sie bei ihr gesetzt haben, sind solche Mechanismen gelockert worden. Stellen Sie sich das vor wie eine Blockade in einem Gelenk, die durch die richtigen Übungen nach und nach gelöst wird, wenn man regelmäßig daran arbeitet.« Diesen Vergleich hatte er schon vor Monaten gebraucht. Er hatte schnell verstanden, dass es uns leichter gefallen war, Maggies orthopädische Verletzungen zu begreifen als die psychischen. Es ist immer leichter, das zu verstehen, was man sehen kann. »Möglicherweise halten Sie mich gleich für übergeschnappt, aber ich werte das, was heute mit ihr passiert ist, als Erfolg.«

Natürlich war es Edgar, der geräuschvoll schnaufte und die Arme vor der Brust verschränkte. Dr. Rivers wirkte nicht, als überraschte ihn die Reaktion. »Ich gehe davon aus, dass die starke Reaktion, die Maggie hier gezeigt hat, nicht ausschließlich von einem schlechten Gewissen herrührt, weil sie Thomas ein paarmal falsch angesprochen hat. Nichts für ungut.« Er fing kurz meinen Blick auf. »Von Ihnen kenne ich Maggies Geschichte unmittelbar vor ihren Verletzungen. Und durch die Gespräche mit Maggie selbst schätze ich sie als einen Menschen ein, der zu dieser Zeit mit schweren Schuldgefühlen zu kämpfen hatte – zusätzlich zu ihrer Trauer. Ich gehe davon aus, dass vorhin einige dieser alten Gefühle hervorgeholt wurden. Wie …« Er überlegte kurz. »Wie durch einen Köder. Diese Karte mit Samuels Namen war die Angel und das schlechte Gewissen wegen der Verwechslungen der Köder. Den hatte ihr Bewusstsein sozusagen direkt zur Hand und musste gar nicht lange suchen. Und unter dem Boot waren die alten Schuldgefühle durch verschiedene Impulse längst wach und brauchten nur diesen Köder. Sagen wir, Maggies Psyche hat unerwartet einen größeren Fisch aus dem Wasser gezogen, als sie wollte. Nur hatte sie keine Ahnung, was das für ein Fisch ist, woher er kommt, und was sie mit so einem Fang anstellen soll, also ist das Boot gekentert.« Dass Dr. Rivers dabei Edgar ansah, machte deutlich, dass er diese Metapher für seinen größten Skeptiker gewählt hatte. Wie viele solcher Bilder dieser Mann wohl bereithielt, um den unterschiedlichsten Gesprächspartnern die Grundlagen seines Fachs zu erklären?

»Und Sie rechnen mit noch mehr solchen Fischen?«, hakte Maggies Vater nach. Er brummte dabei, wie es sich für einen mürrischen Mann gehörte, der sich schwer damit tat, einem anderen das Ruder zu überlassen. Ich kannte das bereits von ihm und wusste von genau einem Weg, diese Mauer zu überwinden: indem man ihm seine Tochter zurückbrachte. Wie wahrscheinlich war es, dass Dr. Rivers genau diesen Weg gefunden hatte?

»Ich spekuliere, dass die meisten Fische noch da sind, wenn nicht gar alle. Manche werden noch in der Bodenzone schlummern. Aber es ist davon auszugehen, dass durch unsere Arbeit in den letzten Wochen und Monaten ein paar von ihnen längst unter der Oberfläche auf einen passenden Köder warten und jederzeit an Land gezogen werden könnten.«

Edgar nickte verständig und sah seine Frau an. »Ich hab es ja die ganze Zeit gesagt. Maggie vergisst ihr Kind nicht einfach. Das sieht ihr überhaupt nicht ähnlich.«

»Ich weiß«, flüsterte sie ihm zu. Ich konnte sehen, wie sie seine Hand dabei kurz drückte.

»Ich habe mich mit einem Kollegen beraten«, führte Dr. Rivers weiter aus und sah dabei jeden von uns an. »Unter der Voraussetzung, dass die ausstehenden Untersuchungen keine physischen Ursachen aufzeigen, rechnen wir beide fest damit, dass Maggie nun vermehrt solche Zustände erleben wird. Vereinfacht gesagt hatte sie eine Belastungsreaktion auf eine triggernde Situation. Ich kann ihr beibringen, mit solchen posttraumatischen Reaktionen umzugehen. Genauso kann ich mit ihr gemeinsam herausfinden, mit welchen Triggern sie es zu tun hat, und wie sie im Alltag mit ihnen zurechtkommt. Ich halte sie für absolut in der Lage dazu, solchen Situationen wie heute zukünftig viel besser zu begegnen, wenn man ihr zeigt, wie. Allerdings …« Und hier sah er mich an. Ich ahnte, weshalb. Vor ein paar Wochen hatte ich diesem Moment noch entgegengefiebert. Aber das, womit mein Körper allein auf meine Ahnung reagierte, war nicht die Freude, die ich damals von mir erwartet hätte. »Ich kann Maggie nicht durch dieses Minenfeld führen und ihr zeigen, wie man die Dinger entschärft, wenn sie nicht weiß, womit wir es zu tun haben.«

»Wir sollen Maggie erzählen, was passiert ist?« Wenn ich

nicht irrte, hörte ich in Georges Stimme ähnliche Bedenken wie in meiner. »Oh Mann, sie reißt uns den Kopf ab. Oder schlimmer – die Eier.« Ja, dieselben Bedenken. Allerdings sah es George ähnlicher, sie auch auszusprechen, was ihm einen empörten mütterlichen Blick von Norah einbrachte. *»Doch nicht vor dem Doktor …«* Ich ahnte, woher ihre Kinder das Talent für aussagekräftige Blicke hatten.

Dr. Rivers allerdings störte sich keineswegs an irgendwelchem Vokabular. Er kannte jeden von uns beinahe so gut wie Maggie. »Falls sie mit dem Kopf anfängt, bekommen Sie den Rest nicht mehr mit. Das kann ich Ihnen aus medizinischer Sicht versichern«, antwortete er George und wirkte, als hätte er sich beinahe zu einem Schmunzeln hinreißen lassen. Allerdings nur beinahe. Immerhin führte er den Dialog nicht nur mit Maggies Bruder. »Abgesehen davon müssen Sie Maggie zunächst gar nichts erzählen. Ich habe sie bereits informiert, dass wir in zwei Tagen einen Sondertermin planen, um ihre weitere Behandlung abzustimmen. Sie weiß auch, dass das möglicherweise ein sehr intensiver Termin wird, und ich habe ihr freigestellt, eine Vertrauensperson mitzubringen. Ich gehe davon aus, dass ich die Bereitschaft von jedem von Ihnen voraussetzen kann, sollte Maggie Sie darum bitten.«

Ich für meinen Teil nickte und sah aus dem Augenwinkel, dass die übrigen es mir gleichtaten. In den letzten Monaten hatten wir etliche Momente erlebt, die uns keine Wahl gelassen hatten. Dieser hier war keiner der schlimmen. Er war lediglich beängstigend.

»In Ordnung.« Dr. Rivers nickte und sah auf seine Uhr. »Ich habe leider nicht mehr allzu viel Zeit. Aber ich möchte Ihnen wenigstens noch kurz erklären, wie ich den Ablauf meines Gesprächs mit Maggie plane, und was im Anschluss daran auf Sie zukommen könnte.«

Alles.

Das war, was Dr. Rivers uns in den darauffolgenden Minuten erklärte.

Im Prinzip konnte alles passieren.

Wie die Erinnerung an einen ersten Kuss

- Maggie -

An: t.walsh@dandelions-inn-hotel.co.uk
Von: forrester_margaret@gmail.com
Betreff: Asyl

Sehr geehrter Mr Walsh,
ich möchte mich an dieser Stelle noch einmal offiziell für die von Ihnen bereitgestellte Möglichkeit zur Zuflucht gestern bedanken. Einen handschriftlichen Brief würde ich zur Wahrung der Form vorziehen, doch mir liegt am Herzen, dass Sie meinen Dank zeitnah und unmittelbar erhalten. Und ich möchte anmerken, dass Ihr Einkauf bei der Wahl der Hotelbetten hervorragende Arbeit geleistet hat. Diese würde ich in Zukunft nicht nur einem Krankenhausbett, sondern sogar meinem eigenen vorziehen.
Mit besten Grüßen
M. Forrester

An: t.walsh@dandelions-inn-hotel.co.uk
Von: forrester_margaret@gmail.com

Betreff: PS

Oh Gott, ich hoffe, die ehrwürdige Gesellschaft englischer Snobs durchschaut nicht direkt, dass die Mail nur ein Vorwand war, um ein PS schreiben zu können. Bekommst du Ärger, wenn doch?
George hat mir gerade schon drei Nachrichten geschrieben, ob er nicht doch mit zum Termin kommen soll. Also wirklich: Danke, dass ich gestern nach dem Krankenhaus direkt zu dir flüchten durfte. Und danke, dass wir nicht über den Termin heute reden mussten. Ohne Scheiß: Danke. George macht mich wahnsinnig. »Du hast noch etwas Zeit, bis du dran bist. Ich kann mich noch auf den Weg machen.«
Das ist nicht hilfreich. Und ich glaube, er macht auch Mum und Dad ganz verrückt. Du kannst das nicht wissen, aber wenn Dad wirklich mal anruft, um zu fragen, wie es mir geht, dann weiß ich, er ist zutiefst beunruhigt und erwartet mindestens, dass ich überfallen worden bin.
Tom, es tut mir leid, dass ich dir das sagen muss, aber ich fürchte, du bist gerade der Einzige in meinem Umfeld, der nicht durchdreht.
Falls also der absolute Super-GAU eintritt, den ja offensichtlich alle von diesem Termin erwarten, und Dr. Rivers mir Chips ins Gehirn pflanzt, eine neue Maggie installiert und mich komplett umprogrammiert ... Wie gut stehen dann meine Chancen, dass ich wieder zu dir flüchten kann?
Maggie

Ich zögerte kurz, ließ es letztendlich aber bleiben, meine zweite Mail noch einmal zu lesen, ehe ich sie abschickte. Mir war klar, dass sie völlig panisch klang. Und genervt. Gott, ich hoffte, dass sie vor allem genervt klang, denn genau das war ich. Ehrlich gesagt war ich verwundert, dass nicht noch eine Nachricht von George eingegangen war, den dieser Termin mit Dr. Rivers mehr zu beunruhigen schien als mich. *»Der Typ hat noch nie gesagt, dass jemand mitkommen soll. Meinst du nicht, das hat einen Grund? Er ist dein Therapeut, der wird sich schon was dabei denken, wenn er dir das anbietet.«*

George hatte wirklich ein Talent dafür, den Finger genau auf den Punkt zu legen, der mich verunsicherte. Das war schon immer so gewesen. Ob es nun um die Monster unter dem Bett ging, den merkwürdigen alten Mann am Ende der Straße oder Jungs, die eine oder zwei Jahrgangsstufen älter waren als ich. Nun waren wir erwachsen – oder zumindest älter. Und das stellte ihm eine erquickliche Auswahl an viel größeren Unsicherheiten zur Verfügung.

Als bräuchte ich ihn, um mich daran zu erinnern, dass ich in Toms Wohnung zusammengebrochen war. Als hätte ich einfach vergessen, dass ich mich aufgeführt hatte wie eine Irre. Dass Dr. Rivers dem auf die Spur gehen wollte, war etwas Gutes. Ich wollte wirklich unbedingt, dass wir herausfanden, was dieser Anfall zu bedeuten hatte, um dann einen Schlachtplan zu erarbeiten, mit dem ich so einen Scheiß nie wieder erleben musste. Denn dieser Scheiß war es, der mir ehrlich Angst gemacht hatte und nicht die Aussicht auf ein Gespräch mit meinem Therapeuten. Außer, ich redete mit George, der mich schier wahnsinnig machte mit …

Ich zuckte zusammen, als ich die Vibration in meiner Hand fühlte, mit der mein Handy energisch auf sich aufmerksam machte. Tom, verriet mir das Display. Allein der Name reichte, um meine Aufregung noch etwas mehr anzukurbeln, aber gleichzeitig in eine andere Richtung zu lenken.

»Hey«, meldete ich mich. Kein *»Ich hoffe, Sie haben einen*

triftigen Grund anzurufen, Mr Walsh. Ansonsten muss ich dieses Telefonat umgehend beenden und Beschwerde einlegen«. Ich war froh über seinen Anruf, und mir fehlte jede Motivation, so zu tun, als wäre es anders.

»Sitzt du im Wartezimmer oder kannst du reden?« Tom sprach leise. Über das Handy klang es, als würde er mir die Frage ins Ohr flüstern. Mein Körper reagierte ganz automatisch mit einem Aufatmen. Als bräuchte es nur den Klang dieser Stimme, um … nun, vielleicht nicht, um die Welt wieder in Ordnung zu bringen. Sehr wohl aber, um mich aus ihr herauszugeleiten und kurz Luft holen zu lassen.

»Im Moment sitze ich noch draußen auf einer Bank.« Ich sah zu dem Altbau, direkt gegenüber auf der anderen Straßenseite. Dr. Rivers' Praxis befand sich Gott sei Dank im Erdgeschoss. »Ich kann einfach keine Wartezimmer mehr sehen und geh erst rein, wenn ich wirklich muss.«

An Toms Atemzug konnte ich förmlich hören, wie er nickte. »Das trifft sich gut«, sagte er dann. »Wir müssen nämlich dringend darüber reden, über welche Gesellschaft wir sprechen. Ist es der Rat englischer Snobs? Oder der hochehrwürdige Snobverband Englands. Die Reglements dieser Organisationen unterscheiden sich nämlich empfindlich!«

Ich lachte und stellte mir vor, wie er an seinem Schreibtisch saß und verschiedene Bestimmungen vor sich ausgebreitet hatte, um sie miteinander zu vergleichen. »Musst du dich denn für eine ent…« Ich stockte, riss mich aber zusammen und nahm das Wort, das mir fehlte. Manchmal funktionierte es, wenn ich solche Brocken einfach umdrehte. »Musst du dir eine aussuchen?«

»Ich fürchte, schon. Loyalität ist eine Tugend, die sich durch die Teilnahmebedingungen sämtlicher Vereine zieht. Außer bei der Vereinigung hochehrwürdiger englischer Snobs. Allerdings bekomme ich da vermutlich Schwierigkeiten wegen der Cola und vorehelicher Intimität. Außerdem scheinen die ein Problem mit der Farbe Blau zu haben. Damit kommen die für mich nicht infrage. Blau steht mir ausgezeichnet.«

Ich kicherte, und trotz der Albernheit genoss ich genau das – die Unbeschwertheit, die sich wie auf Knopfdruck eingestellt hatte, seit ich mit Tom redete. Jedenfalls für mich. Hätte ich mitbekommen, wie angespannt er gewesen sein muss, wenn ich etwas genauer hingehört hätte? Wenn ich nicht zu beschäftigt damit gewesen wäre, froh über diese Unbefangenheit zu sein? Vielleicht. »Also ist das Blau das Ausschlusskriterium?«

»Ganz unbedingt, ja.« Seine Stimme trug ein breites Grinsen mit sich, das sich unweigerlich auch auf mein Gesicht legte. »Ich denke, mein Favorit wäre die englische Gemeinschaft ehrwürdiger Snobs. Es gibt einen Dresscode, aber den halte ich berufsbedingt ohnehin meist ein. Auch das Vereinsvokabular sollte kein Problem darstellen. Ich fluche nicht, und ich denke, ich schaffe es, regelmäßig so was wie ‚degoutant' oder ‚dünkelhaft' zu sagen und dabei die Nase zu rümpfen. Oh, und sie bieten ein Mal im Quartal VIP-Plätze für ein Tennisturnier. Man erfüllt den Status des Snobs nicht hinreichend, wenn man nicht regelmäßig einem Tennisturnier beiwohnt.«

Doch, du hast geflucht. Ein Mal. Vorgestern. Ich dachte, ich würde jeden Moment ersticken. Nicht an den Tränen, sondern weil sich irgendetwas so fest um meinen Brustkorb gelegt hat, dass ich nicht mehr atmen konnte. Es hat sich angefühlt, als würde sich dieser Name wie eine Klammer um mich legen und immer, immer fester zudrücken. Als würde mein kaputtes Hirn versuchen, mich nur mit Empfindungen umzubringen. Und fuck, nach vorgestern glaube ich, dass das wirklich geht.

Du hast geflucht. Das habe ich mitbekommen und weiß es auch noch. Und jetzt wünsche ich mir, dass es eine andere Gelegenheit dafür gegeben hätte. Eine, die mir Zeit dafür gelassen hätte, entzückt darüber zu sein, dass selbst du dich mal vergisst. Aber ich bin nicht entzückt. Es tut mir entsetzlich leid, dass ich diese Gelegenheit war – und zwar nicht auf die gute Weise. Das tut mir leid, hörst du? Ich würde dir das gern sagen, aber ich weiß nicht, ob du mich lässt.

»Ein Turnier jedes Quartal?« Das war, was ich stattdessen aufgriff. Aus bloßer Feigheit davor, ein Thema anzureißen, das nicht in ein Telefonat gehörte und auch nicht in die paar Minuten, die mir noch blieben, ehe ich meinen Termin haben würde. »Finden Tennisturniere überhaupt so oft statt?«

»Ich habe ehrlich gesagt keine Ahnung«, gestand Tom. »Vielleicht organisieren sie extra etwas, damit wir diese Intervalle einhalten können und …« Er brach seine haltlose Spekulation mit einem Seufzen ab. Das war der Moment, in dem er kapitulierte. »Du musst gleich rein, oder?«

»Ich fürchte, schon, ja.« *Bitte sei nicht wie George, der plötzlich wieder denkt, ich würde nichts allein schaffen. Nicht einmal die Dinge, die ich seit Monaten allein kann.*

»Okay«, murmelte er, und es machte mir ein wenig Angst, wie ernst er dabei klang. »Maggie, du solltest vorher wissen … Selbst in dem Fall, dass George recht behält und Dr. Rivers dich umprogrammiert … Ich möchte, dass du weißt, dass ich die aktuelle Version von dir sehr ins Herz geschlossen habe. Aber egal, was heute bei diesem Termin mit dir passiert: Ich bin unter allen Umständen bereit, dir wieder Asyl zu gewähren.«

Solche Momente gehörten ganz klar zu den Argumenten gegen Telefonate. Was tut man, wenn der andere so etwas sagt und einem keine Erwiderung einfällt? Mein Körper schrie danach, Tom zu umarmen. Nur war da kein Tom, sondern bloß dieses dämliche Smartphone und ein Sammelsurium wildgewordener Wörter in meinem Kopf, die sich einfach nicht zu einer passenden Antwort zusammensetzen wollten. Nicht einmal ein »Das freut mich zu hören« brachte ich zustande. Und zwar so lange nicht, bis ich Toms Stimme wieder hörte. »Na los, du hast deinen Termin.«

Ich nickte und sah wieder zu der weißen Fassade auf der anderen Straßenseite. »Also bis später?«

Tom atmete unüberhörbar tief ein. Es wirkte regelrecht theatralisch. So sehr, dass ich dachte, er würde einen Witz machen. Gott, ich bewunderte ihn sogar für sein darbieterisches Talent, als ich die Schwere hörte, die in seiner Antwort mitklang. »Das hoffe ich sehr.«

Und ich schmunzelte. Weil ich blind war – auf diese eine bestimmte Art, die uns Menschen so unfassbar dumm werden lässt.

English Breakfast.

Dr. Rivers' Teesorte der Wahl war immer English Breakfast. Die Tageszeit spielte hierbei keine Rolle. Der Nachmittag draußen neigte sich der Dämmerung entgegen, und doch schenkte mein Therapeut unbeirrt seinen liebsten Frühstückstee ein.

»Keine Milch, richtig?«

Ich nickte, bedankte mich und beobachtete ihn dabei, wie er sich erst den Tee und dann einen Schluck Milch eingoss. Das »Mh« entfuhr mir ganz automatisch. Es war wirklich nicht meine Absicht gewesen. Um ehrlich zu sein hatte ich nicht einmal geahnt, dass so eine versnobte Wertung in mir schlummerte.

»Mh?« Mit hochgezogenen Augenbrauen sah Dr. Rivers mich an.

Ich schüttelte den Kopf und deutete auf seine Tasse. »Eigentlich kommt erst die Milch und dann … Aber das macht nun ehrlich keinen Unterschied.«

Er schmunzelte und stellte die Teekanne wieder auf das dazugehörige Stövchen. »Kann es sein, dass Ihr Freund einen … sagen wir … sehr klassischen Einfluss auf Sie hat?«

»Sehr klassisch …«, murmelte ich, als müsste ich die Worte kurz abwägen. Dabei gefielen sie mir auf Anhieb. »Ich glaube, das trifft es ziemlich gut.«

»Ich habe vorgestern ein wenig mit ihm gesprochen. Das sehen Sie mir hoffentlich nach. Ich musste mir ein Bild machen, was mit Ihnen los war. Sympathischer junger Mann. Ein wenig altmodisch, vielleicht.«

Ich hob eine Augenbraue und deutete mit meinem Blick auf das Teeservice zwischen uns.

Dr. Rivers lächelte. »Ich habe die Vierzig längst überschritten. Meine erste Tochter macht nächstes Jahr ihren Schulabschluss. Mir gebührt jedes Recht, altbacken zu sein. Noch zehn Jahre und ich habe fest vor, mürrisch zu werden. Jennifer prophezeit das seit Jahren. Und mir käme nie in den Sinn, meine Frau zu enttäuschen.« Er führte seine Tasse an die Lippen, sodass ich sein Lächeln nur noch in seinen Augen sehen konnte. »Wie geht es Ihnen, Maggie?« Wie immer war das die Frage, die den Small Talk beendete.

»Allgemein oder in Bezug auf vorgestern?«

»Was auch immer Ihnen zuerst in den Sinn kommt.«

»Sie wissen schon, dass man dann erst recht nachdenkt, was man sagt, oder?«

Mein Therapeut sagte nichts, sondern lehnte sich zurück und wartete. Natürlich wusste er das.

»Ich glaube, wir können uns darauf einigen, dass dieser Zusammenbruch beschissen war. Für alle. Meine Familie ist meinetwegen ins Krankenhaus gefahren und musste wieder ewig rumsitzen und warten. Ich finde, die drei haben in ihrem Leben genug in Krankenhäusern gewartet. Sogar Sie sind extra hingefahren. Und Tom … eigentlich wollte ich ihm helfen. Und dann muss er sich plötzlich um ein heulendes, nervliches

Wrack kümmern.« Ich wusste nicht mehr viel von dem Vorfall in seiner Wohnung. Nur an dieses Gefühl konnte ich mich erinnern, das einfach nicht aufgehört hatte, immer stärker zu werden – genau, wie es die Schmerzen in meiner Hüfte manchmal taten. Und Toms Gesicht … Diesen erschrockenen Ausdruck hatte ich ziemlich klar vor Augen. »Sie fragen mich vermutlich gleich, ob ich mir daran die Schuld gebe, oder?«

Dr. Rivers stellte die Tasse beiseite. »Das haben Sie mir quasi schon beantwortet. Ich frage mich vielmehr, wie die Antwort auf meine Frage aussehen wird. Wie geht es Ihnen, Maggie? Nicht ihrer Familie oder Tom … Ihnen.«

Ich hatte Kopfschmerzen. Das war auch das Erste, das mir in den Sinn kam. Und obwohl Dr. Rivers genau nach so einem ersten Impuls gefragt hatte, verkniff ich es mir, ihm diese Antwort zu geben. »George hat sich mir regelrecht aufgedrängt, um mich hierher zu begleiten. Ich habe das Gefühl, dass … Er hat gerade angefangen, mir mehr zuzutrauen, und dann passiert so was, und er glaubt, ich schaffe meinen Therapeutentermin nicht allein. Mir ist klar, dass er sich nur Sorgen macht. Aber …«

Dr. Rivers legte den Kopf schief und sah mich an.

»Aber mich nervt das«, gestand ich. »Das ist undankbar, weiß ich. Aber mich nervt so sehr, dass immer noch jeder denkt, ich käme nicht zurecht. Mich kotzt das an. Ich dachte, ich wäre schon viel weiter. Meine Wutanfälle … Ich hatte die vor ein paar Wirbeln noch ständig und in letzter Zeit gar nicht mehr oder nur ganz schwach. Genauso die richtig schlimmen Schmerzen. Und wissen Sie noch, wie ich mich am Anfang kaum orientieren konnte? Damit habe ich fast gar keine Probleme mehr. Mit Lesen und Schreiben auch nicht. Ich kann immer noch keine ewig langen Te… Te…« *Termine?* Das war nicht ganz richtig. Doch ich beschloss, dass das egal zu sein hatte. Er würde schon wissen, was ich meinte. »Mit Tom schreibe ich viele Mails. Letztes Jahr wäre das noch undenkbar gewesen. Ich …« Ich musste ausatmen, um damit den Kloß in meinem Hals aufzulösen. *So viel also zu der Annahme, du hättest dich wieder besser im Griff, hm?* »Wissen Sie noch, wie ich ewig keine Fortschritte gemacht habe?«

Mein Therapeut nickte. Vermutlich ist Nicken das Erste und Wichtigste, das man für diesen Beruf lernt.

»Das war so ätzend. Und ich war so glücklich, dass es endlich wieder vorausgegangen ist. Es dauert immer noch alles ewig, aber es war immerhin … und jetzt …« Ich deutete zur Tür, die überhaupt nichts mit meinem Zusammenbruch zu tun hatte. Doch wenn man Dinge nicht in Worte fassen kann, muss man darauf zeigen. Und wenn diese Dinge nicht in der Nähe sind, tut es hin und wieder auch die nächstbeste Tür. Dr. Rivers schien jedenfalls zu verstehen, was ich meinte. Er sagte nichts, das übernahm sein Blick für ihn. »Das vorgestern war so ein riesiger Rollstuhl. Ich weiß, dass ich so was nach dem Koma öfter hatte, aber daran kann ich mich nicht mal mehr erinnern. Ich will nicht so weit zurückfallen. Ich kann einfach nicht alles noch mal von vorn … Ich …« Weiter kam ich nicht. Ich hätte noch mehr sagen können, doch dann nicht ohne Tränen. Und Scheiße noch mal, ich hatte echt keine Lust, schon bei der Frage danach, wie es mir ging, mit Tränen zu antworten.

»Sie halten diese Reaktion vorgestern für einen Rückschritt?«

War das nicht offensichtlich? Ich hatte mich wieder in einen heulenden Fleischklumpen zurückentwickelt, der nicht ansatzweise in der Lage dazu gewesen war, sein Handeln zu beeinflussen. In meinen Augen war das die Definition für das Wort Rückschritt.

»Mh«, machte Dr. Rivers nachdenklich und nahm noch einen Schluck von seinem Tee. »Ich kann verstehen, warum Sie das annehmen, aber ich persönlich denke, dass Sie einen gewaltigen Schritt nach vorn gemacht haben.« Ich wollte mich über diese Einschätzung freuen. Doch so, wie Dr. Rivers das sagte, versiegte mein Lächeln direkt wieder. »Ich will Ihnen heute erklären, wieso ich das für einen Fortschritt halte. Um ehrlich zu sein fürchte ich sogar, dass sie ein paar Schritte übersprungen haben, die ich gern langsam und gemächlich mit Ihnen gegangen wäre. Ich möchte versuchen, das zusammen mit Ihnen aufzuholen, in Ordnung?«

»Okay?« Das klang ganz und gar nicht wie eine Antwort, sondern wie eine zutiefst verunsicherte Frage.

Dr. Rivers allerdings reichte das aus. Er nickte und stand auf, um zu seinem Schreibtisch zu laufen. Die Kiste, die darauf stand, hatte ich überhaupt nicht wahrgenommen, bis er sie nahm und zu der Sitzgruppe brachte, wo wir gemeinsam mit dem Tee saßen. Noch nie war mir dieses Service so albern vorgekommen wie in diesem Moment. Die Kiste stellte Dr. Rivers neben seinen Sessel und zog eine Akte heraus, die er in seinen Händen behielt. »Es gibt verschiedene Möglichkeiten, diese besagten Schritte mit Ihnen nachzuholen. Ich habe mich für einen sehr direkten Weg entschieden. Das mag Sie kurzfristig überfordern, dessen bin ich mir bewusst. Aber ich hoffe, dass ich damit vermeide, Sie noch einmal einer so heftigen Reaktion auszusetzen. Deshalb meine Bitte: Wenn Sie das Gefühl haben, überlastet zu sein, sagen Sie mir das, und wir legen eine Pause ein.«

Ich nickte und überlegte, ob Dr. Rivers je in einer unserer Sitzungen so viel geredet hatte.

Er imitierte mein Nicken und unterzog mich noch einem prüfenden Blick, ehe er sich räusperte und die Akte auf seinem Schoß aufschlug. Dabei sah er nicht einmal hinein, als er zu reden begann. »Dr. Calvert war so freundlich, mir Ihre neurologischen Befunde zukommen zu lassen. MRT, EEG … Aber darüber hat sie mit Ihnen bereits im Krankenhaus gesprochen, oder?«

Ich nickte. Meine Eltern waren dabei gewesen, und Dad hatte die Ärztin mit unendlich vielen »Und was genau heißt das jetzt?« gelöchert. Als wäre die Vorstellung davon, dass mit mir alles stimmte, schier unbegreiflich.

»Zusammenfassend können wir davon ausgehen, dass es keine neurologischen Auslöser gibt. Und das heißt, dass die Ursache für Ihren Zusammenbruch in meinem Fachgebiet zu suchen ist.«

Wieder nickte ich nur. »Das hatte ich befürchtet.« Weshalb sonst hätte er mich zu einem außerplanmäßigen Termin herbestellen sollen?

»Befürchtet … Können Sie sagen, wo genau Ihre Befürchtungen liegen?«

Ich sah wieder zu der Tür, die nach wie vor nichts mit dem zu tun hatte, was mir durch den Kopf ging. Und auch nichts mit dem, was ich versuchte, nicht durch meinen Kopf gehen zu lassen. »Sie meinten, dass Sie neue Therapieansätze mit mir abstimmen wollen. Also vielleicht … Keine Ahnung. Vielleicht habe ich eigentlich gar kein Problem mit meinem Frontallappen, sondern habe … ich weiß es nicht. Vielleicht muss ich deshalb noch mal in stationäre Behandlung. Immerhin sollte ich jemanden mitbringen.« Und ich fürchtete, dass er das nicht vorschlug, nur um mit mir noch mal über Meditation zu sprechen, für die ich bisher einfach kein Talent bewiesen hatte.

»Aber Sie haben beschlossen, allein zu dem Termin zu kommen«, stellte Dr. Rivers fest, als wäre es ihm in den ersten Minuten unseres Gesprächs schlicht entgangen.

Ich schüttelte den Kopf. »Mum macht sich eh schon genug Sorgen und mein Dad würde Sie um den Verstand bringen. Und George ist manchmal eine furchtbare Kombination aus beiden. Ich will nicht … Ich muss das allein hinkriegen.«

Einen Moment lang sah Dr. Rivers mich nur an, dann nickte er sehr langsam. »Diesen Punkt greifen wir später noch einmal auf. Zuerst erkläre ich Ihnen, was meiner Meinung nach in Thomas' Wohnung passiert ist. Sie müssen nur zuhören. Das klingt sehr entspannt, aber ich fürchte, dass Ihnen das Zuhören einiges abverlangen wird.«

»Ich sage Bescheid, wenn es mir zu viel wird«, versprach ich, ehe Dr. Rivers mich noch einmal darum bat. Allmählich wurde das ehrlich unheimlich. Mein logischer Verstand gab sich zwar noch redlich Mühe, mir vor Augen zu halten, dass eigentlich nichts Schlimmes passieren konnte. Doch mein Blut rauschte in einem Tempo durch meinen Körper, das es schwer machte, meinem Verstand zuzuhören.

»Gut«, sagte Dr. Rivers und schaute nun das erste Mal in die Akte auf seinem Schoß. Allerdings nur sehr kurz. »Das, was Sie vor zwei Tagen erlebt haben, nennt man eine posttraumatische Belastungsreaktion. Das ist eine Art Schutzmechanismus, den Ihre Psyche anstößt, sobald Sie in Kontakt mit Eindrücken kommen, die an ein traumatisches Ereignis geknüpft sind. Sagt Ihnen das Wort Trigger etwas?«

Ich nickte, auch wenn ich keine Ahnung hatte, ob ich mir dasselbe darunter vorstellte wie mein Therapeut.

»Diese Trigger können unabhängig von Ihrer bewussten Erinnerung wirken. Ein gutes Beispiel ist Musik. Nehmen wir an, Sie haben einen schweren Autounfall, und unmittelbar in dieser Situation lief ein bestimmtes Lied. Es ist gut möglich, dass Sie nicht mehr wissen, welches Lied das war oder wie der Unfall passiert ist. Vielleicht verdrängen Sie sogar, dass Sie einen Unfall hatten. Dennoch kann es sein, dass Sie durch den Supermarkt gehen, dieses Lied hören und genauso zusammenbrechen wie vorgestern. In diesem Fall hat dieser Trigger den Schutzwall Ihrer Verdrängung durchbrochen, und Sie erleben eine Belastungsreaktion, ohne zu wissen, weshalb. Ist das für Sie verständlich?«

»Ich glaube, schon.«

Er unterzog mich einem kurzen, prüfenden Blick, ehe er weiterredete. Ruhig, so wie er es immer tat. Ruhe ist vielleicht das Zweitwichtigste, das einem Therapeuten beigebracht wird – gleich nach dem Nicken.

»Genau das ist Ihnen passiert. Nur nicht mit einem Lied. Ich habe leider die Befürchtung, dass Ihnen das in Zukunft noch viel häufiger passieren wird, vielleicht auch stärker. Und … nein, ich muss mich hier korrigieren. Ich gehe fest davon aus.«

»Mh«, machte ich und bemühte mich um ein wenigstens zaghaftes Lächeln. »Das sind also die schlechten Neuigkeiten, nehme ich an?«

»Ich verspreche Ihnen, dass Sie lernen können, damit umzugehen. Ihnen das beizubringen ist sozusagen die Kernaufgabe meines Berufs. Allerdings gibt es eine große Hürde, die wir vorher nehmen müssen.«

Er ließ mir einen kurzen Moment, in dem ich jedoch nichts weiter fertigbrachte, als ihn fragend anzusehen. Vielleicht gibt es Menschen, die es schaffen, eine Art mentalen Sicherheitsgurt anzulegen. Aber ich hatte keine Ahnung, wie das ging. Ich wusste bis zu diesem Punkt ja nicht einmal, dass ich einen brauchen könnte.

»Die Sache ist, dass wir nur mit Ihren ganz persönlichen Auslösern arbeiten können, wenn wir diese kennen. Oder besser gesagt, wenn Sie sie kennen. Sonst kämpfen Sie kontinuierlich gegen eine Bedrohung, die Sie nicht einmal sehen können. Das heißt, dass Sie wissen müssen, was sich hinter Ihrer Verdrängungsblockade befindet, um damit umzugehen. Ist das für Sie verständlich?«

Wieder ertappte ich mich dabei, nur zu nicken. Also suchte

ich nach den erstbesten Worten, um diesen Kreislauf wenigstens ein bisschen zu durchbrechen. »Also … Sie meinen, ich soll mich wieder an meinen Unfall erinnern?« Tatsächlich wusste ich nichts mehr von diesem Tag. Aber sowohl die Neurologen als auch Dr. Rivers hatten mir monatelang versichert, dass das vollkommen normal sei. Und nun war es das auf einmal nicht mehr? »Wie soll das … In der Reha meinten sie etwas von Hypnose.«

»Hypnose wird erst mal nicht nötig sein, denke ich.« Er deutete auf die Kiste neben sich. »Ich habe eine ganz gute Vorstellung davon, was sich hinter dieser Blockade verbirgt, Maggie. In dieser Kiste … Darin befinden sich einige Erinnerungen, auf die Sie gerade nicht zugreifen können, und die deshalb für Sie aufbewahrt wurden. Das sind zum Teil sehr schöne Erinnerungen, die ich Ihnen nach und nach wieder zurückgeben möchte, bis sie wieder in Ihre Wahrnehmung integriert sind. Allerdings …« Dr. Rivers neigte seinen Kopf zur Seite. Nur ein kleines bisschen, als hätte er mich so besser im Blick. »Unser Gedächtnis sperrt Erinnerungen nicht grundlos weg. Und diese Gründe sind niemals gute. Ich fürchte, es gibt keine Möglichkeit, Sie ausreichend vorzubereiten, aber ich will es versuchen, ehe ich Sie mit Bildern und Gegenständen konfrontiere, die Ihnen helfen sollen.«

Bilder und Gegenstände? Wovon? Von dem 3er BMW? Von seinem Fahrer? Von mir? Das Letzte, was ich wollte, waren Bilder davon, wie Rettungskräfte mich von der Straße kratzten. »Langsam machen Sie mir ein wenig Angst«, gestand ich. Ich hatte das Gefühl, dass er seit Minuten nichts anderes tat, als mich vorzubereiten. Nur wusste ich noch immer nicht, worauf.

»Glauben Sie mir, das ist nicht mein Ziel. Sollte ich das trotzdem auslösen, bin ich hier, um Sie da durchzuführen. Versprochen.« Ich erkannte ein zartes Lächeln auf seinem Gesicht, das verdächtig nach einer Entschuldigung aussah. Als Dr. Rivers seinen Blick kurz zu der Akte sinken ließ, fiel das Lächeln von seinen Zügen ab. Er schlug die Akte zu und legte sie beiseite, direkt neben seine Teetasse. Dann beugte er sich nach vorn, bis seine Ellenbogen auf seinen Oberschenkeln auflagen. »Maggie, erinnern Sie sich, als Sie mir von Ihrem Gespräch mit Thomas erzählt haben? Das über seine Vorgeschichte.«

Ich nickte. Natürlich wusste ich das noch. Aber sollte es nicht um die Dinge gehen, die ich nicht wusste? *Die in der Kiste?*

»Ich habe Sie gefragt, wie Sie sich damit gefühlt haben, und ob diese Geschichte etwas in Ihnen ausgelöst hat. Sie haben mir beschrieben, dass Sie überfordert waren und hilflos. Alle Ihre Ausführungen zielten auf die Erwartungshaltung ab, Thomas zukünftig eine Stütze zu sein. Aber sie konnten mir nicht die Frage beantworten, wie genau diese Geschichte Sie berührt und was es in Ihnen auslöst. Erlauben Sie mir die Frage: Wissen Sie selbst, was Sie in Bezug auf diese Vorgeschichte fühlen? Können Sie darauf zugreifen?«

»Ich …« Keine Ahnung. Ich wusste es wirklich nicht. Tom hatte seine Familie verloren. Ich hatte ihm genau ansehen können, dass es ihm wehtat, darüber zu reden. Und ich war oft sicher, ihm diese Schmerzen auch in anderen Momenten anzusehen. Selbst dann, wenn er lächelte, wenn er Essen in sein Hotelzimmer schmuggelte oder mit mir aushandelte, den Horrorfilm nur bis zur Hälfte ansehen zu müssen.

Nur war all das nicht, wonach Dr. Rivers fragte.

»Schon gut«, sagte er. »Es ist in Ordnung, wenn Sie mir darauf nicht antworten können.«

Er sagte das, als wäre es das wirklich. In Ordnung. Doch mir kam das erste Mal in den Sinn, dass es nicht so war. Dass ich mehr hätte empfinden müssen als das Bedürfnis, Tom zu helfen. Was zur Hölle war bei meinem Unfall denn noch kaputtgegangen?

»Maggie, Sie sollten wissen, dass Thomas Ihnen bei seiner Vorgeschichte ein wesentliches Detail verschwiegen hat. Ich habe ihn darum gebeten, auch das sollten Sie wissen.« Wieder schenkte er mir einen dieser prüfenden und gleichzeitig fragenden Blicke, bei denen einem gar nichts anderes übrig blieb, als zu nicken. »Der Sturz vom Balkon seiner Wohnung ist ein Sturz aus knapp neun Metern Höhe. Das ist lebensgefährlich, aber nicht zwingend tödlich. Es ist durchaus möglich, dass ein Mensch das überlebt. Und im Falle von Thomas' Verlobter trifft das auch zu.«

»Oh … Okay?« Mir fiel absolut nichts Sinnvolles ein, was ich darauf erwidern könnte. Alles, was irgendwie aus mir herauskam war: »Das ist gut, oder?«

»Das ist sogar etwas sehr Gutes. Allerdings hat sie sich dabei schwere Verletzungen zugezogen.« Er blickte kurz zu der Akte, entschied sich aber dagegen, sie hinzuzuziehen. »Sie kennen diese Arten von Verletzungen, Maggie. Wir reden über schwere Knochenbrüche, eine Lungenembolie, innere Blutungen, Gelenksprengungen. Vor allem sprechen wir von einem sehr schweren Schädelhirntrauma. Sie lag insgesamt siebzehn Tage im Koma, ehe man auch nur versucht hat, sie aufwachen zu lassen.«

Genau wie bei mir, dachte ich. Ich dachte außerdem, dass vielleicht etwas schiefgegangen war. »Aufwachen« ist ein ziemlich harmloses Wort für das, was nach einem Koma passiert. Man schläft nicht. Die meisten von uns sind gestorben, und sei es nur ganz kurz. Und der Tod ist gesellig. Er lässt einen nicht einfach wieder gehen.

Ich dachte, dass er Toms Verlobte vielleicht noch immer festhielt. Irgendwo zwischen hier und dort. Ehrlich gesagt dachte ich eine ganze Menge, nur um nicht auf die Kiste neben Dr. Rivers zu starren.

»Was …« Ich krächzte. Es war, als hätte meine Stimme eine Ahnung, gegen die mein Verstand sich noch mit Händen und Füßen wehrte. »Was ist mit ihr passiert?« *Und warum erzählen Sie mir davon? Und nicht Tom?*

»Nun, sie hat sich so weit wieder erholt. Ein paar Abstriche hat sie natürlich davongetragen, aber das ist Ihnen ja vertraut. Tatsächlich hat ihr Gehirn wahre Wunder vollbracht. Es hat sich von seinen physischen Verletzungen fast komplett erholt und sie sich sogar zu eigen gemacht, um die seelischen zu heilen. Das ist ein außerordentlich effektives System – das gleiche, das ich Ihnen gerade versucht habe zu erklären: Ihre Psyche hat die traumatischen Ereignisse genommen und außer Reichweite gepackt. Den Verlust ihres Kindes und alles, was daran geknüpft ist. Bis hin zu dem Sprung von dem Balkon. Das sind sehr starke Gefühle, die es einem Menschen vielleicht unmöglich machen würden, nach so schweren körperlichen und emotionalen Verletzungen wieder zu heilen. Deshalb haben auch die behandelnden Ärzte beschlossen, dass es besser für Thomas' Verlobte wäre, wenn diese ganzen traumatischen Erinnerungen versiegelt bleiben, bis sie die nötige Stabilität erreicht hat, um sie vorsichtig und behutsam damit zu konfrontieren. Beispielsweise, indem sie ihrem Verlobten wieder begegnet. Das sind die guten Erinnerungen, Maggie. Nicht alle Trigger, die sich in Ihrem Kopf befinden, sind schlechte. Wissen Sie noch, wie Sie mir das erste Mal von Tom erzählt haben? Wie Sie sich für völlig verrückt gehalten haben, weil Sie dachten, Sie würden viel zu schnell viel zu intensive Gefühle für einen Mann entwickeln, den Sie kaum kennen? Ich habe Ihnen damals schon versichert, dass das keinesfalls verrückt ist.«

»Erlauben Sie sich, das einfach zu genießen, Maggie.« Das waren seine Worte gewesen. *»Warum glauben Sie, Sie hätten*

das nicht verdient?« Damals hatte ich ihm keine Antwort geben können, also war ich seinem Rat gefolgt. Ich war seinem Rat gefolgt und hatte mich blindlings in das gestürzt, was Dr. Rivers eine gute Erinnerung nannte. Nur hatte es sich nicht wie eine Erinnerung angefühlt. Ganz und gar nicht.

»Als Thomas Sie vor zwei Tagen in die Wohnung gebracht hat, sind Sie auf diese Karte gestoßen. Mit dieser Karte sind Sie ausgerutscht und in einen Pool aus Gefühlen gefallen, die jetzt etliche Monate verschlossen waren. Das muss Ihnen furchtbare Angst gemacht haben. Mich jedenfalls hat es sehr überrascht. Mir ist nicht klar gewesen, dass dieser Pool sich schon so weit geöffnet hat, dass Sie durchpassen. Aber da nun die Gefahr besteht, dass Sie immer wieder hineinfallen, liegt es in meiner Verantwortung, Ihnen das Schwimmen beizubringen. Doch dafür muss ich Ihnen den Pool zeigen. Verstehen Sie das?«

Ich schüttelte heftig den Kopf. Nicht, weil ich nicht verstand, sondern weil ich diese ganzen, elenden Metaphern abwerfen musste, um sehen zu können, was Dr. Rivers damit meinte. Denn hier machte er keinen Unterschied zu unseren anderen Sitzungen: Ich musste es selbst sehen. Er nahm mich nur an die Hand und führte mich nah genug heran.

Aber eigentlich erkannte ich es längst, oder? Ich spürte Tränen auf meinen Wangen, obwohl ich gar nicht bemerkt hatte, dass ich weinte. Meine Hände zitterten. Und irgendetwas kratzte so stark von innen an meiner Kehle, dass ich nicht glaubte, je wieder reden zu können. Zumindest mein Körper wusste also längst, was Dr. Rivers mir sagen wollte.

Körper wissen solche Dinge immer früher als der Verstand. Sie haben keine Geduld mit ihm und reagieren, ehe er auch nur eine Ahnung dessen greifen kann, was gerade passiert.

Wie bei einem Kuss, dachte ich.

Genau wie bei einem Kuss, der in Wahrheit nicht der erste ist.

Eine Kiste voller Vergangenheit

- Maggie -

Ich trug ein bodenlanges, gelbes Kleid. Ich kannte das Kleid und wusste, dass ich mochte, dass der Stoff schwer an meinem Körper nach unten floss, wie sich der Ausschnitt über meine Brüste legte und nicht viel von ihnen zeigte. Gerade genug, um seinen Blick hin und wieder kurz abzulenken.

Allerdings konnte ich mich nicht erinnern, wann ich dieses Kleid gekauft hatte. Ich wusste, wie es sich auf meiner Haut anfühlte, aber nicht mehr, wann das gewesen war.

Auf dem Bild, das vor mir auf dem Tisch lag, war Tom an meiner Seite. Er trug einen dunkelblauen Dreiteiler und ein entwaffnendes Lächeln auf dem Gesicht. *Blau steht mir ausgezeichnet.* Ich konnte seine Stimme hören, wie sie diese Worte sagte. Aber das war keine Erinnerung, die zu diesem Bild gehörte. Ich sah Toms Lächeln. Ich sah meine eigene Hand, die auf meinem Bauch lag, dessen Wölbung ich ohne diese Geste gar nicht bemerkt hätte. Und ich sah mein Gesicht, das erschrocken an der Kamera vorbeischaute, als ob ich … Als ob …

»Thomas meint, das wäre Ihr Lieblingsbild.« Dr. Rivers klang, als würde er ganz behutsam über seine Worte laufen. Das war das erste Bild, das er mir zeigte. Das erste Relikt, das er aus der Kiste gezogen hatte. Zögernd, nachdem ich mehrmals versichert hatte, dass ich glaubte, damit zurechtzukommen.

Ich hatte keine beschissene Ahnung, ob ich mit irgendetwas zurechtkam. Aber ich wusste, dass ich etwas brauchte, woran ich mich orientieren konnte. Mein Kopf sortierte gerade mein gesamtes Leben neu, ohne irgendetwas darüber zu wissen. Es war ein heilloses Chaos, und nichts davon konnte ich greifen. Im Prinzip war mir scheißegal, ob ich zurechtkam oder nicht. Ich musste irgendetwas sehen, das ich glauben konnte. Um mich dann daran festzuhalten, während alle anderen Gedanken wild durcheinanderflogen, wie …

»Koks«, murmelte ich. Falsches Wort. Das musste das falsche Wort sein. »Kleid. Ich glaube, ich kann mich an das Kleid erinnern. Ich mochte den Stoff, aber … ich weiß nicht mehr … Mir fällt einfach nicht ein …«

»Maggie«, unterbrach Dr. Rivers mich. »Sie sind nicht hier, um sich jetzt an alles zu erinnern. Das ist ein Prozess. Genauso, wie Sie wieder Laufen gelernt haben. Wir haben Zeit dafür. *Sie* haben Zeit dafür. Ich möchte Ihnen nur zwei oder drei Bilder geben, um Ihnen das Begreifen zu erleichtern. Und das wäre schon ein großer Fortschritt, den Sie heute machen. Alles Übrige aus dieser Kiste bleibt bei mir. Das wäre zu viel für einen Abend. Wahrscheinlich wäre es sogar zu viel für einen ganzen Monat. Wir gehen das ganz langsam an, einverstanden?«

Ich nickte. Hatte ich nicht genau das schon Tom gesagt? Dass langsames Gehen meine Superkraft war? Nachdem er sich durch diese Geschichte gekämpft hatte, die … *»Sie hat doch immer alles geschafft. Sie war die Stärkere von uns.«*

»Sie haben sicher einige Fragen an mich.«

Unzählige. Es schwirrten so viele Fragen durch meinen Kopf, aber ich schaffte es nicht, sie zu sortieren. Alles, was herauskam war »Warum …« Und danach herrschte Stau. Das Hupen dröhnte in meinen Ohren. Normalerweise waren die Wörter einfach weg oder schubsten ein falsches an ihren Platz. Doch jetzt waren alle auf einmal da, und ich hatte den Überblick verloren.

»Warum wir das langsam angehen? Das ist ganz einfach: Ihre Gesundheit hat oberste Priorität. Unter jeder Erinnerung, die wir in ihrem Kopf vielleicht anstoßen, kann …«

»Nein …« Ich schüttelte den Kopf. Und endlich, endlich bekam ich damit ein paar Wörter aus diesem Klumpen lose. »Warum erst jetzt? Warum haben Sie mir das nicht eher erzählt? Warum haben mir alle die ganze Zeit etwas vorgemacht? Warum hat mir niemand gesagt … Oh Gott.« Nachdem die erste Blockade sich endlich gelöst hatte, rauschten immer mehr Gedanken und Fragen hinterher. »George und ich waren nicht zufällig in dem Pub, oder? Das war geplant, dass …« *Sam.* »Dass er auch da ist. Warum hat mir da keiner was gesagt? Warum … Es wussten doch alle davon! Wieso hat mir keiner was gesagt? Ich bin doch immer noch …« Ich deutete auf das Foto vor mir. Auf die Frau im gelben Kleid, von der Tom mir erzählt hatte und die mein Gesicht hatte. »Oder? Bin ich überhaupt noch diese Frau? Ich weiß es nicht, ich kenne sie nicht. Aber alle anderen. Aber niemand hat mir gesagt … Warum hat mir das keiner gesagt?«

Dr. Rivers' Mundwinkel zuckte, doch in seinen Augen lag eine Entschuldigung. Das dazugehörige Lächeln schaffte es nicht ganz. »Diese Frau auf dem Bild …« Er deutete auf das Foto. Auf die Frau in dem wunderschönen gelben Kleid und den vermutlich stolzesten Snob in ganz England. »Das sind immer noch Sie. Sie wissen, was Ihnen zugestoßen ist. Die Maggie, die mir jetzt gegenübersitzt, ist die, die das überleben konnte. Das war das Ziel all der Dinge, die Sie gerade hinterfragen. Dass Sie es sicher bis hierher schaffen. Dass wir jetzt hier sitzen, ist etwas Gutes. Dennoch ist es eine nachvollziehbare Reaktion, wenn Sie sich hintergangen fühlen.«

Ich wich seinem Blick aus und schaute zum Fenster, hinter dem es beinahe dunkel geworden war. Doch eigentlich sah ich weder den Holzrahmen noch die Straßenlaterne hinter der Scheibe oder die Grünpflanzen auf dem Fensterbrett. Ich sah Mum und George vor mir, die mir erklärten, dass ich für die nächste Zeit mit meinem Bruder zusammenleben würde. *»Nur, solange du noch ein bisschen Hilfe brauchst.«* Hatte meine Hüfte bei dieser Entscheidung überhaupt eine Rolle gespielt?

Ich sah Dad, der mir mitteilte, dass die Polizei die Suche nach dem Fahrer einstellen würde. In den ganzen Monaten nach meinem Unfall hatte ich nie einen Polizisten gesehen. Und ich hatte nicht einmal daran gedacht, das infrage zu stellen. Daddy hatte das übernommen, damit seine Kleine sich erholen konnte. Er war der einzige Mensch, der mich »Kleine« nennen durfte, weil niemand sonst es mit so viel Stolz sagen könnte. Wie stolz war er wohl auf mich gewesen, als er gehört hatte, dass ich gesprungen war? Wer hatte es ihm gesagt? Mum? Tom?

»Ich war nicht mal nüchtern, als die Polizei mir erzählt hat, was passiert ist.« Ich konnte vor mir sehen, wie Tom neben mir saß und mit den Tränen rang. Ich hatte vor Augen, wie er schließlich gegen seine Tränen verlor. Und wie er mich angesehen hatte. An diesem Abend im Pub. *Als täte es ihm weh.*

»Was fühlen Sie gerade, Maggie?«

Ich holte schon Luft, um Dr. Rivers all das zu sagen und zu fragen. Ich musste wissen, wie es wirklich nach meinem Unfall gewesen war. Nach meinem Sprung. Und davor. Scheiße, ich musste vor allem wissen, wie es *davor* gewesen war. Wie viel Zeit fehlte mir? Wie viele Erinnerungen? Welche hatte man mir schon gezeigt, ohne, dass ich sie erkannt hatte?

Aber das waren keine Gefühle, nicht wahr? *»Das ist, was Sie* *denken, Maggie. Nicht, was Sie fühlen.«* Wie oft hatte Dr. Rivers mir das in den ersten Sitzungen sagen müssen, bis ich es endlich verstanden hatte?

»Ich … Ich weiß es nicht. Ich bin verwirrt«, sagte ich – sehr vorsichtig, als könnte meine Antwort jeden Moment aufbrechen und alles durchlassen, was sich dahinter versteckte. »Mir gehen so viele Fragen durch den Kopf und … Ich sollte anders reagieren, oder?« Tränen. Wut. Verzweiflung. Freude? Sollte ich froh darüber sein, endlich die Wahrheit zu erfahren? War es nicht das, wonach Menschen immer suchten? Wieso fühlte es sich dann so an, als wäre meine Realität umgekippt? Und nun zeigte sich ihre Rückseite – spiegelverkehrt und auf dem Kopf … Nichts war anders als vorher, nicht wahr? Nur mein Blickwinkel, nur die Perspektive, nur … alles.

Dr. Rivers schüttelte den Kopf. »Sie sind verwirrt. Das war zu erwarten. Um ehrlich zu sein, hätte mich alles andere auch stark beunruhigt. Falls Sie den Eindruck haben, als wären Ihre Gefühle betäubt …«

Ich nickte zaghaft, auch wenn das nicht ganz stimmte. *Betäubt.* Einerseits traf das zu, und gleichzeitig war nichts in mir ruhig genug, um diesem Wort zu entsprechen. Nichts schlief. Außer die Tränen, die Wut. Die Verzweiflung. Doch ihr Schlaf war nicht tief. Ich spürte das. Genauso wie ich spürte, wenn Gefühle aus dem Ruder liefen und meiner Kontrolle entglitten. Die Emotionen hatten mich noch gar nicht erreicht, und doch wusste ich schon, dass sie mich erschlagen würden.

»Das ist normal«, versicherte Dr. Rivers mir. »Ihre Psyche hat gelernt, Blockaden aufzubauen. Es ist nachvollziehbar, wenn dieser Schutzmechanismus auch jetzt greift. Vermutlich werden Ihre Emotionen Sie erreichen, sobald Sie die Informationen besser greifen können.« Er klang ruhig. In dieser Ruhe wirkte er weit weg – dort auf seinem Sessel, neben dem Tee. Auf einem Platz, an dem sich rein gar nichts verändert hatte.

»Wenn das passiert – lassen Sie die Gefühle ruhig zu. Wenn Sie mich oder Ihre Angehörigen anschreien möchten, tun Sie das. Wut ist eine vollkommen plausible Reaktion, und ich rechne fest damit, dass wir durch einige Phasen der Wut gehen werden.«

Teller, die ich aus der Spüle nahm und nach ihm warf. Schreiend, tobend. Wie oft war George nach Hause gekommen, nur um dann fast von Geschirr getroffen zu werden? Fünf Mal? Zehn Mal? Sicher öfter. Wie oft hatte ich noch gewusst, woher diese Wut überhaupt kam? Seltener. Viel, viel seltener.

Weil ich es nicht hinbekommen hatte, die Knöpfe zuzumachen. Und er hatte es ertragen, ohne mir auch nur ein Mal zu sagen, dass ich mir das selbst eingebrockt hatte.

»Ich rechne auch mit anderen Gefühlen.« Dr. Rivers fuhr unbeirrt fort. Er schien zu wissen, dass ich ihm zuhörte, obwohl ich immer noch auf das Fenster neben seinem Schreibtisch starrte. »Das ist eine verwirrende Situation, die Ihnen hin und wieder Angst machen wird. Angst vor dem, was vor Ihnen liegt, Angst vor Ihren Erwartungen und denen anderer. Angst davor, von alten Empfindungen eingeholt zu werden – vor allem von den schlechten. Selbst die guten können einen ängstigen. Aber das wissen Sie schon, nicht wahr?«

Ich nickte, zumindest in meinem Kopf. Ob Dr. Rivers das auch sehen konnte, wusste ich nicht. Aber ich wusste, was er meinte. Es war ja erst eine Woche her, dass ich an diesem Platz gesessen und mir eingestanden hatte, dass ich mir selbst nicht mehr traute. Ich hatte meinem Therapeuten von meiner ersten Nacht mit Tom erzählt. Davon, wie sicher ich mich bei ihm gefühlt hatte. Zu sicher. Und wie entsetzlich stark mich meine Gefühle für ihn getroffen hatten. So stark, dass sie mir wie panische Angst vorgekommen waren. Ich war überzeugt gewesen, dass das nicht normal sein konnte. Dass mein kaputtes Hirn einfach keine gesunden Barrieren mehr zuließ. Vielleicht waren das nicht die überreizten Empfindungen einer frisch verliebten Maggie gewesen. Vielleicht … Ja, vielleicht war das ein kurzes Hallo der Gefühle, die die Frau in dem gelben Kleid für diesen Mann empfunden hatte.

Woher sollte ich wissen, welche Emotionen meine waren und welche ihre?

»Trauer. Es kann sein, dass das, was Sie vorgestern erfahren haben, an Ihren Verlust geknüpft war. Wie ein Funke dessen, was da in Ihnen schlummert. Aber ich gehe davon aus, dass es einige Zeit dauern wird, bis Sie sich ganz und gar an die Vorstellung gewöhnt haben, dass Sie Mutter geworden sind. Das ist komplexer, als sich neu in Ihren Partner zu verlieben. Aber es wird Ihnen unweigerlich bevorstehen, und es ist notwendig, damit wir dieses Trauma aufarbeiten können.« Er machte eine Pause, und ich wollte ihm ein Zeichen geben, dass ich verstand. Jetzt schon. Dass es mich nicht mehrere Wochen kosten würde, um zu verstehen, dass Toms Sohn auch meiner gewesen war. Aber eigentlich hatte ich keine Ahnung, nicht wahr? *Das sind Ihre Gedanken, Maggie, nicht Ihre Gefühle. Ihre Gefühle liegen darunter. Sie liegen viel, viel tiefer in Ihnen begraben.* Immer wieder spülte mein Kopf diese Belehrung an. Und mit jedem Mal machte es mir mehr Angst. Der Gedanke tat doch schon weh. Wie sollte ich den Gefühlen gewachsen sein?

»Schuld«, hörte ich Dr. Rivers sagen. »Ich fürchte, dass wir gerade bei Ihnen auch mit großen Schuldgefühlen rechnen müssen, die sich hin und wieder einstellen. Auch das ist vollkommen normal. Ich hoffe, dass Sie sich dann daran erinnern, was wir erarbeitet haben.«

Schuld gehört in Gerichtsverhandlungen, niemals in Ihre Therapie. Wenn Sie also keine Anzeige gegen jemanden erstatten wollen, merken Sie sich bitte: Schuld lügt.

Ich nickte.

»Maggie, ich muss Ihnen eine Frage stellen. Und ich erwarte um Ihretwillen eine ehrliche Antwort.«

Ich musste etliche Male blinzeln, ehe ich meinen Blick von dem Fenster losbekam und Dr. Rivers ansehen konnte. Er lächelte zaghaft und nickte kurz, als er sich meiner Aufmerksamkeit sicher war.

»Die nächsten Monate werden herausfordernd für Sie. In Ihrem Kopf schlummern viele Erinnerungen, und nicht jede davon wird sich bereitwillig wieder hervorholen lassen. Manche Erinnerungen wehren sich, und dann kann so etwas wie vorgestern noch einmal passieren. Ich möchte Ihnen keine Angst machen, aber ich muss Ihnen ganz eindringlich sagen, dass Sie jemanden brauchen werden, der Ihnen da durchhilft. Auf keinen Fall sollten Sie sich in den nächsten Wochen allein fühlen – und zwar zu keinem Zeitpunkt.«

»Aber …« Diesmal deutete ich zum Fenster. Warum zur Hölle zeigte ich ständig auf Dinge, die ich nicht meinte? »Ich kann Sie doch anrufen.«

»Meine Frage ist, *ob* Sie mich auch anrufen.« Er sah mich eindringlich an. »Wir beide haben es bis hierher geschafft, weil ich Ihnen hier und da die Augen zugehalten habe. Falls das Ihr Vertrauen in mich verletzt hat, müssen Sie mir das sagen, und ich stelle unverzüglich den Kontakt zu einem Kollegen oder einer Kollegin her. Ich arbeite sehr gern weiter mit Ihnen. Aber Sie müssen für sich entscheiden, ob ich weiter der richtige Therapeut für Sie bin.«

»Jetzt?« Da war sie, die Angst, von der er gesprochen hatte. Alles, was es dafür brauchte war die vage Vorstellung davon, noch einmal zusammenzubrechen und Dr. Rivers nicht anrufen zu können. Prompt hatte ich Toms Wohnung vor Augen. Unsere Wohnung. Den Balkon … »Ich kann das jetzt nicht … Ich weiß doch gar nicht …«

»Nicht jetzt«, versicherte er mir. »Auch nicht diese Woche.

Versprechen Sie mir nur, dass Sie mir ein Signal geben, wenn Sie auch nur ein Mal das Gefühl haben, mich nicht anrufen zu können oder nicht offen sprechen zu wollen.«

»Okay. Und was ist mit …« Ich krächzte, räusperte mich und deutete dann auf das Foto. Auf Toms stolzes Snoblächeln und auf die Frau in dem gelben Kleid, die die Augen aufgerissen hatte, weil … vor Überraschung. Ich war mir mit einem Mal sicher, dass es vor Überraschung war. *»Nur, dass du es weißt: Es gilt noch …«* Ich hatte keine Ahnung, was sie bedeuteten, aber ich konnte die Wörter auf meinen Lippen spüren. Genauso wie das Lächeln, während ich sie gesagt hatte. Nur zu wem? Und warum?

»Das gehört Ihnen«, sagte Dr. Rivers. »Ich habe Ihnen versprochen, dass ich Ihnen die Erinnerungen zurückgebe. Also …« Er öffnete die Kiste neben sich und holte eine kleine Schachtel daraus hervor. Sie war gelb. »Das ist Ihre. Darin finden Sie auch ein Notizbuch und einen Stift. In dieser Schachtel sammeln Sie alle Erinnerungen, die wir hier wieder zusammentragen. Sie können Sie mit nach Hause nehmen und sich alles immer wieder ansehen. Und in das Buch … Das Buch ist Ihre Aufgabe.« Kurz suchte er meinen Blick, damit er sicher sein konnte, dass ich ihm zuhörte. »Sie werden viele Fragen haben. An Ihre Eltern. An Ihren Bruder. An Thomas. An mich. Und vor allem an sich selbst. Schreiben Sie diese Fragen alle auf. Und dann arbeiten wir gemeinsam daran, dass Sie jede dieser Fragen stellen. Das können wir hier in einem gemeinsamen Termin machen, oder Sie suchen ein Gespräch unter vier Augen mit der Person, um die es geht. Sie schätzen selbst ein, was Sie sich wann zutrauen. Und wenn Sie unsicher sind, rufen Sie mich an. Jederzeit. Wichtig ist, dass am Ende jede der Fragen beantwortet ist – auch die unangenehmen und schmerzhaften. Diese Antworten stehen Ihnen zu. Vergessen Sie das bitte nicht.«

»Und wenn …« Ich sah noch einmal zu dem Foto. Zu der Frau in dem gelben Kleid, die einen winzigen Moment lang ich gewesen war. Aber nun war der Moment vorbei, und ich schaffte es nicht, noch einmal danach zu greifen. »Was mache ich, wenn ich … Wenn mir was einfällt, bei dem ich nicht weiß, wohin es gehört?«

»Wenn Sie in Ihrem Kopf sozusagen ein Puzzleteil finden und nicht wissen, zu welchem Bild es passt?«

Ich nickte. Auch wenn ich ahnte, in welches Bild dieses Teil gehörte, das sich meinem Gedächtnis schon wieder entwand. Ich wusste nur nicht, an welche Stelle. Und warum.

»Schreiben Sie es auf, und wir gehen dem auf die Spur. Kommt Ihnen etwas Konkretes in den Sinn?«

Ich zögerte und fragte mich gleichzeitig, ob dieses Zögern schon etwas war, das ich Dr. Rivers sagen musste. »Bei dem Bild – mir ist durch den Kopf geschossen, dass irgendetwas noch gilt. Aber ich weiß nicht, was. Ist das vielleicht etwas? Oder es ist totaler Schaum. Ich dachte nur, weil da ja nichts mit dem zu tun hat, was ich da sehen kann, also … Also muss es ja irgendwoher …«

Dr. Rivers lächelte. Er lächelte so richtig, was mich genug irritierte, um mein Gequassel mit einem fragenden Blick zu beenden. »Ich denke, das ist etwas«, sagte er. »Und ich denke auch, dass ich einen Mann kenne, der viel dafür geben würde, Ihnen das zu erklären.« Dabei deutete er auf das Foto. Tom. Natürlich, er war da gewesen. Er wusste, was noch galt und warum das wichtig war. Doch gleichzeitig war er der Mann, der … *»Sie ist gesprungen und hat daran geglaubt, dass ich damit klarkommen werde.«* Er war der Mann, der diesen Brief von mir bekommen hatte. Trotzdem war er noch da. Nachdem ich ihm das angetan hatte. Ihnen allen. Ich konnte doch nicht …

»Macht Ihnen die Vorstellung Angst, ihn deswegen zu fragen?«

Ich schüttelte den Kopf. Nein, keine Angst, etwas anderes. »Er hat … er hat die Frau dort verloren. Ich hab doch gesehen, wie weh ich ihm damit getan habe. Ich kann ihm nicht noch mehr … Ich kann nicht einfach zu ihm hingehen und ihm noch mehr wehtun. Das ist nicht fair. Ich weiß ja nicht einmal, ob ich …«

Dr. Rivers sah mich abwartend an. »Was wissen Sie nicht?«

Mein Blick fiel wieder auf das Foto, auf dem Tom strahlte. Und auf die Frau an seiner Seite, die nicht mehr ich war. Einen winzigen Moment lang hatte es sich so angefühlt, als ob, aber das war so schnell vorbeigegangen … »Ich weiß nicht, ob … Ob wir … Für mich ist das alles neu. Mit ihm. Und er … Vermutlich wartet er darauf, dass ich wieder sie werde. Aber ich weiß nicht, ob … Ich will ihm nicht …« Allmählich wurde mir bewusst, dass ich nicht Erinnerungen verloren hatte. Sondern Menschen. Und einer von ihnen war noch da. Vermutlich hoffte er, dass ich zu dem Punkt unserer Beziehung zurückkehrte, an dem ich ihn verlassen hatte, und wo er selbst noch immer stand und auf mich wartete. Dabei hatte ich ihn doch gerade erst kennengelernt. Keine Ahnung, ob ich ihn je wieder einholen würde. Ich konnte doch nicht erwarten, dass er ewig auf mich wartete.

Mein Therapeut nickte, als könnte er aus meinen abgebrochenen Sätzen einen sinnvollen Inhalt heraushören. Gut möglich, dass es sogar so war. Er hatte mir schon zu schlimmen Phasen meiner Aphasie zugehört. »Sie und Thomas stehen auf vollkommen unterschiedlichen Stufen Ihrer Beziehung. Ist es das, was Sie meinen?«

»Er hatte eine Wohnung mit mir und ein Kind. Und für mich hat alles gerade erst angefangen. Was ist, wenn ich ihn nicht mehr einhole? Was ist, wenn er ewig auf mich wartet und ich schaffe es einfach nicht. Dann hab ich ihm mit meinen Fragen so wehgetan und bin trotzdem nicht … sie.«

Dr. Rivers öffnete die gelbe Schachtel, nahm ein graues Notizbuch daraus und reichte es mir. »Schreiben Sie das auf. Ihre Erinnerung, die sie sich erklären lassen wollen, und diese ganzen Fragen. Dann vergessen Sie nicht, sie Thomas zu stellen.«

»Ich kann ihm doch nicht …«

»Warum nicht? Glauben Sie, er weiß nicht, dass er Ihnen voraus ist? Glauben Sie, er denkt, dass die bloße Kenntnis ihm die Person wiederbringt, die Sie die alte Maggie nennen? Glauben Sie wirklich, sein Therapeut hätte es verpasst, ihm realistische Vorstellungen davon zu vermitteln, was er erwarten kann und was nicht?« Er sah mich an und neigte seinen Kopf dabei leicht zur Seite. »Erinnern Sie sich an unser Gespräch, nachdem Ihre Kollegin Sie angerufen hat?«

Ich suchte in meiner Erinnerung. Aber alles darin war wirr. Selbst die Dinge, von denen ich wusste, dass sie irgendwo in meinem Kopf sein mussten.

»Thomas entscheidet selbst, was er sich zumuten möchte. Fragen Sie ihn nach seinen Motivationen und seinen Erwartungen, wenn Sie das umtreibt. Er ist kein Idiot, er wird Antworten kennen, da bin ich mir sicher.«

»Aber was ist, wenn … Wenn es ihm zu viel wird, wenn ihm eine Frage …«

Dr. Rivers zuckte mit den Schultern als wäre es nicht der Rede wert. Offenbar hatte Tom nie auf seiner Couch gesessen und geweint. Aber auf meiner durchaus. »Solche Fragen sind Spekulation. Ich kann nicht für Thomas spekulieren. Ich kann Ihnen nur versichern, dass ich hier bin, sollte er sich doch als Idiot erweisen, der sich überschätzt. Meiner Erfahrung nach allerdings …« Er lehnte sich ein Stück weit in meine Richtung. Als wolle er den Wörtern etwas Weg ersparen, damit keinem auf der Strecke die Kraft ausging. »Wenn jemand hinfällt – auf welche Weise auch immer – ist er in der Regel von anderen Menschen umgeben. Die meisten davon warten kurz, ob man wieder aufsteht, und ziehen weiter, wenn es ihnen zu lange dauert. Nur wenige bleiben stehen, bis man es geschafft hat. Meiner Erfahrung nach entscheidet nicht die Situation darüber, wer auf den Gefallenen wartet und wer weiterläuft, sondern die Person. Verstehen Sie, was ich meine? Menschen, die bereit sind, auf andere zu warten, hören nicht einfach damit auf. Das liegt nicht in ihrer Natur.«

Ich wollte etwas sagen, aber es ging nicht. Aus meiner Kehle kam nur ein Schluchzen, das ich nicht schaffte herunterzuwürgen.

»Sie haben vier sehr loyale Menschen an Ihrer Seite, Maggie. Dieses Urteil erlaube ich mir an dieser Stelle. Sie werden noch öfter das Gefühl haben, die einzige Unwissende zu sein. Das wird sich geben, je mehr Sie mit Ihrer Familie und Thomas reden. Jeder von ihnen ist bereit, sämtliche Fragen zu beantworten. Allerdings sollten Sie wissen …« Wieder suchte er meinen Blick. »Sie sind diejenige, die entscheidet, was sie wissen möchte. Niemand wird einfach auf Sie zugehen. Auch heute nicht. Ich habe jeden darum gebeten, Sie in Ruhe zu lassen, damit Sie sich sortieren können.«

»Selbst George?« Ich tat den kläglichen Versuch, durch meine Schluchzer hindurch zu lächeln.

Dr. Rivers schmunzelte immerhin. »Vor allem George. Er ist in Ihrer Wohnung, weil ich kein gutes Gefühl hätte, Sie gänzlich allein zu lassen. Aber er wird Ihnen genug Raum geben. Und falls Sie doch allein sein wollen, hält Thomas ein Zimmer für Ihren Bruder bereit. Thomas selbst und auch Ihre Eltern sind für Sie erreichbar. Aber niemand wird Sie kontaktieren, solange Sie nicht signalisieren, dass Sie bereit dazu sind. Also verstehen Sie es bitte nicht falsch, wenn Sie auf Ihrem Handy nachher nicht unzählige Nachrichten finden, die Sie fragen, wie es Ihnen geht. Sie sollen die Zeit haben, das erst für sich herauszufinden. Einverstanden?«

Ich schluckte den Kloß in meinem Hals herunter, nickte aber. Die Vorstellung davon, auf Mum und Dad zuzugehen, auf George … auf Tom. Was sagte man in so einer Situation? *»Sorry, dass ich versucht habe, mich umzubringen. Ich hätte dazu mal ein paar Fragen … Nummer eins: Bist du noch böse auf mich?«* Ich dachte an den Plattenspieler, der die Delle an der Wohnzimmerwand hinterlassen hatte. Was hatte meine Familie zertrümmert, weil sie nicht mehr aushalten konnten, was ich Ihnen angetan hatte? *»Ich war so wahnsinnig wütend auf sie, weil sie das getan hat. Es hat eine Weile gedauert, bis ich gelernt habe, dass das Unsinn ist.«*

»Wenn ich darf, notiere ich Ihre ersten Fragen schon mal für Sie«, bot Dr. Rivers an und deutete auf das Notizbuch. »Damit Sie sie nicht vergessen. Außerdem …« Auf mein Nicken hin nahm er das Buch und den Kugelschreiber und klickte auf dessen Mine. Er schlug die erste Seite auf und bedachte das schluchzende Elend ihm gegenüber mit einem Lächeln. »Das wird Ihnen helfen. Und haben Sie keine Angst davor, diese Fragen auch zu stellen. Vor allem nicht bei der ersten …« Er schrieb zwei Zeilen auf die erste Seite und las sie vor: »Irgendetwas gilt noch: Was gilt noch und welche Bedeutung hat das für mich?« Diesmal wirkte sein Lächeln sogar ein wenig stolz. »Fragen Sie das, wenn Sie Thomas das nächste Mal treffen. Ich denke, es wird Ihnen guttun zu sehen, wie sehr sich jemand darüber freut, dass Sie noch da sind.«

Sir

- Thomas -

An: forrester_margaret@gmail.com
Von: t.walsh@dandelions-inn-hotel.co.uk
Betreff: RE: RE: PS

Ich gehe davon aus, dass bei dem Termin gestern nicht der Super-GAU eingetreten ist. Dr. Rivers hat dir keinen Chip eingepflanzt und dich umprogrammiert – und weder du noch dein Bruder haben Asyl bei mir beantragt.
Ich gehe davon aus, dass es dir gut geht. Wenigstens einigermaßen.
Mir ist nicht entfallen, dass Dr. Rivers uns alle darum gebeten hat, dir Zeit und Raum zu geben. So viel, wie du brauchst. Beides sollst du haben. Mir sind nur ein paar Dinge eingefallen, die ich bereue, dir nicht vor deinem Termin gesagt zu haben. Und nun befürchte ich, dass irgendetwas davon dich davon abhält, dich bei mir zu melden.
Maggie, du sollst wissen, dass ich nicht vorhabe, unsere Wohnung zu verkaufen. Ich sollte dir vielleicht gestehen, dass ich diesen Horrorfilm ohne dich zu Ende geschaut habe. Und ich habe in der Zeitung gelesen, was bei dem

Projekt deiner Kollegen passiert ist. Ich kann mir vorstellen, wie du dich gerade darüber aufregst, dass irgendein Idiot diese Informationen an die Presse gegeben hat. Ich frage mich die ganze Zeit, ob du es auch schon gelesen hast. Außerdem

Außerdem solltest du wissen, dass ich hier gerade durchdrehe. Man würde meinen, dass ich die Sache mit dem Warten allmählich gelernt hätte. Die Wahrheit ist: Ich bin genauso schlecht darin wie vor neun Monaten. Eher schlechter.

Mit einem frustrierten Stöhnen griff ich nach meinem Handy und sah nach, ob mich eine neue Nachricht erreicht hatte. Nach wie vor war die letzte von diesem Mittag. Norah hatte mir geschrieben, dass ich mir keine Sorgen machen solle. Das war nun fast fünf Stunden her. Fünf Stunden, in denen ich zu nichts außer Spekulationen und Sorgen imstande gewesen war.

Es war genau wie im Sommer. Maggie hatte große Fortschritte gemacht. Nur ihr Gedächtnis hatte sich nach wie vor geweigert, an Sam oder mich zu denken.

Es war genau wie damals, als Dr. Rivers »Plan B« beschlossen hatte, der vorsah, dass Maggie und ich uns unabhängig voneinander rehabilitierten. Er hatte mir seinen Kollegen an die Seite gestellt – Dr. Williams. Trotz dessen Hilfe war es zermürbend gewesen, nichts weiter zu haben als ein regelmäßiges »Es geht ihr gut, mach dir keine Sorgen« von den Menschen, an die Maggie sich erinnern konnte.

Es war ganz genau wie damals. Und ich war naiv gewesen zu glauben, dass ich ein zweites Mal aushalten könnte, was ich schon einmal überstanden hatte.

Ich löschte meine Mail und damit den bereits fünften Entwurf, den ich an Maggie verfasst hatte. Drei hatte ich sogar beendet, ehe ich sie in den Papierkorb verschoben hatte. Und entgegen Dr. Williams' Tipp half es mir nicht, meine Gedanken auf diese Weise aus dem Kopf zu schreiben. Es kam immer mehr nach, was ich Maggie sagen musste.

Ich zuckte zusammen, als mein Telefon klingelte. Rezeption.

»Walsh.«

»Ich weiß, Sie wollten nicht gestört werden, Sir.«

Sir … Aus niemandes Mund klang dieses Wort so deplatziert wie aus Geoffreys. Der Mann, der einem Jungen den besten Schokoladenpudding aus der Küche schmuggelte, sollte diesen Jungen nie Sir nennen, nur weil er die Dreißig überschritten hatte. »Thomas«, korrigierte ich ihn – mittlerweile zum dritten Mal an diesem Arbeitstag. Es war sein erster seit fast sieben Monaten, und er schien nichts vergessen zu haben. Nichts außer meinen Wunsch, mich mit meinem Vornamen anzusprechen. »Dein halbes Jahr Abwesenheit hat die zwanzig davor nicht gelöscht. Wenn es dir damit besser geht, ist das eine Anweisung.«

»Oh, das habe ich verstanden, Sir. Aber Sie verzeihen – vor mir steht eine junge Lady, die zu Ihnen möchte. Und sie lächelt immer ganz entzückt, wenn ich Sie Sir nenne, Sir. Gönnen Sie einem alten Mann diese Freude …«

Eine junge Lady, die entzückt darüber war, wenn man mich mit Sir anredete. Für diese Ankündigung gönnte ich dem alten Mann jede Freude, nach der ihm der Sinn stand. »Ich bin gleich da.« Schon im letzten Wort legte ich auf. Dass ich nach meinem Jackett griff, war purer Automatismus – genauso wie das Zurechtrücken meiner Krawatte und des Namensschildes. Dann stürzte ich regelrecht aus meinem Büro. Objektiv betrachtet war es ein Wunder, dass ich es heil bis in den Empfangsbereich schaffte, ohne auch nur ein Mal zu fallen.

Die Lobby erreichte ich, noch ehe ich mir Worte zurechtgelegt hatte. Warum hatte ich seit gestern keinen Gedanken daran verschwendet, wie ich Maggie begrüßen würde? Alle Worte, die ich wusste, galten dem Danach.

Wie wir uns kennengelernt hatten. Dass ich für sie schon immer der Snob gewesen war, nur hatte es sie damals anders genannt. *Der vielleicht letzte Gentleman, den England noch hat.* Wie sie mir gesagt hatte, dass sie nach London zurückkehren würde. Und warum. *Sam.*

Worüber ich nicht nachgedacht hatte, war, was ich in dem Moment tun und sagen sollte, wenn ich ihr gegenüberstand. Der Moment vor dem Erzählen. Also würde ich improvisieren müssen, sobald ich …

… sobald ich vor der Rezeption stand und in das strahlende Lächeln meiner besten Freundin sah. Ihre ganze Mimik leuchtete vor Aufregung und sie deutete auf Geoffrey, als wüsste ich nicht, dass er dort stand. Vor drei Tagen hatte ich ihn angerufen. Ich war noch immer im Krankenhaus gewesen und hatte darauf gewartet, endlich zu Maggie zu dürfen, als ich einen Anruf bekommen hatte – ein Hilferuf, weil die Kasse an der Rezeption einen Fehler hatte. Es war das erste Mal gewesen, dass ich mit einem Mitarbeiter gesprochen hatte, als wäre ich Mr Robertson. Laut und unangemessen.

Solche Fehltritte korrigiert man am besten, indem man sie einsieht. Neben dem Whiskytrinken war das nur eine von vielen Sachen, die Geoffrey mir beigebracht hatte. Also hatte ich mir eingestanden, dass ich ihn brauchte.

Geoffrey hatte sofort all das bewiesen, was ich an ihm schätzte. Loyalität und Kompetenz. Gleichermaßen hatte er wahr werden lassen, wovor ich mich gefürchtet hatte, sollte ich ein altbekanntes Gesicht zurückholen: Erinnerungen. Er brachte einen ganzen Ozean davon mit, während ich … Nun, ich hatte einen bitteren Moment lang vergessen, dass Maggie nicht die einzige Frau war, die es mochte, wenn das Wort »Sir« meine Person meinte. Für einen Augenblick war mir entfallen, wie euphorisch Alex schon mit acht Jahren gewesen war, wenn er mich, den rotznäsigen Sohn der Chefin, als Sir bezeichnet hatte – und sie als junge Lady. Es war nie anders gewesen, und doch hatte ich nicht daran gedacht. Das sind die Streiche, die das Warten einem spielt, und ich war darauf hereingefallen.

Dabei war Maggie nie eine »junge Lady« gewesen. Ganz im Gegenteil. »Sir, Ihre Dame ist da.« So hatte er sie zum ersten Mal angekündigt, und Maggie hatte sich viel zu sehr darüber gefreut, dass diese Formulierung nach der Inanspruchnahme einer Escortdienstleistung klang – und dass mir das unangenehm war.

Snob und Zuhälter, dachte ich. *Es ist schon früher genau so gewesen, nur etwas anders. Du bist genau die alte Maggie, von der du denkst, sie wäre weg. Dabei hat sie sich nur ein wenig verändert. Aber das haben wir alle.*

Mir war so wichtig, ihr das zu sagen. Doch statt auch nur ein Wort von mir zu geben, blieb ich vor Alex und Geoffrey stehen und hatte Mühe, nicht an der Tatsache zu verzweifeln, dass ich ein Idiot war, der nicht richtig zugehört hatte.

»Oh Scheiße.« Mit diesen Worten fiel Alex ihr Strahlen aus dem Gesicht. »Du hast mit *ihr* gerechnet …«

Natürlich hab ich mit ihr *gerechnet! Jedes Mal, wenn ich Schritte auf dem Gang höre, glaube ich, es ist sie! Mit wem sonst soll ich denn rechnen, wenn nicht mit* ihr? *Niemand sonst ist gerade von Belang!*

In meinem Kopf schrie ich Alex an. Und in meiner Brust war ich stinksauer auf sie. Ihr musste klar sein, dass ich wartete. Nur meine Lippen und meine Zunge brachten keines der Wörter hinaus – weder laut noch leise.

Laute Menschen sind nicht wichtig und wichtige Menschen sind nicht laut.

Aber die Erinnerung an sie ist ohrenbetäubend. So sehr, dass man schreien will, um ihr Echo zu übertönen.

»Tut mir leid. Ich hätte dir schreiben sollen, dass ich wieder da bin und … Ich wollte nach dir sehen.«

»Ich bin okay«, presste ich hervor.

»Schwachsinn«, schnaufte Alex und kam auf mich zu. »Kann ich dich umarmen oder ziehst du deine Diskretionsscheiße sogar vor Geoffrey und Linda durch?«

Als ich nicht antwortete, schloss sie mich einfach in die Arme. Sie hielt mich länger fest, als es für eine Begrüßung nötig gewesen wäre, und viel kürzer, als ich es gebraucht hätte. Unsere Umarmung dauerte genau so lange wie die Worte, die Alex mir dabei zuflüsterte: »Es war auch allerhöchste Zeit, dass du Geoffrey zurückholst. Du siehst nämlich beschissen aus. Das kannst du keinen Gästen zumuten.« Dann löste sie sich von mir. Ihre Hände lagen aber noch immer an meinen Oberarmen – ein untrügliches Zeichen dafür, dass Alexandra McGinley sich in den Kopf gesetzt hatte, mich auf gar keinen Fall mit ein paar Worten und einem Wangentätscheln davonkommen zu lassen. »Dach? Zimmer? Büro? Bar? Deine Entscheidung.«

Meine Antwort war mehr eine Art Reflex als eine durchdachte Entscheidung. »Büro.«

Alex sah mich an, als verstünde sie mehr als nur eine Ortsangabe. So, wie sie mich angesehen hatte, als ich ihr gesagt hatte, ich bräuchte ihre Hilfe, um ein paar Sachen aus meiner und Maggies Wohnung zu holen. Es war derselbe Blick wie am Abend im »Lifted Anchor«. Ich war mit Maggie zu unserem Tisch zurückgekehrt und hoffnungslos überfordert mit der Aufgabe, mich zu sortieren. Ich wusste, dass Maggie hinter mir lief. Dieselbe Maggie, die ich in einem Bett hatte liegen sehen – außerstande, selbstständig zu atmen. Nun lief sie hinter mir und hielt ein Glas mit Hendricks Tonic ohne Gin in der Hand. Wegen dieses Tonics hatte sie mich genauso angeschaut wie bei unserem ersten Pubbesuch, nachdem sie schwanger geworden war. Maggies Frust über den Verzicht auf ihren liebsten Drink und meine simple Lösung dafür hatte beide Male dieselbe freudige Fassungslosigkeit mit sich gebracht. Dass sie dazwischen kurz tot gewesen war, hatte diesem Detail keinen Abbruch getan. Sehr wohl aber meiner Fähigkeit, damit umzugehen.

Alex hatte mir das sofort angesehen. Ihr Vorwand mit dem Abruf aus dem Standby war vermutlich gerade rechtzeitig gekommen – genauso wie wir auch mein Büro gerade rechtzeitig erreichten, ehe ich genauso reagierte wie beim Verlassen des Pubs. Ich sank auf einen der Stühle am Besprechungstisch, wie ich damals in den Sitz ihres Autos gesunken war.

In dem Pub hatte es mich überfordert, Maggie wieder zu begegnen. Ich hatte mit einer anderen Person gerechnet, die lediglich aussah wie sie. Aber nicht mit meiner Frau, die fast sie selbst war und nur ein paar Dinge vergessen hatte.

Alex legte ihre Hand auf meinen Rücken und atmete tief durch. Ihr schien das mit dem Luftholen deutlich leichter zu fallen als mir. »Ich würde dich ja fragen, wie es dir geht, aber du hast mir ja schon gesagt, dass du völlig und absolut okay bist.« Ich kannte keinen Menschen außer Alex, der gleichzeitig so viel Tadel und Sorge in seine Worte legen konnte. »Willst du mir stattdessen ein Update zu Maggie geben?«

»Hm«, machte ich. Das fühlte sich viel mehr wie die Zeit nach ihrem Sprung an, als mir lieb war. Ich, der nicht sagen konnte, wie es ihm ging, dafür umso mehr, wie es um Maggie bestellt war. Und Alex, die das verstand und die Antworten, die sie brauchte, in dem fand, was ich ihr sagen konnte.

»Sie hat George gestern rausgeworfen, als sie nach Hause gekommen ist. Er meint, sie wäre nicht wütend gewesen, aber dass sie allein sein wollte, also ist er erst mal zu seinen Eltern gefahren.« Ich hatte mit ihm telefoniert, während er in seinem Auto gesessen hatte. Er war fest davon ausgegangen, dass sie einfach ein paar Stunden Ruhe brauchte und er dann zurückkehren würde. »In der Nacht hat sie wohl angerufen und nach ihrer Mum gefragt. Norah ist seitdem bei ihr. Sie …« Es war etwas schwerer geworden, Luft für die nächsten Worte zu holen. Als würden Steine auf meiner Brust liegen und dort auf meine Lunge drücken. Dabei saß ich noch immer nach vorn gebeugt auf diesem Stuhl. Eigentlich müsste jedes Gewicht vor mir auf den Boden krachen. Stattdessen drückte es weiter gegen meine Rippen und durch sie hindurch. *Sie ist besser darin, auf Maggie aufzupassen. Viel besser als ich.* Gedanken wie dieser sind schwer. Gravitation spielt da überhaupt keine Rolle. »Als sie ankam, hatte Maggie gerade einen Heulkrampf, der sich über Stunden gezogen hat. Heute Morgen war es ein Wutanfall. Etwas später ist das wieder in Tränen umgeschlagen. Mittags war wohl auch Dr. Rivers da, weil Maggie eine leichte Panikattacke hatte, aber …« Ich setzte mich auf und lehnte mich zurück. Das Gewicht blieb auf meiner Brust liegen. »Er hat angeboten, sie für ein paar Tage stationär … aber das will sie nicht … Sie …« Ich atmete aus und räusperte mich. Sie kommt klar. So hatte Norah es mir weitergegeben. *»Maggie sagt, dass sie das so hinkriegen will.«*

War ich wirklich der Einzige, der Angst davor hatte, dass Maggie das nicht gelang?

»Was meinst du, wann Maggie sich bei dir meldet?« Alex lehnte sich an mich und legte ihren Kopf auf meiner Schulter ab. Ironischerweise schob allein diese Geste ein wenig Gewicht von meinem Brustkorb.

Über diese Frage hatte ich bereits nachgedacht. »Wenn sie zurechtkommt«, murmelte ich und dachte: Genau wie damals. Sie war bereits im vierten Monat schwanger gewesen, als ich davon erfahren hatte. Drei Mal hatten wir uns gesehen, seit sie selbst davon gewusst hatte, und es hatte etliche Gelegenheiten mehr gegeben, an denen wir telefoniert oder geschrieben hatten. Unendlich viele Möglichkeiten für ein »Übrigens, ich muss dir was sagen …«.

Stattdessen hatte sie sich Zeit genommen, bis sie ihre eigene Entscheidung und ihren Plan gefunden hatte und lediglich die Frage offen war, ob ich ein Teil davon sein wollte.

Ich war mir sicher, dass sie es wieder so machen würde. Dass sie sich Zeit nehmen würde, um einen Weg zu finden, auf dem sie mich gern dabei hätte – oder auch nicht. Dieses »oder auch nicht« war das, wovor ich die meiste Angst hatte.

»Und du?«, fragte Alex vorsichtig. Dabei stieß sie mich sanft mit ihrer Schulter an. »Kommst du bis dahin klar?«

Ich gab einen unwirschen Laut von mir. Das spielte keine Rolle, nicht wahr? Ich war nicht da gewesen. Als Maggie mich am meisten gebraucht hatte, war ich nicht da gewesen. Und nun war ich wohl dazu verdammt, genau das ständig zu wiederholen. Das Nicht-da-sein. Damit klarzukommen war keine Frage, die sich stellte, sondern eine Schuld, die ich beglich.

Also gab ich Alex die einzige Antwort, die ich mir zugestand. Ich nickte.

Und Alex gab mir wiederum die einzige Antwort, die ich von meiner besten Freundin erwarten konnte. Sie schmiegte sich etwas enger an mich und flüsterte: »Schwachsinn.«

Du sollst wissen ...

- Maggie -

Meine Finger ertasteten die Kanten des Buchrückens und die eine Ecke, die bereits leicht abstand. Dr. Rivers hatte unterschätzt, was es für ein Notizbuch bedeutete, in die Gewalt einer Margaret Forrester zu kommen. Seit vier Tagen begleitete dieses kleine Buch mich jetzt. Vier Tage, nach denen es aussah, als hätte ich es monatelang in meiner Handtasche durch ganz Europa getragen.

Dabei hatte ich die Wohnung kaum verlassen. Wenn man jederzeit damit rechnet, von Wut, Angst oder Überforderung erschlagen zu werden, stehen Spaziergänge sehr weit unten auf der Liste möglicher Tagesbeschäftigungen. Erst letzte Nacht war ich mit dem Gefühl aufgewacht, meine Decke würde mich erdrosseln. Ich hatte nach meiner Mum rufen wollen wie ein Kind, das aus einem Albtraum erwachte und sich vor den Monstern in seinem Schrank fürchtete. Nur waren meine Monster längst aus dem Schrank gekrochen. Sie saßen auf der Bettkante, hielten mir den Mund zu und flüsterten.

Was ist, wenn die Fotos und die Erzählungen nicht reichen?

Was, wenn du dich nie wieder an etwas erinnerst? Das verzeihen sie dir nicht.

Sie werden denken, dass du dich einfach weigerst. Dass du es gar nicht richtig versuchst.

Hast du überhaupt versucht weiterzumachen? Du hast einen Abschiedsbrief geschrieben. Du hättest genauso gut um Hilfe bitten können, nicht wahr? Und sie wissen das. Er *weiß das.*

Glaubst du wirklich, dass er dir das verziehen hat?

Was wiegt wohl schwerer für ihn?

Der Sprung oder das Vergessen?

Solche Fragen standen nicht in dem Buch, jedenfalls nicht in Buchstaben. In meiner Schrift fanden sich darin Dinge, die ich wissen wollte, und Erinnerungen, denen ich glaubte, begegnet zu sein. Nur war ich nicht sicher und musste jemanden fragen. Und ich hatte viele Warums aufgeschrieben.

»Warum bist du noch hier? Warum bist du nicht einfach gegangen, nachdem ich dich vergessen habe? Warum tust du dir das an?«

Diese Fragen waren eine Art Grenze. Bis dorthin hatte ich meine Angst noch gerade so weit genug im Griff, um die Worte aufzuschreiben. Und hinter dieser Grenze? Nun, von dort kamen die umgeknickten Ecken und die Risse in den Seiten. Das waren die Fragen, die ich nicht aufschreiben konnte.

Ich ließ meine Fingerspitzen noch einmal über die geknickte Kante streichen, wie um mich zu beruhigen. Die Vorstellung, ohne dieses Buch auf dem Weg zu ihm zu sein, war deutlich beunruhigender als der Gedanke an einen verlorenen Hausschlüssel oder ein vergessenes Handy.

Noch ein letztes Mal ertastete ich die glatte Fläche des Einbandes und wie sie dünne Falten schlug an der Stelle, wo der Knick war. Dann zog ich meine Hand aus der Handtasche und schloss sie. Kurz überlegte ich, die Tasche vor mich in den Fußraum fallen zu lassen. Aber was, wenn ich in zwei Minuten wieder unsicher wurde, ob ich das Buch nicht doch vergessen hatte? Oder in zehn?

»Hey, alles in Ordnung?«

»Mh?« Diese Antwort und mein irritierter Blick waren wohl kaum die Antwort, die Mum sich erhofft hatte, um sicher sein zu können, dass ihre Tochter in Ordnung war.

Sie schenkte mir ein warmes Lächeln und schaute dann wieder zur Straße. »Wir können auch wieder zurückfahren. Jederzeit. Du musst nur einen Ton sagen.«

Ich nickte und murmelte: »Es geht schon.«

»Okay …« Die Antwort gab Mum dem Verkehr, durch den sie Dads Wagen fuhr, um mich nach Kensington zu bringen. Sie hatte keine Fragen gestellt, als ich sie darum gebeten hatte. Sie hatte nicht einmal gefragt, ob ich sicher war. Dabei hatte ich noch an diesem Morgen fast sämtliche Gläser aus dem Küchenschrank zerdonnert. Nur die in der Spülmaschine hatte ich verschont.

Ich war auf niemanden wütend gewesen, nicht wirklich. Aber ich steckte fest. Im Prinzip steckte ich seit Tagen fest, und ich hatte mir einfach nicht mehr anders zu helfen gewusst.

»Also machen wir es wie besprochen?«, versicherte Mum sich noch einmal. Sie hielt hinter einem weißen SUV, der beinahe beide der schmalen Spuren einnahm. »Ich vertreib mir ein wenig die Zeit. Weiter vorn habe ich einen kleinen Antiquitätenladen gesehen. Gut möglich, dass ich Stunden darin zubringen werde, wenn ich mal die Gelegenheit habe, ohne deinen Dad in der Gegend zu sein.« Sie zwinkerte mir zu, und ich rang mir das Lächeln ab, das sie sich redlich verdient hatte. Einfach nur, weil sie hier war. Weil sie hier war und nicht einmal versuchte, mich zu etwas zu überreden, das vielleicht leichter für mich wäre und weniger aufreibend. Die ganzen letzten Tage hatte ich gemacht, was vermeintlich leicht war. Ich hatte darüber nachgedacht, was Dr. Rivers mir erzählt hatte und mir dann wahllos irgendwelche Filme und Serien angesehen, um mich von genau dem abzulenken. Das Resultat waren Tränen gewesen und zerbrochene Gläser. Vielleicht war ich also nicht gut darin, es mir leicht zu machen.

»Ich melde mich bei dir, sobald ich wieder nach Hause möchte.«

»Und auch, wenn du heute gar nicht mehr nach Hause willst«, ergänzte Mum.

Diesmal sparte ich mir den Kommentar, dass ich nicht davon ausging, bei Tom zu übernachten. So musste Mum mir auch nicht sagen, wie viel wir uns zu erzählen hätten. Dabei hatte ich gar nichts zu erzählen. Nur er. Das war ein ausgesprochen einseitiges Unterfangen, vor dem ich wirklich Angst hatte. Tom würde mir von Erinnerungen erzählen, die einmal unsere gewesen waren. Nun gehörten sie nur noch ihm.

Ich konnte mir einfach nicht vorstellen, dass er mir nächtelang Fragen beantworten konnte, ohne wütend zu werden, weil ich die Antworten darauf vergessen hatte. Und falls er nicht wütend auf mich wurde, dann vermutlich ich. Also würde es ihm schwerer fallen, mir alles zu erzählen, was ich wissen musste. Noch schwerer, als ohnehin schon. Wie lange konnten zwei Menschen das aushalten, ehe sie beschlossen, dass es keinen Zweck hatte? Dass es einfach zu viel war und die Sache nicht wert … Was, wenn diese nächsten Schritte die sein würden, die wir nicht mehr schafften?

»Wir sind gleich da.« Während Mum das sagte streckte sie ihre linke Hand nach meiner aus und drückte sie sanft. Vermutlich merkte sie dabei, dass meine Finger zitterten. Doch ich konnte das Notizbuch nicht noch weiter zerstören, nur um meine Hände zu beruhigen. »Du hast überhaupt keinen Grund, nervös zu sein.«

Mehr als ein »Hm« brachte ich nicht heraus. Ich war nicht nervös. Himmel, nein. Ich hatte eine Scheißangst davor, auszusteigen und Tom unter die Augen zu treten.

»Ihr habt schon so viel zusammen geschafft, Maggie. Nur,

weil du das nicht mehr weißt, ist es nicht weniger wahr. Das hier schafft ihr auch.«

Ich nickte, weil ich glaubte, dass ich es musste. Genauso, wie Mum wohl glaubte, dass ich diesen Zuspruch brauchte – Versicherungen, die niemand machen konnte. Nicht einmal Dr. Rivers. *»Ich kann Ihnen nicht versprechen, dass alles gut wird. Ich kann Ihnen nur sagen, dass Sie möchten, dass es gut ausgeht, und Thomas ebenso. Und dass sein Therapeut und auch ich Sie beide unterstützen werden. Alle anderen Antworten finden Sie nur, wenn Sie den Weg gehen. Da kann ich Ihnen keine Abkürzung geben.«* Also war ich hier.

Mum fuhr den Wagen links an den Straßenrand und auf einen der drei Taxiplätze vor dem Dandelion's Inn. »Ist das nah genug?«

Ich sah zum Haupteingang, vor dem ein Concierge gerade einer älteren Dame mit ihrem Koffer behilflich war. Ich hoffte wirklich, dass er nicht auf die Idee kommen würde, mir unter die Arme zu greifen, wenn er mich mit meinen Krücken sah. Diese Art von Hilfe war das Letzte, was ich gerade gebrauchen konnte. »Sind ja nur ein paar Meter.« Zumindest bis zum Eingang. Und dahinter rechnete ich ohnehin mit so viel Adrenalin, dass es jedes Schmerzmittel völlig unnötig machte.

»Du bist sicher, dass ich Tom nicht Bescheid geben soll, dass du kommst?«

Ich nickte. Wahrscheinlich war das der einzige Punkt, in dem ich absolut sicher war. Ich musste sehen, wie er reagierte, wenn er mich sah. Er hatte mich angelogen – vielleicht nicht in allem. Bestimmt nicht in allem. Wenn meine Logik einen guten Moment hatte, war mir klar, dass Tom jederzeit hätte verschwinden können, wäre es ihm nicht wichtig gewesen zu bleiben. Neben all den Dingen, die er mir verschwiegen hatte, war das eine Tatsache, an der keine Lüge rütteln konnte.

Dennoch brauchte ich diesen Moment. Ich brauchte diesen

einen Augenblick, auf den Tom nicht vorbereitet war, um eben jene Tatsache mit eigenen Augen zu sehen. In seinem Blick, seiner Mimik, der Art, wie er reagierte – ganz egal. Aber ich musste unbedingt sehen, dass ich ihm die Antworten glauben konnte, die er mir geben würde.

»Brauchst du noch einen Augenblick?« Mum stellte diese Frage seelenruhig, obwohl längst ein Taxi in zweiter Reihe neben uns stand und mit einem deutlichen Hupen signalisierte, dass wir sein Revier blockierten.

Ich deutete auf das Taxi mit dem ungeduldigen Fahrer. »Ich sollte reingehen.«

»Papperlapapp. Du gehst rein, wenn du so weit bist. Wir sind die Frau und die Tochter eines Busfahrers. Mit einem Taxifahrer werden wir fertig.«

Ich schmunzelte, und diesmal musste ich mich nicht bewusst dazu zwingen. »Kannst du mir nur die Krücken …«

»Aber natürlich.« Warum sie das mit so viel Elan sagte, erschloss sich mir, als sie ausgestiegen war und die Gehhilfen von der Rückbank geholt hatte. Ich konnte sehen, wie sie die Dinger demonstrativ in Richtung des Taxis schwenkte und hörte, dass sie ihm etwas entgegenrief, das ich nicht verstand. Allerdings glaubte ich nicht, dass sie das tat, weil sie die Frau eines Busfahrers war. Solche Dinge machen Mütter. Meine jedenfalls.

War ich auch so eine Mum gewesen?

Oder wäre ich so geworden?

Hatte ich in den wenigen Monaten mit Sam irgendwen angeschrien oder zurechtgewiesen, weil er mein Baby nicht so behandelte, wie ich es mir vorstellte?

»Du hättest mal sein Gesicht sehen sollen.« Mum reichte mir erst eine Krücke, dann die andere. »Dachte wohl, ich blockier aus lauter Faulheit seine Lücke. Schwachkopf. Geht's?«

Etwas mühsam hievte ich mich aus dem Sitz, bis ich auf

zwei Beinen und zwei Stöcken stand und die Fassade von Toms Hotel hinaufblickte.

»Denk dran, es gibt im Prinzip absolut nichts, das schiefgehen kann«, sagte Mum mir. War es schon das vierte oder noch das dritte Mal, dass sie mir das an diesem Tag sagte? »Alles, was du jetzt weißt, ist nur für dich neu. Für uns hat sich nichts verändert. Wir waren bis jetzt da, also bleiben wir es auch weiter. Es hat sich überhaupt nichts verändert.«

Ich zog nur einen Mundwinkel nach oben. Nicht, weil ich ihr nicht recht gab. Sondern weil meine Aufregung einfach nicht mehr zuließ.

»Das war etwas übertrieben, oder? Ich habe den Doktor gefragt, was ich dir sagen kann, wenn du zu nervös bist. Hilft es denn?«

Ehrlich gesagt half es vielmehr, zu sehen, dass sie vielleicht nicht genauso nervös war wie ich, aber immerhin ein bisschen. Aber ich beließ es bei einem »Tut es. Danke, Mum« und ließ mich kurz von ihr in den Arm nehmen. Ich hatte das Gefühl, dass sie das mehr brauchte als ich. Denn ich wollte einfach nur noch in dieses Gebäude und Tom sehen. Ich würde keine zwei Minuten mehr aushalten, die ich wartend und grübelnd und spekulierend verbringen musste.

Ich musste ihn sehen. Und vor allem musste ich endlich wissen, was passieren würde, wenn ich ihn sah. In einem Film wäre ich vermutlich durch die Drehtür gerannt, gestolpert, hingefallen und weitergerannt, bis ich Tom schließlich gegenüberstand und die Streicher einsetzten.

Meine Realität bestand hingegen aus mühsamen, schmerzhaften und entsetzlich langsamen Schritten, aus stummen Flüchen, als ich die paar Stufen zum Eingang bewältigte, und aus einem Kopfschütteln, als der Concierge mir seine Hilfe anbot. Die Drehtür war nicht automatisiert, was mir diesmal einen hörbaren Fluch entlockte, für den die arme Tür nichts konnte.

Mein Nervenkostüm kam schlicht und ergreifend nicht damit klar, dass sie da war und meinen Weg zusätzlich ausbremste.

Als ich durch den Eingangsbereich in Richtung Rezeption humpelte, hätte ich beinahe wirklich dem Hollywoodklischee entsprochen und wäre über einen abgerückten Sessel gestürzt, weil ich zu beschäftigt damit war, nach Tom Ausschau zu halten, statt einfach auf den verdammten Weg zu achten. »Rezeption«, sagte ich mir. »Reiß dich zusammen und geh einfach zur Rezeption.« Dort arbeitete er die meiste Zeit des Tages. Die Wahrscheinlichkeit, ihn zu finden, war dort am größten. Alternativ konnte man mir dort verraten, wo er steckte und …

Ein Keuchen entwich mir, als ich den Empfangstresen sah. Tom stand dort nicht, dafür ein anderes Gesicht, das ich kannte. Der Mann war vielleicht in der Mitte seiner Fünfziger, trug einen grauen Bart und ein souveränes Lächeln, von dem ich irgendwoher wusste, dass es ihm unter gar keinen Umständen entglitt – es sei denn, es verwandelte sich in Freude, für die ein Gastgeberlächeln nicht mehr ausreichte.

Genau diesen Zauber vollbrachte Geoffreys Gesicht, als er mich entdeckte. Ich hatte den Tresen noch gar nicht erreicht, sondern war wie erstarrt einige Meter davor stehengeblieben. Geoffrey nickte mir zu und kam um den Tresen herumgelaufen – dorthin, wo ich noch immer stand und nicht fassen konnte, dass ich ihn nur hier stehen sah und sofort wusste, wer er war. Selbst sein Name war mir eingefallen. Toms hatte ich sogar vergessen, nachdem man ihn mir gesagt hatte. Immer wieder hatte ich ihn Sam genannt. Immer wieder musste ich ihm damit unfassbare Schmerzen zugefügt haben. Das war nicht fair. Wieso war mein Gedächtnis so ein gemeines Drecksstück? Tom hatte es vergessen, aber Geoffrey hatte es behalten? Weil die Erinnerung weniger wehtat? Im Ernst?

»Ich weiß, Sie mögen kein Geschwafel, aber sehen Sie mir nach, wenn ich Ihnen sage, dass Ihr Besuch das Beste ist, was heute passiert ist. Darf ich Thomas Bescheid geben, dass Sie da sind?«

Er trug es nicht auf dem Gesicht, und doch hatte ich sofort das Bild eines verschwörerischen Lächelns vor Augen. Das Bild zerplatzte, als ich meinen Kopf schüttelte. »Ich würde gern … Können Sie mir sagen, wo er steckt?«

Geoffrey deutete an der Rezeption vorbei den Weg entlang, den … Linda? War es Linda? … mich vor ein paar Wochen geführt hatte. In Richtung Café. »Der Afternoon Tea für die Reisegruppe findet gerade statt, und zwei Servicekräfte sind ausgefallen. Thomas hilft aus. Sie würden ihm sicher eine große Freude damit machen, ihn von dieser Aufgabe zu befreien. Wenn Sie möchten, begleite ich Sie nach hinten.«

Ich schüttelte den Kopf. »Danke, ich … Ich war schon mal dort.« Gott, wie dämlich. Natürlich war ich schon mal dort gewesen – nach Geoffreys Erinnerung vermutlich unzählige Male.

Aber der ließ sich nichts anmerken. »Es ist wirklich schön, Sie wohlauf zu sehen, Margaret. Das meine ich in aller Aufrichtigkeit.« Seine Miene ließ keinen Zweifel an seinen Worten. Dann nickte er in die Richtung, in der das Café lag. »Gehen Sie schon. Der Junge kämpft schon seit über zwei Stunden mit diesen Touristen. Er hat sich eine Rettung redlich verdient.«

Ich hatte nicht das Gefühl, Tom vor irgendetwas zu retten. Eigentlich war ich sogar diejenige, die uns in diese Situation gestürzt hatte. Gestürzt im buchstäblichen Sinne … Ich merkte, dass ich nickte – und dass ich nichts weiter tat als zu nicken.

»Ich kann Thomas immer noch informieren. Es würde mir keine Umstände machen – im Gegenteil. Und er ist Ihretwegen ohnehin so aufgeregt – vermutlich wäre er schneller hier, als ich den Hörer auflegen kann.« Geoffrey schenkte mir ein ruhiges und vollendetes Alles-wird-gut-Lächeln. »Aber verraten Sie ihm nicht, dass ich Ihnen das gesagt habe.«

»Mach ich nicht«, brachte ich heraus – geradeso und auch nur mit einem eher schwachen Krächzen. Aber immerhin hatte mein Nicken aufgehört. Ich schaffte es sogar, meine Finger kurz von den Griffen meiner Gehhilfen zu lösen, ehe ich sie wieder darum schloss.

»Und? Was meinen Sie? Gönnen wir uns die kleine Freude? Es ist jedes Mal ein Vergnügen, Sie anzukündigen und dann zuzusehen, wie Thomas versucht, sich nichts anmerken zu lassen, wenn er zur Rezeption läuft.«

Ich schmunzelte bei der Vorstellung, bis mir einfiel, dass es für Geoffrey vermutlich sogar eine Erinnerung war, die ich nicht mehr mit ihm teilte. Dabei glaubte ich, dass diese Bilder zu den Dingen gehörten, die ich wirklich gern wiederhätte. Und wenn nicht die alten, dann neue. »Gilt das Angebot auch für ein andermal?«, fragte ich vorsichtig. Vermutlich war die Frage nichts, das Behutsamkeit brauchte, doch für mich klang sie zu deutlich nach einem *»Darf ich Ihnen auch eine Seite im Buch widmen? Es gibt sicher ein paar Momente, die ich nur mit Ihnen geteilt habe und mit keinem sonst. Kann ich die bitte wieder zurückhaben?«*

Geoffrey nickte und trat einen halben Schritt zurück – wie, um mir den Weg freizugeben, den ich lieber selbst lief, anstatt ihn Tom zuzumuten. »Wann immer Sie möchten.«

»Danke.« Wieder wackelte meine Stimme – dabei war das nur so ein kleines Wort. Wie sollte ich bei Tom ganze Sätze über die Lippen kriegen, wenn ich hier kaum einen winzigen Dank schaffte?

Immerhin gelang es mir, mich endlich in Bewegung zu setzen. Der Weg von der Rezeption, an den Fahrstühlen vorbei bis zum Café war wohl einer der wenigen, auf denen ich dankbar für das Stechen in meiner Hüfte war. Es blendete meine

Aufregung nicht völlig aus, aber gab mir etwas, worauf ich mich konzentrieren konnte – wenigstens so lange, bis ich den Eingang zum Café erreichte.

Es war tatsächlich voller als bei meinem ersten Besuch hier – oder dem ersten, an den ich mich wieder erinnerte. Einen freien Tisch konnte ich nicht sehen und nahm nicht an, dass sich das in Richtung Innenhof ändern würde. Das Stimmengewirr war enorm, und trotzdem versuchte ich ganz automatisch, Toms Stimme darunter auszumachen. Dabei konnte ich ihn nicht einmal sehen. Nicht gleich. Erst, als ich weiter in das Café hineinlief und in die Ruine schauen konnte, zog die hochgewachsene, schlanke Gestalt des Hotelmanagers meine Aufmerksamkeit auf sich, noch ehe er sich zu mir umgedreht hatte und ich sein Gesicht sehen konnte. Er trug ein Tablett in der linken Hand, auf dem er leere Tassen und Kännchen balancierte, und lauschte dem, was eine ältere Dame ihm berichtete. Ich konnte sehen, wie sich seine Mundwinkel zu einem freundlichen Lächeln hoben, wie er nickte und etwas antwortete, wie sein Lächeln dabei noch etwas deutlicher wurde, ehe er sich abwandte, an zwei weiteren Tischen vorbeilief und sein Blick mich streifte. Er glitt wirklich nur an mir vorbei, ehe Tom verstand, was er gesehen hatte.

Selbst aus der Ferne konnte ich zusehen, wie das Lächeln, das er bis eben noch getragen hatte, einfach von seinem Gesicht glitt. Eine Sekunde lang starrte er mich nur an, dann holte er Luft, blinzelte und lief zügig zu dem kleinen Tresen mit der Vitrine und der herrlich altmodischen Siebträgermaschine, die vermutlich ein Vermögen gekostet hatte. Ich sah Tom dabei zu, wie er das Tablett auf dem Tresen abstellte. Einige Tassen fielen dabei um, die er fahrig wieder sortieren wollte und es dann doch sein ließ.

Ehe er sich zu mir umdrehte, brauchte er einen Moment.

Aber das war okay. Ich hatte vier Tage gebraucht. Vier Tage, die mir jetzt, da ich hier war, unendlich leidtaten.

Ich konnte sehen, wie er tief Luft holte, dann löste er sich vom Tresen und kam die letzten Meter auf mich zu. Seine Gesichtszüge bemühten sich sichtlich um ein professionelles Lächeln, das ihnen jedoch schon beim bloßen Versuch entglitt. Ein Lächeln trug Tom noch immer, als er schließlich vor mir stand. Aber es war anders – ehrlich und doch so hauchzart, dass seine Angst mühelos hindurchschimmerte.

Es stimmt nicht, dachte ich. Dass sich nur für mich etwas verändert hat, ist nicht richtig.

»Ich denke, wir sollten …« Vier Wörter schaffte ich. Vier Wörter von den insgesamt fünf Sätzen, die ich mir vorbereitet hatte, um das Gespräch zu beginnen. Ich hatte sie nicht vergessen, doch nun stand ich Tom gegenüber und versuchte in meinem Kopf zu sortieren, dass er mehr mit mir verband als ich mit ihm. Ich wollte diese vorbereiteten Sätze nicht mehr sagen. Ich wollte ihn in den Arm nehmen und spüren, dass es sich noch genauso anfühlte wie vorher. Dass er noch derselbe war, auch wenn alles andere sich verschoben hatte.

»Ich hab …« Luft holen. Ich musste unbedingt noch einmal Luft holen, bevor ich etwas sagte. »Ich hab mir eigentlich überlegt, was ich sagen will, aber das kommt mir gerade vor wie der letzte Benzintank. Tut mir leid.«

Tom nickte, und ich sah wie seine Hand sich bewegte. In meine Richtung. Ich war so sicher, dass er sie in meine Richtung ausstreckte. Stattdessen hob er sie an seine Brille, um sie zurechtzurücken, bemerkte diesen Automatismus und ließ seine Hand mit einem Seufzen wieder fallen. »Geht mir genauso.«

Okay, dachte ich. Dann nimm mich einfach in den Arm und wir beschließen, dass alles wieder gut ist, ja?

Scheiße noch mal, ich wollte genau das, obwohl ich wusste, dass es Unsinn war. Nichts geht gut aus, nur weil man gemeinsam darauf hofft. Was das anging, war Dr. Rivers unmissverständlich gewesen. *»Es ist das letzte Mal nicht kaputtgegangen, weil Sie oder Tom sich nicht stark genug gewünscht haben, dass es alles wieder gut wird. Beziehungen und Menschen zerbrechen nicht, weil der Wunsch oder die Gefühle nicht groß genug waren, sondern daran, dass man denkt, das würde ausreichen.«*

»Wollen wir …« Tom deutete so vorsichtig auf meine Krücken, als würden sie nachgeben, wenn er sie nur falsch ansah. »Mein Büro ist von hier aus etwas weit, aber wir können in die Bar gehen, da ist gerade niemand, außerdem …« Er stockte. Die letzten Worte, die er für sich behielt, malten Falten auf seine Stirn – vor allem diese eine, die senkrecht zwischen seinen Augenbrauen stand. War die ein Detail, das mir früher schon aufgefallen war oder erst bei diesem Mal? Hatte es sie vorher überhaupt schon gegeben?

»Außerdem … was?« Ich lief bereits die ersten Schritte in die Richtung, die Tom mir gewiesen hatte. Keine Ahnung, ob es klug war, nach diesem *Außerdem* zu fragen, aber die Vorstellung, schweigend neben ihm herzulaufen, um dann am nächsten Ort nicht zu wissen, was ich sagen sollte, war deutlich schlimmer.

Tom atmete tief ein und warf mir einen Seitenblick zu, mit dem er abzuschätzen schien, wie ehrlich er sein durfte. »Außerdem bist du gern dort. Lieber noch als im Café. Jedenfalls war das bis jetzt immer so.«

Ich verstand, warum er das noch einen Moment für sich behalten hatte. Das war nur ein winziges Detail. Ein kleiner Funke von all dem, was er wusste und was ich vergessen hatte. Und dieser winzige Funke allein fühlte sich an wie eine Faust. Keine, die man mit aller Kraft in meinen Körper schlug. Nein. Diese drückte sich langsam und stetig in meinen Magen.

Wie würde es sich anfühlen, die größeren Dinge zu erfahren?

»Okay …«, sagte ich, wie man das eben macht, wenn wenig andere Wörter übrig bleiben. »Jetzt bin ich neugierig. Ehrlich gesagt kann ich mir nicht vorstellen, dass es mir besser gefällt als das, was du den Innenhof nennst.«

Ein Lächeln huschte über Toms Züge. Es hielt sich auch einen Moment lang daran fest, doch die Nervosität schob es schließlich beiseite. »Vielleicht warst du damals auch etwas voreingenommen. Das kann ich natürlich schwer sagen, aber das finden wir gleich heraus – Achtung, Stufe.«

Der Boden, über den wir gelaufen waren, endete einfach und mündete in zwei moderne und eine alte Stufe, die uns auf unebenen Steinboden führten. Während ich die Stufen bewältigte, streckte Tom eine Hand in meine Richtung aus, doch sie schwebte nur neben meinem Oberarm. Mit derselben Hand kramte er in seiner Hosentasche nach einem Schlüssel, sobald ich sicher die Stufen hinabgestiegen war und mich vor einer Glastür wiederfand, die zu sehr spiegelte, um zu erkennen, was dahinter lag.

Tom entriegelte das Schloss der Tür und hielt sie mir dann auf. »Ich würde das Licht anmachen, aber dann glauben die Gäste, dass die Bar schon öffnet. Dabei haben wir noch …« Er sah auf die Uhr. »Etwa zwei Stunden.«

Ich wollte etwas antworten, aber ich war längst ein paar Schritte in die Bar hineingelaufen und viel zu beschäftigt damit, mich umzusehen. Ich stand mitten in einem der alten Seitenschiffe der Kirche. Zumindest glaubte ich, dass man das so nannte. Durch zwei Bögen hindurch konnte man in den Innenhof blicken, und wenn ich nach oben schaute, konnte ich durch eine Glasscheibe hindurch bis zu dem Turm sehen, wohin Tom mich schon einmal entführt hatte. Die Tische und Stühle passten sich in ihrer Verteilung den Mauerresten an, die hier und da eine Nische bildeten. Hinter dem Tresen selbst wirkte es, als wären die Spirituosen nicht auf einem Regal, sondern auf dem Steinwerk der Ruine aufgereiht.

»Die Seite bei der Bar ist nicht echt«, erklärte Tom mir, als mein Blick daran hängen blieb. »Wir haben nur eine Fassade vor den Neubau gesetzt, die der Ruine ähnelt. Sonst hätte es enorme Probleme mit den Anschlüssen gegeben und … Egal. Willst du dich setzen?«

Ich nickte und steuerte den Tresen an, ohne darüber nachzudenken. Mindestens vier der Tische wären viel näher gewesen, doch es war der Tresen mit den hohen Hockern davor, den ich ganz automatisch ansteuerte, als wäre es immer so gewesen. Aber vermutlich war es das auch, nicht wahr? Vielleicht verschwinden Gewohnheiten nicht, nur weil man nicht mehr weiß, dass man sie hat.

Vielleicht …

Blut. Das war, was ich sah, als ich den Hocker erreichte, der mich wie magisch angezogen hatte. Blut, das nicht aufhören wollte aus einer Wunde zu fließen. Vor meinen Augen lag nur eine penibel saubere Arbeitsfläche, doch das war nicht das Bild, das sich in meinem Kopf festsetzte.

»Maggie? Alles in Ordnung?«

Ich schüttelte den Kopf. Nicht, weil etwas nicht in Ordnung war. Ich wusste es nur schlicht und ergreifend nicht. Mein Kopf spulte immer wieder die gleichen Eindrücke ab. Ein tiefer Schnitt und Rot, das unaufhörlich aus ihm heraussickerte und Weiß tränkte.

»Erinnerst du dich an etwas?«

Ich konnte hören, dass er sich unwohl dabei fühlte, die Frage zu stellen. Vermutlich kam er sich dabei genauso idiotisch vor wie ich, wenn mich wahllos ein Gedanke ereilte, den ich nicht gleich zuordnen konnte. Noch vor einer Woche hätte ich dem keine Bedeutung beigemessen, und nun hielt ich alles für einen kleinen Brocken Erinnerung, was vielleicht nicht mehr war als ein bloßer Gedanke.

»Ich weiß es nicht«, gestand ich und hob mich auf den Barhocker neben mir. Tom setzte sich nicht, sondern blieb bei mir stehen. Er lehnte sich gegen den Tresen und versagte völlig darin, es gelassen aussehen zu lassen, als er meinem Blick folgte. Dabei sah ich nichts weiter an als die Spüle und das Abtropfgitter daneben. »Seitdem Dr. Rivers … Ich hab manchmal Gedanken oder Bilder, die aus dem Nichts kommen. Aber das hat ja jeder. Ich weiß nur nie, was das jetzt ist, und ich will nicht jedes Mal jemanden damit nerven, also …« Ich klopfte auf meine Handtasche, was sich entsetzlich unnatürlich anfühlte. Als hätte mir ein Regisseur die Anweisung gegeben, genau das zu tun. »Dr. Rivers hat mir ein Notizbuch gegeben. Da schreibe ich solche Disteln auf und versuche, sie zu sortieren. Und dann kann ich mir das mit ihm ansehen und schauen, ob das nur ein beliebiger Gedanke war oder wichtig. Oder ich frage Mum oder Dad oder George.« Ich versuchte mich an einem Lächeln, und als ich merkte, dass es mir nicht so richtig gelang, legte ich meinen Kopf schief, als ich Tom ansah. Ich spürte die Entschuldigung auf meinem Gesicht und hoffte, dass er sie auch sehen konnte. »Oder dich. Also … Falls das für dich in Ordnung ist.« Konnte Tom hören, wie mein Herz bei der Frage gegen meinen Brustkorb donnerte? Dabei kannte ich die Antwort doch schon.

»Ich dachte … Ich dachte, das wäre klar. Dr. Rivers wollte dir doch sagen, dass du auf jeden von uns zukommen kannst.«

»Das hat er«, lenkte ich schnell ein. »Aber das ist für ihn natürlich leicht zu sagen, ich meine …« Ich deutete auf Tom. Dass meine Kehle dabei brannte, war gerade nicht hilfreich. Ich musste etwas klarmachen, das mir wichtig war. Tränen konnte ich dabei ehrlich nicht brauchen. »Ich hab wirklich Angst, dass … dir das wehtut. Oder etwas kaputt macht, das wir nicht mehr … Aber ich weiß das nicht vorher und …« Diesmal klopfte ich nicht albern auf meiner Handtasche herum, sondern zog das gelbe Notizbuch daraus hervor. Konnte Tom die umgeknickte Ecke erkennen? Oder die Schrammen am Einband, die es sich zugezogen hatte, als ich es gegen die Wand werfen musste? Ich war so wütend gewesen. Auf alle. Auf mich. Ich hätte das Ding zerrissen und verbrannt, wenn ich es nicht weggeschleudert hätte. Ich schlug Toms Seite auf und ließ meinen Blick grob über die Wörter schweifen, die nur selten ganze Sätze bildeten. Im Prinzip war das, was Dr. Rivers hineingeschrieben hatte, der längste zusammenhängende Gedanke. Alles andere waren ganz deutlich nur Fragmente oder Fragen zu dem Verlauf unserer Beziehung.

»Ich weiß nicht, was davon zu Erinnerungen führt, die wehtun. Du musst … Ich will nicht …« Ich hätte schreien können, aber vermutlich hätte das die Worte, die mir fehlten, nur noch weiter weggetrieben, anstatt sie anzulocken.

Tom nickte dennoch. »Wenn du etwas ansprichst, was mir zu viel wird, dann sage ich dir das. Und wenn ich Zeit brauche, um dir darauf zu antworten, dann sage ich dir das auch. Einverstanden?«

So, wie er das sagte, klang das so einfach. Wieso klang das bei ihm so simpel? Ich hatte mir tagelang vorgestellt, ihn Dinge zu fragen, die ihm Schmerzen bereiteten. In keiner meiner ausgemalten Szenarien war es so einfach gewesen.

»Wir könnten …« Ich beobachtete, wie Tom kurz zu dem Buch schaute, seinen Blick aber sofort wieder von dort losriss. Diskretion, dachte ich. Die hochehrwürdige Vereinigung englischer Snobs wäre stolz auf ihn. Und dann fragte ich mich, ob es diese Vereinigung oder Gesellschaft, oder wie auch immer wir diesen fiktiven Verein nannten, schon vorher gegeben hatte. »Wir könnten es einfach ausprobieren. Du hattest doch gerade … Irgendwas ist dir eben eingefallen. Ich wüsste von nichts Dramatischem, was hier in dieser Bar passiert ist. Schlimmstenfalls war dein Gedanke also nur irgendein Gedanke …«

Der hoffnungsvolle Blick, mit dem Tom mich ansah, kollidierte krachend mit den Bildern von Blut, die mir direkt wieder in den Sinn kamen. »Sicher?«

»Maggie, ich meinte durchaus ernst, dass du mich alles fragen kannst. Ich sage dir dann schon, ob ich dir das gerade beantworten kann oder …«

»Nein, ich meine: Bist du sicher, dass hier nie etwas Schlimmes passiert ist?«

Blut. Und es hörte einfach nicht auf, aus der Wunde zu sickern.

Tom sah mich kurz irritiert an, als wäre er auf einmal selbst nicht mehr sicher. »Ich denke schon, ja.«

Ich zögerte. Ich zögerte sogar noch ziemlich lange. Ich glaubte Tom, dass er wirklich bereit war, mir auf jede meiner Notizen eine Antwort zu geben, sofern er sie hatte und sofern er es schaffte, darüber zu sprechen. Und ich wusste, dass es anders auch gar nicht funktionieren konnte. Trotzdem hielt ich mich noch für einen winzigen Moment an der Hoffnung fest, dass es vielleicht doch möglich war. Dass Tom und ich einfach damit weitermachen konnten, uns kennenzulernen und uns zu verlieben. Dass es ganz einfach sein könnte …

»Du musst nicht«, hob Tom bereits an. »Ich dachte nur …«

»Blut«, sagte ich und merkte selbst, dass das fast schon nach einer Provokation klang. Nach einem *»Na? Denkst du immer noch, dass hier nie etwas Schlimmes passiert ist?«*. »Als ich an der Bar stand, hatte ich direkt Blut vor Augen. Irgendeine Wunde, die nicht aufgehört hat … Was?«

Toms Blick war mit einem Mal so warm geworden, dass es mich leicht nervös machte – auf die gute Art. Wieso hatte ich die ganze Zeit nur an Angst und Schmerzen gedacht, wenn ich mir Gespräche über Erinnerungen ausmalte? Und nun gab ich Tom den ersten kleinen Gedanken an die Hand, und was er daraus zauberte, war ein zartes Kribbeln unter meinem Zwerchfell. Dabei sah er mich nur an. Ein zaghaftes Lächeln spielte um seine Lippen und er nickte, wobei er kurz zur Spüle hinter dem Tresen schaute und dann wieder zu mir.

»Ich glaube, ich habe eine Ahnung, womit das zusammenhängt. Auch wenn ich damit liebäugele, gekränkt zu sein, weil Blut das ist, was offenbar den größten Eindruck hinterlassen hat.«

Ich lächelte, weil Tom es tat und weil er nicht einmal im Ansatz den Eindruck machte, als hätte er vor, eingeschnappt zu sein. Im Gegenteil. Er wirkte vielmehr, als hätte er Mühe, seine Freude im Zaum zu halten. Dabei hatte ich doch von Blut gesprochen, vermutlich auch von Schmerzen, von …

»Hier«, sagte er und hielt mir seine linke Hand hin. »Es ist ziemlich dunkel, aber siehst du die Narbe?« Mit dem Zeigefinger seiner Rechten zeichnete er eine dünne helle Linie nach, die unter seinem kleinen Finger begann und fast über die ganze Seite seiner Hand verlief. »Die hab ich mir zugezogen, als wir uns das erste Mal begegnet sind. Ich könnte mir gut vorstellen, dass dein Erinnerungsfetzen von dem Abend kommt.«

»Oh Gott.« Ich streckte meine Hand nach seiner aus und drehte sie vorsichtig so, dass ich die Narbe besser sehen konnte. Dass ich Toms Hand dabei in meine nahm, wurde mir erst richtig bewusst, als ich seine Haut berührte. Sofort kam mir die Frage in den Sinn, ob das in Ordnung für ihn war. »War … Scheiße, war ich das?«

»Oh nein.« Er lachte fast, als er das sagte. Dann deutete er an mir vorbei. Das tat er mit seiner rechten Hand. Die linke ließ er in meinen Händen liegen, wo mein Zeigefinger die zarte Linie auf seiner Haut entlangstrich, als wären die beiden alte Bekannte. »Ich habe mit Mr Robertson dort drüben gesessen.

Er hatte seinen letzten Abend hier, und wenn es meine Zeit zugelassen hat, habe ich mich auf einen Drink mit ihm … egal.« Mit einem Kopfschütteln wandte er sich mir wieder zu. »Weißt du noch, als ich meinte, dass du Mr Robertsons Typ wärst?«

Ich legte den Kopf schief und zog eine Augenbraue nach oben. Das fiel mir so unfassbar leicht. »Wenn du mir jetzt erzählen willst, dass ich an dem Abend seine Begleitung war, glaub ich dir kein Wort.«

Tom lachte – vielleicht etwas zu sehr, für den simplen Kommentar. Aber vermutlich galt dieses Lachen nicht nur dem, was ich gesagt hatte, sondern auch der ganzen Anspannung, die dem vorausging. »Nein, auf keinen Fall, aber er hätte dich gern dazu gemacht … Du hast hier gesessen, am Tresen. Ich glaube sogar auf genau diesem Hocker.« Kurz wandte er sich noch einmal um, wie um seine Theorie zu prüfen. »Ja, das könnte wirklich sein. Jedenfalls warst du in irgendetwas auf deinem Tablet vertieft.«

»Ich war Gast hier?«

Tom nickte. »Geschäftsreise. Du und noch zwei Kollegen. Ihr hattet einen Job hier in London, aber das hast du mir erst später erzählt … Jedenfalls …« Ich spürte, wie seine Finger kurz zuckten. Als spielten sie mit dem Gedanken, sich einfach um meine Hand zu schließen, trauten es sich dann aber doch nicht. »Jedenfalls war viel los, mein Kollege war allein im Dienst, und am Nachbartisch ist etwas zu Bruch gegangen. Ich bin schnell eingesprungen und dabei … Sagen wir einfach, dass ich noch nie ein Händchen für kaputtes Geschirr hatte. Die Scherben habe ich dann hierher gebracht und neue Drinks für Mr Robertson und mich zubereitet. Dabei habe ich unzählige Servietten verbraucht, mit denen ich versucht habe, die Blutung zu stoppen. Ja, genau so hast du mich dabei auch angesehen.« Er grinste. Er grinste sogar so richtig, während ich meine Augenbraue dabei ertappte, wie sie sich ganz automatisch zu einem skeptischen Blick nach oben gezogen hatte. »Mr Robertson hat schon seit einer Weile davon gesprochen, dass er dich ansprechen wird, sobald wir unsere Drinks beendet haben. Er hatte wirklich ein Auge auf dich geworfen. Und das habe ich dir bei der Gelegenheit auch gesagt. Ehrlich, Maggie, ich habe mir wirklich Mühe gegeben, dabei diskret vorzugehen, und du fällst fast vom Barhocker, weil du dich so weit nach hinten lehnst, damit du auch ja Mr Robertson sehen kannst.«

Nun war ich diejenige die grinste. Nicht, weil ich mich erinnerte, sondern weil das ganz nach mir klang – und nach etwas, das Tom noch immer latent unangenehm war.

»Das klingt jetzt vielleicht witzig, aber ich konnte mir im Anschluss anhören, ich hätte dich vergrault.«

»Und? Hast du?«

Da war es wieder – das zarte, aber umso stolzere Grinsen. »Ich möchte nicht eitel klingen, aber du hast unser Kennenlernen immer so beschrieben, dass ich dich gerettet hätte.« Sein Grinsen zog sich noch etwas mehr in die Breite und verband sich mit einem leichten Kopfschütteln, das wohl mir galt. »Für diese Übergriffigkeit habe ich mich am nächsten Tag mit einem Drink entschuldigt und dich dann abgeschleppt. Das war deine Kurzfassung.«

So sehr mich die lange Fassung auch interessierte, stolperte ich doch über ein Detail. »Du hast mich abgeschleppt? Einen Gast? Das gestattet die Gesellschaft für englische Snobs?«

Toms Lippen pressten sich in seinem Lächeln kurz aufeinander. Es war offensichtlich, dass sie lieber etwas anderes getan hätten, als nur zu lächeln. Aber Tom ließ sie nicht. »Natürlich nicht«, sagte er stattdessen gewichtig. »Für den Abend habe ich dich vergrault und zur Entschädigung am nächsten Abend auf einen Gin Tonic eingeladen. Wir haben ewig geredet.«

»Nur geredet?«

»Nur geredet«, bestätigte er. »Du warst Gast in meinem Haus. Es kommt überhaupt nicht infrage, da irgendwelche Liebeleien anzufangen. Aber ich wusste schon, dass du und deine Kollegen in zwei Wochen eine weitere Buchung hattet. An dem Tag war das Hotel leider überbucht, und wir mussten dich ausquartieren. Du hast eingewilligt, dass ich dir dabei behilflich bin, das Gepäck in das Hotel zu bringen, wohin wir dich umgebucht hatten.«

»Lass mich raten: Du hast mir dann beim Auspacken geholfen?«

Tom bemühte sich wirklich um einen souveränen Gesichtsausdruck, der sich einen erbitterten Kampf mit einem spitzbübischen Grinsen lieferte. Ich ahnte, dass das in etwa das Schauspiel sein musste, auf das Geoffrey angespielt hatte. »Sagen wir es so: Deine Koffer habe ich die ganze Nacht über nicht angerührt.«

Ehe ich es hätte verhindern können, stahl sich ein leises Kichern über meine Lippen und zog sie zu einem Lächeln, das sich wie eines von denen anfühlte, die nicht vorhatten, je wieder aus dem Gesicht zu verschwinden. Sagen konnte ich nicht viel mehr als »Soso …«.

Tom zuckte mit den Schultern und setzte einen schuldbewussten Blick auf, den ich ihm nicht ganz abkaufen wollte. »Nicht sehr einfallsreich, ich weiß. Der Besuch auf dem Turm war da etwas kreativer …«

»Scheiß drauf«, murmelte ich. »Ich mag's. Wirklich.« Vor allem mochte ich, dass es leicht war, diese Anekdote von Tom zu hören. Und ihm schien es leichtzufallen, sie zu erzählen. Das war viel besser, als ich es mir ausgemalt hatte. Seine Hand lag noch immer in meiner. Sein Daumen strich über meinen kleinen Finger, und es war nicht schlimm, hier zu sitzen und mir eine Geschichte anzuhören, die ich verloren hatte.

Es fühlte sich an, als hätte Tom sie für mich aufbewahrt wie für eine Betrunkene, die einen Filmriss hatte. Mir war klar, dass nicht jede Erinnerung so einfach sein würde, aber bestimmt noch einige mehr. Vielleicht wäre es gut, mit denen zu beginnen – mit den leichten. Damit wir uns daran gewöhnten, über unsere Vergangenheit zu sprechen, die nur einer von uns noch kannte. Nur welche von all meinen Fragen schloss eine der guten Geschichten auf?

»Ich sollte vielleicht klarstellen, dass ich so was nicht oft gemacht habe. Eigentlich so gut wie nie.«

»Du meinst den speziellen Gepäckservice?«

Tom nickte, und der Hauch einer ertappten Miene huschte über sein Gesicht. Als hätte der Anstand in ihm beschlossen, dass dieses Maß an Einsicht nötig wäre, doch es glitt einfach von Toms Gesicht ab. Das passiert bei den Dingen, von denen man weiß, dass man sie so nicht hätte machen sollen, und die man trotzdem nicht bereut. Ganz im Gegenteil.

»Wieso habe ich das Gefühl, dass du das auch damals unbedingt hast klarstellen müssen? Ich kann mir zu gut vorstellen …« Und dann fiel es mir ein. Das, was Dr. Rivers aufgeschrieben hatte. *»Fragen Sie das, wenn Sie Thomas das nächste Mal treffen. Ich denke, es wird Ihnen guttun zu sehen, wie sehr sich jemand darüber freut, dass Sie noch da sind.«*

»Es gilt noch«, murmelte ich. Das klang wie eine Frage – eine unfassbar leise Frage. Zuerst dachte ich sogar, dass Tom mich vielleicht nicht gehört hatte. Er reagierte nicht gleich. Kein Grinsen, kein Lächeln oder ein Lachen. Nichts. Erst nach zwei Atemzügen fiel alles aus seinem Gesicht, bis nichts mehr übrig blieb außer nackter Überraschung.

Nein, Dr. Rivers. So sieht keine Freude darüber aus, dass ich noch da bin. Wissen Sie, als ich acht war, bin ich zwei Mal hintereinander von einer Mauer gesprungen, weil George und ich wissen wollten, wie lange das dauert. Weniger als eine Sekunde, übrigens. Das haben wir beim zweiten Versuch herausgefunden. Das erste Mal habe ich mir nur den Arm gebrochen und beim zweiten Mal den Kopf übel angeschlagen. Ich dachte, Mum würde sauer werden. Aber als sie da war, habe ich das erste Mal gesehen, wie jemand gleichzeitig weint und lacht. Ich weiß also, wie Freude aussieht, die jemand empfindet, weil man noch da ist.

»Was hast du gesagt?« Tom keuchte mehr, als dass er sprach. Als hätten meine Worte ihn irgendwo getroffen, wo es wehtat, und zwar auf die übelste Weise, auf die Wörter wehtun können. Dr. Rivers hatte von Freude gesprochen. Doch Tom starrte mich fassungslos an und sah mir dabei zu, wie ich es nicht schaffte, zu antworten. Ich wollte ihn nicht noch mal verletzen.

»Maggie, was hast du da gerade gesagt?«

Meine Stimme sträubte sich regelrecht dagegen, ihm die Antwort zu geben. »Es gilt noch …«

Tom schnappte noch mal nach Luft, und er schien Mühe zu haben, ruhig vor mir stehen zu bleiben. »Das weißt du noch?«

»Nein.« Von Wissen konnte keine Rede sein. »Ich hatte nur … Dr. Rivers hat mir ein Foto gezeigt, und ich wusste auf einmal, dass ich das gesagt habe. Aber ich weiß nicht, warum und was noch gilt. Er meinte, ich solle dich das fragen. Tom, es tut mir leid, falls ich damit …«

Meine Entschuldigung riss ab, als Tom seiner Unruhe nachgab, den winzigen Schritt zwischen uns auf mich zuging und mich küsste. Seine linke Hand hielt sich an meinen Fingern fest, während seine rechte sich über meinen Hals in meinen Nacken schob. Ich spürte, wie sein Daumen über meine Haut strich und von dort einen sanften Schauer durch meinen ganzen Körper schickte. Er hallte noch immer nach, als Tom sich schon viel zu schnell wieder von mir löste.

»Tut mir leid«, stieß er aus. »Ich hätte dich fragen sollen, ob das okay ist …«

»Natürlich ist es das.« Er musste doch gemerkt haben, wie mein Puls unter seiner Berührung hindurchgerauscht war. »Aber du wirst mir jetzt definitiv erklären müssen, was das heißt.«

Er nickte, und durch die Fassungslosigkeit kämpfte sich ein ungläubiges Lächeln auf sein Gesicht. Dann nickte er noch einmal. »Gleich.« Diesmal legte sich sein Kuss auf meine Stirn und blieb dort, während Toms Arme sich um mich schlossen. »Gleich. Gib mir nur … nur einen Moment.«

»Okay.« Ich flüsterte. Mehr wagte ich nicht. Ich erwiderte längst Toms Umarmung und hatte sofort das Gefühl, dass ich diejenige war, die ihn festhielt. Nicht andersherum. Sein ganzer Körper bebte. Aber nicht unter Tränen.

Sondern unter dem, was ich gesagt hatte.

Und ich verstand, dass das die Freude war, die Dr. Rivers angedeutet hatte. Was ich als Kind in Mums Gesicht gesehen hatte, war die Erleichterung gewesen, dass ich immer noch da war – nach einem Sturz, der weniger als eine Sekunde gedauert hatte.

Nur war das nicht, wovon Dr. Rivers gesprochen hatte.

Ich hielt Tom etwas fester, spürte seine Atemzüge an meinem Scheitel und grub meine Finger in sein Haar. Ich hielt ihn fest, während ich begriff, was mein Therapeut meinte, und wovon er gewusst hatte, dass Tom es mir zeigen würde: Die Freude eines Wiedersehens, nachdem man fort gewesen war.

72 endlos lange Sekunden.

... Es gilt noch.

- Tom -

Eine Hand, die meine hielt, während dicke Regentropfen gegen das kleine, runde Fenster neben mir schlugen. *»Für den Fall, dass wir abstürzen, solltest du wissen, dass es immer noch gilt.«*

Maggie, die auf dem Schaukelstuhl im Kinderzimmer saß und Sam wiegte, der längst schlief. Ihr müder Blick und ihr warmes Lächeln, als ich sie fragte, ob alles okay sei. *»Tom, ich muss dir was gestehen: Es gilt noch. Aber nicht mehr nur für dich. Kannst du damit leben?«*

Ich konnte. Natürlich konnte ich.

Die letzten Zeilen des Briefes, der auf meinem Nachttisch gelegen hatte. *»Ich weiß, dass du wieder klarkommen wirst. Irgendwann. Das weiß ich mit derselben Sicherheit, mit der mir klar ist, dass ich dabei keine Rolle mehr spielen kann. Ich schaffe es einfach nicht bis dahin. Das ist nicht deine Schuld. Es ist wichtig, dass dir das klar ist. Was mich angeht, gilt es noch immer, und das wird sich wohl auch nicht mehr ändern. Für dich hoffe ich, dass diese Art von Gültigkeit wirklich so vergänglich ist, wie wir gedacht haben.«*

Ist sie nicht, dachte ich, als ich meine Augen schloss und den Duft von Maggies Shampoo einatmete. Es hatte in den letzten Wochen eine Handvoll Momente wie diesen gegeben, in denen mich das Bewusstsein, dass sie noch da war, vollkommen ungefiltert erreicht hatte – Hand in Hand mit dem Verständnis dafür, wie knapp es gewesen war. Man sollte meinen, dass diese Erkenntnis einen nie wieder loslässt, sobald man sie einmal gewonnen hat. Aber der menschliche Verstand ist nicht dafür gemacht, Endlichkeit zu verarbeiten. Nicht ganz und gar. Also lässt er nur hin und wieder einen Funken dieser Wahrheit hindurch. Mehr würde uns vermutlich in den Wahnsinn treiben.

»Tom? Ist alles okay?«

Ich nickte und holte tief Luft. »Alles in Ordnung.«

Maggie zog mich noch etwas enger in ihre Umarmung. Nur für einen Moment, bis sie sich etwas von mir löste. Weit genug, um mein Gesicht in ihre Hände zu nehmen und mich prüfend anzusehen. »Ich möchte wirklich wissen, was ich da gesagt habe. Aber wenn das heute ein schlechter Tag dafür ist, dann sag mir das.«

Diesmal schüttelte ich den Kopf. Mir gelang sogar ein Lächeln. Wenigstens fühlte es sich so an. Maggies Blick nach zu urteilen, trog dieses Gefühl. »Ist es nicht. Ich sollte dich allerdings warnen.«

»Warnen?«

»Mh«, machte ich und war sicher, dass mir das Lächeln diesmal besser gelang. »Du bist keine Romantikerin, das weiß ich. Möglicherweise überreizt das deine Toleranzschwelle ein wenig.« Das konnte wirklich passieren – obwohl die Geschichte dahinter sogar auf der Tatsache basierte, dass Maggie wenig Sinn für das pathetische Konstrukt von Romantik hatte – und darauf, dass ich betrunken genug gewesen war, um mich davon nicht beeindrucken zu lassen.

Ihr linker Mundwinkel zog sich leicht nach oben. Ich kannte diesen Blick. Maggie war voll und ganz bereit dafür, sich über etwas lustig zu machen – und es dennoch aufrichtig zu mögen. »Vielleicht ist es dir nicht aufgefallen, aber ich fürchte, ich hab mich ein bisschen verändert – im Vergleich zu der Maggie, die du von früher kennst.«

Weniger als du denkst, dachte ich, schüttelte aber nur meinen Kopf. Maggie wollte eine Geschichte hören und keine Diskussion darüber führen, wie ich sie wahrnahm und wie sie sich selbst. Ich wusste, dass auch diese Gespräche irgendwann kommen würden. Jene, in denen ich ihr zeigen konnte, dass ich eine etwas andere »alte Maggie« im Kopf hatte als sie.

»Ich glaube, es war Juli.« Ich überlegte kurz und sah zu dem Notizbuch, das zugeschlagen neben Maggie auf dem Tresen lag und mitgenommen aussah. Vermutlich passen sich solche Bücher ihrem Inhalt an. »Oder Anfang August.« Mit einem Stirnrunzeln nickte ich. »Ja, ich glaube, es war eher Anfang August. Du warst schon ziemlich dick.« Ich konnte mich erinnern, dass die Flugbegleiterin Maggie beim Check-in so skeptisch gemustert hatte, dass die sich genötigt gesehen hatte, klarzustellen, dass die Entbindung erst in einigen Monaten anstand. *»Keine Angst, ich sau Ihnen das Flugzeug schon nicht ein.«* Das waren ihre Worte gewesen mit der Diplomatie einer Frau, die Kaffee noch nie so sehr vermisst hatte wie um sieben Uhr morgens an einem Terminal.

»Wir waren in Edinburgh«, erzählte ich weiter. »Du hast schon seit zwei oder drei Wochen wieder in London gewohnt, aber wir sind hingeflogen, damit du noch offiziell deinen Abschied feiern kannst.«

»Du warst mit mir in Edinburgh?« Der Unglaube in ihrer Stimme war unüberhörbar.

»Natürlich. Als wir noch die Fernbeziehung hatten, war ich mindestens einmal im Monat in Schottland. Und du in London. Anders hätte das gar nicht funktioniert ...«

Maggie nickte, dann lächelte sie und schüttelte ein wenig den Kopf. »Ich versuch mir nur vorzustellen – du und die Chaoten aus meinem Team. Das passt nicht richtig zusammen.«

Ich grinste und nickte, weil ich wusste, was sie meinte. Logan war ein unreifer, aber sympathischer Spinner, der mich bei jedem einzelnen Besuch unter den Tisch getrunken hatte. Und Flora … Mir kam in den Sinn, dass ich ihr versprochen hatte, Bescheid zu geben. Ich hatte ihr sagen wollen, ab wann es in Ordnung wäre, mit Maggie wieder in Kontakt zu treten – ohne Gefahr zu laufen, ihr etwas zu verraten, das sie noch nicht wusste. Aber ich hatte es vergessen. Ich hatte auf Maggie gewartet, sie in jedem Schritt auf dem Flur gehört und hinter jedem Klingeln des Telefons vermutet. In all dem hatte ich schlicht und ergreifend vergessen, ihrer Freundin Bescheid zu geben.

»Sagen wir, die Abende mit ihnen waren spannend. Und ich habe gelernt, dass ich vielleicht Ahnung von Whisky habe, aber nicht davon, wie man ihn trinkt. Die Bekanntschaft mit Logan war definitiv nicht zum Vorteil für meine Leber.«

Maggie gluckste und drückte meine Hand. »Die Bekanntschaft mit Logan ist für niemandes Leber wirklich gut.«

Womit sie vermutlich recht hatte. »Zu meiner Verteidigung muss ich also sagen, dass dein Kollege an dem besagten Abend äußerst schlechten Einfluss auf mich hatte. Am Ende saß ich vor dem Pub auf einem Mauervorsprung und habe versucht, meine Niederlage mit frischer Luft zu kurieren.«

»Keine gute Idee«, murmelte Maggie. Ich konnte von ihrem Blick ablesen, dass sie versuchte, sich ihren Snob in der misslichen Lage vorzustellen, die ich schilderte. Ihre Erinnerung schien ihr dabei nicht zu helfen.

»Definitiv keine gute Idee«, stimmte ich zu. »Du und Flora habt mir Gesellschaft geleistet. Offiziell habt ihr aufgepasst, dass ich draußen nicht umkippe und von wild gewordenen Schotten entführt werde. Irgendwas mit Unabhängigkeit von England … Ich weiß es ehrlich nicht mehr.« Es war sagenhaft, wie viel ich von dem Abend vergessen hatte. Vermutlich war es reines Glück, dass wenigstens das Wesentliche sich in mein Gedächtnis gebrannt hatte. Unbeschreibliches Glück, sogar, wenn man bedachte, dass nur noch ein Gedächtnis übrig war, das diese Erinnerung abgelegt hatte. »Aber ich weiß noch, dass ihr euch wahnsinnig über … Laura aufgeregt habt. Hieß sie Laura?«

»Du meinst Lara?«

Ich zuckte mit den Schultern. »Kurze, schwarze Haare, dünn …« Präziser war das Bild in meinem Kopf wirklich nicht mehr. Ich war dieser Frau nur ein Mal begegnet.

»Lara«, bestätigte Maggie nickend. »Flora konnte sie noch nie leiden.«

Ja, das war mir spätestens an dem Abend klargeworden. »Der Freund von dieser Lara hatte sie wohl gerade verlassen. Und Flora hat sich enorm darüber aufgeregt, dass eure Kollegin den ganzen Abend ihren Liebeskummer breittrat, obwohl der Abend ja dir gelten sollte. Sie meinte, sie würde Lara kopfüber in ein Whiskyfass stecken, wenn sie sich noch ein Mal anhören müsste, dass die Liebe ihres Lebens verloren war. Sie meinte, dass sie keinen Nerv für so einen pathetischen Unsinn hätte. Vor dem Ende könne man eh nicht sagen, wer nun die Liebe des Lebens wäre – außer natürlich Lara, die sich schon nach zwei Wochen Trauringe aussuchen würde. Wobei Flora noch etwas farbenfroher in ihren Ausführungen war.«

»Das klingt ganz nach ihr, ja …«

»Und du hast ihr absolut recht gegeben. Irgendwann ist Flora wieder reingegangen und wir beide waren allein. Wie gesagt, ich war ziemlich betrunken, also habe ich die Gelegenheit ergriffen, um mich um Kopf und Kragen zu reden.«

Maggie lachte. »Oh nein, was hast du gesagt?«

»Ich hab dir gesagt, dass du nach meiner gegenwärtigen Einschätzung die Liebe meines Lebens bist und dass du das wissen solltest. Und dass ich eine abschließende Beurteilung natürlich erst in etwa fünfzig Jahren geben könne, aber so einen Zwischenstand für absolut gerechtfertigt hielte.«

»Das hast du gesagt?«

»Fast wortwörtlich.« Ich musste selbst darüber lachen, als ich daran dachte, für wie ausgesprochen clever ich mich in diesem Moment gehalten hatte.

»Du warst also ziemlich betrunken, hm?«

»Ja, das hast du auch gesagt. Außerdem meintest du, ich solle erst mal ausnüchtern, und wenn ich am nächsten Tag trotz Kater immer noch der Meinung wäre, könne ich dir ja Bescheid geben, dass meine Einschätzung noch gilt …«

Ich konnte in Maggies Gesicht sehen, wie sie in ihrem Kopf die Brücke zwischen ihrem Erinnerungsfetzen und dieser Geschichte schlug. Ihr Lächeln verlor die Belustigung und wurde weicher, bis ich glaubte, etwas Wehmut in ihren Augen zu erkennen.

»Am nächsten Morgen«, erzählte ich weiter, »haben wir ausgecheckt. Wir waren spät dran, also warst du sowieso schon sehr angespannt. Und ausgerechnet an dem Morgen wollte eine Reisegruppe um neun Uhr morgens einchecken. Du hast dich richtig reingesteigert, und ich glaube, du warst kurz davor, irgendwem einen Vortrag darüber zu halten, wie die Zeitdynamik für An- und Abreisen funktioniert. Ich hatte wahnsinnige Kopfschmerzen und war absolut nicht in der Lage, mich mit deinem kleinen Tobsuchtsanfall auseinanderzusetzen. Also habe ich dir mitgeteilt, dass ich mich noch daran erinnere, was ich am Vorabend gesagt habe, und dass du wissen solltest, dass das immer noch Gültigkeit hat.«

Ich hatte hinter Maggie gestanden, meine Hände an ihren

Oberarmen, und mich zu ihr gebeugt, bis ich ihr ins Ohr flüstern konnte. *»Nur, dass du es weißt: Was ich gestern gesagt habe, gilt noch.«* Maggie hatte die Luft angehalten, nur ganz kurz, und dann war die Anspannung von ihr abgefallen. Sie hatte sich nach hinten gelegt, bis ihr Rücken an meiner Brust lehnte, und mich so liebevoll als berechnendes Arschloch bezeichnet, wie es nur menschenmöglich ist.

»Du hast ein Liebesgeständnis dafür missbraucht, dass ich Ruhe gebe?«

Ich konnte nicht richtig deuten, ob Maggie ehrlich empört war. Oder gerührt. Vielleicht verwirrt. Auf ihrem Gesicht hatte auf einmal alles davon Platz.

Entsprechend vorsichtig war ich mit meinem Schulterzucken. »Das heißt nicht, dass ich es nicht ernst gemeint habe. Und es hat auch ziemlich gut für uns funktioniert. Sind wir ehrlich, du hättest mir kein Wort geglaubt, wenn ich dir irgendwann ewige und unerschütterliche Liebe geschworen hätte oder so etwas. So bist du nicht. Du bist niemand, der sich auf solche abstrakten Sachen verlässt, und ich auch nicht. Deshalb …« Ich stockte, als ich die Tränen in Maggies Augen bemerkte, die nun nicht mehr zu übersehen waren, auch wenn sie energisch versuchte, sie wegzublinzeln. »Hab ich was Falsches gesagt?«

Sie schüttelte den Kopf, was ich ihr glaubte, und sagte »Nein, alles gut«, was ich ihr beim besten Willen nicht abkaufte. Erst recht nicht, da die Tränen mehr wurden, bis sie mit einem »Ach, Scheiße« ihre Handballen gegen die Augen presste. Dann hörte ich nur ein wütendes Gurgeln, mit dem sie wohl versuchte, weitere Tränen in die Flucht zu schlagen, was sichtlich misslang. »Scheiße!«, stieß sie noch mal aus, diesmal wütend. »Ich dachte … Ich …«

Ihre Hände zitterten, als sie sie von ihrem Gesicht fallen ließ. Und ich stand da wie ein Idiot, der nicht wusste, was gerade passierte und wie er helfen konnte. *Ob* er helfen konnte. Helfen zu wollen ist immer der erste Schritt hinein in ein lähmendes Gefühl der Machtlosigkeit. Ich schaffte es gerade so, meine Hand auf ihre Schulter zu legen und dann nicht weiterzuwissen. »Kann ich ... Kann ich irgendetwas tun? Ich kann aber auch einfach hier stehen und meinen Mund halten.«

»Nein, du ...« Sie atmete tief ein und sah mich an. Ihre Unterlippe bebte und sie hatte Mühe, meinem Blick standzuhalten. Dabei konnte sie darin unmöglich irgendetwas anderes lesen als Ratlosigkeit. »Ist dir klar, wie gut du mich kennst? Was du gerade gesagt hast ... Und die Geschichte ... Sie ist schön. Das hätte ich früher vermutlich nie zu... zu...« Statt des Wortes stieß sie ein Grollen aus. »Ich bin nicht doof, Tom. Du bist hier, weil es für dich immer noch gilt. Das macht mir eine Scheißangst. Ich will das nicht, aber es ist so. Und wehe, du sagst jetzt, dass das Unsinn ist.« Kurz sah sie mich abwartend an. Zwei Mal schniefte sie, während ich lieber nur nickte und händeringend nach der Antwort auf die Frage suchte, was ihr Angst machte. Genug, um in mir ein Echo dieses Gefühls auszulösen.

»Es ist nicht ... Du hast ... Ich ...« Maggie tat drei Versuche, mir etwas zu erklären, dann gab sie mit einem frustrierten Stöhnen auf und griff nach dem gelben Notizbuch neben sich. Ihre Hand zitterte, als sie eine Seite aufschlug. »Du wirst mir gemeinsame Erlebnisse erzählen und hoffen, dass ich mich wieder erinnere. Was ist, wenn ich das nicht kann?«

»Maggie, ich ...«

»Tom, lass mich ... lass mich das einfach ... Bitte. Okay?«

Nein, Maggie. Hör auf, dich verrückt zu machen. Lass das sein, okay? Du hast keine Vorstellung davon, wie froh ich bin, dass du überhaupt bei mir bist – dass du dich ein zweites Mal dafür entschieden hast. Ich weiß, wie viel Glück ich da hatte.

Und ich habe nicht vor, das zu vergessen, verstanden? Also mach es nicht kaputt!

Das war, was ich eigentlich antworten wollte. Das war, was ich vielleicht sogar geantwortet hätte, wäre mein Therapeut nicht clever genug gewesen, mich vorzuwarnen. »*Wenn zwei Menschen gemeinsam etwas aufarbeiten, wird es immer Bedenken und Ängste geben, die nur einer von Ihnen hat. Hören Sie trotzdem zu und bringen Sie sie dazu, Ihnen zuzuhören. Solange der Weg ein gemeinsamer ist, sind Hürden das auch. Dass nur einer sie sieht, heißt nicht, dass sie nicht da sind. Kriegen Sie das hin?*«

Ich hatte genickt und eigentlich keine Ahnung gehabt. Aber ich wollte es hinkriegen, wenigstens das wusste ich. Also murmelte ich ein ergebenes »Okay« und drückte leicht Maggies Schulter. Vielleicht hielt ich mich auch an ihr fest. Und sei es nur, um sicher zu sein, dass Maggie noch da war. Dass ihre Gedanken sie nicht dazu gebracht hatten wegzulaufen. *Nicht noch mal.*

Maggie schaute wieder in das Notizbuch, dann sah sie mich an. »Ich werde dir übelnehmen, dass du mich so unter Druck setzt, auch wenn du das nicht absichtlich machst. Du hast einfach zwei Jahre mit mir, die … ich kann die niemals aufholen. Also werde ich nie das Gefühl haben, gleichauf mit dir zu sein. Aber sollte man das in einer Beziehung nicht? Auf demselben Level sein? Wenigstens annähernd?«

Mit diesen Worten kam Maggies Angst endgültig bei mir an und war nicht mehr nur ein zarter Widerhall irgendwo in meiner Brust. »Maggie, wenn du damit gerade …«

»Ich will nichts beenden. Ich … Gott!« Wieder schnellte ihre Hand zu ihrem Gesicht. Diesmal kniff sie sich in die Nase, was überhaupt nichts brachte. Die Tränen kamen dennoch. »Es ist so viel und … Selbst die guten Sachen. Was, wenn du irgendwann nicht mehr kannst? Oder ich? Was …« Ihre Hand fiel zurück in ihren Schoß und gab Maggies Augen wieder frei, aus denen heraus sie mich ratlos ansah. »Es tut mir leid, das ist alles … Ich wollte damit nicht direkt … Es ist nur …« Sie schlug das Buch zu und schob es von sich weg. Trotzdem deutete sie darauf. »Das macht mir wirklich Angst.«

Ich holte tief Luft und nickte. »Mir auch.« Wem wollte ich hier was vormachen? Also konnte ich es Maggie genauso gut eingestehen.

Womit ich nicht gerechnet hatte, war ihre Reaktion. Sie sah mich kurz prüfend an, als müsse sie sich vergewissern, dass ich wirklich dieselbe Angst teilte wie sie. Dann sackten ihre Schultern nach unten. »Oh, Gott sei Dank«, keuchte sie.

»Was?«

Wieder deutete sie auf das gelbe Buch. »Ich dachte, ich werde vielleicht einfach verrückt. Aber wenn es dir genauso geht, dann … Keine Ahnung, aber …« Sie seufzte. »Das ändert nichts daran, dass das alles passieren kann, oder?«

Ich atmete tief ein und wieder aus. Dabei dachte ich an den Plattenspieler, den ich gegen die Wand geworfen hatte. Ich dachte daran, wie ich mir ein paarmal gewünscht hatte, Maggie wäre einfach gestorben, um mit allem abschließen zu können. Wie ich sie dafür gehasst hatte, mich auch nach Wochen noch anzusehen wie einen Fremden. Trotzdem war ich hier. Und sie auch. Vor 312 Tagen hatte ich einen Brief in der Hand gehalten, in dem sie mir klargemacht hatte, dass sie keinen weiteren Tag überstehen würde. Und nun saß sie an meinem Tresen, auf demselben Platz wie am ersten Abend, als sie mir ein Pflaster gereicht hatte, um eine Wunde zu schließen, die vermutlich hätte genäht werden müssen.

Aber das spielte keine Rolle, nicht wahr? Manchmal verschließt ein Pflaster Wunden, bis sie darunter verheilt sind. Und manchmal ist es nicht mehr als eine Geste. Ein »Ich kann dir nicht helfen, aber du sollst wissen, dass ich es gern würde«.

Oft genügt das.

»Diesmal bin ich da«, murmelte ich – dasselbe Versprechen, das ich ihr in unserer ersten Nacht gegeben hatte. Ich hatte es erst bemerkt, als es mir längst über die Lippen gekommen war und dann eine Weile mit rasendem Herzen ausgeharrt, in der Angst, Maggie damit irgendetwas verraten zu haben.

»Was?«

»Ich bin da.« Ich sah zu dem gelben Buch, das ganz offensichtlich nicht nur Fragen, sondern auch Ängste beinhaltete. Dann sah ich zu Maggie. »Keine Ahnung, was davon alles eintreffen wird. Vielleicht werde ich sauer, weil du dich an nichts weiter erinnerst als daran, dass ich mir in die Hand geschnitten habe. Vielleicht hast du es irgendwann satt, immer nur Erinnerungen von anderen zu hören. Vielleicht wird es uns mal zu viel und wir brauchen ein paar Tage Abstand. Das kann alles passieren. Aber ich habe trotzdem nicht vor, zu verschwinden oder wegzulaufen. Diesmal bin ich da.«

»Tom, das kannst du nicht …«

»Natürlich kann ich«, unterbrach ich sie. Dafür beugte ich mich zu ihr, um sicher zu sein, dass sie mich ansah. Und dass sie mir zuhörte. »Für diesen Moment kann ich dir versprechen, dass ich nicht vorhabe, noch mal zu verschwinden. Und morgen kann ich dir dann sagen, dass das immer noch gilt. Und nächste Woche und nächsten Monat. Wenn ich sauer auf dich werde und Zeit für mich brauche, dann sag ich dir das, aber genauso kann ich dir dann versichern, dass trotzdem noch gilt, was ich dir versprochen habe. Und das Gleiche gilt für dich, wir …« Ich deutete auf das Buch. Schon wieder. Allmählich verstand ich, warum Maggie es innerhalb weniger Tage schon so zugerichtet hatte. Ich hatte nicht einmal einen Blick hineingeworfen, trotzdem war es mir zuwider. »Was auch immer davon wirklich passiert … Wir reden miteinander. Wir haben zwei gute Therapeuten … Nur …« Ich hörte das Kratzen auf meiner Stimme, noch ehe ich das Brennen in der Kehle spürte. Wusste sie, was meine nächsten Worte gewesen wären? *»Mach das nicht noch mal, okay? Lauf nicht noch mal weg.«*

Maggie sah mich an, als hätte ich diese Sätze wirklich ausgesprochen. Vielleicht ahnte sie, was ich hatte sagen wollen. Sie kannte mich oft viel besser, als ihr bewusst war.

Nach wie vor.

»Keiner von uns läuft einfach weg? Egal, was ist?«

»Ganz genau.«

Ein Lächeln zuckte über ihre Lippen. Nur ganz kurz, ehe es sich in den Tränen auflöste, die sich in Maggies Augen sammelten. Und auf ihrer Stimme. »Gut. Weil … Wenn du abhaust … Ich hol dich doch nie und nimmer ein.«

Ich lachte. Kurz und rau. Es war die Art von Lachen, die immer ein bisschen wehtut. So klingt es wohl, wenn Wunden noch einmal ein kleines bisschen aufreißen, damit sie sich diesmal richtig schließen können.

Wie das Knirschen von Scherben, die fast wieder an ihrem Platz sind.

Aber noch nicht ganz.

Ich küsste Maggie, nur kurz, spürte das Beben ihrer Unterlippe und ihre Tränen unter meiner Hand, die sich auf ihre Wange legte. Dann zog ich sie in meine Arme und hielt sie fest.

»Also gilt die Abmachung?«

Ich spürte Maggies Nicken an meiner Schulter und ihre Finger, die sich an meinem Jackett festhielten. »Sie gilt.« Ihre Stimme war gerade laut genug, dass ich sie hören konnte. Aber ich glaubte, dass es genau so sein musste.

Mit Versprechen ist es wie mit Menschen.

Die wichtigsten sind immer leise.

Anfang

Es tat gar nicht weh.

Nicht gleich. Doch ein Blick auf den Schnitt in meiner Hand genügte, um sicher zu sein, dass der Schmerz sich nicht lang bitten lassen würde.

Die blutgetränkte Papierserviette warf ich zu den Scherben in den Müll und griff mir drei weitere Servietten, die ich zu einem fragwürdigen Verband um meine linke Hand wickelte. Als ich versuchte, die zu schließen, zog sich schließlich auch das vermisste Stechen durch meine Hand. Hervorragend. Ich konnte dabei zusehen, wie mehr Blut durch die weißen Zelluloseschichten sickerte. Zur Sicherheit ergänzte ich das Ganze um zwei weitere Servietten und nahm mir dann zwei Tumbler aus dem Regal. Beide stellte ich auf ein Tablett.

In einen von beiden gab ich Eiswürfel und ließ es mir nicht nehmen, dabei das Gesicht leicht zu verziehen – hier, wo Mr Robertson es nicht sehen konnte. Er war zu überzeugt von dem Konzept »on the rocks«, um einem Gastronomen zu glauben, dass man damit die Seele eines guten Scotchs folterte. Allein die Vorstellung davon, gleich einen Macallan auf Eis zu gießen, nachdem er 25 Jahre lang in einem Eichenfass gereift war, in dessen Holz noch das Aroma des Sherrys hing, der vorher darin gelagert worden war … Der Gedanke tat mehr weh als der alberne Schnitt in meiner Hand. Drei Versuche hatte ich getan, unseren Stammgast zur Besinnung zu bringen – ohne Erfolg.

Seufzend hielt ich nach meinem Kollegen Ausschau, der den Schlüssel für die Vitrine bei sich führte. Eine 2000-Pfund-Flasche stellte man nicht einfach auf irgendein Regal hinter dem Tresen. Allerdings schien Oliver gerade zu vertieft in die Bestellung einer kleinen Gruppe, um meinen Blick zu bemerken.

Also beschloss ich, die Wartezeit als Pause vor Mr Robertsons Weisheiten zu akzeptieren. Innerhalb von einer Stunde war ich nun zu Aktien belehrt worden, zu Mitarbeiterführung und natürlich zu Frauen. »Ich genehmige mir noch einen Drink, Thomas, dann begebe ich mich an die Bar und werde dieser blonden Lady dort meine Aufwartung machen. Wollen Sie wissen, wie ich es anstellen werde?«

Ich hatte verneint und mir schließlich doch anhören müssen, wie dieser über fünfzigjährige laute Mann plante, die junge Blondine zu erobern, die sich seit einer halben Stunde mit ihrem Gin Tonic und einem Tablet beschäftigte und keinen Blick für ihr Umfeld hatte – gleich gar nicht für ihn. Allerdings trug sie einen Rock, und das war für Mr Robertson wohl Einladung genug, um in Erfahrung zu bringen, was sich darunter wohl verbarg.

Das Glas, das am Nachbartisch zu Bruch gegangen war, hatte mich vor näheren Einblicken in die Fantasien gerettet, die er für den Verlauf des Weiteren abends hegte. Das waren keine Details, die ich kennen wollte, aber ich hegte den deutlichen Verdacht, dass ein 25-jähriger Macallan auf Eis ein überaus adäquates Sinnbild dafür war. Den Whisky würde ich vor dieser Erfahrung nicht bewahren können, doch mir kam in den Sinn, dass das vielleicht nicht für die Blondine gelten musste. Sie saß noch immer am Tresen und starrte mit einem kritischen Blick auf das Display ihres Tablets, während ihre freie Hand das Glas an ihre Lippen führte, in dem längst nichts mehr drin sein konnte, als das Schmelzwasser der Eiswürfel.

Ich räusperte mich kurz und warf einen Blick an ihr vorbei zu dem Tisch, an dem Mr Robertson und ich saßen. Von meiner Position aus konnte ich ihn nicht mehr sehen. Gut.

»Entschuldigen Sie, Miss«, sprach ich sie leise an. Sie reagierte nicht. Natürlich.

Beim zweiten Versuch war meine Stimme deutlicher. Dafür hielt ich mich kürzer in der Ansprache und beschränkte mich auf ein »Verzeihung.«

Tatsächlich riss die Blondine ihren Blick von dem Bildschirm los und widmete ihn genau so, wie er war, mir – dasselbe Stirnrunzeln und die zusammengekniffenen Lippen.

»Ich muss mich in aller Form für meine Übergriffigkeit entschuldigen, aber ich möchte Ihnen gern einen Hinweis geben.« Ich konnte sehen, dass ihr Blick zu dem leeren Glas glitt und redete weiter, ehe sie den Trugschluss ziehen konnte, dass ich eine weitere Bestellung einforderte. »Ich begleite heute Abend einen anderen Gast. Er weiß nicht, dass ich mit Ihnen spreche, also wäre ich Ihnen verbunden, wenn Sie sich nicht nach ihm umsehen.« Trotzdem war ich so dumm, in genau die Richtung zu zeigen. Natürlich lehnte die Frau sich zurück und schaute viel zu zielsicher zu dem Tisch, an dem Mr Robertson noch immer saß. »Ihnen ist der Herr vielleicht schon durch seine gut vernehmbaren Erzählungen aufgefallen. Sie sollten wissen, dass er plant, nach seinem nächsten Drink Ihre Bekanntschaft zu machen.«

»Meine Bekanntschaft?« Sie hob ihre Augenbrauen und sah sich noch einmal um. Meine Hoffnung auf Diskretion in diesem Unterfangen konnte ich augenscheinlich begraben. »Und Sie sagen mir das jetzt … warum? Damit ich mit meinem zweiten Drink darauf warte, dass er mich einlädt?«

Ich ahnte, dass ich einen falschen Einstieg gewählt hatte. Immerhin wirkte die junge Frau eher amüsiert als entrüstet. »Nein, das ist vielmehr eine Empfehlung, es bei diesem einen Drink zu belassen. Zumindest für heute. Als Entschädigung lade ich Sie gern morgen auf Ihren zweiten ein. Dann haben Sie keine Begegnung mit diesem Herrn zu befürchten.«

»Mh«, machte sie, und ihr Blick senkte sich auf meine Hand, um die sich Papierservietten schlangen und vermutlich längst nicht mehr weiß waren. Ob es der provisorische Verband war, den sie mit ihrer erhobenen Augenbraue beehrte oder die Verletzung, die er verbarg, konnte ich nur spekulieren.

»Hören Sie, ich bin das falsch angegangen, und vermutlich erfülle ich gerade sämtliche Kriterien für den Vorwurf der Penetranz. Nur kenne ich diesen Mann schon eine Weile und weiß, dass er Ihnen große Schwierigkeiten bereiten wird, sein Angebot abzulehnen. Sie haben es vielleicht schon mitbekommen – er gehört zu der Kategorie ausgesprochen wichtiger Männer.«

Ein zartes Schmunzeln umspielte ihre Lippen und zeigte sich zeitgleich in ihren Augen, die mich mit einem amüsierten Funkeln ansahen. Ich ahnte, was ein richtiges Lächeln mit einem Mann anstellen würde. Mr Robertson bewies bei Frauen genauso viel Geschmack wie bei Scotch – nur ging er weder mit dem einen noch mit dem anderen so um, wie es sich gebührte.

»So wie ich das bisher mitbekommen habe, gehört er eher zu der Kategorie ziemlich lauter Männer, kann das sein?« Sie flüsterte, wobei das Schmunzeln immer noch mit ihren Lippen spielte. »Falls ich Ihnen etwas verraten darf – als kleinen Dank für Ihre Warnung: Laute Männer sind in der Regel nicht wichtig. Und anders herum sind wichtige Männer auch nie laut. Genau genommen gilt das wohl für alle Menschen.« Sie sah noch einmal über ihre Schulter. »Und dieser unwichtige, laute Mann dort würde mein Nein nicht akzeptieren?«

»Sagen wir, er ist zu selten damit konfrontiert, um keine Schwierigkeiten damit zu haben. Ich traue Ihnen durchaus ausreichend Durchsetzungsvermögen zu.« Das war mir wichtig zu betonen. »Aber ich wollte Ihnen die Möglichkeit geben, eine unangenehme Situation zu umgehen, ehe sie eintritt. Es liegt ganz bei Ihnen, was Sie damit machen.«

»Hm«, machte sie wieder. Ihre Lippen pressten sich dabei etwas zusammen. Es wirkte fast, als hätte sie Mühe, ihr Schmunzeln nicht zu einem Lächeln anwachsen zu lassen. Zu meinem Bedauern gelang ihr dieses Unterfangen viel zu gut. »Es macht den Anschein, als wäre Ihnen das ausgesprochen wichtig.«

»Ist es«, gestand ich und versuchte, mir nicht den stechenden Schmerz ansehen zu lassen, als ich die blutigen Servietten an meiner Hand gegen frische tauschte. Wenn das nicht bald aufhörte, würde ich über den Abend hinweg die ganze Packung aufbrauchen. »Ich werde gleich mit ansehen müssen, wie dieser Mann einen 25 Jahre alten Macallan auf Eis trinkt. Ich fürchte, wenn ich auch noch Zeuge davon werde, wie er eine Dame bedrängt, sehe ich mich dazu genötigt, einen jahrelangen Stammgast des Hauses …«

»Ach du Scheiße, Boss, was ist mit Ihrer Hand passiert?« Oliver knallte sein Tablett auf die Arbeitsplatte und machte Anstalten sich meinen Schnitt ansehen zu wollen, aber ich winkte ab.

»Halb so wild. Sie können jeden unserer Köche fragen, die haben alle schon Schlimmeres gesehen.«

»Wie Sie meinen …« Damit griff er nach einem leeren Tablett und verschwand wieder, ehe ich auch nur daran gedacht hatte, ihn nach dem Schlüsselbund zu fragen.

»Zimmer 202.«

Ich riss mich von dem Ärger über meine eigene Nachlässigkeit los. »Pardon?«

»Zimmer 202«, wiederholte sie und klappte die Hülle ihres Tablets zu, gleichzeitig hörte ich das Klicken ihres Kugelschreibers. Mir war gar nicht aufgefallen, dass sie sich Notizen gemacht hatte. »Sie können den Gin Tonic doch sicher auf mein Zimmer schreiben?«

»Selbstverständlich.« Es fehlte nicht viel, und ich hätte mich dafür bedankt, dass sie es mir ersparte, einen Mr Robertson an die Anstandsregeln zu erinnern. »Ich brauche nur Ihre Unterschrift … Ms Forrester.« Das war der Name, den mir das Programm verriet, als ich die Buchung aufrief. »Ein Hendricks? Sehr klassische Wahl.«

Sie zückte ihren Stift, während ich den Bon ausdruckte und ihn in aller Förmlichkeit in eine der Mappen legte, ehe ich ihn ihr reichte.

»Sehr klassische Karte«, entgegnete sie und unterschrieb den Bon. »Dafür, dass Sie einen 25-jährigen Macallan führen.«

»Den Sie auf der Karte nicht finden werden. Falls ich Ihnen im Gegenzug etwas verraten darf …« Ich mochte, wie ihre Mundwinkel allein bei dieser Einleitung kleine Fältchen zeichneten. »Die guten Drinks stehen nie auf der Karte. Dasselbe gilt übrigens auch für Gin. Mein Angebot steht. Es wäre mir ein Vergnügen, Ihnen morgen einen unserer besseren Gins auszugeben. Als Dankeschön, dass Sie mir heute vermutlich eine Menge Aufregung ersparen.«

Sie lachte leise, und ich sah, dass sie irgendetwas zu dem Bon legte, ehe sie mir die Mappe wieder zuschob. Eine Notiz? Trinkgeld? »Gern geschehen. Ich habe zu danken, dass Sie so übergriffig waren, mir diese Warnung zu geben. Bis morgen?«

Ich nickte und ließ zu, dass mein Gesicht einen Hauch meiner Vorfreude verriet, während das von Ms Forrester endlich ein richtiges Lächeln preisgab, dessen Wirkung auf einen Mann ich vollkommen richtig eingeschätzt hatte.

Wie ein Tölpel stand ich hinter dem Tresen, bemühte mich um einen souveränen Gesichtsausdruck und sah ihr nach. Es brauchte meinen Kollegen, der mich fragte, ob alles okay sei, um mich wieder zu fangen und die Mappe mit dem Bon an mich zu nehmen. Den Beleg mit Ms Forresters Unterschrift nahm ich heraus, um ihn in die Schublade zu den anderen zu packen.

Darunter klemmte ein kleines, weißes Rechteck. Erst auf den zweiten Blick erkannte ich es als eingepacktes Pflaster. Als ich es umdrehte, sah ich die Notiz, die sie darauf hinterlassen hatte. Das war der Moment, in dem mein Grinsen endgültig siegte.

»PS: Passen Sie besser auf sich auf. Sie sind vielleicht der letzte Gentleman, den England noch hat.«

Danksagung

Hand aufs Herz – diese Geschichte zu schreiben war ein emotionales und handwerkliches Massaker. Ich weiß wirklich nicht mehr, wie oft ich an meinem Verstand gezweifelt habe, weil ich ja unbedingt dieses Buch schreiben wollte. Ich muss wahnsinnig gewesen sein!

Daraus resultierte ganz naturgemäß, dass ich in den Monaten des Schreibens mein Umfeld völlig verrückt gemacht habe mit Gejammer wie: „Toms Perspektive ist so anstrengend zu schreiben." oder „Mir reichen die Seiten einfach nicht! Hilfe, das werden immer mehr!" oder „Verdammt, und wie erklär ich das alles jetzt?"

Die Liste ist endlos.

Daher ist hier eher eine Entschuldigung nötig – der Dank dann an zweiter Stelle.

Beides geht an:

Lena (Na? Bereit für die nächste Runde mit Seitenzahlenverhandlungen und voller „Ich kann das nicht"?)

Steffi, die jederzeit meine Selbstzweifel niederbrüllt. Und zwar lautstark.

Jenny und Jenny (Ehehehehe.)

Mama, Kathleen und Ela, die mich seit Jahren bei jedem Unsinn anfeuern, den ich zu Papier bringe.

Mitch, der echte Dr. Rivers, auch wenn er das selbst nicht so sieht.

Jenny, die immer an mich glaubt – ungesehen und bedingungslos. (Du musst völlig bescheuert sein. HDGDL)

Melli, Fam, Becka, Andi und Sina, die all mein Genörgel wunderbar mit einem verlässlichen „Ich kenn das so gut“ puffern konnten.

Vielen Dank auch an die Ladys aus meinem Testleserteam, die mich immer mit ihren ungefilterten Eindrücken bombardiert und damit unfassbar motiviert haben: Juli, Susi, Franzi, Laura, Laura (Es ist schlimm mit euch.), Susanne, Sarah, Damaris, Ellie, Tanja, Alex, Nele und Julia.

Kurz und knapp: Danke, dass ihr alle zusammen irgendwie dafür gesorgt habt, dass ich es heile durch diese Geschichte schaffe. Der nächste Hilferuf folgt bestimmt.

Bis bald.

Anne Goldberg

Triggerwarnung

In diesem Buch werden folgende Themen behandelt:

Suizid
PTBS
Kindstod